ELFENKRIEGER

Dennis L. McKiernan

Elfenkrieger

ROMAN

Aus dem Amerikanischen von
Christian Jentzsch

Weltbild

Die amerikanische Originalausgabe erschien 1995 unter dem Titel
The Dragonstone – Part 2 bei Roc, Penguin Books

Genehmigte Lizenzausgabe für Verlagsgruppe Weltbild GmbH,
Steinerne Furt, 86167 Augsburg

Übersetzung: Christian Jentzsch
Umschlaggestaltung: Johannes Frick, Neusäß
Titelillustration: © Arndt Drechsler, Rohr in Nb
Vignette: © vojvodic für Johannes Frick
Gesamtherstellung: CPI Moravia Books s.r.o., Pohorelice
Printed in the EU
ISBN 978-3-86800-974-3

2015 2014 2013 2012
Die letzte Jahreszahl gibt die aktuelle Lizenzausgabe an.

»Vielleicht«, sagte Burel, »seid Ihr mit dabei, Ferai, um uns glauben zu machen, wir hätten tatsächlich einen freien Willen.«

»Und vielleicht seid Ihr mit dabei, Burel, um uns glauben zu machen, wir hätten keinen.«

Ein Teil

Nordmeer
Kairn
Rwn
Arbor
Atala
Anster
Gelen
Thol
Dalara
Jütland
Rungat Arm
Gothon
Tugal
Westonischer Ozean
Portho
Vancha
Castilla
Kistan
Straße von Kistan
Khalish
Hyree
Talakgebirge

Mithgar
Ödnis
Unbehütetes Land
Fjordland
Morkfjord
Drachenhorst
Rath
Steppen von Jord
Noad
Grimwall
Khal
Wolfswald
Schwarzer Berg
Graue Berge
Xian
Aralan
Aven
Garia
Überlandstraße
Alban
Gelon
Valon
Fluss Argon
Pellar
Gelofen
Steininseln
Voran
Hurn
Scale
0 200 400
Miles
Thell-Bucht
Caer Pendwyr
Avagonmeer
Sarain
Gjeen Is.
Chabba
Thayra
Sabra
Wüste Karoo
Khem
N
W
O
S

1. Kapitel

Inmitten einer pechschwarzen Nacht kämpfte sich die Schaluppe *Breeze* durch den kräftigen Wind, den prasselnden Regen und die kalte Wut des Westonischen Ozeans. Sturmgepeitschte Wellen krachten über die Dollborde, warfen das kleine Boot hin und her und drohten, es zum Kentern zu bringen.

»Bring sie in den Wind, Arin«, rief der Fjordländer Egil, und die zierliche Dylvana drückte die Ruderpinne in Richtung des Großbaums, während Egil an den Seilen des Klüversegels zog.

Der Bug der *Breeze* pflügte die Wellen, und das kleine Schiff ritt auf den Bergen der heranrauschenden Wogen, um dann in das Tal dahinter zu tauchen. Der vom Wind gepeitschte Regen, Gischt und Brecher fegten über das Deck und durchnässten alle bis auf die Haut.

»Wir müssen unsere Schlechtwetterkleidung anziehen, bevor das Wasser uns die Wärme aus dem Leib spült«, rief Egil. »Aiko, Ihr geht als Erste.«

Die Kriegerin aus dem fernen Ryodo öffnete die Kabinentür, und während sich ihre Silhouette im Licht der schwankenden Laterne in der Tür abzeichnete, verschwand sie in der Kabine, um einige Zeit später in Robbenfell und Ölzeug gehüllt wieder aufzutauchen.

»Du gehst als Nächster, Egil«, rief Arin, der ihr durchnässtes Seidenkleid, mit dem sie vom Hof Königin Gudruns geflohen war, am Körper klebte. »Meinem Volk macht die Witterung wenig aus.«

Der hoch gewachsene, einäugige Nordmann stieß die Tür auf und verschwand schwankend in der Kabine. Eine wild hin und her schwingende Sturmlaterne warf unstete Schatten in das Innere. Alos lag bewusstlos in einer der Kojen. Sein faltiges Gesicht zeigte keine Regung, seine Lider bedeckten sowohl das blinde als auch das sehende Auge, und sein Mund stand weit offen und entblößte die Zahnlücken des Alten.

Delon saß auf einer anderen Koje und hielt sich krampfhaft an einem Pfosten fest. Das hübsche Gesicht des Barden war totenbleich, und zwischen seinen Füßen stand ein Eimer. Als das Boot sich aufbäumte, über den nächsten Wellenberg glitt und dann nach unten ins Tal schoss, sagte Delon gepresst zu Egil: »Ich konnte Schiffe noch nie ausstehen.« Er beugte sich nach vorn und versuchte vergeblich, sich in den Eimer zu übergeben. »Nichts mehr übrig«, ächzte er, während er gegen das Bullauge sank. »Adon, bin ich nutzlos!«

Egil antwortete nicht, sondern zog sich seine mit Wasser voll gelaufenen Stiefel aus. Rasch legte der Fjordländer auch den Rest seiner Sachen ab, um sich dann in Robbenfell zu hüllen und sich eine Öljacke über die Schultern zu werfen. Schließlich wandte er sich an Delon und zeigte auf Alos. »Falls wir untergehen sollten, schafft den alten Mann nach draußen.« Ohne eine Antwort abzuwarten, drehte er sich um und öffnete die Tür.

Die ganze Nacht kämpften sie gegen Wind, Wellen und Regen, doch als der Morgen graute, ließ der Regen langsam nach, und der Wind legte sich. Zuletzt beruhigte sich auch der Ozean, und noch vor Mittag klärte sich der Himmel auf, und die weißen Kämme auf den Wellen verschwanden und ließen nur eine strahlend blaue See unter einer warmen Septembersonne zurück.

Egil schlug jetzt einen südlichen Kurs ein, sodass sie vor dem Wind lagen, und er und Aiko hissten Stag- und Gaffelsegel. Nachdem jeder Fetzen Leinwand gesetzt war, segelten sie zügig durch den Kanal zwischen Jütland und Gelen.

Delon kam blass und schwach aus der Kabine auf Deck, wobei er sich zitternd an Belegnägeln und Tauen festhielt. Schließlich ließ er sich auf eine Seitenbank fallen. Der Barde trug immer noch die grellbunte Kleidung, in der er der Königin von Jütland entkommen war, auch wenn Hemd und Hose arg gelitten hatten und zahlreiche Flecken und Risse aufwiesen. Ein polierter Obsidianstein baumelte an einer Goldkette unter dem Silberkragen um seinem Hals. Aiko warf einen Blick auf sein bleiches Gesicht und sagte: »Keine Sorge, Delon, die Übelkeit wird früher oder später vergehen.«

»Adon«, ächzte Delon, während er sich so fest an die Bank klammerte, dass seine Knöchel weiß wurden, »hoffen wir, dass sie eher früher vergeht als später. Ich habe alles von mir gegeben, was ich von mir zu geben hatte. Als Nächstes kommt mein Magen.«

Egil lächelte grimmig. »Im Spind unten sind andere Gewänder. Ihr könnt welche von mir nehmen, obwohl sie Euch vielleicht etwas zu groß sein dürften.«

»Alos' Sachen würden besser passen«, sagte Aiko, »aber er hat nicht viel Kleidung.«

Delon sah sich um. »Wo sind wir? Ich sehe weit und breit nur wogende Wellen.«

»Irgendwo zwischen Gelen und Jütland«, antwortete Egil.

»Und wohin sind wir unterwegs?«

»Nach Pendwyr.«

Jetzt wandte Delon sich an Aiko. »Warum habt Ihr mich befreit? Versteht mich nicht falsch, es liegt mir fern, mich zu beklagen, denn ohne Euch wäre ich auf dem Scheiterhaufen dieser Wahnsinnigen gelandet. Aber trotzdem, warum habt Ihr mir geholfen?«

Aiko lächelte, streckte die Hand aus und zupfte an seiner schillernden Kleidung. »Weil Ihr der Deck-Pfau seid, Delon, und wir Euch bei unserer Suche brauchen.«

Delon hob fragend eine Augenbraue. »Pfau? Suche?«

Bevor jemand antworten konnte, drang jedoch ein lautes Heulen und eine Reihe von Verwünschungen aus der Kabine. Fluchend tauchte Alos im Durchgang auf und kam an Deck. Während er sich den schmerzenden Kopf hielt, sah er sich um, und als er seinen Verdacht bestätigt fand, wollte er wissen: »Was hat das zu bedeuten? Ich habe Euch doch gesagt, ich würde Euch nicht weiter als bis nach Jütland begleiten, aber Ihr habt mich wie eine Press-Patrouille der verdammten Marinesoldaten auf das Schiff geschleift und mich wieder aufs Meer verfrachtet ... gegen meinen Willen, möchte ich hinzufügen.«

Aiko schnaubte, doch Arin sagte: »Wir konnten Euch nicht zurücklassen, Alos. Ihr gehört zu unserer Gruppe, und man hätte Euch in Jütland getötet und vielleicht vorher noch gefoltert – die Königin hätte es so befohlen.«

»Wenn sie überlebt hat«, fügte Aiko hinzu. »Wenn ihr niemand geholfen hat, könnte sie auch verblutet sein.«

»Dennoch«, sagte Arin, »hätte Alos es mit dem Leben bezahlt, wenn wir ihn zurückgelassen hätten. Es wäre die Pflicht des Haushofmeisters und anderer Hofschranzen gewesen.«

Delon nickte. »Sie war zwar wahnsinnig, aber Regentenmord ist ein Verbrechen, das kein Königreich ungestraft lässt ... obwohl es in vielen Fällen stattdessen belohnt werden müsste.«

Alos, der in die Sonne blinzelte, war verwirrt. »Was ist mit der Königin passiert?«

Delon starrte den alten Mann an. »Ihr wisst es nicht?«

Alos schüttelte den Kopf und zuckte bei der Bewegung zusammen. »Ich, äh ...«

»Ihr habt Euch betrunken und das Bewusstsein verloren«, sagte Aiko, der ihre Missbilligung deutlich anzusehen war.

Alos funkelte sie an. »Und dann habt Ihr mich wohl gegen meinen Willen ins Schiff geschleift, was?«

Aiko wandte sich angewidert ab.

»Ha, das dachte ich mir«, sagte der alte Mann anklagend. Sein verbliebenes Auge funkelte.

»Es war nur zu Eurem Besten, Alos«, protestierte Arin.

Der alte Mann sah die Dylvana an, dann Egil, der nickte und sagte: »Es stimmt, Steuermann.«

Kaum beschwichtigt, brummte Alos vor sich hin, dann wandte er sich an Delon. »Was ist denn nun mit der Königin? Warum hätte sie mich töten lassen?«

»Na ja«, sagte Delon grinsend, während er Silberkette und Armband aus seinem Hemd zog. Die Kettenglieder waren immer noch am Silberkragen um seinen Hals befestigt. »Die edle Aiko hat ihr die Hand abgeschlagen und mich befreit.«

»Møkk!«, fluchte Alos. »Ich kenne diese Jüten. Sie werden uns bis ans Ende der Welt verfolgen.«

»Vor allem, wenn die Königin überlebt hat«, gab Delon ihm Recht. »Sie wird nicht eher ruhen, bis wir alle tot sind ... und je blutiger und schmerzhafter wir sterben, desto besser wird es ihr gefallen.«

»Hng«, knurrte Egil. »Wir können nicht einfach untertauchen. Ich meine, seht uns doch an: eine Dylvana, eine goldhäutige Frau und zwei einäugige Männer.«

»Und ein Deck-Pfau«, fügte Delon hinzu, »was immer das sein mag.«

»Vielleicht wissen sie nicht, dass wir in See gestochen sind«, sagte Aiko.

Egil schüttelte den Kopf. »Sobald sie mit dem Hafenmeister reden, finden sie es heraus.«

Aiko nickte trübsinnig und sagte dann: »Das bedeutet, dass sie Schiffe aussenden werden, um uns aufzuspüren.«

»Nicht einfach irgendwelche Schiffe«, erwiderte Egil, »sondern schnelle Drachenboote.«

»Vielleicht segeln sie nach Norden, *Chier*«, sagte Arin. »Nach Fjordland, denn sie wissen, dass dort deine Heimat ist.«

»Möglich«, erwiderte Egil. »Aber sie werden auch im Süden und im Westen nach uns suchen. Ich halte es für das Beste, wenn wir weit draußen auf See bleiben. Vielleicht glauben sie, dass wir an der Küste entlang geflohen sind. Wenn wir nur in der Nacht segeln und uns bei Tag verstecken, können wir vielleicht eine Entdeckung vermeiden.«

Aiko sah Egil an und sagte. »Wenn sie uns andererseits auf dem offenen Meer suchen, sind wir in großer Gefahr, wenn sie uns auf See aufspüren. Sie werden sehr viel zahlreicher sein als wir, und wir können ihnen nicht davonsegeln.«

Egil neigte den Kopf. »Aye, Aiko. Aber wir haben den weiten Ozean, der uns Schutz bietet. Es wird so sein wie die Suche nach einem Getreidekorn in einem Feld voller Spreu.«

Arin nickte. »Ich bin auch dieser Ansicht. Würden sie unser Ziel kennen, wären die Aussichten sehr viel schlechter. Aber das kennen sie nicht, also wird uns die See verbergen, und unser guter Steuermann Alos wird uns sicher ans Ziel bringen.«

»Vielleicht glauben sie, dass wir in dem Sturm letzte Nacht gesunken sind«, sagte Delon.

Egil zuckte die Achseln. »Sie werden trotzdem suchen.«

Einen Moment schwiegen alle, dann räusperte sich Delon. »Und wir fahren nach Pellar, sagt Ihr?«

»Aye, nach Pendwyr«, erwiderte Egil.

»Aber nicht weiter, hört Ihr?«, verkündete Alos und betastete mit der Zunge seinen Gaumen. »So weit begleite ich Euch, aber dann trennen sich unsere Wege.« Murrend ging der Alte zur Ruderpinne und setzte sich Arin gegenüber. Er schirmte sein Auge ab, betrachtete die Segel und sagte: »Die Segel stehen nicht ganz richtig, Dara.« Er wandte sich an Egil. »Die Segel müssen getrimmt werden. Ich übernehme das Steuer, dann sind wir schneller da, und dann bin ich von diesem Wahnsinn endlich erlöst. Dann könnt Ihr den grünen Stein allein jagen. Ich beteilige mich dann jedenfalls nicht mehr an diesem aberwitzigen Unterfangen.«

Delons Blick wanderte zu Aiko. »Grüner Stein? Hm. Schon als ich ein kleiner Junge in Gûnar war, wollte ich immer an einem großen Abenteuer teilhaben. Ihr müsst mir von Eurer Suche erzählen.«

Aiko schüttelte den Kopf. »Wir folgen Dara Arins Vision, nicht meiner.«

Delon wandte sich an die Dylvana. »Erzählt mir, was Ihr sucht. Erzählt mir auch, warum die edle Aiko mich einen Deck-Pfau nennt, obwohl ich die Antwort darauf zu kennen glaube. Und wisst Ihr eine Möglichkeit, diesen verwünschten Kragen von meinem Hals zu lösen?«

»Die Katze Die In Ungnade Fiel;
Einauge In Dunklem Wasser;
Den Deck-Pfau Des Wahnsinnigen Monarchen;
Das Frettchen Im Käfig Des Hochkönigs;
Den Verfluchten Bewahrer Des Glaubens Im Labyrinth:
Diese nimm mit,
Nicht mehr,
Nicht weniger,
Sonst wird es dir nicht gelingen,
Die Jadeseele zu finden.«

Mit sanfter Stimme rezitierte Arin die Prophezeiung, nachdem sie ihren Bericht darüber beendet hatte, wie ihre Suche sie von einem Ende der Welt zum anderen, von Darda Erynian über die Festung im Schwarzen Berg und die zerklüfteten Klippen von Mørkfjord bis nach Jütland geführt hatte.

»Aha, so ist das also«, sagte Delon in der Sonne des Spätnachmittags. Nun, da sich seine Übelkeit gelegt hatte, ging es dem Barden viel besser. »Wohlan denn, ich bin dabei. Ich kann einen mitreißenden Heldengesang über unsere Fahrt machen, ob wir Erfolg haben oder nicht.«

»Haltet still«, schnauzte Aiko, die mit ihrer scharfen Stahlklinge am letzten Verschluss des Silberkragens herumsäbelte. »Ich bin fast durch.«

Schließlich durchschnitt die Klinge die letzte weiche Silberniete, und der Kragen fiel ab.

Delon holte tief Luft und atmete langsam aus, dann rieb er sich den Hals und beugte ihn nach rechts und links. »Adon, es tut gut, dieses Ding endlich los zu sein, und ich danke Euch, edle Aiko.« Lachend nahm er Kragen, Kette und Armband und wog alles in den Händen. »Ein spärlicher Lohn für das, was ich durchgemacht habe.«

Egil betrachtete ihn. »Und das wäre ...?«

Delon warf einen Seitenblick auf Arin und Aiko. Dann senkte er die Augen und sagte: »Meine Aufgabe bestand darin, die Königin ... nun, sie zufrieden zu stellen.« Er schüttelte den Kopf. »Sie war sogar für mich zu viel.«

»Hah!«, blaffte Alos. »Und wie habt Ihr sie dann zufrieden gestellt?«

Delon neigte den Kopf und lächelte dünn. »Es gibt mehr als eine Möglichkeit, eine Frau zu befriedigen.«

Alos lachte laut auf, dann wurde er ernst und wandte sich an Aiko. »Ich hoffe, Ihr habt keinen Fehler gemacht. Ich meine, wir haben den echten Pfau zurückgelassen, und ich will nicht zurückkehren müssen, um ihn doch noch zu holen. Und was das Decken angeht: Wahrscheinlich besorgt er es gerade den Enten.«

»Nein, Alos«, erwiderte Aiko. »Federvieh ist es bestimmt, der eigenen Art treu zu bleiben.«

»Woher wusstet Ihr dann, dass Delon hier der Deck-Pfau ist?«

Delon sah sie mit einem dünnen Lächeln an und wartete auf ihre Antwort.

Aiko zuckte die Achseln. »Die Balkontür war offen, und die Königin war nicht sonderlich leise in ihrer überschwänglichen Leidenschaft. Was den Pfau angeht …«

»Was den Pfau angeht«, warf Delon ein, indem er erst die Arme ausbreitete und dann mit den Händen auf seine Kleidung wies, »seht mich doch an. Was war ich anderes als Gudruns Pfau? Sie hat mich so grellbunt gekleidet, als wäre ich eines ihrer Tiere in der Menagerie. Es ist ein Wunder, dass niemand bei meinem Anblick erblindet ist.« Delon nickte Aiko zu. »In der Tat, edle Aiko, ich *bin* Der Deck-Pfau Des Wahnsinnigen Monarchen – aber nur einer von sehr vielen, wie mir zu Ohren gekommen ist. Aber ich bin Euch sehr dankbar, dass Ihr mich befreit habt, bevor ich das Los der anderen teilen konnte.«

»Wie seid Ihr dazu gekommen, der Königin, äh« – Alos zeigte ein anzügliches Grinsen – »zu dienen?«

Delon lachte und sagte: »Ich mag den Alten.« Dann wurde seine Miene ernst. »Wie ich dazu gekommen bin, ihr zu dienen, nun, ich bin sehenden Auges geradewegs ins Verderben marschiert …«

Delon pfiff vor sich hin, als er das Schiff aus Gelen verließ, das in Königinstadt angelegt hatte. Wenn die Gerüchte stimmten, würde er bald als Geliebter der Königin in endlosem Luxus leben, daran zweifelte er nicht einen Augenblick. Er würde sie zuerst mit den Augen und der Stimme verführen …

Delon berührte das Amulett an seinem Hals, das ihm sein Vater Elon gegeben hatte, der es von seinem Vater Galon bekommen hatte, und so weiter, bis sich seine Vorfahren im Dunkel der Zeit verloren. Woher das Amulett ursprünglich kam, wusste niemand, obwohl es hieß, es sei ein Geschenk des Magiers Kaldor für einen hervorragend ausgeführten Dienst gewesen. Jedenfalls schien es die Kraft zu haben, seine Stimme zu verstärken, und in Verbindung mit seiner Ausbildung als

Barde ließ ihn das Schmuckstück beinahe wie einen elfischen Sänger klingen.

... und wenn sie ihn mit in ihr Bett nahm, würde er sie mit den Händen und Lippen liebkosen, ihr glühende Verheißungen zuflüstern und sie schließlich mit seinem ganzen Körper lieben. Er war davon überzeugt, dass er sie befriedigen können würde, denn er hatte einen Großteil der letzten fünfzehn Jahre in Gesellschaft von Frauen verbracht, in erster Linie in ihren Betten, und ihm war noch keine Frau begegnet, die er nicht zufrieden stellen konnte. Die Belohnungen waren beachtlich gewesen: das beste Essen, der beste Wein, schöne Kleider, kostbare Bücher, kleine Schätze, seltener Tand und vielerlei Annehmlichkeiten – oh, nicht notwendigerweise körperliche Vergnügungen, obwohl es diese in beträchtlichem Maß gab, sondern Unterhaltung für Geist, Verstand, Herz und Seele. Auch Reisen und Abenteuer hatten ihm offen gestanden, obwohl er bisher alle Anstrengungen vermieden hatte, denn er liebte den Luxus zu sehr. Gewiss, es gab Zeiten, wenn er aus den Armen einer Frau fliehen musste – wenn ihr Vater, Bruder, Gemahl oder Verlobter unerwartet in ihr Gemach kam –, und es gab Zeiten, wenn er sich den Weg freikämpfen musste, denn er war geübt im Umgang mit dem Rapier, obwohl er sich meist mit Worten herauswand. Aber insgesamt streunte er von einem behaglichen Unterschlupf zum nächsten, wenn sein Appetit auf einen speziellen Ort oder eine Frau nachließ.

So trieb er sich umher, von Anwesen zu Herrenhaus, von Landsitz zu Villa, und suchte Vergnügen, suchte ... er wusste nicht, was er sonst noch begehrte.

Schließlich hatte er von der Königin der Jüten gehört, von der man sagte, dass sie einen Geliebten herbeisehne. Und da er noch nie zuvor im Bett einer Königin gelegen hatte, geschweige denn einer so außerordentlich reichen wie Gudrun, gedachte er sich auch in diesem Spiel zu versuchen. Sicher, es gab geflüsterte Gerüchte über vergangene Liebhaber und auch

Gerüchte über ihre seltsamen Vorlieben – wenig glaubhafte Geschichten über Hunde, Pferde und andere Tiere –, aber er hatte selbst schon viele Geliebte gehabt, darunter auch solche mit außergewöhnlichen Neigungen, und die Geschichten, die verlassene Frauen über ihn verbreiteten, waren ebenso offensichtlich falsch.

Und so kam er mit einem simplen Plan nach Königinstadt: ins Bett der Monarchin zu gelangen. Da wusste er noch nicht, worauf er sich einließ.

Es dauerte keine Woche, bis er eingeladen wurde, vor der Königin zu singen, und der Abend war noch nicht weit fortgeschritten, als sie ihn in ihr Bett holte.

Vollkommen erschöpft von ihren Ansprüchen, schlief er wie ein Toter, und als er erwachte, hatte er einen Silberkragen um den Hals, der durch eine Silberkette mit einem Armband verbunden war, das sie trug.

Dann, eines Nachts im Nachglühen des Liebesaktes, bekannte sie ihm flüsternd, warum sie als wahnsinnig galt: Sie erzählte ihm mit zärtlicher Stimme, dass ihre vorherigen Liebhaber – Hunderte an der Zahl – einer nach dem anderen geopfert worden seien, wenn sie ihre Lust nicht mehr hatten befriedigen können. Sie hatte um jeden Einzelnen getrauert: Sie pflegte bei diesen Anlässen zu weinen und immer wieder den Namen ihres Vaters zu rufen, während der verflossene Geliebte seine Qualen herausschrie, da ihm das Fleisch von den Knochen gesengt wurde, und er lebendig verbrannte.

Doch nun glaubte sie, endlich ihren Geliebten für die Ewigkeit gefunden zu haben, denn Delon konnte und würde ganz gewiss jedes ihrer fleischlichen Gelüste befriedigen – für immer.

Delon war entsetzt und hätte sie bereits in diesem Augenblick beinah enttäuscht, aber zum Entzücken der Königin kannte er tatsächlich mehr als eine Möglichkeit, eine Frau zu befriedigen.

Was den Barden betraf, so wurde ihm jeder Wunsch erfüllt. Abgesehen von seiner Freiheit konnte er alles verlangen – Speisen, Wein, Kleider, Luxus, was immer er begehrte. Doch für seine Freiheit hätte er mit Freuden alles hergegeben.

Und er wusste nicht, wie lange er die wahnsinnige Monarchin noch zufrieden stellen konnte, und damit wusste er nicht, welche Lebensspanne ihm noch bemessen war.

»... und dann seid Ihr gekommen und habt mich gerettet.« Delon verstummte, nachdem er seine Geschichte erzählt hatte.

Aiko fragte: »Warum habt Ihr sie nicht einfach getötet und seid geflohen?«

Delon schüttelte den Kopf. »Ich weiß es nicht. Es kam mir so vor, als sei ich vollkommen hilflos. Ich war einfach nur ihr Leibeigener.«

Arin runzelte die Stirn, dann betrachtete sie Kette und Kragen in Delons Händen. Sie neigte den Kopf und betrachtete das Silber mit ihrer besonderen Gabe. Über dem Metall schien eine schwache Aura zu leuchten. »Hm. Ich glaube, es liegt ein Zauber auf dem Halsband, der Kette und dem Armband, Delon.« Sie sah den Barden an. »Und auch auf dem Amulett, das Ihr tragt.«

Delon berührte den polierten Obsidianstein an der zierlichen Goldkette. »Dieses Amulett behalte ich. Aber das andere ...?«

»Zerstört es«, sagte Aiko.

Egil widersprach. »Nein. Wenn es einen Menschen gefügig macht, können wir es auf unserer Suche vielleicht noch einmal gut gebrauchen.«

Arin schaute von einem zum anderen, sagte aber nichts.

Sie segelten nach Südosten, in Richtung der Straße von Kistan. Zwölf Tage pflügten sie durch die Wellen in wärmeres Gewässer. Manchmal waren die Windböen auf ihrer Seite, dann wieder mussten sie gegen den Wind kreuzen, und ganz selten wehte für kurze Zeit überhaupt kein Lufthauch. An zwei Tagen regnete es – eine steife Brise wehte und fegte die Regentropfen über das wogende Meer. In dieser ganzen Zeit sahen sie keine Schiffe der Jüten, begegneten aber einer Ketsch aus Gelen, die nordwärts nach Hause segelte, und einem gothonischen Postschiff, das nach Westen unterwegs war. Keines der beiden kam für einen Gruß nah genug heran. Zwölf Tage folgten sie ihrem Kurs, und am zwölften Tag um Mitternacht feierte Arin das uralte Ritual der herbstlichen Tagundnachtgleiche. Aiko ahmte jede ihrer Bewegungen nach, Egil und Delon vollführten die Gesten spiegelbildlich, und sogar Alos begleitete sie einen Teil des Weges durch die Zeremonie.

Am Abend des sechzehnten Tages sichteten sie die Straße von Kistan und steuerten die *Breeze* nach Nordosten in das flachere Wasser entlang der Küste von Vancha. Sie hofften, sich dicht an der Küste halten zu können und so der Aufmerksamkeit der Piraten von Kistan zu entgehen, falls diese die Straße noch blockierten. Denn wenn die Piraten den Durchlass zum Avagonmeer immer noch bewachten, mochte eine kleine Schaluppe entlang der Küste unbemerkt durchschlüpfen. Doch obwohl die Blockade der Piraten durchbrochen war, suchten sie die Straße immer noch heim, enterten Schiffe, plünderten, vergewaltigten und mordeten, um sich anschließend wieder in die sicheren Häfen der Insel Kistan zurückzuziehen, welche mit dichtem Dschungel bewachsen war.

So glitten die Gefährten durch die Meerenge in das saphirblaue Wasser des Avagonmeers. Fünf Tage verstrichen, und sie sahen keine Einzige der schnellen Dauen der Piraten von Kistan.

Am Mittag des dreißigsten Septembertages legten sie in Castilla an der Südflanke Vanchas an. Als sie in der geschützten Bucht zwischen den ankernden Schiffen durchglitten, passierten sie ein arbalinisches Boot, dessen Rumpf von Feuer geschwärzt war. Einer seiner Masten war gebrochen, und dicht über der Wasserlinie klaffte ein Loch im Rumpf. An Bord des Schiffs arbeiteten Männer, um den Schaden zu reparieren und das Schiff zu überholen. Einige der Seeleute trugen Verbände.

Delon legte die Hände trichterförmig vor den Mund und rief: »Heho, dort drüben! Was ist passiert?«

»Piraten«, kam die knappe Antwort.

Delon drehte sich um. »Es ist ein Wunder, dass sie überlebt haben.«

»Nein«, erwiderte Egil. »Die Piraten rauben und plündern und töten die meisten ihrer Opfer, die sich wehren. Manchmal machen sie Gefangene, um ein Lösegeld zu erpressen. Manchmal nehmen sie auch Schiffe mit, um ein Lösegeld zu erpressen. Und manchmal versenken sie auch ein Schiff aus purer Grausamkeit. Aber insgesamt lassen sie schwer beschädigte Schiffe meist ziehen.«

»Ach?«

»Aye, damit sie überholt und wieder überfallen werden können.«

»Verfluchte Piraten«, zischte Alos und drehte sich nach dem beschädigten Schiff um, das jetzt achtern lag.

Egil starrte ebenfalls nach achtern und nickte zustimmend. »Verfluchte Piraten«, wiederholte er.

Arin musterte Egil mit ihren haselnussbraunen Augen. »Warum verfluchst du sie, *Chier*? Ist das nicht, was auch fjordländische Kaperfahrer tun: das Eigentum anderer plündern, vielleicht die Frauen der Besiegten gegen ihren Willen nehmen, die meisten von denen erschlagen, die sich wehren, Gefangene machen, um Lösegeld zu erpressen, und manchmal Dinge aus purer Bosheit zerstören, aber im Großen und Ganzen genug zurücklassen, damit sie in späteren Jahren zu weiteren Raubzügen zurückkehren können?«

Egil sah sie an, und sein verbliebenes blaues Auge funkelte.

»Aye, Liebste. Ich habe all diese Dinge getan, die du aufgezählt hast, und sogar noch mehr. Aber wie ich auf den Höhen des Fjords, in dem ich geboren bin, geschworen habe: Ich werde nicht mehr auf Kaperfahrt gehen. Lasst es bei mir beginnen, habe ich gesagt, und das habe ich auch so gemeint.«

Arin nahm seine Hand in ihre, zog ihn zu sich herunter und küsste ihn. Egil lächelte, strich ihr über die Haare und sagte: »Das heißt natürlich nicht, dass ich nicht ab und zu einen Pfau stehlen würde.«

Arin lachte. »Borgen, *Chier*, borgen.«

Zwei Tage später war das Schiff mit neuem Proviant beladen, und Delon und Alos trugen für das Meer geeignete Kleidung – mit Ausnahme von Delons schillerndem Gürtel mit der großen, verzierten Schnalle, den der Barde als farbenprächtige Erinnerung an eine nicht sonderlich erbauliche Zeit in seinem Leben behalten hatte –, und sie setzten die Segel zur letzten Etappe ihrer Fahrt nach Pendwyr. Sie hielten sich weiterhin dicht an der Küste von Vancha, denn die Flotte des Hochkönigs hatte die Blockade zwar durchbrochen, aber die Piraten überfielen immer noch so manches Schiff in der Straße. In weniger als sieben Tagen hatten sie den nördlichen Arm der Straße von Kistan durchfahren und schlugen einen nordöstlichen Kurs ein, der sie nun durch die indigofarbenen Tiefen des Avagonmeers führte. Der günstige Wind hielt an, obwohl es ab und zu regnete. Doch sie segelten immer weiter, während am Nordhorizont für sie unsichtbar die Reiche Hoven und Jugo vorbeizogen.

Nach den ersten drei Oktoberwochen wurde das Wasser schlammig, ein Zeichen, dass sie sich der Mündung des gewaltigen Argon näherten, und gegen Sonnenuntergang stießen sie auf die Ufer von Pellar und folgten von da ab der Küstenlinie. Beim letzten Glasen des dritten Tages liefen sie unter einem funkelnden Sternenhimmel in die Versteckte Bucht ein, deren Hafen von steilen, hundert Fuß hoch aufragenden Klippen umgeben war. Auf dem Weg zu ihrem Ankerplatz sahen sie auf der hohen Klippe über sich die Lichter einer Stadt funkeln, deren Gebäude auf der länglichen, am Ufer steil abfallenden Landzunge standen, welche die Bucht schützte.

Sie hatten endlich Pendwyr erreicht, den Ort, an dem sie Das Frettchen Im Käfig Des Hochkönigs zu finden hofften.

2. Kapitel

Nachdem sie die *Breeze* an einem Ankerplatz vertäut hatten, der ihnen vom Hafenmeister zugewiesen worden war, folgten Arin und ihre Gefährten der steilen Uferstraße, die zur Landzunge emporführte. Alos keuchte und beklagte sich während des ganzen Weges, und er blieb in regelmäßigen Abständen stehen, um zu verschnaufen.

»Ich hätte in einem der Hafengasthäuser bleiben sollen«, verkündete der alte Mann.

»Ha!«, schnaubte Aiko wütend. »In einer Hafen*spelunke*, meint Ihr wohl.«

Alos schob das Kinn vor. »Gasthaus, Spelunke. Was geht es Euch an? Ihr habt keinerlei Anspruch auf mich. Wenn Ihr habt, weswegen Ihr hierher gekommen seid, und wieder unterwegs zu Eurem nächsten Ziel seid, werde ich Euch nicht begleiten. Ich bin endlich frei und kann damit aufhören, mich über die Weltmeere schleifen zu lassen, Pfauen zu stehlen und Teile von Königinnen abzuhacken. Ihr habt nicht das Recht, mich herumzuschubsen, habt Ihr gehört?«

Aiko knurrte, doch die Dylvana seufzte, und Alos wollte ihrem Blick nicht begegnen. Delon nahm die Sachen des alten Mannes auf, und Egil sagte schließlich: »Gehen wir weiter.«

Bald erreichten sie die ersten Häuser, die aus Feldsteinen und Tonziegeln errichtet worden waren. Nur die bunt bemalten Türen waren aus Holz. Sie gingen weiter in die Stadt und bezogen nach einigen Erkundigungen Zimmer im *Blauen Mond*, einem Gasthaus mit Blick auf die Bucht.

Nach einem heißen Bad und einer heißen Mahlzeit gingen sie zu Bett. Am nächsten Morgen mussten sie feststellen, dass Alos verschwunden war.

»Verschwunden?«, fragte Egil. »Wohin verschwunden?«

Delon zuckte die Achseln und zeigte durch die Fenster des Schankraums nach draußen, wo der Morgennebel über die Landzunge und durch die Straßen von Pendwyr kroch. »Ich weiß nicht. Sein Bett ist benutzt, aber als ich aufgewacht bin, war er nicht mehr da. Seine Sachen sind ebenfalls weg.«

Egil sah Aiko an, aber die goldhäutige Kriegerin erwiderte den Blick lediglich mit ausdrucksloser Miene. Dann wandte er sich an Arin: »Keine Sorge, Liebste, wir können ihn jederzeit wiederfinden und zurück auf das Boot bringen.«

Arin riss den Blick vom Feuer los, das im Kamin des Schankraums brannte und die feuchte Kälte aus dem Raum vertrieb. »Nein, *Chier*, lass es gut sein.« Sie blickte von Egil zu Delon und sah dann wieder ihren Liebsten an. »Wenn wir das täten, könnten wir Alos auch gleich einen Eisenkragen um den Hals legen.«

Egil holte tief Luft und sagte langsam. »Wie du willst, mein Herz. Wie du willst.«

Ein Serviermädchen kam an den Tisch und brachte ein großes Tablett mit Eiern und Speckstreifen, Brot, Honig und frisch gebrühtem Tee. Delon übernahm es, allen die Teller zu füllen und das heiße Getränk auszuschenken.

Während sie sich über das Frühstück hermachten, sagte Egil: »Ich nehme an, als Nächstes gehen wir zum Caer und suchen den Käfig des Hochkönigs?«

Delon stellte seinen Becher beiseite. »Vielleicht ist dieser Käfig gar nicht im Caer. Vielleicht gibt es irgendwo anders einen Tiergarten.«

»Es könnte auch sein, dass König Bleys gar keine Frettchen hält«, sagte Aiko.

Delon zog eine Augenbraue hoch.

Aiko zuckte die Achseln. »Vielleicht ist Das Frettchen Im Käfig Des Hochkönigs eine Person, ebenso wie Ihr Der Deck-Pfau Des Wahnsinnigen Monarchen seid und ich Die Katze Die In Ungnade Fiel.«

»Falls ich tatsächlich der Pfau aus dem Rätsel bin und es nicht der Vogel aus ihrem Garten ist«, sagte Delon.

»Hm«, sann Egil. »Ob Ihr nun der Pfau seid oder nicht – obwohl ich glaube, dass Ihr es seid –, Aiko könnte trotzdem Recht haben: Auch das Frettchen könnte eine Person sein. In diesem Fall könnte der Käfig des Hochkönigs das Caer selbst oder ein Verließ im Caer sein, oder ...«

»Oder das Stadtgefängnis«, warf Delon ein.

»Oder die Bilge auf einem Schiff«, beendete Egil seinen Satz.

»In meinen Liedern wäre es ein abgelegener Turm ... in dessen höchster Kammer eine Prinzessin eingesperrt ist.« Delon grinste.

Egil sah Delon an. »Hat das Caer einen Turm?«

Delon zuckte die Achseln. »Vielleicht. Vielleicht nicht. Turm oder Verlies: Ich weiß es nicht. Ich bin noch nie hier gewesen.«

Egil wandte sich an Arin. Die Dylvana hatte aufgehört zu essen und starrte gebannt ins Feuer. »Ist alles in Ordnung, Liebste?«, fragte er.

Arin sah ihn an und seufzte. »Ja. Ich kann nichts in den Flammen sehen. Ich hatte keine Vision mehr, seit ich den Grünen Stein von Xian gesehen habe. Wenn ich neue Bilder im Feuer erblicken könnte, bekämen wir vielleicht einen Hinweis, was zu tun ist. Aber ich glaube, die Flammen werden so lange leer für mich sein, bis diese Suche beendet ist.«

Egil legte seine Hand auf ihre.

»Wilde Magie«, sagte Arin. »So hat der Wolfsmagier Dalavar sie genannt: wilde Magie. Sie kommt, wenn es ihr gefällt, und ich kann nichts tun, um sie herbeizurufen.« Sie seufzte und strich über seine Finger, dann befreite sie ihre Hand, nahm ihr Messer und bestrich eine Brotschnitte mit Honig.

»Nun ja«, sagte Egil, »ich würde sagen, wir gehen zum Caer und sehen nach, was es dort über Käfige und Frettchen herauszufinden gibt.«

»Und zum Gefängnis sollten wir ebenfalls gehen«, fügte Delon hinzu. Er schaufelte sich einen Löffel Ei in den Mund und kaute nachdenklich. Schließlich trank er einen großen Schluck aus seinem Becher und sagte: »Wenn der Hochkönig ein eigenes Schiff hat, sollten wir auch nachsehen, ob jemand dort in der Bilge festgehalten wird.«

Arin legte ihr Messer beiseite. »Es ist so unbefriedigend: Alles ist rätselhaft. Wir wissen nicht einmal, ob Das Frettchen Im Käfig Des Hochkönigs überhaupt in Pendwyr ist. Aber da wäre immerhin dies: Wenn Aiko die Katze ist, und Egil Das Einauge In Dunklem Wasser – vergesst nicht, dass wir aus vier Einaugen auswählen können, drei, nun da Alos weg ist – und wenn Delon der Deck-Pfau ist und nicht der Vogel, den wir zurückgelassen haben, dann stolpern wir den richtigen Weg entlang, obwohl wir blind sind. Daher müssen wir in Pendwyr nach dem Frettchen Ausschau halten. Ob wir wahrhaftig finden, was wir suchen, bleibt den Launen unseres Schicksals überlassen – vielleicht lächelt uns ja das Glück. Dennoch, selbst wenn wir mit dem Frettchen von hier aufbrechen, müssen wir immer noch den Verfluchten Bewahrer Des Glaubens Im Labyrinth finden, und wir haben keine Ahnung, wo wir ihn suchen sollen und wer oder was das sein könnte.«

Aiko griff nach einem Stück Speck. »Vergesst nicht die Statue im Heckenlabyrinth, Dara. Der Bewahrer Des Glaubens Im Labyrinth könnte sich immer noch als die einhändige Königin erweisen.«

Delon lachte und wurde dann rasch ernst, während sich

seine Augen weiteten. »Sagt, wir werden doch nicht etwa deswegen zurückkehren, oder?«

»Wenn wir es tun«, erwiderte Aiko, während sie die Speckscheibe mit dem Tranchiermesser halbierte, »bringe ich sie vielleicht als die Königin ohne Kopf mit.«

Arin hob eine Hand. »Wenn sie tatsächlich Der Bewahrer Des Glaubens sein sollte, würde ich meinen, dass wir sie lebendig brauchen, um die Suche zu beenden.«

Aikos Mundwinkel zuckten. »Aber wenn diese Suche vorbei ist ...« Sie fuhr sich langsam mit einem Finger über die Kehle. Dann lächelte die Kriegerin aus Ryodo und biss mit gutem Appetit in ihren Speck.

Arin schüttelte den Kopf. »Im Moment verfolgen wir das Frettchen und nicht Den Bewahrer Des Glaubens.«

Egil sagte: »Sicher ist das Frettchen hier in Pellar und nirgendwo anders. Ich meine, wo würde König Bleys sonst einen Käfig aufbewahren?«

Bei dieser Frage richteten sich alle Augen auf Delon, der jedoch die Achseln zuckte. »Ich habe gehört, dass er auch eine Festung in Rian hat. Die Burg Challerain, glaube ich.«

Aiko stöhnte und fragte dann: »Wo ist diese Feste Challerain?«

Delon zuckte wieder die Achseln. »Ich bin noch nicht dort gewesen.«

»Rian liegt am Borealmeer«, sagte Egil. »Und die Feste muss landeinwärts liegen, denn an der Küste ist sie nicht. In jedem Fall ist sie sehr weit nördlich von hier.«

»Hätten wir das nur gewusst, als wir über das Meer gesegelt sind«, sagte Aiko. »Es hätte uns vielleicht eine weite Reise erspart.«

Sie aßen eine Weile schweigend, dann sagte Egil: »Hört mich an: Ehe wir zur Feste Challerain reisen, lasst uns zuerst diese Stadt absuchen. Vielleicht lächelt uns ja tatsächlich das Glück zu, wie Arin sagt.«

Die Dylvana schaute von ihrem Honigbrot auf. »Wir können nur hoffen.«

Als sie durch die Tür des Gasthauses auf die gepflasterte Straße traten, sagte Egil: »Also, ich habe mit dem Wirt gesprochen, und die einzigen Käfige des Hochkönigs, die er kennt, sind die Zwinger, wo König Bleys seine Hunde hält, und die Volieren mit seinen Jagdfalken. Im Caer gibt es keine Verliese, soviel er weiß, aber es gibt ein Stadtgefängnis – welches im Augenblick mit Beutelschneidern, Dieben und gefangenen Piraten gefüllt ist, die auf ihre Hinrichtung warten. Bei seinem Kampf gegen die Seeräuber hat der Hochkönig wohl einige Piratenkapitäne gefangen nehmen lassen und mit zurückgebracht, um ein Exempel an ihnen zu statuieren. Sie sollen bei Sonnenuntergang hingerichtet werden.«

»Ha«, schnaubte Delon. »Hinrichtungen werden der Piratenplage auch kein Ende bereiten. Diese Männer stammen aus einer Nation, die eine lange Tradition der Seeräuberei pflegt: Kistan – die unzähligen kleinen Buchten und Höhlen im Dschungel bieten ihnen hervorragenden Schutz.«

»Die Piraten sind momentan nicht unsere Sorge«, sagte Egil. »Wir haben ein ganz anderes Anliegen.« Er wandte sich an Arin. »Wollen wir gehen?«

Sie machten sich auf den Weg zum Caer.

Während sich der Nebel in der Morgensonne langsam auflöste, gingen sie durch eine Stadt, deren steinerne Gebäude größtenteils dicht gedrängt nebeneinander standen, obwohl es da und dort auch freistehende Häuser gab. Schmale Straßen und Gassen wanden sich hierhin und dorthin, und das Kopfsteinpflaster war mehrfarbig. Viele Erdgeschosse beherbergten Geschäfte, über denen sich Wohnungen befanden. Hinter Glasfenstern waren die Waren von Handwerkern und Künstlern ausgestellt. Hutmacher, Kupferschmiede, Töpfer, Juweliere,

Weber, Gerber, Schuster, Böttcher, Schneider, Möbelschreiner und viele mehr boten so ihre Produkte feil.

Delon blieb vor dem Schaufenster eines dieser Geschäfte stehen. »Ich muss mich mit einer Garnitur guter Lederkleidung eindecken. Sehr wahrscheinlich werde ich so etwas brauchen, ehe dieses Abenteuer vorbei ist.«

Aiko sah ihn fragend an. »Werdet Ihr darauf bestehen, dass Eure Kleider zu Eurem Gürtel passen? Wenn ja, habe ich eine Feder für Euren Hut.« Delon grinste, während Aiko hinter vorgehaltener Hand kicherte, und Egil schallend lachte. Arin schmunzelte nur und zog Egil dann weiter. Die anderen folgten dem Paar.

Es waren nicht viele Fußgänger unterwegs, und schwere Pferdefuhrwerke klapperten durch die Straßen. An einer Stelle mussten Arin und ihre Gefährten stehen bleiben, als ein Wasserkarren sich um eine sehr enge Kurve manövrierte. Auf ihrem weiteren Weg wurden solche Fuhrwerke zu einem häufigen Anblick, denn Pendwyr war eine Stadt ohne Brunnen, und Wasser wurde aus den Schächten und Quellen der Prärien von Pellar herangeschafft.

Praktisch alle Gebäude der Stadt waren mit Ziegeldächern gedeckt, die mit Regenrinnen und Abflüssen ausgestattet waren, welche so geschickt angelegt worden waren, dass sie das Regenwasser in Zisternen ableiteten, wo es gespeichert wurde. Dieser Vorrat wurde durch das Wasser aus der Prärie ergänzt.

Dank der Lage Pendwyrs regnete es jedoch oft in der Stadt, und die Bewohner mussten sich nur sehr selten gänzlich auf das Wasser aus der Prärie verlassen.

Die Gründung einer Stadt mit so knapp bemessenen Wasservorräten war ein Zufall der Geschichte, denn Pendwyr war Haus für Haus gewachsen, da Kaufleute und Handwerker sich auf der Landzunge niedergelassen hatten, um in der Nähe der Festung zu sein. In der eigentlichen Bastion hatte der König Quartier genommen, nachdem die Stadt Gleeds nahe der Mündung des Argon von den Chabbainern dem Erdboden gleichgemacht worden war.

Doch weder Arin noch Egil noch Delon noch Aiko wussten, wie Pendwyr entstanden war. Sie schlenderten größtenteils schweigend durch die Stadt und nahmen den allgemeinen Reichtum ringsumher in Augenschein.

Sie schlenderten an Läden und Geschäften vorbei, an Gasthäusern und Tavernen, Cafés und Teestuben, an großen Häusern und kleinen Plätzen, an Gemüsehändlern, Heilern und Kräutergeschäften. Mehrmals überquerten sie offene Marktplätze, wo Fisch, Geflügel und Fleisch, Gemüse, Obst und Brot, Webteppiche, Blumen und vieles mehr feilgeboten wurden. Doch Arin und ihre Gefährten blieben nicht lange stehen, um die Waren zu begutachten, obwohl Egil anmerkte, dass sie hier alle Einkäufe würden tätigen können, um die Vorräte auf ihrem Schiff zu ergänzen.

Sie gingen weiter und passierten schließlich ein Tor in einer hohen Steinmauer, welche über die gesamte Breite der Landzunge verlief. Jenseits der Mauer standen die offiziellen Gebäude der Stadt. Hier gab es ein großes Gerichtshaus; ein Gebäude, in dem die Stadtgarde und das Gefängnis untergebracht waren, eine Feuerwache, eine Bibliothek, eine ganze Reihe von Universitätshallen, und hier befanden sich auch die Ämter der Regierung des Reichs. Auf ihrem Weg durch diesen Teil Pendwyrs hörten sie irgendwann ein lautes *Thnk!*, und am Ende einer Seitenstraße konnten sie auf einem großen freien Platz hinter einer niedrigen Mauer ein Galgengerüst mit vielen Schlingen sehen. Offenkundig sollte der Galgen gerade in Dienst genommen werden, denn Soldaten versuchten mit Gewichten zu ermessen, welcher Belastung die Seile standhalten konnten. Und obwohl es noch früh am Tag war, bauten Straßenhändler bereits ihre Stände auf dem Platz auf, um sich für den Verkauf ihrer Waren bei dem öffentlichen Spektakel am Abend die besten Plätze zu sichern.

Arin seufzte. »Die Menschen hier machen einen Karneval aus dem Tod.«

Egil sah sie an. »Vielleicht gibt das anderen Grund zum Nachdenken, Liebste. Sie werden es sich zweimal überlegen, bevor sie ein ähnliches Verbrechen begehen.«

Arin schüttelte den Kopf. »Wie Delon schon sagte, auch so ein grausames Schauspiel wird die Piraten nicht aufhalten.«

Egil zuckte die Achseln, und sie gingen weiter.

Vor ihnen lag Caer Pendwyr selbst. Die Zitadelle wurde ringsherum von einer Mauer geschützt, und in jeder Ecke befand sich ein wehrhaft aussehender Turm. Als sie sich dem Caer näherten, ging ihnen plötzlich auf, dass die Festung auf einer freistehenden Felszinne errichtet worden war, die aus dem Avagonmeer unter ihnen aufragte. Der befestigte Felsturm war über eine schwenkbare Brücke mit dem Festland verbunden, die von der Burg aus gedreht werden konnte, um die Festung von der Landzunge zu trennen.

Eine Reihe von Bittstellern stand vor einem niedrigen Gebäude abseits des Übergangs. Nach ein, zwei Erkundigungen stellten Arin und ihre Gefährten sich ans Ende der Schlange. Die Leute drehten sich um und gafften sie an, denn nur wenige von ihnen hatte je eine Dylvana gesehen und noch keiner eine Kriegerin mit safranfarbener Haut. Am anderen Ende der Reihe ging ein Wächter in das Gebäude, während geflüsterte Worte in der Schlange weitergegeben wurden. Augenblicke später kam ein Soldat in Rot und Gold, den Farben des Hochkönigs, mit dem Wächter nach draußen, der auf das Quartett deutete. Der Wächter nahm wieder seinen Platz an der Tür ein, aber der Soldat ging geradewegs zu den vier Gefährten.

Aikos Haltung änderte sich, als bereite sie sich auf einen Kampf vor, obwohl sie ihre Schwerter in den Scheiden auf ihrem Rücken beließ.

»Glaubt Ihr, sie wissen von Gudrun und kommen, um uns festzunehmen?«, flüsterte Delon.

Egil zuckte die Achseln. »Unwahrscheinlich«, erwiderte er, doch seine Hand fiel auf die Axt, die in seinem Gürtel steckte.

Der Soldat trat vor sie und verbeugte sich. »Edle Dame«, sagte er zu Arin, »bringt Ihr Nachricht vom König?«

»Nein«, erwiderte Arin. »Ich bin vielmehr hier, um ihn zu sprechen.« Während ein Ausdruck der Enttäuschung über das Gesicht des Soldaten huschte, fügte Arin hinzu: »Der Frage entnehme ich, dass König Bleys nicht in Caer Pendwyr weilt?«

»Er ist in der Tat nicht hier, edle Dame«, erwiderte der Soldat, dessen Blick kurz zu Aiko und dann wieder zurück huschte. »Lord Revor führt zurzeit die Staatsgeschäfte.«

»Wir sind weit gereist, um mit dem Hochkönig zu reden«, sagte Arin, »aber wenn er nicht hier ist, möchten wir um eine Audienz bei seinem Haushofmeister ersuchen. Unser Anliegen ist dringend.«

Der Soldat schüttelte den Kopf. »Es tut mir sehr Leid, werte Dame, aber der Lord Haushofmeister empfängt heute niemanden. Er trifft Vorbereitungen für eine wichtige Reise.«

Arin richtete sich zu ihrer vollen Größe von vier Fuß und acht Fingerbreit auf. »Sagt ihm, dass eine Abgesandte Coron Remars von Darda Erynian hier ist und um Hilfe ersucht.«

Der Soldat schwenkte seinen Hut in einer tiefen Verbeugung. »Wartet hier, edle Dame, ich werde sehen, was sich machen lässt.«

Am Nachmittag kehrten sie zu dem Zeitpunkt zum Caer zurück, den der Soldat für sie vereinbart hatte. Ein Wächter führte sie über die Brücke in die ummauerte Burg. Sie schritten durch Korridore und zuletzt durch eine Seitentür, um schließlich einen Hinterhof zu überqueren, der zu einer kurzen Hängebrücke führte, die sich vielleicht hundert Fuß über dem wogenden Meer spannte. Die Brücke reichte von der Burg zu einer weiteren steilen Felsnadel, auf der niedrige Steingebäude errichtet waren – Behausungen für die engsten Berater des Königs, erklärte ihr Begleiter.

»Als ich noch ein Junge in Gûnar war«, sagte Delon, der auf die steil abfallenden Felswände starrte, während sie die schwankende Brücke überquerten, »habe ich mit meinem Vater oft solche Felswände erklommen. Diese Zeiten im Gûnarring sind jedoch lange vorbei.«

Voraus erblickten sie eine dritte Felsnadel und noch eine Hängebrücke, die den Abgrund zwischen den beiden natürlichen Steintürmen überspannte. Auf der entfernten Felsnadel befanden sich die Privatgemächer des Hochkönigs. Sie gingen nicht dorthin, sondern wurden vielmehr zu einem Steingebäude in der Nähe geführt, in dessen Eingangshalle sie eine Weile warteten. Schließlich trat ein schmächtiger Mann mit bereits ergrauten Haaren durch eine Tür und verbeugte sich vor Arin. »Edle Dame, ich bin der Lord Haushofmeister Revor«, verkündete er, »und mir ist zu Ohren gekommen, dass Ihr ein dringendes Anliegen habt.«

»Also ist König Bleys im Augenblick nicht einmal in Pellar«, sagte Egil.

Revor schüttelte den Kopf, während er hastig Papiere überflog, von denen er einige in Satteltaschen stopfte und andere zurück auf die Stapel des Schreibtisches legte, hinter dem er stand. Wie er ihnen gesagt hatte, würde er bald nach Norden durch die Bucht segeln, um sich um eine Rechtsangelegenheit zu kümmern, welche die Garnison in den Fian-Dünen betraf, aber er konnte einen Moment für sie erübrigen. »Nein, König Bleys ist im Norden. Kaum war er wieder zurück, nachdem er die Blockade der Piraten durchbrochen hatte, erhielten wir die Nachricht vom Feldzug der Lian.«

»Feldzug?«, unterbrach Arin. »Was für ein Feldzug?«

Revor sah sie an. »Anscheinend haben die *Rûpt* einige der großen Bäume des Lerchenwaldes gefällt, und die Lian haben die Waffen gegen den Stamm der *Spaunen* erhoben, der es getan hat. Aus der Botschaft ging hervor, dass die Vergeltung der Lian rasch erfolgt ist und vollkommen ohne Erbarmen, wie es auch sein sollte. An den Axtschwingern ist ein grimmiges Exempel statuiert worden, und ihre Überreste werden selbst jetzt noch für die anderen *Spaunen* in ihren Bergverstecken zur Schau gestellt. Manchmal kommt es zu einer bewaffneten Auseinandersetzung, und die Lian mähen jene *Rûpt* nieder, welche zu den Waffen greifen. Und dort ist auch Hochkönig Bleys: Er reitet mit den Lian.«

»Was hat das Fällen der Bäume mit Bleys zu tun?«, fragte Delon.

»Die Greisenbäume werden durch einen Erlass des Hochkönigs geschützt«, erwiderte Revor und blätterte erneut mit der linken Hand in den Papieren, die vor ihm lagen. »Außerdem ist König Bleys niemand, der untätig herumsteht, wenn mit gutem Grund zu den Waffen gerufen wird.« Der Haushofmeister zeigte auf die Stapel der Pergamente und Schriftrollen, die noch seiner Durchsicht harrten. »Die Verwaltung des Reichs überlässt er lieber anderen. Jedenfalls ist er, kaum dass die Blockade der Piraten durchbrochen war, gleich wieder mit Phais und einem kleinen Kriegstrupp losgeritten, um sich den Lian bei ihrem Marsch durch den Grimmwall anzuschließen.«

»Phais?«, fragte Egil.

»Sie ist die Beraterin des Hochkönigs«, erwiderte Revor. »Sie ist selbst eine Lian und war außer sich vor Empörung, als wir die Botschaft erhalten haben.« Revor hielt inne und ließ zwei Finger zwischen den Papieren ruhen. »Hm, das war letzten Oktober, vor einem Jahr. Aber da hat Bleys gerade die Flotte für den Einsatz gegen die Piraten bereitgemacht, und obwohl er Phais die Erlaubnis erteilt hat, in den Lerchenwald zu reiten, ist sie bei ihm geblieben. Jetzt ist er mit ihr gemeinsam unterwegs. Im Juli sind sie losgeritten, um sich den Lian anzuschließen – also vor drei Monaten.«

»Lord Revor, wie verläuft denn der Krieg?«, fragte Delon.

Der Haushofmeister zuckte die Achseln. »Bis auf die ursprüngliche Botschaft haben wir noch keine weitere Nachricht erhalten.« Revor stopfte noch ein letztes Papier in seine Satteltasche und schnallte sie zu.

Er sah sie an. »Aber Ihr seid nicht gekommen, um über den Krieg zu reden. Vielmehr wolltet Ihr den Hochkönig sprechen.« Jetzt sah er Arin direkt an. »Ihr sucht Hilfe, Dara Arin aus Darda Erynian, Abgesandte von Coron Remar. Wie kann ich Euch helfen?«

Arin warf einen Blick auf Egil und sagte dann: »Wir sind gekommen, weil wir ein Frettchen Im Käfig Des Hochkönigs suchen.«

Revors Augen weiteten sich, und er setzte sich betont langsam hinter den Schreibtisch. »Und das ist Euer dringendes Anliegen?«, fragte er in scharfem Tonfall.

Arin nickte. »Dieses Rätsel gehört zu einer Prophezeiung, die wir zu ergründen versuchen ... einer Prophezeiung, die der Hochkönig mittlerweile kennen müsste, falls er in der Zwischenzeit jenen von meinem Volk begegnet ist, die mit mir zum Schwarzen Berg geritten sind.«

»Prophezeiung?« Revor holte tief Luft und seufzte. »Dara, der Hochkönig hält keine Frettchen.«

»Gibt es welche in Pendwyr?«, fragte Delon.

Der Haushofmeister schüttelte den Kopf. »Nicht, dass ich wüsste. Ich fürchte, wenn Eure Aufgabe von Euch verlangt, ein Frettchen des Hochkönigs zu finden, werdet Ihr eine Enttäuschung erleben.«

Aiko meldete sich zum ersten Mal zu Wort. »Hat der Hochkönig überhaupt irgendwelche Tiere?«

»Er hält Hunde in Zwingern«, erwiderte Revor, der staunend ihrem fremden, melodiösen Akzent lauschte. »Und er hat Jagdfalken.«

»Können wir einen Blick darauf werfen?«

Revor blies die Backen auf. »Ich werde eine Führung veranlassen, obwohl Ihr keine Wiesel, Frettchen, Hermeline, Marder oder ähnliche Tiere darin finden werdet.«

»Hat Bleys irgendwo sonst noch Käfige?«, fragte Egil.

Revor zuckte die Achseln. »Vielleicht in der Feste Challerain, obwohl ich sehr überrascht wäre, wenn Ihr dort ein Frettchen finden würdet.«

Der Haushofmeister schaute von einem zum anderen. »Kann ich sonst noch etwas für Euch tun?« Keiner antwortete, und Revor erhob sich, warf sich Hut und Mantel über und nahm seine Satteltaschen. »Dahinter steckt sicher eine interessante Geschichte, und ich wollte, ich könnte sie mir anhören, aber auf mich wartet ebenfalls eine dringende Aufgabe.«

Während der Haushofmeister sie zur Tür führte, sagte Delon: »Ihr könntet doch noch etwas für uns tun, Lord Revor.«

Revor sah ihn an und hob eine Augenbraue.

Delon sagte: »Ihr könntet uns die Erlaubnis gewähren, mit den Insassen des Gefängnisses zu reden.«

»Huah«, knurrte der Haushofmeister. »Bis auf ein paar Trunkenbolde soll der Rest bei Sonnenuntergang aufgeknüpft werden.«

Delon zuckte die Achseln. »Trotzdem ...«

Revor schnaubte abfällig, doch dann weiteten sich seine Augen. »Ah, ich verstehe. Das Gefängnis ist auch ein Käfig des Hochkönigs. Gewiss.«

Dann runzelte Lord Revor die Stirn, als habe er eine flüchtige Eingebung, jedoch keine genaue Erinnerung. Doch ehe er darüber nachdenken konnte, trat ein Page ein. »Lord Revor, ich soll Euch sagen, dass Euer Schiff Euch erwartet.«

Revor entließ ihn mit einer Handbewegung. »Ja, ja, mein Junge. Ich bin gleich da.«

»Wo wir gerade von Schiffen reden, Lord Revor«, fügte Delon hinzu, während sie die Gemächer des Haushofmeisters verließen, »wir hätten auch gern die Erlaubnis, mit Gefangenen an Bord von Schiffen reden zu dürfen.«

Der Haushofmeister schüttelte den Kopf. »Die Bilgen sind samt und sonders leer, denn alle Gefangenen sind im Kerker. Ich werde Euch einen Passierschein für das Gefängnis besorgen.« Revor rief einen Soldaten der Königsgarde zu sich und gab ihm Anweisungen, dann verabschiedete er sich von seinen Gästen und marschierte mit seinen Satteltaschen zur Brücke des Caer.

»Nun, in einer Beziehung hatte Lord Revor auf jeden Fall Recht«, sagte Delon. »Frettchen gibt es in keinem dieser Käfige.«

Sie standen vor den Vogelkäfigen des Hochkönigs. Die Vögel trugen keine Haube, ihr Geschüh war frei, und ihre schwarzen Augen funkelten sie an.

»Ha!«, blaffte ihr Begleiter, ein älterer Soldat. »Ein Frettchen würde von diesen Schönheiten zerrissen werden. Seht Euch nur diese Krallen an und diese Schnäbel: Welches Frettchen könnte denen widerstehen?« Er zeigte mit dem Daumen über die Schulter auf die Zwinger, wo die Hunde aufgeregt hin und her liefen und die Fremden ankläfften, die vorbeigegangen waren. »Noch würde sich ein Wiesel lange zwischen den Hunden behaupten«, sagte der fast kahlköpfige Mann.

»Nun denn«, sagte Egil, »dann bringt uns in das Gefängnis, wo die Kapitäne der Piraten schmachten.«

Der Soldat schaute zur Sonne, die eine Handspanne über dem Horizont stand. »Die schmachten nicht mehr lange«, sagte er. »Bald werden sie alle am Ende eines Seils baumeln.«

Sie verließen die Käfige und Zwinger und gingen an den Stallungen vorbei und dann die Hauptstraße entlang zum Gefängnis. Aus der Seitenstraße, an deren Ende die Galgen standen, drang das Getöse einer großen Menschenmenge. Arin schaute angewidert auf das Spektakel. »Menschen und der Karneval des Todes«, murmelte sie.

Egil nahm ihre Hand, während sie zum Kerker schritten. »Kannst du behaupten, die Elfen wären anders?«

Sie sah ihn fragend an.

»Ich meine, die Lian stellen immer noch die Überreste der erschlagenen *Rûpt* für die Überlebenden zur Schau.«

»Aber sie haben die Bäume getötet«, sagte Arin.

»Und diese Piraten haben Menschen getötet«, erwiderte Egil.

Einen Moment gingen sie schweigend weiter, dann sagte Arin: »Du hast Recht, Egil. Das Fällen von Menschen wiegt schwerer als das Fällen von Bäumen. Aber bedenke auch, dass die Menge sich am Galgen versammelt hat, um unterhalten zu werden, während der Kriegstrupp der Lian nur Vergeltung suchte. Sie empfinden keine Freude an ihrem Tun, es geht nur um Gerechtigkeit.«

Nun verstummte Egil, und während Laternenanzünder durch die Straßen gingen und der nahenden Dämmerung durch das Anzünden der Öllampen hoch oben auf Laternenpfählen entgegenwirkten, erreichten Arin und ihre Gefährten endlich das Gefängnis.

Auf Befehl des Kerkermeisters legten sie die Waffen ab. Ein Wächter durchsuchte sie und fand Aikos Shuriken. Trotz ihres anfänglichen Zögerns gab die Kriegerin die Wurfsterne schließlich heraus, und er legte sie zu ihren anderen Waffen im Vestibül. »Hütet sie wie Euer bestes Stück«, sagte sie, »denn wenn sie bei unserer Rückkehr nicht mehr da sind, werdet Ihr in Zukunft keine Kinder mehr zeugen.«

Ein Aufseher führte sie eine Steintreppe empor und zu den Gefängniszellen, wo es wegen der nahenden Dämmerung ziemlich dunkel war. Durch die vergitterten Fenster war die wartende Menge unten auf der Straße zu hören: fliegende Händler, die ihre Waren anpriesen, spielende und lachende Kinder, schrille Stimmen, die lautstark verlangten, das blutige Schauspiel möge endlich beginnen, und das Gemurmel der dicht gedrängten Menschentraube. Einige der Gefangenen starrten durch die Fenster auf den wartenden Galgen, während andere weinend auf dem Boden saßen.

»Auf dieser Seite sitzen die Verbrecher, die aufgeknüpft werden sollen«, sagte der Aufseher, und deutete auf die Zellen zur Rechten. »Piraten, Beutelschneider und dergleichen. Auf der anderen Seite sind die Trunkenbolde und Schuldner. Die sollten auch aufgehängt werden, ist jedenfalls meine Meinung. Dann ist die Stadt diesen Abschaum ein für alle Mal los.« Dann wandte er sich an Arin. »Ihr müsst Euch aber sputen. Der Seiltanz fängt gleich an, und ich will gute Sicht haben. Wenn ich's recht bedenke, hole ich besser Rob, damit er mir einen Platz freihält. Achtet darauf, dass Ihr nicht zu nah an die Gitterstäbe kommt. Ich bin wieder zurück, bevor Ihr bemerkt, dass ich weg war.« Damit wandte er sich ab und eilte davon.

Aiko ging an der Reihe mit den Trunkenbolden und Schuldnern vorbei und schaute in jede Zelle.

Plötzlich rief Delon, »Frettchen!«, und das Wort hallte durch den Zellentrakt.

Er bekam keine Antwort.

Langsam gingen Arin und Egil an den Zellen auf der rechten Seite vorbei und schauten hinein. Einige der Gefangenen waren dunkelhäutig. Das waren offenbar die Kistaner – die gefangenen Piratenkapitäne. Andere waren hellhäutig und zitterten. »Beutelschneider und Diebe höchstwahrscheinlich«, sagte Egil.

Wölfische Blicke fielen auf sie, und einige der Gefangenen schleuderten ihnen Verwünschungen in unbekannten Sprachen entgegen. Andere kehrten den gaffenden Besuchern den Rücken, während wieder andere die Arme durch die Gitterstäbe streckten und die Dylvana mit tränenüberströmtem Gesicht anflehten, sie zu retten.

»Adon, erspare mir so einen Ort«, murmelte Delon, der vorausging.

Ein hellhäutiger junger Mensch mit dunkelbraunen, schulterlangen Haaren trat entschlossen nach vorne und blieb vor den Gitterstäben stehen. Als Delon vorbeiging, schoss sein Arm vor und hielt ihn am Ärmel fest. »Mein Herr, Ihr habt nach dem Frettchen gerufen?«

Delon zuckte zurück und löste sich von den zugreifenden Fingern. »Das habe ich.«

Der junge Häftling, der allein in seiner Zelle war, sagte leise: »Das bin ich. Man hat mich zu Unrecht eingesperrt.«

Delon riss die Augen auf und betrachtete die Person vor sich eingehend. »Bei Adon«, keuchte er, »du bist ja eine Frau!«

Sie breitete die Arme aus und vollführte eine Pirouette. Sie trug Männerkleidung, war fünf Fuß drei oder vier groß und sehr schlank. Ihre von langen Wimpern umrahmten Augen waren dunkelbraun und passten zu ihren Haaren. Sie konnte nicht älter als ein- oder zweiundzwanzig sein.

»Und du heißt Frettchen?«, fragte Delon.

»Ja.« Sie sah ihn mit geweiteten Augen und so viel damenhafter Tugendhaftigkeit an, wie sie aufbringen konnte. »Gewiss könnt Ihr sehen, mein Herr, dass ich unschuldig bin.«

Delon schaute nach rechts. »Dara!«, rief er. Als Arin sich zu ihm umdrehte, sagte Delon: »Diese Dame hier nennt sich Frettchen.«

Arin kam rasch zu ihnen »Ist das wahr? Ihr seid Frettchen?«

»So werde ich genannt, edle Dame«, antwortete die junge Frau, »obwohl ich in Wahrheit *Ferai* heiße. Der Name ist gothonisch wie auch mein lieber Vater, möge seine Seele in Frieden ruhen.«

»Frettchen, Ferai, einerlei«, sagte Arin, »wir müssen Euch hier herausbekommen.«

Ferais Augen leuchteten bei diesen Worten, doch Arin hatte sie kaum ausgesprochen, als der Aufseher zurückkehrte. »Die Zeit ist abgelaufen. Ich habe einen guten Platz, und sie fangen schon mit dem Hängen an. Ihr müsst gehen.«

»Wartet«, verlangte Arin. »Ihr müsst diese Person hier freilassen.«

Der Aufseher trat zurück und riss die Augen vor Verblüffung weit auf. »Sie? Du meine Güte, sie gehört zu den Allerschlimmsten hier drin. Sie ist die Königin der Diebe. Nein, werte Dame, sie wird wohl als Erste baumeln.«

»Aber ich bin unschuldig«, verkündete Ferai, wobei sie eine Träne zu vergießen versuchte, was ihr jedoch nicht gelang.

»Ha!«, bellte der Aufseher. »Schuldig wie die Sünde.«

»Chien haleine bâtard!«, fauchte Ferai.

»Hier geht es nicht um Schuld oder Unschuld«, verkündete Arin. »Unsere Mission ist von äußerster Wichtigkeit, und sie muss uns begleiten. Lasst sie frei.«

Der Aufseher schüttelte den Kopf. »Das werde ich nicht tun, edle Dame. Sie soll hängen, das ist eine Tatsache.«

»Das kann nicht sein«, protestierte Arin. »Bringt mich zum Oberaufseher.«

»Das wird Euch nichts nützen«, sagte der Aufseher. »Der hat auch seine Befehle.«

»Trotzdem«, sagte Egil, »würden wir gern mit ihm reden.«

»Aiko«, rief Arin. Die goldhäutige Kriegerin hatte das Ende der Zellen auf der linken Seite erreicht. »Beeilt Euch. Wir müssen mit dem Verantwortlichen reden.«

Aiko kam rasch zu Arin, und der rechtschaffen empörte Aufseher führte sie durch den Gang zurück.

Als Delon ihnen folgen wollte, zupfte Ferai wieder an seinem Ärmel. »Gebt mir Euren Gürtel.«

»Was?« Er starrte auf das grellbunte Leder.

»Stellt keine Fragen«, zischte sie. »Gebt ihn mir einfach.«

Während Delon den schillernden Gürtel mit der verzierten Schnalle abnahm, sagte sie: »Wo soll ich Euch treffen?«

»Uns treffen?«

»Seid Ihr schwer von Begriff? Ja! Wo?«

»Äh, wir sind im *Blauen Mond* abgestiegen, aber wir haben

ein Schiff am Pier liegen: Ankerplatz vierunddreißig. Die *Breeze.*«

Sie zog den Gürtel durch die Stäbe. »Dann treffen wir uns auf dem Schiff. Geht jetzt, bevor er sich umdreht.«

Delon beeilte sich, die anderen einzuholen.

Nachdem sie sich ihre Waffen wiedergeholt hatten, begleitete der Aufseher sie zu einem Büro im Erdgeschoss. Ein schlanker, hoch gewachsener Mann Anfang vierzig setzte gerade seinen Hut auf, als die Dylvana eintrat. Er sah den Aufseher, der sich beeilte, mit der Elfe Schritt zu halten, fragend an.

»Sie haben darauf bestanden, mit Ihnen zu reden, Herr Hauptmann«, schnaufte der Aufseher verärgert. »Mein Wort hat ihnen ja nicht gereicht, o nein.« Mit hoch erhobenem Haupt verließ er den Raum.

»Was wollt Ihr?«, wollte der Oberaufseher wissen, während er aus dem Fenster starrte, wo die Sonne soeben den Rand der Welt berührte. »Ich bin in Eile.«

»Wir brauchen einen der Gefangenen«, erwiderte Arin. »Ihr müsst einen der Häftlinge freilassen.«

Der Oberaufseher legte sich seinen Mantel um die Schultern. Im Korridor ertönte das Getrappel eiliger Schritte. »Wenn es ein Trunkenbold oder ein Schuldner ist, bezahlt einfach an der Pforte«, sagte er entschieden.

»Nein, Herr Oberaufseher, es ist jemand, der gehängt werden soll«, erwiderte Arin.

Ein Aufseher stand in der Tür. Hinter ihm stand ein Trupp Männer – mit Schwertern im Gürtel und Handschellen in den Händen. »Wir sind bereit, Herr Hauptmann.«

Der Oberaufseher nickte und warf dem Mann einen Ring mit Schlüsseln zu. »Geht schon nach oben, Sergeant. Nehmt alle aus der ersten Zelle. Ich komme gleich nach.«

Der Aufseher salutierte, drehte sich um und rief einen Befehl, und der Trupp machte kehrt und marschierte zur Treppe.

Der Oberaufseher nahm einen Stapel Papiere in die Hand. »Es tut mir Leid, aber Ihr kommt zu spät. Ich muss diese Urteile vollstrecken. Kein Gefangener, der hingerichtet werden soll, wird von mir freigelassen, aus welchem Grund auch immer.«

Aiko knurrte und berührte die breite Lederschärpe an ihrer Hüfte, welche die verborgenen Shuriken enthielt, doch Arin ließ sie mit einem Blick innehalten. Die Dylvana drehte sich wieder um. »Ich bin die Abgesandte des Coron Remar von Darda Erynian und bin auf Geheiß von Lord Haushofmeister Revor hier. Er wird Euch sagen, dass meinem Wunsch Folge zu leisten ist.«

»Habt Ihr dafür einen Beweis?«, fragte der Mann.

»Nein, aber den kann ich beschaffen.«

»Dann tut das«, erwiderte er und ging zur Tür. »Aber bis ich diesen Beweis sehe, werden die Hinrichtungen wie geplant vollzogen.«

»Aber der Haushofmeister ist in See gestochen«, protestierte Arin. »Ich kann nicht ...«

Aus dem Flur drangen alarmierte Rufe und Waffengeklirr herein. Schreie, die den Gefährten das Blut in den Adern gefrieren ließen, hallten durch das Gefängnis. Hörnerschall erklang, und dunkelhäutige Männer, die mit Schwertern und Ketten bewaffnet waren, polterten die Treppe herunter.

»Flucht!«, rief der Oberaufseher, doch ob dies ein Befehl war oder die Feststellung einer Tatsache, blieb ungewiss. Unabhängig davon zog er eine Waffe und stürzte sich mit klirrendem Stahl ins Getümmel.

Aiko hatte ihre Schwerter ebenfalls gezückt, und Egil hielt seine Axt umklammert. Delon zog sein Rapier und sah Arin an: »Das ist unsere Gelegenheit, Ferai zu retten.« Seine ausgebildete Stimme übertönte sogar den Kampfeslärm.

Arin, die ihr Langmesser gezückt hatte, nickte knapp, und Aiko ging voran. Die Schlacht hatte sich auf die Straße verlagert, und im Treppenhaus wurde nicht mehr gekämpft, obwohl hier und da Leichen lagen – sowohl Piraten als auch Wärter. Manche lebten noch, andere waren dagegen mausetot.

Delon rannte die Steintreppe hinter Arin empor und rief dabei: »Ferai! Ferai!«

Im oberen Stockwerk angekommen, fanden sie Tote und Sterbende vor. Und obwohl einer der getöteten Aufseher – der Sergeant – immer noch den Schlüsselring in den erkaltenden Fingern hielt, standen alle Zellentüren offen und waren leer, da sogar die Trunkenbolde und Schuldner ausgebrochen waren.

Allem Anschein nach war der Trupp der Aufseher in einen Hinterhalt geraten, und die Ausbrecher hatten sich ihre Waffen angeeignet.

Von Ferai war keine Spur zu sehen.

Arin und ihre Gefährten sahen einander verblüfft an, während durch die Fenster beunruhigte Rufe und das Geschrei verängstigter Frauen und Kinder drangen.

»Das Schiff«, sagte Delon. »Die *Breeze*. Ferai hat gesagt, sie würde uns dort treffen.«

»Was?«, fragte Egil überrascht.

»Sie hat gesagt, sie würde uns dort treffen«, wiederholte Delon. »Ich erkläre es später.«

»Lasst uns gehen«, sagte Aiko. »Meine Tigerin warnt mich vor einer Gefahr.«

»Aber die Verwundeten ...«, protestierte Arin.

»Jemand lässt ganz sicher gerade die Heiler kommen«, sagte Egil. »Außerdem wird der Oberaufseher sehr wahrscheinlich uns die Schuld für den Ausbruch der Gefangenen geben.«

»In der Tat«, sagte Delon. »Und damit hätte er wohl auch Recht.«

Aiko sah ihn mit schief gelegtem Kopf von der Seite an und wiederholte dann mit mehr Nachdruck: »Lasst uns gehen. Sofort.«

Sie liefen die Treppe herunter und nach draußen und gerieten sofort in ein wildes Durcheinander brüllender Männer, die wie Jagdhunde auf der Verfolgung hierhin und dorthin liefen, während Piraten vor ihnen flohen.

»Schnell zum *Blauen Mond*«, zischte Egil, »um unsere Sachen zu holen, und dann laufen wir zum Schiff.«

Sie eilten durch die Straßen zu ihrer Herberge. Unterwegs blieb Egil plötzlich wie angewurzelt stehen. »Adon«, sagte er und zeigte durch die Dämmerung auf den Hafen.

Unten in der Bucht ankerte ein Drachenschiff, an dessen Mast eine gestreifte Flagge wehte: schwarz, orange und golden.

»Das ist ein jütländisches Schiff«, sagte Egil. »Ich nehme an, dass es auf der Suche nach uns ist.«

»Äh, Euer Freund hat nach Euch gefragt«, sagte der Wirt. »Das ist noch nicht lange her.«

»Freund?«, fragte Delon. Der Barde war allein, denn die anderen wären für einen Beobachter leichter zu erkennen gewesen.

»Er hatte einen Akzent«, fügte der Wirt hinzu.

»War er alt und eines seiner Augen weiß?«

»Nein. Ein junger Mann mit blonden Haaren. Er trug schwarze Kleidung, nur sein Hut war orange und golden. Er war ein rechter Großsprecher, Herr, und hat gesagt, ich solle Euch nichts davon erzählen. Er sagte, er und seine Freunde wollten Euch überraschen. Er hat mir befohlen, den Mund zu halten. Aber ich meine, Ihr solltet es wissen, außerdem habe ich mir noch nie gerne Befehle von Fremden geben lassen.«

»Nun, wenn er wiederkommt«, sagte Delon, indem er dem Wirt eine Goldmünze zuschob, »sagt ihm, dass wir im Caer zu Abend essen. Lasst ihn und die anderen in unseren Räumen warten. Wir kehren erst spät zurück.«

Delon machte kehrt, zog sich den Hut tief in die Stirn und

ging wieder auf die Straße. Er folgte der von Laternen erhellten Hauptstraße ein paar Schritte und tauchte dann in eine dunkle Gasse. »Ihr hattet Recht, Egil«, zischte er den dreien zu, die dort warteten. »Die Jüten suchen uns.«

»Rauk!«, sagte Egil und wandte sich an Arin. »Dann müssen sie über die *Breeze* Bescheid wissen.«

»Wie das?«, fragte Delon.

»Sie müssen den Namen unserer Schaluppe vom Hafenmeister in Königinstadt erfahren haben«, sagte Arin.

»Und sie werden den hiesigen Hafenmeister gefragt haben, ob wir hier festgemacht haben«, fügte Egil hinzu.

»Dann werden sie unser Schiff beobachten«, sagte Aiko. »Vielleicht liegen sie gerade auf der Lauer und erwarten uns, und das ist die Gefahr, vor der meine Tigerin mich warnen wollte.«

»Ach, Hèl!«, zischte Delon. »Ferai geht zum Schiff.«

»O je«, rief Arin. »Da ist noch etwas.«

»Was denn, Liebste?«, fragte Egil, der die Straße beobachtete, doch nichts Verdächtiges entdecken konnte.

»Alos. Wenn sie ihn finden, werden sie ihn töten.«

»Verflucht!«, fauchte Egil. »Und es ist nicht so, dass er sich sonderlich gut verstecken kann – ein alter, einäugiger Mann.«

»Wir müssen ihn finden«, verkündete Arin, »und ihn in Sicherheit bringen.«

Aiko schnaubte verächtlich. »Er ist – oder war – in einer Hafentaverne; im *Schäumenden Bug.*«

Egil wandte sich an sie. »Ihr wisst, wo er ist?«

»Ich bin ihm letzte Nacht gefolgt, als er sich davongeschlichen hat.«

»Na, dann sollten wir uns beeilen«, sagte Delon. »Die Jüten werden bald wiederkommen, und ich wäre lieber nicht noch einmal Gudruns Gast.«

Sie ließen ihre ohnehin spärlichen Habseligkeiten im *Blauen Mond* zurück und gingen zum Hafen. Als sie die Straße zum

Pier erreichten, war die Nacht hereingebrochen, und unten am Kai brannten nur wenige Laternen. Sie hielten angestrengt nach Jüten Ausschau, konnten jedoch keine entdecken. Sie huschten zum Pier und in Richtung der Gasthäuser und Tavernen und hielten sich dabei in den dunkelsten Schatten. Bald hatten sie den Schäumenden Bug erreicht, eine baufällige Schänke, ganz ähnlich dem *Schlupfwinkel* in Mørkfjord.

Wieder schickten sie Delon, um nachzuforschen, denn er war weniger auffällig als seine Begleiter, da er weder elfisch, noch goldhäutig, noch einäugig war. Den Hut tief ins Gesicht gezogen, sodass sein Gesicht im Schatten lag, betrat Delon die Taverne, während Aiko, Arin und Egil mit gezogenen Waffen draußen in der Dunkelheit warteten.

Augenblicke später kam Delon mit Alos auf der Schulter wieder heraus. Der alte Mann war sturzbetrunken und bewusstlos.

Jetzt gingen sie zurück in Richtung der Schaluppe, diesmal mit Arin und Aiko an der Spitze, weil die Dylvana im Dunkeln am besten sehen konnte, während sich die Ryodoterin mit den Schwertern in den Händen neben ihr hielt.

»Die Gefahr wird größer«, zischte Aiko.

Sie verstauten Alos hinter einem Stapel von Flachsballen, die darauf warteten, auf ein Schiff geladen zu werden. In der Deckung durch Fässer und Ballen schlichen sie weiter durch die Dunkelheit.

Plötzlich blieben Arin und Aiko stehen. Die Dylvana drehte sich um und winkte Egil und Delon zu sich. »Da«, hauchte sie. »In der Dunkelheit nah beim Ankerplatz. Jüten. Sieben – nein, acht.«

»Hervorragend«, zischte Delon, während er angestrengt in die von Arin angegebene Richtung schaute. »Das sind nur zwei pro Person. Aber ich kann dort drüben nur Dunkelheit erkennen.«

»Elfenaugen sehen gut bei Nacht«, murmelte Arin, »Laternen- oder Sternenlicht reicht schon, um alles wie bei Tag erkennen zu können.«

Egil berührte Delon an der Schulter. »Ich kann sie auch nicht sehen, aber vergesst nicht: Die Jüten sind schwarz gekleidet.«

Delon nickte, konnte den Feind aber immer noch nicht ausmachen. »Was nun?«

Aiko wandte sich an Egil und den Barden. »Drehen wir doch den Spieß einfach um.«

»Wie das?«, fragte Egil.

»Wir lauern denen auf, die uns auflauern wollen«, erwiderte sie. »Wir locken sie in eine Falle.«

»Gibt es keine andere Möglichkeit?«, fragte Arin.

»Vielleicht eintausend, Liebste«, sagte Egil, »aber wir müssen handeln, bevor Ferai kommt.«

»Vielleicht ist sie längst dort, und man hat sie gefangen genommen«, zischte Delon.

Aiko sagte entschieden: »Das sind Meuchelmörder, die man geschickt hat, um uns zu töten. Eure Barmherzigkeit ist fehl am Platz, Dara.«

Egil betrachtete den Hafen. »Ich kann sie ablenken. Wenn sie hier vorbeilaufen, könnt Ihr sie von hinten angreifen. Das würde das Kräfteverhältnis ausgleichen.«

Aiko nickte zustimmend und zischte: »*Subarashii!* Denkt daran: Greift sie von hinten an!« Bevor jemand reagieren konnte, schob sie ihre Klingen in die Scheide und trat singend in das Licht einer entfernten Laterne, um dann schwankend in die Richtung der wartenden Jüten zu gehen.

»Rauk!«, fauchte Egil, wandte sich dann aber an die anderen. »Macht Euch bereit.«

Sie beobachteten, wie Aiko sich singend der *Breeze* näherte.

»Was ist, wenn sie Pfeil und Bogen haben?«, zischte Delon.

»Haben sie nicht«, sagte Arin.

Als Aiko sich der Schaluppe näherte, traten bewaffnete,

schwarz gekleidete Männer in das gedämpfte Licht. Einer von ihnen rief einen lauten Befehl.

Aiko heuchelte Überraschung. »Oh!« Sie lächelte unsicher und wich zurück.

Die Jüten liefen ihr entgegen, und Aiko machte kichernd kehrt und rannte den Weg zurück, den sie gekommen war.

Einer der Jüten schrie etwas, und die Männer rannten ihr nach. Ihre längeren Beine verringerten rasch die Entfernung zu der Flüchtenden.

Sie lief am Kai entlang, während die Männer aufholten, und in der Dunkelheit leuchteten Egils Knöchel weiß, da seine Hände den Schaft seiner Axt fest umklammerten. Arin hielt ihr Langmesser und Delon sein Rapier bereit.

Aiko lief an ihnen vorbei und noch ein paar Schritte weiter, dann fuhr sie plötzlich herum und zog ihre Schwerter. Jetzt rief sie: »*Kuru! Ajiwau hajgane!*«

Die Jüten blieben ebenfalls stehen, denn plötzlich waren ihrem wehrlos scheinenden Opfer scharfe Zähne gewachsen.

Einer der Männer warnte die anderen mit einem knappen Ruf, und gerade, als sie ausschwärmten, um die fremdländische Frau von allen Seiten anzugreifen, schlugen ihre drei Gefährten aus dem Hinterhalt zu. Egils Axt mähte einen Jüten mit einem einzigen Hieb nieder, Arins Langmesser glitt unter einem Schulterblatt durch und durchbohrte das Herz eines anderen Jüten, und Delons Rapier bohrte sich tief in einen dritten Jüten und blieb in einem Knochen stecken. Männer in Schwarz fuhren zu diesen neuen Gegnern herum, und einer hob ein Horn an die Lippen, um ein Signal zu blasen. Doch ehe er auch nur einen Ton hervorbringen konnte, kam ein Dolch aus der Dunkelheit geflogen und traf die Kehle des Mannes, der das Horn fallen ließ, sich an den Hals griff und gurgelnd zu Boden sank. Aiko tötete einen Jüten und gleich darauf noch einen, während Delon das Rapier aus der Hand gerissen wurde, als der Mann, den er damit durchbohrt hatte, zu Boden ging. Delon sah die Klinge eines Jüten auf seinen Kopf zusausen und sprang zur Seite, während noch ein Dolch aus der Dunkelheit geflogen kam und sich in die Brust seines Angreifers bohrte. Der Mann taumelte rückwärts, fiel über einen erschlagenen Kameraden und stand nicht wieder auf. Egils Axt fällte den letzten Jüten.

Sie sahen einander keuchend an, und eine Gestalt trat aus der Dunkelheit.

»Wo seid Ihr gewesen?«, wollte sie wissen, weitere Wurfmesser in den Händen.

Es war Ferai.

»Ferai!«, rief Delon.

Sie ignorierte seine Begrüßung. »Die Königsgarde wird bald hier sein und nach geflohenen Piraten suchen, weil die Überlebenden wahrscheinlich versuchen werden, ein Schiff zu stehlen.«

Im Laternenlicht konnten sie zwei überkreuzte Brustgurte mit Dolchen an ihr erkennen. Sie ging zu zweien der getöteten Jüten und holte sich ihre Messer wieder, wobei sie die Klingen an der Kleidung der Toten säuberte. »Diese Schweine haben auf Euch gewartet. Ich habe sie zuerst für Männer der Königsgarde gehalten. Ich wusste nicht, dass sie Euch angreifen würden. Zum Glück hatte ich mir inzwischen einige von meinen Sachen geholt.«

»Kommt«, sagte Arin. »Sie hat Recht: Männer der Königsgarde werden in Kürze hier auftauchen, um die Piraten daran zu hindern, ein Schiff zu stehlen; von den anderen Jüten, die uns suchen, ganz zu schweigen. Wir müssen fliehen.«

»Was ist mit den Leichen?«, fragte Delon.

»Die lassen wir liegen«, antwortete Egil. »Der Vorsprung, den wir gewinnen können, ist wichtiger, als sie zu verbergen.«

»Ich hole Alos, während Ihr das Schiff klarmacht«, sagte Aiko und machte sich auf den Rückweg zu den Flachsballen.

»Alos? Wer ist Alos?«, fragte Ferai, während sie kurz im

Schatten verschwand und mit einem kleinen Tornister wieder auftauchte.

»Er ist einer von den Einaugen Im Dunklen Wasser«, erwiderte Delon, ohne ihr diese seltsamen Worte näher zu erläutern. »Und nun lasst uns von hier verschwinden, bevor die Männer der Königsgarde oder noch mehr Jüten auftauchen.«

Während sie zum Schiff eilten, fischte sie seinen Gürtel aus einer Tasche und reichte ihn Delon. »Danke. Die Gürtelschnalle gibt einen guten Dietrich für Zellentüren ab.«

Delon lachte, nahm den Gürtel und legte ihn sich um die Taille.

Sie erreichten die *Breeze* und kletterten an Bord. Während Arin und Egil damit begannen, die Segel zu hissen, sagte Delon: »Hilf mir bei diesen Tauen, Ferai.«

»Diese Jüten, waren das die Männer in Schwarz?«

»Aye. Männer in Schwarz mit orange-goldenen Hüten auf dem Kopf. Sie sind hinter uns her.«

»Hm, die Jüten sind hinter Euch, die Königsgarde ist hinter mir her. Ich würde sagen, es wird Zeit zu verschwinden.«

»Und früher, als Ihr glaubt, Mädchen«, sagte Egil. »Wenn es den übrigen Jüten in den Sinn kommt, nachzusehen, was aus ihrem Hinterhalt geworden ist, müssen wir lange unterwegs sein. Ihr Drachenschiff ist schneller als unsere Schaluppe.«

»Still«, zischte Arin. »Jemand kommt.«

Sie blickten auf den im Schatten liegenden Kai. Eine Gestalt mit einer Last auf den Schultern tauchte auf.

Es war Aiko, und sie trug Alos, der immer noch weder Augen noch Ohren für die Welt hatte. Sie warf ihn wie einen Sack Korn über die Reling, kletterte dann selbst an Bord und ging zur Kabine, während Delon und Ferai die Schaluppe aus der Ankerbucht schoben und dann an Bord sprangen.

Da nun alle auf dem Schiff waren, stachen sie unter den funkelnden Sternen in See.

3. Kapitel

Als die Barke *Rote Hindin* gut die Hälfte ihrer Fahrt durch die Hilebucht hinter sich hatte – das Schiff war gut dreißig Seemeilen von Pendwyr entfernt und hatte noch siebenundzwanzig vor sich –, schreckte Lord Haushofmeister Revor mitten in der Nacht aus tiefem Schlaf hoch.

Er hatte den flüchtigen Gedanken endlich festgehalten, der seit seinem Aufbruch aus Pendwyr in seinem Kopf kreiste.

Er tastete auf dem Nachttisch neben seiner Koje herum, bis er den Lampenanzünder gefunden hatte. Augenblicke später war die winzige Kabine von gelbem Lampenlicht erfüllt.

Er zog die Satteltaschen unter seiner Koje hervor und begann, die Schriftstücke zu durchsuchen. Schließlich fand er die gesuchte Liste, und inmitten der vielen darauf verzeichneten Namen fand er auch denjenigen, der ihn ins Grübeln gebracht hatte: Ferai.

Könnte sie das Frettchen sein, das Dara Arin sucht?

Er starrte aus dem Bullauge in die nächtliche Schwärze.

Unwahrscheinlich, denn Ferai ist eine Diebin, und was würde eine Dylvana mit einer Diebin wollen? Trotzdem wäre es möglich.

Lord Revor seufzte und betrachtete noch einmal die Liste.

So oder so, die Sonne ist längst untergegangen, und damit ist es zu spät. Mittlerweile musste Ferai tot sein. Trotzdem, wäre ich nicht so in Eile gewesen ...

Lord Revor stopfte die Papiere in die Satteltaschen zurück und schob diese wieder unter die Koje. Dann blies er die Laterne aus.

Eine Weile blieb er im Dunkeln auf dem Rand seiner Koje sitzen, dann legte er sich endlich wieder hin.

Doch der Schlaf ließ noch lange auf sich warten.

4. Kapitel

Kurz vor Morgengrauen galoppierte ein Königsgardist auf einem todmüden Pferd und mit einem erschöpften Reservepferd am Zügel durch die Straßen von Pendwyr. Er jagte am *Blauen Mond* vorbei, wo eine Gruppe von Jüten ungeduldig darauf wartete, dass die Männer und Frauen, die sie verfolgten, in ihre Zimmer zurückkehrten. Der Reiter wusste nicht, dass dort Männer in Schwarz, Gold und Orange auf der Lauer lagen. Und er wusste auch nichts von den Königsgardisten, die zur Stunde den Hafen durchsuchten und nach weiteren Piraten suchten, Verbündete der Schurken, welche augenscheinlich eine Gruppe ehrlicher Jüten getötet und ein Schiff gestohlen hatten – dem Hafenmeister zufolge die Schaluppe *Breeze* –, denn wer sonst würde solch eine Missetat begehen und diese unschuldigen Besucher erschlagen, um die Leichen dann am Kai für die Ratten liegen zu lassen? Der Reiter wusste nur eines, dass er eine Nachricht von Hochkönig Bleys für den Lord Haushofmeister im Caer hatte. Er hatte gut zwölfhundert Meilen in sechsundzwanzig Tagen zurückgelegt, alles in allem eine bemerkenswerte Leistung, und wäre noch früher eingetroffen, doch er hatte unterwegs eines seiner Reservepferde verloren und war durch Krankheit aufgehalten worden. Dennoch war er nun endlich in Pendwyr eingetroffen, und jetzt war die Zitadelle in Sicht.

Schließlich erreichte er die Brücke zur Festung, wo er von

den Brückenwärtern angehalten wurde, die ihn jedoch rasch durchließen, als sie in ihm ein Mitglied der Königsgarde erkannten.

Lord Otkins, Erster Unterhaushofmeister, wurde aus dem Bett geholt. Er war nicht auf der Höhe, da er in dieser Nacht nur wenig Schlaf bekommen hatte – die Piraten waren entkommen, einige seiner Männer waren getötet worden, manche waren schwer verwundet, etliche Diebe und Beutelschneider waren in der Dunkelheit geflohen, und sogar die Schuldner und Trunkenbolde waren verschwunden. Viele der Ausbrecher waren noch auf freiem Fuß, obwohl einige wieder eingefangen und andere getötet worden waren. Als der Mann ihn aus dem Bett holte, hatte Lord Otkins geglaubt, er bringe Neuigkeiten über die Ausbrecher. Doch nein, vielmehr war es ein Sendschreiben von König Bleys persönlich.

Lord Otkins nahm das gefaltete Pergament und brach das Siegel.

Revor,

wir sind bei Coron Aldors Kriegstrupp im Grimmwall nicht weit von Drimmenheim. Ein Lian namens Vanidar brachte eine Nachricht von Dara Arin, einer Dylvana, die möglicherweise nach Pendwyr kommen könnte oder auch nicht. Wenn sie kommt, ist sie vielleicht in Begleitung einiger anderer, von denen vor allem Aiko zu nennen wäre, eine Kriegerin mit goldener Haut aus dem fernen Ryodo. Helft der Dara. Gebt ihr, was immer sie erbittet, denn ihre Mission ist von größter Bedeutung. Sagt Dara Arin außerdem, dass ich keine Frettchen halte, schon gar nicht in Käfigen.

– Bleys

Das Siegel des Hochkönigs war unter Bleys' Unterschrift in rotes Wachs gedrückt worden.

Huah. Schön und gut. Ich werde die Augen nach dieser Dyl-

vana offen halten. Ich frage mich, was sie will. Und was soll die Bemerkung über die Frettchen? Das alles ist sehr merkwürdig.

Vor sich hin murmelnd, legte Lord Otkins sich wieder ins Bett und zog die Decke bis zu seinem Kinn hoch. Er würde später am Tag Befehl geben, nach dieser Elfe Ausschau zu halten. Doch einstweilen gab es wichtigere Dinge, um die man sich kümmern musste – schließlich hatte es einen Gefängnisausbruch gegeben!

5. Kapitel

»Ich glaube, sie werden der Küste folgen, wenn sie herausfinden, dass wir weg sind«, sagte Egil, während er die Stellung der Segel im Licht der Sterne über ihnen begutachtete.

»In welcher Richtung, nach Osten oder Westen?«, fragte Delon.

»Nach Osten, glaube ich«, erwiderte Egil. »In diese Richtung sind wir gesegelt, um nach Pendwyr zu gelangen, und ich glaube, sie werden annehmen, dass wir unsere Flucht vor ihnen auf diesem Weg fortsetzen werden.«

»Vielleicht glauben sie auch, wir wollen sie irreführen, kehren um und segeln nach Westen«, sagte Aiko, die nun bei den anderen an Deck war. Nur Alos lag bewusstlos unten in einer Koje.

An der Ruderpinne stehend, sagte Arin: »Darüber zu spekulieren, in welcher Richtung die Jüten uns vielleicht suchen, ist nicht so wichtig, wie zu entscheiden, wohin wir nun tatsächlich segeln sollten. Und bis wir ein Ziel wählen können, lasst uns weiter nach Süden aufs offene Meer segeln.«

»Was liegt direkt im Süden?«, fragte Egil. »Inseln? Ein Hafen? Was?«

»Hm. Sabra, glaube ich«, sagte Delon. »Den ganzen Weg über das Avagonmeer – vielleicht zweitausend Meilen weit weg. Warum fragt Ihr?«

»Die Jüten glauben vielleicht, wir segeln zu einer großen Stadt, und wenn Sabra eine solche ist, sollten wir etwas nach

Osten oder Westen abschwenken.« Egil wandte sich an Arin. »Aber unabhängig davon ist dein Plan gut, Liebste. Segeln wir also aufs offene Meer, wo sie uns hoffentlich nicht suchen werden. Und selbst wenn sie uns suchen, ist das Avagonmeer sehr, sehr groß.«

»Wartet einen Moment«, sagte Ferai, die an einem Schiffszwieback kaute, während sie mit untergeschlagenen Beinen auf dem Kabinendach saß. »Warum steuern wir nicht einfach eine reiche Stadt an? Es gibt Dutzende davon, und die Wahrscheinlichkeit, dass uns jemand findet, ist bestenfalls gering. Außerdem, was könnten wir Besseres tun?«

»Was wir Besseres tun könnten?«, fragte Arin, indem sie einen Blick zum Himmel warf, als wolle sie einen Leitstern wählen. »Vielleicht nichts. Aber wir streben nicht danach, Reichtümer zu finden, sondern wir streben danach, etwas zu finden, das uns hilft.« Arin wandte sich dem Mädchen zu. »Wir haben eine wichtige Aufgabe und müssen noch ein weiteres Rätsel lösen, bevor wir den Stein von Xian suchen können – wo immer *der* sich auch befinden mag.«

Die junge Frau schaute von ihrem Schiffszwieback auf. »Ihr seid auf einer wichtigen Suche? Augenblick mal ... Ihr habt mich zwar aus einer sehr unangenehmen Lage befreit, aber ich weiß eigentlich nicht, ob ich mit einer solchen Aufgabe betraut werden will. Natürlich könnte man mich vielleicht dazu überreden, wenn ... Um was für ein Rätsel handelt es sich denn? Und was ist das für ein Stein?« Sie richtete den Blick auf Arin, und ihre Züge waren plötzlich bemüht unbefangen, während sie beiläufig fragte: »Ist der Stein wertvoll?«

Arin lächelte. »Ich weiß weder, wo sich der grüne Stein befindet, noch, ob er wertvoll ist.«

»Aber Ihr habt eine Schatzkarte, wie?«

»Wir haben das Rätsel.«

»Ihr meint, Ihr reist wegen eines Rätsels durch die ganze Welt und sucht Hinweise auf einen seltsamen Stein?«

»Genau.«

Ferai geriet ins Grübeln und sagte dann: »Dieses Rätsel – es ist gelöst, richtig?«

Arin zuckte die Achseln. »Wir haben nur Vermutungen über seine Bedeutung, aber ob diese richtig oder falsch sind, wissen wir nicht.«

Die junge Frau warf die Hände in die Luft und fragte: »Aber wie könnt Ihr dann erwarten, etwas zu finden?«

Delon klopfte Ferai aufs Knie. »Ich hatte gehofft, du könntest uns sagen, wohin wir als Nächstes müssen, mein Schatz.«

Die Diebin riss die Augen auf. »Ich? Du meine Güte, ich weiß nicht einmal, warum Ihr mir überhaupt geholfen habt« – sie fuhr sich mit den Fingern einer Hand über den Hals – »obwohl ich darüber ziemlich froh bin. Wie könnt Ihr also glauben, dass ich Euch sagen kann, wohin Ihr als Nächstes müsst?«

»Ja, Delon«, sagte Egil, »wie meint Ihr das? Das möchte ich auch gern wissen.«

»Nun ja«, sagte Delon zu Arin gewandt, »ich kann mich irren, aber mein Eindruck ist, dass jeder neue Schritt Eurer Suche – *unserer* Suche – eine direkte Folge des letzten Schrittes ist.« Delon hob eine Hand, um die drohenden Fragen abzuwehren. »Hört mich zu Ende an:

Mehrere Schritte haben Euch zum Schwarzen Berg geführt, Dara, wo Ihr Aiko gefunden habt, eine Katze, die in Ungnade gefallen war. Und sie war wiederum diejenige, welche auf die Idee kam, das dunkle Wasser könnte ein Ortsname sein, was Euch nach Mørkfjord führte, wo Ihr zwei Einaugen fandet: Egil und Alos. Dann war es Egil, der Euch erzählte, er kenne nur einen wahnsinnigen Monarchen, und zwar die Königin von Jütland, und das hat Euch zu mir geführt, einem Deck-Pfau. In Pendwyr habe ich die Vermutung geäußert, der Käfig des Hochkönigs könne das Gefängnis sein, und als wir dann darin waren, habe ich ›Frettchen‹ gerufen, und das hat uns zu ihr geführt.« Jetzt wandte Delon sich an Ferai. »Und daher, meine

Teure, wenn diese Kette fortgesetzt werden soll, wirst du uns helfen, den nächsten Schritt zu tun, und uns sagen, wo wir das Labyrinth finden können.«

»Das Labyrinth?«, fragte Ferai.

Egil räusperte sich. »Dass ich Das Einauge In Dunklem Wasser bin, daran zweifle ich nicht. Aber ist es nicht möglich, dass alle anderen nur ausgewählt wurden, weil die Worte des Rätsels auf sie zuzutreffen schienen? Zum Beispiel gab es im Garten der Königin auch einen richtigen Pfau, obwohl wir, äh, obwohl Aiko stattdessen Euch gewählt hat, wenngleich ich da noch dachte, wir wären hinter dem Vogel her. Könnte es sein, dass wir immer jemanden oder etwas finden, worauf das Rätsel zutrifft, wohin wir uns auch wenden?«

Aiko schüttelte den Kopf und sagte: »Ich *bin* Die Katze Die In Ungnade Fiel, und wir haben keine andere gesehen. Ihr zweifelt meine Wahl bei den Deck-Pfauen an, dabei seid Ihr doch nur eines von vier Einaugen. Dennoch behauptet Ihr, Einauge aus dem Rätsel zu sein.«

»Bei Hèl, ich *bin* Einauge«, verkündete Egil. »Ihr anderen seid es, die ich ...«

»Es kann kein anderes Frettchen geben«, protestierte Delon, der mit dem Finger auf Ferai zeigte. »Und was könnte ich anders sein als der ...«

»Ruhe!«, sagte Arin laut, indem sie mit einer Hand auf die Bank schlug. Überrascht richteten sich alle Augen auf die Dylvana. Nun, da sie ihre Aufmerksamkeit hatte, sagte sie: »Es wird uns nichts nutzen, wenn wir uns streiten. Vielleicht hat Egil Recht: Vielleicht werden wir überall das Gesuchte finden, wohin wir auch gehen, ob es nun das Richtige ist oder nicht.

Aber Delon hat auch etwas Wahres gesagt: Jeder neue Schritt hängt vom vorherigen ab. Und in diesem Fall sollte uns Das Frettchen Im Käfig Des Hochkönigs zum Verfluchten Bewahrer Des Glaubens Im Labyrinth führen.«

Alle Augen richteten sich auf Ferai. Sie warf ratlos die Arme in die Höhe und rief: »Ich weiß ja nicht einmal, wovon Ihr alle redet!«

Noch während sie das sagte, drang plötzlich ein lautes Heulen aus der Kabine.

Alos war aufgewacht.

»Eine verfluchte Bande von Schindern, das seid Ihr alle miteinander!«, rief der alte Mann, während er über das Deck schwankte und dabei anklagend mit dem Finger auf sie zeigte, auch auf Ferai, obwohl Alos einen Moment verwirrt innehielt, als er sie ansah, und sich fragte, wer sie war, dann jedoch zu dem Schluss kam, dass sie so oder so mitschuldig sei.

»Aber Alos«, protestierte Delon, »sie hätten Euch getötet.«

Alos fuhr herum und schwankte dabei ein wenig zur Seite, während er versuchte, sich auf den Barden zu konzentrieren. »Ja, aber vielleicht wäre ich lieber tot!«, bellte der Alte. »Daran habt Ihr noch nie einen Gedanken verschwendet, oder? O nein, das kann er unmöglich wollen, nicht wahr? Stattdessen habt Ihr mich einfach geschnappt und an Bord geschleppt.« Er torkelte vorwärts und stützte sich an der Kabinentür ab, während Delon sich von seinem nach Ale riechenden Atem abwandte. »Äh, wer wollte mich denn töten, hm? Und wen wollt Ihr töten, hm? Hinter wem sind wir her?«

Bevor Delon antworten konnte, verdrehte der alte Mann sein wässrig-blaues Auge, und er fiel nach vorn in Delons Arme.

»Immer noch betrunken«, murmelte Delon. Er hievte sich Alos auf die Schulter und ging mit ihm unter Deck.

»Passt auf Eure Stiefel auf«, sagte Egil.

Ferai hatte Alos' Tirade mit unbeteiligter Belustigung verfolgt. Doch als Delon wieder an Deck kam, nachdem er den alten Mann unten auf einer Koje abgeladen hatte, wandte sie sich an Arin. »Dann erzählt mir doch, was das alles zu bedeuten hat, Eure Aufgabe und dieses Rätsel«

Arin übergab Egil das Ruder. »Es ist eine lange Geschichte, Ferai, doch lasst mich damit beginnen, sie zu erzählen ...«

Im Osten war bereits der Schimmer eines fahlen Morgengrauens zu sehen, als Arin ihre Geschichte beendet hatte, obwohl noch ein abnehmender Viertelmond hoch am Himmel stand und noch Sterne am Firmament funkelten. Alos schlief in der Kabine seinen Rausch aus, und mittlerweile leisteten ihm Delon und Aiko unter Deck Gesellschaft. Egil bemannte das Ruder, und die Schaluppe glitt immer weiter nach Süden auf das offene Avagonmeer. Das Schiff befand sich jetzt gute sechzig Seemeilen südlich von Pendwyr.

Die junge Diebin holte tief Luft. »Eine Katze, ein Einauge, ein Deck-Pfau, ein Frettchen: All diese habt Ihr gefunden. Und nun müsst Ihr noch einen Verfluchten Bewahrer Des Glaubens im Labyrinth ausfindig machen?«

Arin nickte.

Ferai legte den Kopf auf die Seite und schaute zum Himmel. »Und Ihr erwartet, dass ich Euch zu ihm führe?«

Arin zuckte die Achseln. »Ich kann es nur hoffen, Ferai.«

»Dieser Drachenstein – hellgrün und durchsichtig und von der Größe einer Melone: erlesene Jade, würde ich Eurer Beschreibung nach sagen. Der Stein muss ein Vermögen wert sein, selbst wenn er geteilt wird ... obwohl er im Ganzen gewiss unbezahlbar wäre.« Sie sah Arin an. »Die Magier – sie würden anständig dafür bezahlen, ihn zurückzubekommen, nicht?«

Arin schüttelte den Kopf. »Ferai, wir tun das nicht um einer Belohnung willen, sondern um zu verhindern, dass ein furchtbares Verhängnis über uns alle hereinbricht.«

Ferai machte eine beruhigende Geste. »O ja. Das auch. Aber sollte jemand mit einem großen Vermögen beschließen, es mit dem Finder des grünen Steins zu teilen, könnte man in so einem Fall ablehnen?«

Arin sah Egil an, eine unausgesprochene Frage im Blick, aber er lächelte nur und zuckte die Achseln.

Ferai gähnte und reckte sich. »Meine Güte, bin ich müde. Ich habe in den letzten Tagen wenig Schlaf bekommen, wie Ihr sicher begreift. Gibt es unten eine Koje für mich?«

Egil nickte. »Die *Breeze* bietet Schlafplätze für vier. Wir wechseln uns ab: Einige schlafen, während andere das Schiff steuern und Wache halten. Ihr könnt jetzt schlafen. Wir wecken Euch, wenn Ihr an der Reihe seid.«

»Aber ich weiß nicht, wie man segelt«, sagte Ferai.

»Keine Sorge. Ihr werdet es ebenso lernen wie Arin, Aiko und Delon – die jetzt alle geübte Seeleute sind.«

»Nun, ich kann nicht gerade behaupten, dass es mir ein Herzenswunsch ist, die *Brise* zu segeln, aber wenn ich muss ...«

»Wie habt Ihr unser Schiff genannt?«

»Was?«

»Das Schiff.«

»Ach, das. Ich habe es *Brise* genannt. Das bedeutet nämlich *Breeze* – es ist ein gothonisches Wort.«

»Ah«, sagte Egil. »Das wussten wir nicht.«

Ferai runzelte die Stirn. »Das Schiff gehört aber Dara Arin, oder?«

Egil lachte. »Aye, es gehört ihr. Und noch dazu ist es ein gutes Schiff. Gut genug, um uns um die Welt zu tragen.«

»Hm«, machte die dunkelhaarige Diebin nachdenklich. »Ich hoffe, so weit müssen wir nicht fahren, um diesen grünen Stein zu bekommen, den wir suchen.«

»Dann werdet Ihr uns begleiten?«, fragte Arin.

Ferai nickte. »Für einen Gegenstand, den Drachen fürchten ... oder verehren? Ich werde Euch in der Tat begleiten. Vergesst nicht, das Rätsel besagt, dass Ihr es ohne mich nicht schaffen könnt. Außerdem bin ich Euch das schuldig für ...« – sie zeigte mit dem Daumen in Richtung Pendwyr – »meine Rettung vor dem Henker.«

In die Sonne blinzelnd und fluchend kam Alos aus der Kabine. Delon saß am Ruder. Aiko war an Deck und schoss Taue auf.

»Ihr!«, rief Alos und zeigte anklagend mit dem Finger auf Aiko. »Ihr habt es schon wieder getan!«

Aiko sah den alten Mann ungerührt an und sagte nichts.

»Ich habe Euch doch gesagt, dass ich fertig mit Euch bin, mit Euch allen, aber nein, stattdessen habt Ihr mich wieder in Eure Gewalt gebracht.«

»Verzeiht, Alos«, sagte Delon, »aber sie hätten Euch sonst umgebracht. Aiko hat Euch vor dem sicheren Tod bewahrt.«

»Wer?«, wollte Alos wissen. »Wer hätte mich sonst umgebracht?«

»Die Jüten, alter Mann«, erwiderte der Barde. »Erinnert Ihr Euch nicht? Wir haben schon letzte Nacht darüber geredet.«

»Ha! Eine sehr glaubhafte Geschichte«, blaffte Alos.

»Wirklich, Alos, die Jüten sind einen Tag nach unserer Ankunft in Pendwyr eingetroffen. Sie haben unser Quartier im *Blauen Mond* entdeckt und waren auch unten am Kai. Es war ein Glück, dass sie die Hafentavernen noch nicht abgesucht hatten, sonst wärt Ihr bereits tot. Ihr könnt einfach nicht unbemerkt bleiben mit Eurem weißen Auge. Aiko hat Euch gerettet.«

Alos sah Aiko an. »Ist das wahr?«

Sie sah ihn lange an, als überlege sie, ob sie ihn einer Antwort würdigen solle, aber schließlich nickte sie.

»Sie haben uns aufgelauert«, fügte Delon hinzu, »acht von ihnen, die nun alle tot sind. Aber in Pendwyr sind noch dreißig oder vierzig mehr, der Größe ihres Schiffes nach zu urteilen.«

»Arg!« Alos schauderte und ließ sich dann schwer zu Boden sinken. »Tja, ich, äh, ich glaube, ich sollte mich bei Euch bedanken, dass Ihr mich vor den Jüten gerettet habt. Aber bei Adons Männlichkeit, seht Ihr denn nicht, dass ich nun wieder

zu Eurer irrsinnigen Suche zurückgekehrt bin? Und das gefällt mir ganz und gar nicht.« Er sah Aiko an. »Ihr hättet mich in Mørkfjord zurücklassen sollen. Dort war ich glücklich.«

Aiko zuckte die Achseln, doch Delon sagte: »Wart Ihr das wirklich? Mir kommt es eher so vor, dass ich echte Freude nur in Eurem Gesicht sehe, wenn Ihr am Ruder steht.«

Alos neigte den Kopf und zuckte die Achseln.

»Und als Ihr Tamburin gespielt habt«, fügte Aiko hinzu.

Er sah sie die Kriegerin völlig überrascht an. »Hm? Ich hätte nicht gedacht, dass Euch das interessiert.«

Aiko wandte sich von ihm ab und schaute aufs Meer.

Delon beugte sich vor und flüsterte dem alten Mann halblaut zu: »Sie hat Euch das Leben gerettet, Alos.«

Alos sah Aiko lange an, die sich von ihm abgewendet hatte, dann schluckte er und warf einen langen Blick auf die Stellung der Segel. Dann sagte er in schroffem Tonfall: »Hier. Das ist ganz falsch. Lasst mich ans Ruder und trimmt die Segel. Und sagt mir, welchen Kurs wir steuern.«

6. Kapitel

»Kurs?« Arin sah Ferai an und wandte sich dann wieder an Alos. »Südsüdost, bis wir uns für ein Ziel entschieden haben ... oder bis Ferai uns eines nennt.«

Ferai drehte hilflos die Hände nach oben. »Tja, es ist mir egal, dass Delon sagt, dass ich uns dorthin führen muss, ich kenne ganz einfach keinen einzigen Verfluchten Bewahrer.« Mit ausladenden Gesten wies sie nach rechts und links. »*Peste et mort!* Er könnte überall sein, auch oben in den Wolken oder unter der Erde ... oder sogar auf einer anderen Ebene.«

Aiko, die eines ihrer Schwerter einölte, sah auf. »Ich sage immer noch, der Verfluchte Bewahrer könnte auch die Statue im Heckenlabyrinth sein.«

Delon schüttelte vehement den Kopf. »Nein, nein, Aiko. Gudrun war zwar verflucht, aber sie ist ganz sicher kein Bewahrer des Glaubens.«

»Aber wir können nicht einfach immer weiter nach Südsüdosten segeln«, verkündete Alos. »Ich meine, irgendwann geht uns das Meer aus – es sei denn, Ihr erwartet von mir, dass ich auch noch durch das Ödland von Chabba segle.«

Delon schaute auf die träge wogenden Wellen des Ozeans. »Wo sind wir?«

Arin warf einen Blick auf die Sonne. »Gute hundert Meilen südlich von Pendwyr.«

Niemand zweifelte ihr Wort an. Elfen wussten ganz einfach

immer, wo Sonne, Mond, Sterne und die fünf Wanderer standen. Dank dieser Fähigkeit brauchten sie nur einen Blick auf den Winkel zwischen den Gestirnen zu werfen, um abschätzen zu können, wo sie sich auf Mithgar befanden. Wenn die Dara also sagte, dass sie gut hundert Meilen südlich von Pendwyr segelten, dann befanden sie sich ohne jeden Zweifel ganz genau dort.

»Hört zu«, sagte Delon, »es muss einen Weg geben, um zu enträtseln, wohin wir uns wenden müssen.« Er sah Arin an. »Ich meine, Dara, es wäre kein Rätsel, wenn man es nicht lösen könnte ... also muss es eine Möglichkeit geben, unser nächstes Ziel zu ermitteln.«

Arin zuckte die Achseln und sagte: »Vielleicht hat Egil doch Recht. Vielleicht spielt es gar keine Rolle, wohin wir uns wenden, weil wir überall etwas finden werden, worauf die Worte des Rätsels zutreffen.«

»Das glaube ich nicht«, widersprach Delon. Er wandte sich an Ferai. »Ich glaube vielmehr, dass du die Antwort kennst, meine Teure.«

Ferai stieß die Luft aus und zuckte die Achseln.

»Sie weiß nicht, wohin wir fahren sollen«, murrte Alos.

»Ich glaube schon«, erwiderte Delon. »Sie weiß nur nicht, dass sie es weiß.«

»Na, wenn ich es weiß, aber nicht weiß, dass ich es weiß, ist das nicht dasselbe, als es eben gar nicht zu wissen?«, fragte die Diebin.

»Ha!«, blaffte Alos. »Da hat sie Euch am Haken.«

»Überhaupt nicht, Alos«, sagte Delon. »Wir müssen nur eine Möglichkeit finden, uns ihr Wissen zu erschließen.«

»Wie mein Rätsel erschlossen wurde«, sagte Arin. »Aber in meinem Fall hatte ich eine vage Erinnerung daran, dass meine Vision noch mehr beinhaltet hatte, als es auf den ersten Blick schien, obwohl mir es verborgen blieb, bis Lysanne es mir entlockte.«

Aiko schüttelte den Kopf. »Sie ist eine ausgebildete Magierin, Dara, und wir haben hier keine Zauberer.«

»Wie wollen wir dann dieses Wissen erschließen, von dem Ihr sagt, dass ich es habe?«, sagte Ferai.

Alle Augen richteten sich auf Delon. Er zuckte die Achseln und sagte dann: »Vielleicht können wir deinem Gedächtnis einen Stoß geben.«

»Wie?«

»Nun, meine Liebe, du könntest uns zum Beispiel etwas über dich erzählen.«

»Was zum Beispiel?«

»Hm, erzähl uns doch etwas von deiner Mutter.«

»Meine Mutter ist tot.«

»Dann von deinem Vater.«

»Der ist auch tot.«

Delon nahm ihre Hand, »Dann erzähl uns von deinem Leben.«

»Da gibt es nicht viel zu erzählen. Ich hatte eine ziemlich ereignislose Kindheit und bin dann nach Pendwyr gekommen.«

Delon ließ ihre Hand los und warf verzweifelt die Hände in die Luft. »Dann erzähl uns, wie es sich zugetragen hat, dass du im Gefängnis gelandet bist und hingerichtet werden solltest.«

»Ich war unschuldig!«, erklärte Ferai geduldig.

»Ha!«, konterte Delon. »Du wurdest im Kerker die Königin der Diebe genannt.«

»Lasst mich doch in Ruhe«, rief Ferai ärgerlich, wandte sich ab und ging zum Bug des Schiffs.

Delon wollte ihr folgen, doch Arin zupfte an seinem Ärmel und schüttelte den Kopf. »Lasst es gut sein, Delon. Ich spüre alte Wunden, die tief gehen. Sie wird mit uns reden, wenn sie es will, und nur dann. Wir können daran nichts ändern.«

Delon warf einen Blick auf die Stelle, wohin Ferai sich zurückgezogen hatte. Dann schaute er auf Arin, nickte und lehnte sich zurück. Und im sich hebenden und senkenden Bug der *Breeze* beobachtete Ferai, wie die Wellen vorbeiglitten ...

Als Ferai sechs war, begannen ihre Eltern mit ihrer Ausbildung – Janine lehrte sie Akrobatik und zeigte ihr das Trapez, und Ardure brachte ihr alle Tricks mit Schlössern und Knoten und zahlreiche Verrenkungen bei –, denn Janine war eine erstaunliche Akrobatin, und Ardure konnte sich aus jeder noch so engen Kiste oder Falle befreien, jedenfalls behaupteten das die Plakate und Ausrufer. Nicht, dass Ferais Eltern schon immer Artisten gewesen wären, denn bei ihrer Heirat war Ardure Schlosser und Janine seine geschmeidige Braut. Ein Jahr verging, und ein Kind wurde geboren. Ferai nannten sie das Mädchen, und es wurde von ihnen geliebt, und sie sangen ihm jeden Abend etwas vor und erzählten ihm wunderbare Geschichten. Doch Ferai war auch ein weiterer Mund, der gefüttert werden musste, und die Zeiten waren hart, und das Geschäft ging schlecht, und so gingen sie auf Wanderschaft. Durch Zufall trafen sie einen jungen Mann, der einen guten Schlosser brauchte: Lemond, der neue Besitzer eines Wanderzirkus. Anscheinend war sein Vater ganz plötzlich an einer schmerzhaften Magenkrankheit gestorben, ohne seinem Sohn zu verraten, wo er die Schlüssel für die gewichtige eiserne Geldkassette aufbewahrte. Und obwohl Lemond praktisch den gesamten Zirkus auseinander genommen hatte, waren keine Schlüssel gefunden worden. Ardure löste sein Problem im Handumdrehen, und Lemond bot ihm eine Stellung im *Zirkus der ungezählten Wunder* an – die eines Entfesslungskünstlers, falls er die Tricks meistern könne.

Ardure nahm an, denn dies war regelmäßige Arbeit, und er, Janine und die kleine Ferai reisten mit dem Zirkus durch ganz Mithgar. Als Ferai drei wurde, nahm die geschmeidige Janine Unterricht bei der Akrobatin Arielle, und bald nahm auch Janine an der Vorstellung teil.

Lemond war ein starker Trinker und ein selbst ernannter Weiberheld, und oft brach der Zirkus seine Zelte in aller Eile ab und verließ die Stadt früher als vorgesehen – alles nur wegen Lemonds Trinkerei und seiner Frauengeschichten, sagten manche. Lemond verbrachte lange Stunden damit, Janine beim Üben zuzuschauen – um ihr Talent einschätzen zu können, sagte er, obwohl andere einen anderen Grund vermuteten. Doch Lemonds Interesse blieb folgenlos, denn Ardure war nie weit weg und die kleine Ferai auch nicht.

Was Ferais eigenen Unterricht anging, so machte sie rasche Fortschritte und war bald mit ihrer Mutter oder ihrem Vater in der Manege, wo sie zum Publikumsliebling wurde, obwohl sie noch keine sieben Jahre alt war. In den nächsten Jahren brachten Ardure und Janine ihr nicht nur die Tricks des Zirkusgewerbes bei, sondern auch Lesen und Schreiben – Fähigkeiten, die bei den anderen Artisten nicht weit verbreitet waren. Trotzdem nahmen die Zirkusleute Ferai unter ihre Fittiche und lehrten sie viele Dinge – wie man Tiere zähmt und Messer wirft und sogar die Kunst des Possenreißens, die aus greller Schminke und weiter Kleidung bestand und daraus, den Narren zu spielen, ohne einer zu sein. Und dann war da noch die alte Wahrsagerin Nom, die aus der Hand las, in Kristallkugeln schaute, Knochen warf und Karten legte. Sie zeigte Ferai, wie sie ihre Kunden aufs Kreuz legte, sie täuschte und in die Irre führte und sie mit dem Gefühl nach Hause schickte, als habe sie die Geheimnisse ihres Lebens gesehen und ihnen einen vernünftigen Rat gegeben.

Ihre Eltern sangen Ferai weiterhin jede Nacht etwas vor, wenn sie ihre Tochter ins Bett brachten.

Doch dann, als sie erst zwölf war, geschah etwas Furchtbares: In einem tragischen Feuer, dessen Ursprung nie geklärt werden konnte, starben Ferais Eltern. Warum sie nicht einfach flohen, war nicht zu ergründen. Aus irgendeinem Grund war es so, als seien sie nicht in der Lage, Ferai zu nehmen und vor den Flammen davonzulaufen. Wunderbarerweise, so schien es, kam Lemond gerade vorbei, und es gelang ihm, das Kind zu retten. Um Ferai zu trösten, nahm er sie mit in seinen Wagen.

Es ist nicht bekannt, was in jener Nacht geschah, aber am nächsten Morgen fand man Lemond mit einem Dolch im Herzen tot in seinem Bett. Und im anderen Bett, wo Ferai geschlafen hatte, war ebenfalls Blut, mitten auf ihrer Matratze. Manche sagten, es sei jungfräuliches Blut, und schlossen daraus, sie sei von dem Schurken, der auch Lemond erstochen habe, vergewaltigt und entführt worden, während andere behaupteten, Ferai sei ebenfalls ermordet und ihre Leiche verschleppt worden. Doch ob geschändet oder ermordet, die Zwölfjährige wurde nicht gefunden, weder an diesem Tag noch irgendwann später.

Sie ging nach Pellar, lebte dort als Straßenkind in der Stadt Pendwyr und erbettelte sich Essen und Geld. Ihre Zirkuskunststücke zeigte sie nicht, denn sie glaubte, so unwahrscheinlich dies auch erscheinen mag, dass Neuigkeiten über ein Kind, welches Entfesselungstricks und Akrobatik vorführen konnte, den Behörden zu Ohren kommen könnten und sie dann für einen Mord festgenommen würde, der in einem benachbarten Land begangen worden war. Schließlich trafen in Pendwyr, der Reichshauptstadt, oft Nachrichten von Mordtaten und Belohnungen aus Ländern nah und fern ein.

Über ein anderes Straßenkind, einen Bengel, den sie mochte, geriet sie an eine Diebesbande, und schon sehr bald erwiesen sich ihre Fähigkeiten als unschätzbar wertvoll für die Langfinger und Einbrecher, denn Schlösser konnten sie ebenso wenig aufhalten wie Tore, Mauern, Hunde oder die Stadtgarde ... immer gelang es ihr, jedes Hindernis zu umgehen.

Die Diebe brachten ihr den Taschendiebstahl bei und wie man jemandem den Beutel so abschnitt, dass der Bestohlene es erst bemerkte, wenn es zu spät war, und sie machte sich all diese Fertigkeiten sehr rasch zu Eigen. Auch ein Opfer zu betrügen, lernte Ferai sehr schnell, denn es unterschied sich kaum von dem, was die alte Nom ihr beigebracht hatte, obwohl hier das Risiko viel größer war, dafür aber auch der Gewinn.

Die Diebesbande gab ihr den Spitznamen *Frettchen*, und einer ihrer Spießgesellen sagte: »Wir machen nur wieder rückgängig, was dieser furchtbare gothonische Akzent aus deinem Namen gemacht hat.« Trotz ihrer Proteste, das gothonische Wort für Frettchen sei *Furet*, musste sie zugeben, dass dies in ihrer Heimatsprache ein wenig wie *Ferai* klang, also blieb der Name haften.

Sie blieb vier Jahre bei der Bande, aber am Ende war sie die unablässigen Zankereien und Streitereien untereinander leid und machte sich selbstständig.

Einige ihrer Diebstähle waren spektakulär, denn lautlos überquerte sie die Distanz zwischen zwei Häusern auf einem dünnen Seil über den Köpfen patrouillierender Soldaten, durchbrach einen Ring wachsamer Posten, öffnete ein Schloss, das als vollkommen einbruchsicher galt, und vollbrachte andere, ähnlich sensationelle Leistungen.

Fast zehn Jahre lebte sie so in Pendwyr, und der Tod dieses Schweins Lemond verblasste immer mehr in ihrem Gedächtnis. Doch sie dachte jeden Tag an ihre Eltern, und oft weinte sie beim Gedenken an Janine und Ardure, vor allem wenn jemand ein trauriges Lied sang.

So lebte sie fast zehn Jahre in relativer Behaglichkeit – bis die Stadtgarde sie vor drei Wochen abgeholt hatte. Sie hatten ihre Tür aufgebrochen, waren in ihr Zimmer eingedrungen und hatten sie festgenommen, bevor sie fliehen konnte, und unter ihrer Matratze fanden sie einen einzelnen Goldohrring. Wie er dorthin gekommen war, wusste Ferai nicht, aber er erwies sich als einer von vielen bei einem Einbruch geraubten Gegenständen. Was die Frage anbelangte, warum die Stadtgarde zu ihr gekommen war, so hatte es den Anschein, dass jemand sie angezeigt habe in dem Fall, wo die Edeldame Brum verwundet worden war, als sie einen Dieb überrascht hatte, der in der Nacht ihr Haus beraubte.

Später besagten Gerüchte, ein alter Spießgeselle von ihr habe die Belohnung für ihre Ergreifung kassiert.

Trotz ihrer gegenteiligen Beteuerungen wurde sie rasch schuldig gesprochen und für den Diebstahl der Juwelen einer Edeldame und den Mordversuch an ihr zum Tode verurteilt.

Sie warfen sie in eine Zelle neben denjenigen mit den Piratenkapitänen, obwohl einige den Vorschlag machten, sie stattdessen zu den Piraten zu sperren: Sie würden ihr eine anständige Bestrafung angedeihen lassen, bevor sie an den Galgen käme.

Doch sie schmachtete letztlich in ihrer Einzelzelle und wartete auf den Tod. Die Aufseher achteten darauf, nichts in ihre Nähe kommen zu lassen, was sie vielleicht als Dietrich benutzen konnte, denn der Verräter hatte auch gemeldet, dass ihre Fähigkeit, Schlösser zu öffnen, ans Wunderbare grenzte. Als Beweis dafür stellte die Stadtgarde fest, wie das komplizierte Schloss an der Schmuckschatulle der Dame Brum geöffnet worden war, ohne dass der Dieb auch nur einen einzigen Kratzer hinterlassen hatte. Entweder das, oder die Edeldame Brum hatte die Schmuckschatulle versehentlich offen gelassen, was diese natürlich empört abstritt.

So saß Ferai im Gefängnis fest und hatte keine Möglichkeit, die Tür zu öffnen.

Schließlich war der Tag der Hinrichtung gekommen, und dann waren Arin, Egil, Aiko und Delon der Barde aufgetaucht ...

Und nun saß Ferai im Bug der *Breeze* und starrte auf die Wellen. Hinten im Heck stimmte Delon mit seiner schönen, vollen Elfenstimme ein Lied an.

Die junge Diebin begann zu weinen.

7. Kapitel

»Warum weinst du, meine Holde?« Delon saß im Bug und hielt Ferais Hand.

»Weil Ihr gesungen habt.«

»Bin ich so schlecht?«

Sie bedachte ihn mit der Andeutung eines Lächelns und wischte sich mit den Fingern der freien Hand über die Wangen. »Nein, Delon, Ihr singt wunderschön. Es ist nur so, dass …«

Die Stimme versagte ihr, doch Delon drang nicht weiter in sie. Nach einer kleinen Weile sagte sie: »Es ist nur so, dass dieses Lied so viele Erinnerungen in mir wachgerufen hat.«

Frische Tränen kamen und liefen ihr über die Wangen. Delon zog sie sanft zu sich. »Weine, so viel du willst, meine Liebe«, sagte er, und der Barde drückte die junge Frau an seine Schulter, während die Traurigkeit sie gefangen hielt.

Derweil pflügte die *Breeze* durch die Wellen des indigoblauen Ozeans.

Viel später sagte Ferai: »Würdet Ihr irgendwann noch einmal singen?«

Delon sah sie an. »Für dich, mein Schatz, jederzeit.«

Die *Breeze* segelte weiter, während Ferai und Delon nebeneinander saßen. In der Ferne glitt ein weißer Vogel mit sehr langen Flügeln tief über die Wellen. Delon zeigte ihn Ferai.

»Was ist das?«, fragte sie.

»Ein Albatros, glaube ich. Man sagt, er verbringt sein ganzes Leben im Flug.«

Ferai seufzte: »Manchmal glaube ich das auch von mir.«

»Ich auch, meine Teure, ich auch.«

Sie beobachteten den Vogel noch eine Weile, bis sie ihn nicht mehr zwischen den Wellen sehen konnten, und Ferai sagte: »Glaubt Ihr wirklich, ich weiß etwas, das uns verraten wird, wohin wir fahren müssen?«

Delon zuckte die Achseln. »So war es bisher: Jede neue Person war der Schlüssel für das Auffinden der nächsten. Das heißt, alle bis auf Alos, aber Arin glaubt, dass er auch noch eine Rolle zu spielen hat. Und was dich betrifft, mein Schatz, so glaube ich wirklich, dass du einen Schlüssel in deinen Händen hältst. Was es sein könnte, kann ich nicht sagen. Vielleicht ist es etwas aus deiner Vergangenheit: Etwas, das dein Vater oder deine Mutter gesagt hat, ein Bild, das du gesehen, ein Lied, das du gehört hast, eine Geschichte, ein Gedicht, eine Redensart oder auch etwas völlig anderes.«

»Nach allem, was Ihr sagt, Delon, könnte es alles und jedes sein«, protestierte Ferai.

»Nein, meine Liebe, es kann nur eines sein: ein Verfluchter Bewahrer Des Glaubens Im Labyrinth.«

»Aber ich kenne keine Bewahrer des Glaubens.«

»Na, dann kennst du ja vielleicht ein Labyrinth.«

Sie segelten weiter in südsüdöstlicher Richtung, und zwei weitere Tage verstrichen, Tage und Nächte voller hitziger Debatten, wohin sie sich nun wenden sollten.

Aiko argumentierte, sie sollten zurück nach Jütland fahren und Königin Gudrun gefangen nehmen, denn sie besitze das einzige verfluchte Labyrinth, von dem sie wüssten. Als jemand darauf hinwies, dass im Rätsel von einem *Verfluchten Bewahrer* die Rede sei und nicht von einem verfluchten Labyrinth, erwiderte Aiko, dass Gudrun angesichts ihres Wahnsinns gewiss auch verflucht sein müsse.

Delon empfahl, zum Schwarzen Berg zu reisen, damit Lysanne ihre Magie auf Ferai anwenden könne.

Egil schlug vor, mit der *Breeze* nach Rwn zu segeln und dort dasselbe zu tun: Von einem der dortigen Magier enthüllen lassen, welches Wissen tief in Ferais Gedächtnis verborgen sein mochte. Außerdem könnte man dort vielleicht auch seinen eigenen Fluch von ihm nehmen – denn Egils nächtliche Albträume dauerten immer noch an –, und vielleicht konnten die Magier auch seine verlorenen Erinnerungen zurückholen.

Ferai widersprach alledem, vor allem der Vorstellung, einen Magier in ihren Gedanken und Erinnerungen, also in ihrem innersten Wesen, herumschnüffeln zu lassen.

Alos machte geltend, wohin sie auch führen, er werde aus dieser aberwitzigen Suche aussteigen.

Arin hörte allen Meinungen gelassen zu und wog die Möglichkeiten ab, die sie hatten.

Alles, was sie in dieser Zeit wirklich entschieden, war die Einteilung der Wachen. Egil, Arin und Aiko segelten die *Breeze* in der Nacht, und Alos, Delon und Ferai übernahmen sie bei Tage. Natürlich gab es eine großzügige Überschneidung von nachmittags bis zum Beginn der Nacht, und in dieser Zeit war die Diskussion, was sie tun und wohin sie sich wenden sollten, am heftigsten.

Doch in den ruhigeren Momenten zermarterte Ferai sich das Hirn nach einem Hinweis, von dem Delon glaubte, dass er irgendwo in ihr schlummere. Viele ihrer Erinnerungen waren schmerzhafter Natur, andere traurig, aber zu ihrer Überraschung stellte sie fest, dass viele ihr auch Freude bereiteten – vor allem die an ihre Mutter und ihren Vater, wie sie ihr vorgesungen und Geschichten erzählt hatten.

Sie versuchte, sich an die Lieder und Geschichten ihrer Kindheit zu erinnern, denn Delon hatte erwähnt, dass es dort vielleicht eine verborgene Erinnerung gab. Doch so sehr sie sich auch bemühte, ihr fiel nichts ein, und sie war überzeugt, mehr Erfolg zu haben, wenn sie die berühmte Nadel im Heuhaufen suchen würde.

Mitten in der zweiten dieser Nächte schrak sie plötzlich aus dem Schlaf hoch. »Delon«, zischte sie, während sie die Füße aus der Koje schwang. Sie huschte durch die winzige Kabine zu ihm herüber und schüttelte ihn. »Delon.«

Er erwachte benommen. »Hm?«

»Wacht auf. Mir ist etwas eingefallen.«

Delon richtete sich auf und rieb sich die Augen. »Oh«, gähnte er. »Was ist dir eingefallen?«

»Etwas, das die alte Nom immer benutzt hat.«

»Die alte Nom?«

»Sie war eine Wahrsagerin.«

»Und was hat sie benutzt ...?«

»Ein Kartenspiel. Sie hat damit die Zukunft vorhergesehen. Eine ihrer Wahrsagekarten nannte sie *Tor zum Tempel des Labyrinths.*«

»Der Tempel des Labyrinths?«

»Ja. Das Tor, das dorthin führt.«

»Dieser Tempel, dieses Tor: Was weißt du sonst noch darüber?«

Ferai überlegte kurz und sagte dann: »Die alte Nom hat mir erzählt, wenn man diese Karte zieht oder vorgelegt bekommt, bedeutet sie eine gefährliche und verwirrende Passage im Leben, aber wenn man das Tor erreicht, erlangt man damit Sicherheit. Wenn die Karte richtig herum liegt, bedeutet sie, dass man wahrscheinlich Erfolg haben wird. Liegt sie auf dem Kopf, bedeutet sie, man wird wahrscheinlich scheitern.«

»Oh«, sagte Delon gedehnt. »Weißt du sonst noch etwas über diesen Tempel?«

Ferai schüttelte den Kopf. »Nein, aber ich könnte die Karte zeichnen und sogar die Worte über der Tür. Adon weiß, dass ich sie oft genug gesehen habe, als sie mir das Kartenlegen beigebracht hat.«

Delon zündete eine Laterne an. »Tu das, meine Teure. Das hört sich viel versprechend an.«

»Glaubst du das wirklich?« Ferai griff nach dem Logbuch des Schiffs und nach Feder und Tinte.

»Ja.«

Alos ächzte, drehte sich um und funkelte sie an. »Ich versuche, hier zu schlafen.«

»Ferai hat vielleicht einen Hinweis, wohin wir fahren müssen«, sagte Delon, der zusah, wie sie sorgfältig eine verzierte Toröffnung zeichnete.

Alos richtete sich auf, rieb sich das Gesicht, kratzte sich am Bauch und schaute dann ebenfalls zu.

Mit sehr viel Sorgfalt zeichnete die junge Diebin Symbole auf das Pergament. Dann skizzierte sie etwas, das wie ein Eingang in ein Gebäude aussah. Schließlich drehte sie das Logbuch, sodass Delon und Alos es sehen konnten, und sagte: »Das war auf der Karte: ein in eine Steinmauer gemeißeltes Tor. Darüber standen diese Symbole, Worte, glaube ich, in den Sturz eingraviert, und zwar in einer mir unbekannten Sprache. Kann das jemand von Euch lesen?«

מגדש המבוך

Delon beugte sich vor und betrachtete die Buchstaben, dann sagte er: »Lesen kann ich das nicht, aber für mich sieht das nach hurnischen Buchstaben aus ... oder nach sarainesischen Zeichen.«

In diesem Augenblick öffnete sich die Kabinentür, und Egil steckte den Kopf hinein. »Ist etwas nicht in Ordnung?« Delon drehte sich um und lächelte. »Nein, nein, Egil. Ferai ist etwas eingefallen. Kommt und seht Euch das an. Nein, wartet. Wir bringen es an Deck, dann können es alle sehen.«

Arin schaute von der Skizze auf und fragte Ferai: »Kennt Ihr ein Tor dieser Art?«

»Nur von Noms Wahrsagekarte.«

Arin wandte sich an die anderen. »Hat vielleicht sonst jemand von Euch Kenntnis von so einem Tor?«

Jeder sah sich die Skizze eingehend an und zuckte dann die Achseln.

Jetzt wandte Arin sich an Delon. »Ihr sagt, das sind hurnische Buchstaben?«

»Oder sarainesische. Sie ähneln sich sehr, aber ich bin kein Gelehrter ... und auch kein Kalligraph. Ich habe nur schon solche und ähnliche Schriften auf meinen Reisen gesehen.«

»Aber Ihr habt noch kein derartiges Tor gesehen?«

Delon schüttelte den Kopf. »Ich war noch nie in Sarain, und ich habe kein solches Tor in Hurn gesehen. Aber es ist ein großes Land, und ich war nur in der Stadt Chara, die direkt an der Küste liegt ... Vor drei Jahren war ich dort für ein paar Monate gestrandet. Ich würde auch nur ungern dorthin zurückkehren, denn in Chara wartet nicht nur eine besonders einsame Frau auf mich, sondern auch ein sehr wütender Ehemann, der mir mit dem größten Vergnügen einen Dolch ins Herz stoßen würde.«

»Wo liegt dieses Land?«, fragte Aiko.

»Im Osten. Am Avagonmeer. Jenseits der Steininseln«, erwiderte Delon.

»Und Sarain?«

»Südlich davon, glaube ich.«

Alos räusperte sich. »Aye. Sarain liegt südlich von Hurn und ist voll von Stämmen, die einander zu Wasser und zu Land wegen ihres Glaubens bekriegen, hat mein alter Kapitän immer gesagt.«

Sie schwiegen einen Moment, und schließlich sagte Delon: »Hört, ob es nun Hurn oder Sarain ist, können wir einen viel versprechenderen Ort finden als einen, der Tempel des Labyrinths genannt wird, um darin einen Verfluchten Bewahrer Des Glaubens Im Labyrinth zu entdecken?«

»Wohl wahr«, sagte Aiko, »aber wenn diese Länder Hurn und Sarain groß sind, kann die Suche ziemlich lange dauern.«

Egil nickte und sagte dann: »Könnten wir doch nur die Inschrift lesen, das würde die Möglichkeiten von zwei auf eine einschränken.«

Arin wandte sich wieder an Ferai. »Wisst Ihr sonst noch etwas über diesen Ort oder über Noms Karte?«

Ferai schloss die Augen und versuchte sich zu erinnern. Schließlich sagte sie, ohne die Augen zu öffnen: »Der Fels ist rot.«

Arin wandte sich an Delon. »Gibt es in Hurn oder Sarain roten Fels?«

»Über Sarain kann ich nichts sagen, aber ich glaube, die Küstengebiete Hurns waren hauptsächlich gelb, ocker und grau, obwohl es im Inland auch roten Fels geben mag.«

Sie wandten sich an Alos, der jedoch die Achseln zuckte.

Arin sah jeden von ihnen an. »Möchte jemand noch etwas hinzufügen?«

»Nur, dass wir eine Entscheidung treffen sollten«, sagte Egil.

Arin senkte einen Moment das Haupt und überlegte. Dann blickte sie auf und sagte. »Dann schlage ich Folgendes vor: Wir segeln zuerst nach Sarain und ankern dort vor einer Stadt an der Küste. Dort suchen wir uns jemanden, der lesen kann, und bitten ihn, das hier zu entziffern. Wenn es kein Sarainesisch ist, fahren wir nach Hurn und verfahren dort ebenso. Je nach Ergebnis werden wir entscheiden, was wir weiter tun können.«

Wiederum sah sie alle an. »Einverstanden?«

Einer nach dem anderen nickte, dann sagte Egil: »Nicht, dass ich etwas dagegen einzuwenden hätte, Liebste, aber was hat dich dazu gebracht, dich für Sarain zu entscheiden?«

»Was Alos gesagt hat, *Chier.*«

»Ich?«, merkte Alos überrascht auf.

»Ja. Ihr und Ferai. Wo der Glaube an die Götter stark ist, da muss es auch Tempel geben. Und Ihr habt gesagt, dass sich die sarainesischen Stämme unter anderem wegen ihres Glaubens bekriegen. Vielleicht gibt es dort Orden oder Sekten, die sich verstecken. Ferai hat gesagt, wenn man auf diese Karte stößt, bedeutet das eine gefährliche und verwirrende Passage im Leben. Aber wenn man das Tor erreicht, ist man in Sicherheit. Vielleicht ist die gefährliche und verwirrende Passage diejenige durch das Labyrinth, und in Anbetracht seines Namens ist vielleicht der Tempel selbst in einem Labyrinth verborgen.«

Ferai holte Luft und seufzte dann tief. Delon wandte sich an sie. »Was ist los, meine Teure?«

Sie sah ihn an und schüttelte den Kopf. »Ich werde das Gefühl nicht los, dass wir tatsächlich in die Karte der alten Nom reisen werden.«

Delon hob eine Augenbraue. »Und ...?«

»Und, Delon, dann komme ich nicht umhin, mich zu fragen, ob die Karte richtig oder verkehrt herum liegt.«

8. Kapitel

Alos änderte den Kurs nach Südost, sodass der vorherrschende Wind nun von steuerbord kam, und sagte: »Sarain liegt auf der anderen Seite des Avagonmeers zwischen Chabba und Hurn. Wir müssen nur weiter nach Südosten segeln, dann stoßen wir früher oder später auf Land.« Dann ging er in seine Koje zurück und murmelte dabei vor sich hin: »Im nächsten Hafen, den wir anlaufen, muss jemand ein paar Karten kaufen, nach denen man vernünftig navigieren kann, denn wer weiß, wie weit die verdammte Küste von Sarain weg ist, an welchen Gestaden wir landen, und ...«

In den nächsten Tagen segelten sie stetig nach Südosten, manchmal dank einer steifen Brise, dann wieder gemächlich bei nahezu Windstille. Und obwohl die Winde manchmal launisch waren, blieb das Wetter die meiste Zeit gut, bis auf drei Tage, in denen es ohne Unterlass regnete.

Doch ob Wind oder nicht, Regen oder nicht, irgendwann im Laufe eines jeden Tages sang Delon Ferai etwas vor, und dann hörte sie verzaubert zu, während Alos im Heck vor sich hin lächelte und seine Finger einen Takt dazu schlugen.

Bei jedem Wechsel der Schichten in der Dämmerung setzten Arin und die anderen ihre Diskussion darüber fort, ob es sinnvoll sei, der Karte einer Wahrsagerin zu folgen, und stellten auch Spekulationen darüber an, was sie am Ende ihrer Reise finden mochten:

»Vielleicht ist das Labyrinth *im* Tempel«, mutmaßte Egil, »anstatt den Tempel zu umgeben. Vielleicht beginnt dort die verwirrende Reise, von der die alte Nom gesprochen hat, vielleicht beginnt *und* endet sie dort.«

Aiko stieß einen tiefen Seufzer aus, und als Arin sie mit hochgezogenen Brauen ansah, sagte die Ryodoterin: »Vielleicht meint das verwirrende Labyrinth auch die Vielzahl der Religionen, und man muss ihnen vollständig entfliehen, um frei zu sein.«

»Ihr meint, man muss den Tempel verlassen?«, fragte Ferai.

Aiko schüttelte den Kopf. »Nein. Ich meine, man muss die Religion an sich hinter sich lassen.«

»Oh.«

Sie trieben eine Weile schweigend dahin, während der Wind kaum mehr als ein laues Lüftchen war und das Boot beinah ohne Fahrt im Wasser lag. Schließlich sagte Ferai: »Ich bin kein sonderlich religiöser Mensch.«

»Oh«, meinte Delon überrascht. »Du glaubst nicht an Adon und Elwydd?«

»Oder Garlon?«, fügte Alos hinzu.

»Doch, irgendwie schon, nehme ich an«, erwiderte Ferai, »und sei es auch nur, um ihnen hin und wieder eine Verwünschung zu schicken. Es ist nur so, dass sie keinen Einfluss auf mein Leben zu haben scheinen.« Sie wandte sich an Arin. »Was ist mit Euch, Dara? Verehrt Ihr Adon oder Elwydd? Betet Ihr zu ihnen? Bringt Ihr ihnen Opfer? Glaubt Ihr, dass es Euch zu einer besseren Person macht, einem bestimmten Glauben zu folgen und einen oder mehrere Götter zu verehren?«

Arin lächelte. »Nein, Ferai, das glaube ich nicht. Adon sagt selbst, dass man die Güte einer Person nicht an ihrem Glauben, sondern an ihren Taten erkennt.«

»Ihr habt mit Adon gesprochen?«, fragte Delon ehrfürchtig. »Ihn gesehen?«

»Nein, das habe ich nicht«, erwiderte Arin. »Aber es gibt Elfen, auf die das tatsächlich zutrifft.«

Delon seufzte. »Adon. Den Gott der Götter.«

Arin schüttelte den Kopf. »Das behauptet er selbst nicht von sich. Er sagt, dass die wahren Götter weit über Ihm, Elwydd, Gyphon, Garlon und den anderen stehen.«

»Sogar die Götter werden von den Nornen des Schicksals beherrscht«, warf Egil ein. »Jedenfalls sagt man das bei meinem Volk.«

Ferai wandte sich an Egil. »Dann sind diejenigen, welche über den Göttern stehen, die Nornen des Schicksals?«

Egil hob die Hände und drehte die Innenseiten nach oben. »Da müsst Ihr einen anderen als mich fragen, Mädchen, denn ich weiß es nicht.«

Sie trieben noch ein Stück weiter, und dann sagte Delon: »Was meint Ihr, was Der Verfluchte Bewahrer Des Glaubens Im Labyrinth von Religionen und Göttern hält? Und was glaubt Ihr, warum er verflucht ist?«

Siebzehn Tage, nachdem sie aus Pendwyr geflohen waren, sichteten sie Land. Die untergehende Sonne tauchte alles in ein orangefarbenes Licht, aber auf dem Landstrich, den sie sehen konnten, war der eigentliche Fels graubraun und nicht wie erwartet rot.

Ferai stöhnte. »O nein. Das Tor auf der Karte der alten Nom ist in Fels eingebettet, der die Farbe von getrocknetem Blut hat.«

»Vielleicht ist das Land hier nicht Sarain«, sagte Delon.

»Und selbst wenn es Sarain ist, Delon, könnte es so sein, wie Ihr vermutet habt«, sagte Arin. »Vielleicht gibt es den roten Fels nur weiter landeinwärts.«

»Wir müssen jetzt eine Hafenstadt anlaufen und herausfinden, wo wir sind«, sagte Egil. »Ob dies Sarain ist oder nicht: Lasst uns einen Gelehrten suchen, der die Runen auf Ferais

Zeichnung lesen kann. Wenn der Gelehrte sie übersetzt hat, wissen wir vielleicht, wohin wir uns wenden müssen.«

Arin nickte und wandte sich dann an Alos. »Könnt Ihr uns zu einer Hafenstadt bringen?«

Alos schnaubte. »Nicht sofort. Aber vielleicht kann sie es.« Der alte Mann zeigte auf eine Stelle weiter südlich nah der Küste. Dort war eine kleine Dau unterwegs, deren Segel im Licht der untergehenden Sonne hellrot leuchteten.

Sie drehten nach steuerbord bei und folgten der Dau, obwohl es schon fast dunkel war, als sie das Schiff endlich einholten. Es war ein Fischerboot mit drei Mann Besatzung, und als sie der *Breeze* ansichtig wurden, warfen die Männer ihre Messer weg und hoben in einer Geste der Kapitulation die Hände.

»Ha«, lachte Alos. »Sie halten uns für Piraten.«

Arin zeigte der anderen Mannschaft ihre leeren Hände in dem Bemühen, sie davon zu überzeugen, dass sie wenig zu befürchten hatten. Dann probierten sie und die anderen alle Sprachen aus, die sie kannten – und Ferai und Delon kannten sehr viele –, doch ohne Erfolg. Schließlich raunte Alos: »Lasst mich mal«, und dann rief er: »Sarain?«

Die Fischer nickten und verbeugten sich und zeigten auf die Küste.

Dann rief Alos: »Chabba?«

Die Besatzung der Dau zeigte nach Süden.

»Schön und gut«, rief Alos und winkte grüßend zu den Männern hinüber.

Dann setzte der alte Mann sich wieder ans Ruder. »Wir fahren nach Süden. Die Hafenstadt Aban liegt an der Grenze.«

Während sie sich mit Abschiedsgesten und -rufen von der Dau entfernten, wandte Aiko sich an Alos und sagte: »Das war schlau von Euch, *ningen toshi totta*.«

Alos sah sie mit gerunzelter Stirn an und knurrte dann: »Ich bin ein Säufer, kein Dummkopf.«

Zwei Tage später, am frühen Morgen, erreichten sie die Einmündung einer großen Bucht, deren Wasser laut Alos durch den Fluss Ennîl gefärbt wurde, der die Grenze zwischen Sarain und Chabba bildete. Das Mündungsgebiet des Ennîl war nicht weit entfernt. Sie fuhren in den Sund und segelten den größten Teil des Tages nach Osten, wobei das Wasser mit jeder zurückgelegten Seemeile dunkler wurde. Kurz nach Tagesanbruch sichteten sie die breite Flussmündung, und sie segelten in den träge fließenden Strom hinein, dessen Wasser orangefarbenen Schlick mit sich führte. Gut zehn Meilen weiter landeinwärts erreichten sie schließlich die Hafenstadt Aban mit ihren Piers und Landungsstegen. Sie wählten die Kais auf der Backbordseite, denn diese lagen in Sarain.

Die Sonne stieg während des Vormittags immer höher und brannte heiß auf Arin und ihre Gefährten hinab, während sie den schmalen gewundenen Sträßchen Abans bergauf folgten, die mit Pferden, Kamelen und Menschen verstopft waren. Die Männer hatten größtenteils braune Haut und schwarzes Haar, und sie waren in lange Gewänder gehüllt. Diejenigen jedoch, die auf Pferden ritten, trugen großzügige Umhänge, weite Hemden und bauschige Hosen, die am Knöchel an der Außenseite des Stiefels festgebunden waren. Bunte Turbane schmückten die Köpfe oder auch rote Feze mit schwarzen, herunterhängenden Troddeln und Quasten.

Auch Frauen waren auf den Straßen unterwegs, die von Kopf bis Fuß in üppige Gewänder gehüllt waren, sodass man lediglich ihre Augen und Hände sehen konnte. Einige von ihnen waren in Gruppen von drei oder mehr Personen unterwegs, während andere einzeln in geschlossenen Sänften lagen, die von stämmigen Männern getragen wurden.

»Ihr hattet Recht, Delon«, sagte Ferai, indem sie auf Schilder über Geschäften und Tavernen zeigte, während sie durch die Straßen Abans schlenderten. »Die Schrift, die Buchstaben:

Einige davon scheinen mit den Symbolen der Inschrift auf der Karte der alten Nom übereinzustimmen.«

»Zieh keine voreiligen Schlüsse, meine Teure«, erwiderte Delon. »Die hurnischen Buchstaben sehen beinahe genauso aus. Ich glaube, wir müssen warten, bis wir jemanden finden, der lesen kann, was du geschrieben hast.«

»Wenn wir den *Goldenen Halbmond* finden«, sagte Egil, »bitten wir den Wirt, es für uns zu übersetzen. Das sollte schnell genug gehen, ob es nun Sarainesisch ist oder nicht.«

»Wenn es kein Sarainesisch ist«, japste Alos, der von der Anstrengung keuchte und dem der Schweiß über das Gesicht lief, »dann segeln wir nach Hurn, wie Dara Arin gesagt hat, hm?«

»Sobald wir neuen Proviant auf das Schiff geladen haben«, sagte Egil. »Darum werden wir zwei uns kümmern, nachdem wir uns einquartiert haben.«

Alos nickte. »Und wir kaufen auch ein paar Karten, oder? Zumindest eine vom Avagonmeer.«

Aiko sah den alten Mann an. »Ich dachte, Ihr wolltet Euch von uns trennen, Alos.«

Der alte Mann funkelte die Ryodoterin an, doch dann wurde sein Blick weicher. »In Aban gibt es keine Tavernen. Schuld sind diese blödsinnigen Glaubensvorschriften.«

»Ach so«, sagte Aiko und verstummte dann.

Sie folgten den Anweisungen des Hafenmeisters. Unterwegs wurden sie oft von Straßenkindern, Bettlern und fliegenden Händlern angesprochen, die sie um Almosen anflehten oder ihnen verschiedene Waren aufschwatzen wollten. Doch ein Blick auf Aiko mit ihrer goldenen Haut oder auf Arin mit ihren spitzen Ohren genügte meist, und die Bettler und Krämer zogen sich murmelnd und gestikulierend zurück.

Bald hatten sie ihr Ziel erreicht. Ein goldener Halbmond auf einem Schild verkündete den Namen des Gasthauses. Der Wirt wies ihnen nervös Zimmer zu, ein wenig beklommen ob der Frauen in der Gruppe, die exotisch aussahen und allesamt

Männerkleidung trugen und ihr Gesicht nicht verhüllten. Zweifellos Ungläubige.

»Hier«, sagte Ferai, indem sie die Zeichnung von Noms Karte zückte. Sie hatten das Blatt aus dem Logbuch gerissen. »Ich muss Euch etwas zeigen.«

Doch bevor sie das Blatt entfalten konnte, hielt Aiko ihre Hand fest. »Nein, Ferai«, sagte die Ryodoterin. »Nicht hier. Nicht jetzt. Nicht er.«

»Warum nicht ...?«

»Meine Tigerin sagt nein.«

»Eure Tigerin? Oh.«

Ferai faltetet das Blatt wieder zusammen und steckte es weg.

»Woher habt Ihr das?«, zischte der *'âlim*. Der Gelehrte klappte das Pergament rasch wieder zusammen und schob es über den Tisch, während er sich in der großen Bibliothek umsah, um festzustellen, ob irgendwelche Studenten in der Nähe die Zeichnung gesehen hatten.

Von Arin und Aiko flankiert, stand Ferai vor ihm. Die Schwerter der Ryodoterin steckten in der Scheide. Delon stand im Eingang. Von Egil und Alos war nichts zu sehen.

Ferai nahm das Pergament und sah sich ebenfalls um. Junge Männer, die hier und da an Tischen saßen, senkten den Kopf, da es ihnen unangenehm war, dabei erwischt zu werden, wie sie die fremdländischen, unverschleierten Frauen anstarrten. Obwohl Aban eine Hafenstadt war, kamen nur selten ausländische Frauen hierher, die ihr Gesicht nicht bedeckten. Wenn so etwas geschah, schien sich die entsprechende Neuigkeit sehr rasch herumzusprechen. Aber dies waren nicht nur exotische Fremde, o nein, denn zwei Frauen waren überdies hellhäutig, und eine war sogar gold! Und zwei hatten schräge Mandelaugen und eine spitze Ohren. Sie waren Nordländer, Fremde, Elfen, möglicherweise auch Dschinnis, Succubi, Huri, Dämonen, Engel, Seraphime, Cherubime oder auch alle möglichen anderen Wesen, je nach Legenden, die man kannte, oder nach Lehren und Erfahrungen, die man beherzigte oder gemacht hatte.

»Das war eine Zeichnung auf einer Wahrsagekarte«, sagte Ferai.

»Ich würde nicht damit herumlaufen und sie herumzeigen, wenn ich Ihr wäre«, murmelte der Gelehrte, dessen nussbraune Züge seine Beunruhigung deutlich verrieten.

»Warum nicht?«, fragte Ferai, die nun ebenfalls flüsterte.

»Weil es verboten ist.«

»Verboten?«

»*Psst*«, machte der Gelehrte und sah sich wieder um. Dann flüsterte er: »Es stellt eine verbotene Religion dar.«

Ferai flüsterte zurück: »Verboten? Warum?«

»Weil sie mit Dämonen in Verbindung gebracht wird.«

Arin räusperte sich. Der Mann zuckte zusammen, und er schaute sie nicht direkt an. Die Dylvana murmelte: »Sagt mir, Gelehrter, was bedeutet diese Inschrift?«

»Kommt, lasst uns an einen Ort gehen, wo wir frei reden können«, zischte der *'âlim*.

Er führte sie durch die Regale, wobei er nur lange genug stehen blieb, um eine ganz bestimmte Schriftrolle von vielen auszuwählen, die alle in ihrem eigenen Fach steckten. Dann bedeutete er ihnen, ihm zu folgen, und trat durch einen Perlenvorhang in eine kleine Kammer. Delon, der ihnen nachging, blieb auf Bitte von Ferai am Eingang zur Kammer stehen und hielt dort Wache.

In dem Raum stand ein Tisch mit Tintenfässern und Federn, um den mehrere Stühle drapiert waren. Der Mann bedeutete ihnen, Platz zu nehmen, und als sie sich zu ihm gesetzt hatten, fragte er: »Wer seid Ihr, und warum seid Ihr zu mir gekommen?«

Aiko und Ferai sahen Arin an, und die Dylvana sagte: »Wir sind in diese Archive gekommen, weil wir Hilfe und Wissen suchen.«

Der Mann schnaubte. »Es gibt hier viele Gelehrte. Warum gerade ich?«

Arin sah Aiko an, und die Ryodoterin sagte: »Ich habe Euch ausgewählt, Weiser, weil Ihr ungefährlich seid.«

»Ungefährlich?«

»Das hat man mir gesagt«, antwortete Aiko, indem sie sich an die Brust tippte.

»Wer hat Euch geschickt?«

»Niemand«, erwiderte Arin. »Wir sind auf eigenen Wunsch hier.«

Zum ersten Mal schaute der *'âlim* ihr direkt ins Gesicht, als suche er nach einem Hinweis darauf, ob sie die Wahrheit sprach. Arin erwiderte den Blick ruhig, und er senkte die Augen.

»Dieses Wissen, das Ihr sucht, warum wollt Ihr es?«

Jetzt zögerte Arin, doch Aiko nickte, und die Dylvana sagte schließlich: »Wir folgen den Spuren eines Rätsels in der Hoffnung, eine Katastrophe abzuwenden.«

Der Gelehrte nickte und fragte dann: »Und was hat die Zeichnung mit dem Rätsel zu tun?«

Wieder sah Arin Aiko an, und wieder nickte die goldhäutige Kriegerin. Arin seufzte und sagte dann: »Wir sind nicht sicher, aber sie könnte eine wichtige Verbindung zu etwas sein, das wir suchen.«

Stille breitete sich in der Kammer aus, da der Weise über das Gehörte nachdachte. Schließlich, als habe er sich entschieden, sagte er: »Ihr hattet Glück, dass Ihr beschlossen habt, zu mir zu kommen, denn ich gehöre zu den wenigen, die Euch und das von Euch gesuchte Wissen nicht den *Imâmîn* melden würden, den *Fäusten von Rakka.*«

»Fäuste von Rakka?«

»Eine Bruderschaft des Glaubens in Aban. Sie glauben, den einzig wahren Weg zu kennen.«

Ferai hob die Augenbrauen. »Den einzig wahren Weg?«

Der Weise schaute zur Tür und sagte dann: »Es gibt keinen

Gott außer Rakka. Fürchtet Ihn und gehorcht Ihm, denn Er ist der Herr über alles.« Der Gelehrte seufzte. »Das ist nur einer von vielen ›einzig wahren Wegen‹.«

Aiko schnaubte und fragte dann. »Was hat das mit unserer Mission zu tun?«

»Nur, dass der Glaube, den Ihr sucht, ein anderer ›einzig wahrer Weg‹ ist, obwohl dieser in den Untergrund getrieben wurde.«

Ferai entfaltete die Skizze und schob sie ihm über den Tisch zu. »Diese Symbole, sind es sarainesische Buchstaben oder hurnische?«

»Hurnische?« Der Weise nahm das Papier. »Ah, ja, ich verstehe. Für das ungeschulte Auge sehen sie sich ziemlich ähnlich. Nein, nein, die Inschrift über dem Tor ist in Sarainesisch abgefasst, und sie benennt einen Ort: Mikdash Hamavokh – der Tempel des Labyrinths.« Er gab Ferai die Skizze zurück.

Arin beugte sich vor. »Und dieser Tempel – was wisst Ihr über ihn?«

»Nur, dass es heißt, vor vielen Jahrzehnten hätten die *Niswân Imâmîn min Ilsitt* darin Zuflucht vor der Verfolgung gesucht.«

»Nis-nis ...« Ferai hielt inne und schüttelte den Kopf. »Was habt Ihr gerade gesagt?«

»Niswân Imâmîn min Ilsitt«, erwiderte der Weise. »Das bedeutet, die Priesterinnen von Ilsitt.«

»Ilsitt?«

»Sie ist eine Göttin und hat viele Namen: Ilsitt, Shailene, Elwydd ...«

»Elwydd!«, rief Arin.

Der Weise nickte.

»Trägt sie auch den Namen Megami?«, fragte Aiko.

Der Weise zuckte die Achseln. »Vielleicht. Obwohl ich diesen Namen noch nie zuvor gehört habe.«

»Was ist mit dem Gott Rakka?«, fragte Ferai. »Trägt er auch viele Namen?«

»In der Tat«, erwiderte der Gelehrte. »Rakka, Huzar ...«

»Gyphon?«, warf Arin ein.

Ohne sie anzusehen, nickte der Weise.

Arin seufzte tief, dann sagte sie: »Dieser Tempel des Labyrinths ... wie können wir ihn finden?«

Der Gelehrte nahm das große Pergament, rollte es auf dem Tisch aus und beschwerte die Ecken mit Tintenfässern. Es war eine Landkarte. Er zeigte mit einem Finger auf das Pergament. »Hier ist Aban, und hier« – er zog den Finger in einer geraden Linie über die Karte – »im Osten liegt das Labyrinth, und irgendwo darin befindet sich der Tempel.«

»Labyrinth?« Ferai runzelte die Stirn. »Aber dieser Teil der Landkarte ist leer.«

»Nicht ganz«, sagte der Weise, indem er auf schwache, kaum zu erkennende Konturen zeigte. »Das hier sind seine Umrisse.«

Auf den blassen Linien waren sarainesische Schriftzeichen zu erkennen.

»Was bedeuten die?«, fragte Ferai, indem sie auf die geschwungenen Buchstaben zeigte.

»Äh, *Mevokh Hashed* – Irrgarten des Dämonen.«

»Des Dämonen?«

»Es heißt, dass seit einigen Jahren ein Dämon in dem Labyrinth haust. Von Rakka dorthin geschickt, um die Ungläubigen zu bestrafen, das behaupten jedenfalls die Fäuste von Rakka.«

Ferai sah Arin an. Die Dylvana hob lediglich die Hände. Dann sagte Arin: »Dieser Irrgarten, dieses Labyrinth, was ist das?«

»Ein weitläufiges Gewirr verschlungener und verschachtelter Schluchten«, erwiderte der Gelehrte. »Von längst ausgetrockneten Flüssen und Bächen in den Fels geschnitten, sagen manche. Land, das von zornigen Göttern, welche die Welt erschüttern wollten, so zerklüftet wurde, behaupten andere. Ein Gebiet, auf das große Steine vom Himmel niedergeregnet sind, meint wieder eine dritte Fraktion. Ob etwas davon stimmt oder etwas ganz anderes zutrifft, kann ich nicht sagen.«

Arin nickte. »Diese Schluchten, dieses Labyrinth, wie ausgedehnt ist das Gebiet?«

»Euer Maß ist die Meile?«

»Ja.«

Der Weise zog einen Maßstab auf der Karte zu Rate, dann studierte er das leere Gebiet mit der unregelmäßigen Umrandung. »Gut hundert Meilen von Ost nach West und« – er maß noch einmal – »beinah eineinhalbmal so viel von Nord nach Süd, also hundertfünfzig Meilen in dieser Richtung.«

»Und dieser Tempel, wo liegt er?«

Der Weise zuckte die Achseln. »Er ist verborgen.«

Arin verglich die Größe des leeren Gebiets mit der Strecke zwischen Labyrinth und Aban und sagte dann: »Es sind etwas über hundert Meilen bis zur Grenze des Irrgartens. Ist die Route zum Labyrinth direkt?«

Der Weise nickte. »Ja, aber ich würde Euch nicht raten ...«

»Aber Dara«, platzte es aus Ferai heraus, »das ist ein riesiges Gebiet, das wir durchsuchen müssen. Hundertfünfzig Meilen mal hundert Meilen. Das macht, äh, mal sehen ...«

»Fünfzehntausend Quadratmeilen«, half der Weise aus. »In etwa.«

»Elwydds Gnade!«, verkündete Ferai, was den Gelehrten zusammenfahren ließ, und er sah sie warnend an. Doch sie bemerkte nicht, welche Wirkung ihre Verwünschung auf den Weisen hatte, sondern wandte sich an Arin und sagte: »Ich kann mir nicht einmal vorstellen, was fünfzehntausend Quadratmeilen sind, geschweige denn, wie lange es dauern würde, dieses Gebiet zu durchsuchen, vor allem wenn man bedenkt, dass es ein Labyrinth ist. Das ist eine Lebensaufgabe!«

Aiko schüttelte den Kopf. »Dara Arin findet sich gut in Irrgärten zurecht.«

»Vielleicht«, murmelte Arin. »Vielleicht aber nicht in diesem.«

»Wie ich bereits zu sagen versuchte«, warf der Weise ein, »ich würde davon abraten, zu diesem Labyrinth zu gehen. Es ist ein furchtbarer Ort. Nur zerklüftete Felsen. Und Ödland. Keine Pflanzen. Kein Wasser. Keine Tiere.«

Aiko starrte den Gelehrten ungerührt an und fragte dann: »Wenn das stimmt, wie überleben dann die Priesterinnen Ilsitts?«

Der Weise warf einen Blick auf den Perlenvorhang, dann beugte er sich vor und flüsterte: »Es heißt, dass Ilsitt noch Anhänger in Sarain hat. Vielleicht bringen diese Vorräte in das Labyrinth, vielleicht sogar in den Tempel.«

»Dann gibt es vielleicht einen Weg, Dara«, sagte Aiko.

»Ihr seid entschlossen, dorthin zu reisen?«, fragte der Weise.

»So ist es«, erwiderte Arin.

Der *'âlim* saß einige Augenblicke schweigend da und betrachtete die Karte und Ferais Zeichnung. Schließlich sagte er: »Hier ist ein Eingang.« Er zeigte auf eine Stelle auf der blassen Grenzlinie. »Die Insel im Himmel. Das ist ein Plateau, welches in das Labyrinth ragt.«

»Aber das liegt ziemlich weit nördlich. Gibt es keine näher gelegenen Eingänge?«, fragte Ferai.

»Die gibt es«, sagte der Weise, »aber diesen halte ich für besser geeignet.«

Arin sah den Gelehrten an, aber der wollte ihrem Blick nicht begegnen. Die Dylvana wandte sich an Aiko, und die Ryodoterin neigte den Kopf und zuckte die Achseln.

Arin seufzte und sagte dann: »Schön und gut, Weiser. Würdet Ihr uns sonst noch etwas raten?«

»Drei Dinge.« Er drehte sich um und wandte sich an Ferai. »Ruft niemals Ilsitt an, unter keinem ihrer Namen, sei es Elwydd, Shailene, Megami oder sonst einem, denn es könnten unfreundliche Ohren mithören. Tatsächlich würde ich an Eurer Stelle im Labyrinth *überhaupt keine* Götter anrufen.« Er hielt inne, sah sie der Reihe nach an und fügte hinzu: »Außerdem solltet Ihr Euer Gesicht verschleiern, bevor Ihr diese Stadt verlasst, sonst könnte jemand im Inland, der weniger aufgeschlossen ist als ich, Euch vor einen *Imâm* schleifen und verlangen, Euch als Huren steinigen zu lassen.«

Aiko fauchte, und ihre Augen verengten sich, doch Arin nickte nur. »Und das Dritte ...?«

Erst zum zweiten Mal sah der Gelehrte sie direkt an und hielt ihrem Blick in diesem Moment stand, während er sagte: »Nicht alle Wege sind, was sie scheinen. Sucht gründlich. Und wählt weise.« Dann wandte er den Blick ab.

Arin wartete noch einen Moment, doch mehr sagte er nicht, und schließlich wandte sie sich an Ferai. »Würdet Ihr den bedeutsamen Teil der Karte auf Euer Pergament kopieren, Ferai? Zeichnet Aban und diese ›Insel im Himmel‹ ein sowie die Route zwischen den beiden, und auch Richtungen und Maßstab. Zeichnet außerdem die Grenzen des Labyrinths nach, damit wir wissen, wo sie sind.«

Ferai sah den Gelehrten an, und der schob ihr ein Tintenfass und eine Feder herüber.

»Ins Landesinnere?«, ächzte Alos. »Wir fahren nicht mit der *Breeze*?«

Arin nickte.

»Aber wir haben gerade die Vorräte aufgefrischt und alles«, jammerte der Alte und sah Egil um Unterstützung heischend an.

Der jüngere Mann zuckte die Achseln und studierte die Karte. »Die *Breeze* wird im Hafen auf uns warten, Alos.«

»Aber wie kommen wir zu diesem Irrgarten?«, fragte der weißhaarige Steuermann. Dann richtete er sich auf und schob das Kinn vor. »Ich laufe nicht, das sage ich Euch gleich.«

Aiko fixierte Alos ärgerlich, doch Arin sagte: »In Anbetracht dessen, was wir über dieses öde Land gehört haben, werden wir wohl Kamele für die Reise brauchen.«

»Kamele!«, ächzte Alos. »Große, hohe Kamele? Ich hätte mehr an Pferdehintern gedacht.«

»In der Tat«, sagte Aiko trocken, und Ferai brach in lautes Gelächter aus.

Drei Tage später brachen sie im Morgengrauen auf Kamelen auf, wobei die Tiere ein streitlustiges Blöken von sich gaben, da die Reiter sie in das von der Sonne ausgedörrte Land und weg von den grünen Flussufern trieben. Alos stöhnte, jammerte und klagte ebenfalls und beinah so laut wie das Tier, das er ritt. Arin, Aiko und Ferai trugen dem Rat des Weisen entsprechend Seidentücher vor dem Gesicht, obwohl Aiko wütend darüber war. Aber Delon riet ihr, sich den Schleier als Verkleidung vorzustellen, und sie erinnerte sich an frühere Zeiten, bevor sie in Ungnade gefallen war, als sie mit maskiertem Gesicht in die Schlacht geritten war. Diese Überlegungen besänftigten sie ein wenig ... wenn auch nicht völlig.

Auf sechs Kamelen und mit weiteren sechs Tieren im Schlepptau entfernten sie sich von Aban und ritten nach Osten in den Sonnenaufgang. Während die Tiere protestierten, Alos sich beklagte, Aiko mit den Zähnen knirschte und Delon ein fröhliches Wanderlied sang, strebten sie dem Ort zu, den der Weise »die Insel im Himmel« genannt hatte.

»Mein Gott«, zischte Delon, »aber das sieht aus wie eine Vision der Hèl!«

Sie standen in der untergehenden Sonne auf einem weit vorstehenden Plateau, das tausend Fuß oder mehr abfiel. Unter ihnen erstreckte sich ein endloses Gewirr aus steilen Schluchten und tiefen Spalten, die sich durch blutrotes Gestein wanden, so weit das Auge reichte. Ob die Furchen von alten Flüssen gebahnt worden waren oder der Stein von Göttern zerrissen oder von Felsen gespalten, die vom Himmel gefallen waren, konnte niemand sagen. Durch das geborstene Land zogen sich riesige, gezackte Abgründe, die Sackgassen bildeten und im Kreis herumführten, und dieser Irrgarten erstreckte sich bis zum Horizont – insgesamt fünfzehntausend Quadratmeilen.

Aiko starrte lange auf das zerklüftete Land, die linke Hand fest gegen die Brust gepresst, wo die verborgene Tigerin prangte, und sagte schließlich: »Darin wartet der Tod.«

Aus den dunklen Schatten des Labyrinths der Schluchten ertönte ein entferntes grässliches Heulen, das über das blutrote Gestein hallte, als schleiche irgendwo in den Tiefen ein furchtbares, tödliches Wesen herum.

9. Kapitel

»Garlon!« Alos zuckte zurück und schien fliehen zu wollen. Ferai klammerte sich an Delons Arm, während die Echos des entfernten Geheuls langsam verhallten. »Der *'âlim*«, hauchte sie. »Er hat gesagt, das Labyrinth wird von einem Dämon heimgesucht.«

»Lasst uns gehen«, stammelte Alos entsetzt. »Zurück nach Aban.«

»Nein, Alos«, sagte Arin. »Unser Weg liegt dort.« Sie zeigte auf die Felsen.

»Aber Ihr habt Ferai doch gehört. Es wird von einem Dämon heimgesucht.«

»Das könnte auch nur eine falsche Behauptung sein, die von den Fäusten von Rakka in die Welt gesetzt wurde«, sagte Arin. »Trotzdem heult etwas in dem Labyrinth. Aiko, was sagt Eure Tigerin?«

»Sie knurrt sehr deutlich, Dara«, erwiderte die Ryodoterin. »Was immer dort ist, es ist tödlich.«

Einen Arm um Ferai gelegt, nickte Delon. »Das glaube ich. Und bei der Frage, worum es sich handeln könnte, ist ein Dämon aus der Hèl eine ebenso gute Erklärung wie jede andere.« Mit der freien Hand zeigte er auf das geborstene Land, das in der untergehenden Sonne blutrot leuchtete. »Was könnte dies anderes sein als eine von Dämonen heimgesuchte, unbarmherzige Hèl?«

»Eure Vision der Hèl unterscheidet sich von meiner«, sagte Egil. »Aber Hèl oder nicht, Dämon oder nicht, irgendetwas ist dort unten.«

»Seht Ihr!«, verkündete Alos. »Wir sind uns alle einig. Lasst uns umkehren.«

Arin schüttelte nur den Kopf.

Egil schaute auf die heraufziehende Dämmerung. »Nun, was es auch ist, ich würde ihm lieber nicht im Dunkeln begegnen. Ich sage, lasst uns einstweilen hier auf dem Plateau lagern und morgen in der Frühe dem Weg ins Labyrinth folgen und den Tempel bei Tageslicht suchen.«

Alos ächzte. »Was bringt Euch auf den Gedanken, dass dies der Weg zum Tempel ist?«

»Wenn er es nicht wäre«, sagte Egil, »hätte der *'âlim* uns nicht hierher geschickt.«

Alos' Hände flatterten hektisch umher, als suche er etwas zu trinken, während er mit nörgelnder Stimme sagte: »Vielleicht hat er gelogen. Vielleicht ist das gar nicht der richtige Weg.«

»Nein, Alos. Wir müssen seinen Worten vertrauen.«

»Ha! Und warum, glaubt Ihr, können wir ihm vertrauen?«

Egil deutete mit einer Kopfbewegung auf die Kriegerin aus Ryodo. »Das hat uns Aikos Tigerin verraten.« Dann wandte sich der Fjordländer vom Anblick des Labyrinths ab und ging zu den hinter ihnen knienden Kamelen zurück.

»Aber dieselbe Tigerin hat uns verraten, dass dort unten der Tod wartet«, rief Alos den anderen hinterher, die Egil folgten. Dann warf der alte Mann einen Blick auf das rote Labyrinth, seufzte noch einmal und stapfte ihnen eilig hinterher.

Sie entzündeten ein kleines Holzkohlenfeuer auf dem nackten Fels und erhitzten Wasser, um Tee zu kochen. Während sie darauf warteten, dass es kochte, wandte Delon sich an Egil und sagte: »Eure Vision der Hèl unterscheidet sich also von meiner.«

Egil nickte. »Ja. Meine Hèl ist trostlos und eisig. Dort ist es dunkel und klirrend kalt, und es gibt keinen Schutz vor den bitteren Winden, überhaupt keinen Schutz. Die dorthin verbannten Seelen sind zu einer ewigen Wanderschaft durch die gefrorene Landschaft verurteilt, auf der ihnen bodenlose Spalten und Eisberge den Weg versperren.«

Alos hielt seine zitternden Hände nah an den winzigen Haufen glühende Holzkohle. »Es gibt keine Wärme, wie? So ähnlich wie in diesem Lager, würde ich sagen.«

Egil lächelte. »Viel schlimmer, Alos. Viel schlimmer.« Dann zuckte der Fjordländer die Achseln. »Das heißt, wenn es eine Hèl gibt.« Egil wandte sich an Delon. »Ich nehme an, Eure Hèl sieht so ähnlich aus wie dieses Labyrinth.«

Delon nickte. »Wie Ihr sagt, falls es eine Hèl gibt. Ich habe immer geglaubt, die Hèl bestehe aus Felsen, Steinen, Geröll und endlosen, felsigen Schluchten. Kein Wasser. Keine Pflanzen. Keine Tiere. Nur hartes Gestein ... nichts, das die Umgebung erträglich macht ... und kein Ort, wo man sich hinlegen und schlafen kann. Wie Eure Hèl ist sie dunkel, und die Seelen sind dazu verurteilt, ewig darin umherzuirren, um einen Ruheplatz, einen behaglichen Ort zu finden, den es aber nicht gibt.«

Ferai schüttelte den Kopf. »Die Hèl ist ein Ort, wo ständig der Wind heult und Sand durch die dunkle Luft wirbelt. Das ganze Land ist mit Dornen übersät, die stechende Wunden verursachen, welche niemals heilen.«

Ferai wandte sich an Alos. Der alte Mann schien zusammenzuschrumpfen. »In meiner Vorstellung ist die Hèl schwarz, völlig lichtlos und voller Gruben, Abgründe und umherstreifender Bestien, die ruhelose Seelen jagen.« Alos schauderte und fügte dann hinzu: »Vielleicht Wesen wie das, was gerade geheult hat.«

Alle Augen richteten sich auf Aiko. »Ich glaube nicht, dass es eine Hèl gibt, und übrigens auch kein Paradies.« Sie deutete auf ihre Umgebung. »Es gibt nur das hier und nicht mehr. Tot ist tot, danach gibt es nichts.«

Alos sah sie an. »Wie erklärt Ihr Euch dann die Geister?«

Aiko erwiderte den Blick des alten Mannes völlig ungerührt. »Ich glaube nicht an Geister.«

Alos zeigte mit einem zitternden Finger in die Richtung des Labyrinths. »Wie erklärt Ihr Euch dann das, was wir heulen gehört haben?«

»Wenn es ein *Akuma* ist – ein Dämon –, dann ist es kein Geist, sondern etwas sehr Lebendiges.« Aiko berührte das Heft ihrer Schwerter. »Und jedes lebendige Wesen kann man töten.«

Eine Zeit lang herrschte Schweigen. Schließlich wandte Delon sich an Arin. »Und was glaubt Ihr, Dara? Über die Hèl, meine ich.«

Arin sah den Barden an. »Wenn es eine Hèl gibt, dann stelle ich sie mir als große Leere vor, als Abgrund mit absolut nichts darin, kein Licht, kein Dunkel, keine Kraft, überhaupt nichts. Und in dieser Leere gibt es nur das eigene Ich. Könnt Ihr Euch eine schlimmere Strafe vorstellen?« Sie sah sich in dem Kreis um, doch keiner hatte eine Antwort.

Dann fing das Wasser über dem Holzkohlenfeuer an zu kochen, und rasch wendete sich das Gespräch anderen Dingen zu, während sie am Rande des endlos scheinenden Labyrinths heißen Tee tranken und eine kalte Mahlzeit zu sich nahmen.

Wie immer, wenn sie im Freien übernachteten, stellten sie eine Wache auf und wechselten sich damit ab. Mitten in der Nacht, als Delon gerade Wache hielt, hallte wieder ein grässliches Geheul aus den Tiefen des Labyrinths, das alle Schläfer weckte, und es dauerte lange, bis sie wieder einschlafen konnten.

Arin hielt die letzte Wache, und sie beruhigte Egil, als er wieder von seinen nächtlichen Albträumen heimgesucht wurde, in dem diesmal Lutor langsam auseinander gerissen wurde.

Der Morgen graute eben im Osten, als die Dylvana wieder ein Feuer anzündete und einen Kessel heißes Wasser aufsetzte. Als das Wasser kochte, weckte sie die Schläfer. Während die anderen sich für den Tag bereitmachten, ging die Dylvana zum Rand des Abgrunds und betrachtete den Weg, der nach unten führte. Sie blieb einen Augenblick stehen, trank einen Schluck Tee und aß ein wenig Fladenbrot aus ihrem Reiseproviant. Und dann versuchte sie, auf ihre besondere Art zu sehen. Rechts von ihr leuchtete etwas zwischen einem Haufen zerklüfteter Felsbrocken.

Ohne den seltsamen Schimmer aus den Augen zu lassen, näherte sie sich dem Haufen, und zwischen zweien der großen Felsbrocken, auf eine Weise verborgen, die sie nicht ergründen konnte, fand sie noch einen weiteren Weg, der abwärts ins Labyrinth führte.

In Gedanken wiederholte sie die Warnung des *'âlim*: *»Nicht alle Wege sind, was sie scheinen. Sucht gründlich. Wählt weise.«* Arin trank einen Schluck Tee und betrachtete abwechselnd die beiden Wege. *Ich frage mich, welchem Weg wir folgen müssen, wenn wir weise wählen.*

Dann setzte Arin ihre Betrachtung ein gutes Stück in beide Richtungen fort, fand aber keine anderen Pfade mehr.

»Zwei Wege?« Egil sah sie überrascht an. »Wo ist der zweite?«

»Hinter diesen zerklüfteten Felsbrocken«, erwiderte Arin.

Ferai starrte auf den Steinhaufen und dann nach links auf den Weg, den sie am vergangenen Abend entdeckt hatten. »Welchem sollen wir folgen?«

»Dem Pfad bei den Felsen, würde ich meinen«, sagte Arin.

»Ach?«, meldete Alos sich zu Wort.

Aiko sah Arin an und nickte zustimmend. »Der Weg hinter den Felsen ist ebenso verborgen wie der Tempel.«

»Genau«, sagte Arin. »Außerdem liegt vielleicht ein Zauber auf diesem neuen Pfad.«

Delon berührte das Amulett an seinem Hals. »Lasst uns nachsehen.«

»Wenn ein Zauber darauf liegt«, sagte Delon mit Blick auf den schmalen Weg, »ist es jedenfalls keine Unsichtbarkeit.«

»Vielleicht ist es irgendeine Schutzvorrichtung«, sagte Ferai, die neben Delon stand. »Vielleicht eine, die nicht uns gilt, sondern vielmehr den Feinden des Tempels – den Fäusten von Rakka zum Beispiel.«

»Du meinst, er verbirgt den Pfad vor ihnen – und nur vor ihnen – oder führt sie vielleicht in die Irre?«

Ferai sah Delon an und nickte. »Das oder etwas Ähnliches ... falls Zauber so etwas vermögen.«

Alle Augen richteten sich auf Arin, doch die Dylvana zuckte die Achseln. »Wäre ich ein Magier, könnte ich vielleicht bejahen oder verneinen.«

»Das hat der *'âlim* gemeint«, sagte Aiko mit einer Geste nach links zum anderen Weg, »als er sagte, dass nicht alle Wege seien, was sie zu sein scheinen. Er hat uns davor gewarnt, dem offensichtlichen Pfad zu folgen.«

»Das ist auch meine Überzeugung«, sagte Arin.

Alos schaute skeptisch drein, blieb aber stumm.

Egil betrachtete die Sonne, die mittlerweile am Horizont aufgegangen war. »Lasst uns das Tageslicht nicht vergeuden«, sagte er.

Während sie zu den Kamelen zurückkehrten, sagte Arin: »Ich gehe voran.«

Egil und Aiko protestierten, vor allem die Ryodoterin, die meinte, falls eine Gefahr drohe, sollte ihr zuerst ein Krieger begegnen.

Doch Arin war unnachgiebig. »Auf diesem Weg liegt ein Zauber, einer, den wir nicht kennen, und in dieser Gruppe bin ich die Einzige, die mehr sehen kann, als das Auge für üblich wahrnimmt. Sollte er sich in irgendeiner Weise verändern, kann ich am besten beurteilen, was die Veränderung wohl zu bedeuten haben mag.«

»Aber, Liebste ...«, begann Egil, doch Arin hob eine Hand und brachte ihn zum Schweigen.

»Sobald wir unten im Labyrinth sind, wo der Weg vermutlich sehr viel breiter ist, könnt ihr Kämpfer uns führen. Doch während des Abstiegs ist dies meine Aufgabe.«

Egil sah Aiko an, und die Ryodoterin stieß einen tiefen Seufzer aus und sagte steif: »Wie Ihr wollt, Dara. Wie Ihr wollt.«

Rasch beluden sie die Kamele, begleitet vom Protestgeschrei der Tiere, und saßen auf. Mit jeweils einem Tier im Schlepptau ritten sie langsam zum Abhang, Arin voran, Aiko direkt hinter ihr, dann Egil und Alos, und Ferai und Delon bildeten die Nachhut. Am Rande des Abhangs blieben sie noch einmal stehen und betrachteten die endlosen Schluchten, die tief in den roten Fels reichten.

Delon seufzte und sagte: »Warum bin ausgerechnet ich es bei all unseren unterschiedlichen Philosophien, der glaubt, dass wir in die Hèl reiten?«

An der Spitze des Zuges trieb Arin ihr Kamel vorwärts und begann den Abstieg ins Labyrinth.

10. Kapitel

Während der abnehmende Halbmond vor der aufgehenden Sonne floh, folgten Arin und ihre Gefährten dem Weg bergab. Zur Rechten erhob sich eine steile Felswand, zur Linken fiel sie ebenso steil ab, und der eigentliche Weg war schmal und uneben. Alos warf einen Blick nach links in den Abgrund, drehte aber den Kopf sofort mit einem lauten Stöhnen nach rechts und schloss fest die Augen, während er zu Garlon betete, er möge sein Kamel sicher leiten.

Auch Egil hatte ein wenig Scheu vor der Höhe, denn wie Alos war er ein Mann des Meeres und kein Bergbewohner. Obwohl er in einem Fjord mit steilen Felswänden aufgewachsen war, hielt das keinem Vergleich mit dieser Umgebung stand. Also biss er die Zähne zusammen, starrte die meiste Zeit stur geradeaus und vertraute auf den sicheren Tritt der Kamele.

Aiko ließ die Höhe jedoch unbeeindruckt, denn ihre Ausbildung in Ryodo hatte viele Kletterpartien beinhaltet. Doch wenn ihr die steilen Wände auch keine Angst einjagten, war Aiko dennoch äußerst beunruhigt, denn ihre Tigerin war in großem Aufruhr, und Dara Arin ritt voraus. Wenn die Gefahr über sie kam, würde *ihre Herrin* ihr zuerst begegnen und nicht Aiko.

Für die voranreitende Arin war die steil abfallende Felswand ohne jede Bedeutung, nur das schwach leuchtende Band voraus beschäftigte sie, denn sie konzentrierte ihre besondere Sicht ganz auf den abwärts führenden Pfad.

Fast am Ende der Prozession beugte Ferai sich vor und schaute auf den rötlichen Fels, der steil in die Tiefe fiel. Dann schaute sie nach hinten zu Delon und sah ihn ebenfalls in die Tiefe starren. »Habt Ihr keine Angst?«, rief sie. »Es ist nämlich ziemlich hoch.«

Delon lächelte. »Nein, mein Schatz. In meiner Jugend im Gûnarring haben mein Vater und ich oft solche Wände erklommen, wenn auch nicht in einer blutroten Hèl wie dieser hier. Aber ich muss schon sagen, was ist mit dir?«

»Ich war schon auf dem Hochseil, als ich noch keine neun war«, erwiderte sie, »und auch am Trapez. Höhen muss man achten, aber nicht fürchten.«

»Hast du keine Angst, dass dein Kamel scheut?«

Bei Delons Frage stöhnte Alos und hielt sich die Ohren zu.

»Tiere haben mehr Verstand, als so etwas zu tun«, erwiderte Ferai. »Jedenfalls war es im Zirkus so.«

»Zirkus? Du warst in einem Zirkus? Davon musst du mir erzählen.«

Ferai holte tief Luft und überlegte. Abgesehen von der Geschichte über die alte Nom hatte Ferai niemandem etwas über ihre Vergangenheit erzählt, nicht einmal Delon. Sie schaute in die Tiefe und dann wieder zu dem Barden, der hinter ihr ritt und sie noch immer erwartungsvoll ansah. »Eines Tages vielleicht«, rief sie ihm zu und drehte sich dann wieder nach vorn. *Eines Tages vielleicht.*

Immer weiter abwärts wand sich der Weg durch die blutroten Felsen, manchmal flach, manchmal steil, aber immer schmal und immer dicht an den lotrechten Auffaltungen im Gestein. Den Serpentinen dieses Weges folgten sie beinah sechs Meilen, bis sie schließlich den im Schatten liegenden Boden der zerklüfteten Schlucht erreichten, wo die roten Wände sich gut fünfzehnhundert Fuß steil in den Himmel reckten. Hier in der Tiefe konnten sie nicht mehr sehen, wo sie den Abstieg begonnen hatten, denn der Vorsprung war hinter unzähligen Windungen, Bögen und Kehren im Weg verborgen.

Wenngleich einigermaßen eben, war der Boden am Grunde der Schlucht nicht breiter als zehn Schritte, und überall lagen Schiefer und kleine Felsbrocken herum, und vor den senkrechten Wänden türmten sich Geröllhaufen. Alles war nackter Fels – keine Erde, keine Pflanzen und kein anderes Zeichen von Leben war zu sehen –, und ein rauer Wind pfiff durch die Schlucht wie eine klagende Stimme am Rande der Wahrnehmung. Hier war die Welt in Rot gehüllt, als sei der Fels in Blut getaucht worden. Sogar die Schatten schienen eine rötliche Färbung anzunehmen.

»Adon«, hauchte Delon, »aber das ist wirklich meine Vision der Hèl.«

Zwei Wege taten sich vor ihnen auf, einer führte nach rechts, der andere nach links.

»Wohin?«, fragte Aiko Arin, auf der die Blicke all ihrer Gefährten ruhten.

Die Dylvana starrte auf den Boden der Schlucht. »Der rechte Weg schimmert ganz leicht.«

Aiko berührte ihre Brust. »Auf diesem Weg lauert aber auch Gefahr, Dara.«

Arin zuckte die Achseln. »Trotzdem ...«

»Vielleicht sollten wir umkehren«, warf Alos ein.

Arin sah den alten Mann an. »Nein, Alos. Wir müssen hier drinnen den Verfluchten Bewahrer Des Glaubens Im Labyrinth finden.«

»Aber wir wissen nicht einmal, ob dies das richtige Labyrinth ist«, entgegnete der alte Mann störrisch.

Egil neigte den Kopf. »Komm, Steuermann, bislang haben wir den richtigen Kurs doch gut gehalten.«

Alos sah Aiko an und begegnete nur einem ausdruckslosen Blick. Er schlug die Augen nieder und nickte.

Sie wandten sich nach rechts, und jetzt konnten Aiko und

Egil neben Arin reiten, Aiko links von ihr, Egil rechts. Ihnen folgten die drei Packkamele am Zügel, und dann kamen Alos, Delon und Ferai, jeder der drei ebenfalls mit einem Lastkamel im Schlepptau.

»Wo ist Norden?«, fragte Ferai. »Der Pfad hat sich so oft gedreht, dass ich vollkommen die Orientierung verloren habe. Und hier unten kann ich nichts mehr erkennen.«

Alos knurrte und zeigte nach links vorn, während Delon nach rechts hinten deutete. Delon schüttelte den Kopf und brach in Gelächter aus, doch Alos fauchte ihn an: »Hört mal, ich bin Steuermann, also sollte ich eigentlich wissen, wo Norden ist.«

Doch Delon zeigte hoch oben auf die roten Wände der Schlucht. »Seht Ihr den Winkel der Sonne? Nun, nicht der Sonne selbst, sondern vielmehr der Schatten. Es ist noch früh am Morgen, also zeigen sie von Osten nach Westen. Und angesichts ihrer Neigung liegt Norden rechts von uns. Wir reiten im Moment in südwestlicher Richtung.«

Während sein Kamel langsam vorwärts stapfte, schaute Alos lange auf den Schluchtrand, der hoch über ihm aufragte, und schüttelte dann resigniert den Kopf.

»Nicht verzagen, Alos«, sagte Delon. »Ich bin in den Bergen aufgewachsen, Ihr dagegen auf dem Meer. Und wenn wir wieder auf dem Wasser sind, werdet Ihr über die Himmelsrichtung Bescheid wissen und ich nicht.«

Sie hielten diese Richtung kaum zweihundert Schritte, bis die Schlucht eine neuerliche Biegung beschrieb. Nach mehreren Windungen stießen sie eine Meile später auf eine Kreuzung mit drei Wegmöglichkeiten. Wieder wählte Arin die rechte Abzweigung, und so folgten sie den verschlungenen Pfaden des Labyrinths auf manchmal breitem und manchmal schmalem Weg, wo sie hintereinander reiten mussten – und an diesen Stellen übernahm Aiko die Führung, und Egil ritt hinter ihr. Immer wieder stießen sie auf Kreuzungen und Abzweigungen, manche nur Spalten, manche glatte Wege, andere rau und wieder andere mit Geröll übersät. An diesen Abzweigungen betrachtete Arin alle Wegmöglichkeiten auf ihre ganz besondere Art, bis sie den schimmernden Weg gefunden hatte, und dann setzten sie den Ritt fort.

Der Vormittag kam, dann der Mittag, und die Sonne stand direkt über ihnen, drängte die rötlichen Schatten zurück und ersetzte sie durch einen grellroten Schein. Dennoch hielten sie für ihr Mittagsmahl nicht an, sondern aßen im Sattel, denn sie wollten in diesen Schluchten kein Nachtlager aufschlagen, sondern hofften, vorher den Tempel zu erreichen – wo immer er sich auch befinden mochte. Manchmal ritten sie und manchmal gingen sie, um den Kamelen eine Erholung zu gönnen, aber sie blieben ständig in Bewegung.

»Ich glaube nicht, dass wir auf dem richtigen Weg sind«, japste Alos auf einer dieser Etappen, die sie zu Fuß zurücklegten. »Wir kehren besser um und verlassen diese verwünschten Schluchten mit ihren bedrückenden Felswänden.«

»Warum glaubt Ihr das, Alos?«, fragte Delon.

Alos richtete sein sehendes Auge auf den Barden. »Wir hätten den Tempel mittlerweile längst erreicht, wenn dies der richtige Weg wäre. Ich glaube, wir sind irgendwo falsch abgebogen. Entweder das, oder der Tempel ist überhaupt nicht hier.«

Ferai schüttelte den Kopf. »Seht Euch um, Alos. Der Fels ist rot wie auf der Karte der alten Nom. Und der *'âlim* sagte, hier würden wir ihn finden. Was die falsche Abzweigung angeht, habt Vertrauen in Dara Arin. Denkt auch an Folgendes: Wir sind hinter einem gewaltigen Schatz her, einem Ei von der Größe einer Melone aus reiner, durchsichtiger Jade. Diesen Schatz können wir ganz sicher für eine ungeheure Summe verkaufen, auch wenn wir sie teilen müssen. Irgendwo dort draußen gibt es einen Käufer: einen Drachen, einen Magier, einen Sammler, irgendjemanden, der uns die Strapazen vergüten wird. Wir werden für den Rest unseres Lebens ausgesorgt haben. Kein Hunger mehr, keine Sehnsucht, nie wieder ...« Ferai warf einen Blick auf Delon und verstummte abrupt.

Eine Weile gingen sie schweigend weiter und schließlich sagte Delon: »Meine Liebe, so sehr ich das Wohlleben auch zu schätzen weiß – gute Weine, leckeres Essen, Freuden für alle Sinne –, wir sind nicht wegen einer Belohnung hinter dem Stein her. Wir suchen keinen Schatz. Vielmehr ist der Stein ein Artefakt der Macht, und wir hoffen, das Verhängnis abzuwenden, das durch ihn ausgelöst werden kann.«

Ferai sah ihn an, doch was sie dachte, spiegelte sich nicht in ihren Augen wider.

Von vorne rief Arin ihnen zu, wieder aufzusteigen, und kurz darauf ritten sie weiter durch die Schluchten aus rotem Fels.

Die Mittagssonne sank hinter die steinernen Wände, und obwohl sie die leuchtende Scheibe ab und zu im Westen sehen konnten, blieb sie doch meist hinter dem Fels verborgen. Der Nachmittag kam und dann der Abend, und ringsumher ballten sich wieder rötliche Schatten, da sich der Lichteinfall mit dem Sinken der Sonne beständig veränderte. Schließlich gab es eine kurze Dämmerung in den Schluchten, und dann senkte sich die Dunkelheit über das Land der roten Felsen, und von einem Tempel war immer noch nichts zu sehen.

Ein schmaler Streifen aus funkelnden Sternen erschien mit dem Anbruch der Nacht über ihnen, und Arin zügelte ihr Kamel, was die anderen veranlasste, ebenfalls innezuhalten. Die Dylvana drehte sich im Sattel um und sagte zu allen: »Die Zeit ist gekommen, uns zu entscheiden: Reiten wir weiter oder schlagen wir ein Lager auf?«

Egil sagte: »Ich glaube, wir müssen den Kamelen eine Rast gönnen. Sie hatten den ganzen Tag kaum Ruhe und haben seit gestern auch nichts mehr gegessen und getrunken.«

Aiko griff nach unten und tätschelte ihrem Kamel die Rippen. »Fürchtet nicht um die Tiere, Egil Einauge, denn sie können lange ohne Wasser und Nahrung auskommen.« Sie zeigte nach vorn in die Schlucht. »Fürchtet vielmehr um uns: Mit jedem Schritt ist die Gefahr größer geworden.«

Im Sternenlicht nickte Arin, doch Egil hob eine Augenbraue. »Eure Tigerin?«

Aiko neigte den Kopf.

»Ich glaube, wir sollten umkehren«, sagte Alos. »Dieser *'âlim* hat uns in eine Falle geschickt.«

Aiko murmelte etwas in ihrer eigenen Sprache, doch Arin sagte laut: »Ich glaube nicht, Alos, denn Aikos Tigerin hat keine Gefahr in ihm entdeckt.«

»Das liegt daran, dass die Gefahr hier draußen ist«, entgegnete Alos.

»Das bestreite ich nicht«, sagte Arin.

»Warum schlagen wir nicht einfach ein Lager an einem Ort auf, den wir leicht verteidigen können?«, schlug Ferai vor, wobei sie die beiden Gurte mit Wurfdolchen berührte, die sie quer über ihrer Brust trug.

Aus den Tiefen des Labyrinths erklang ein grässliches Heulen, dessen Echos von den Wänden der Schluchten endlos hin und her geworfen wurden.

Die Kamele zuckten bei diesem Geräusch zusammen, gerieten jedoch nicht in Panik, weil der Laut noch weit entfernt war. Doch Alos ächzte und duckte sich im Sattel.

»Adon, das war viel lauter als zuvor«, sagte Delon.

»Wir sind ihm näher gekommen, was immer es ist«, sagte Arin.

»Wir sind der Gefahr näher gekommen«, sagte Aiko.

»Da es nur in der Nacht herauszukommen scheint, glaube ich, dass Ferai Recht hat«, sagte Egil. »Wir sollten an einem gut zu verteidigenden Ort lagern.«

»Zweihundert Schritte zurück gab es eine schmale Schlucht«, schlug Arin vor.

Sie schlugen ihr Lager in einer engen Klamm auf, die mehr eine Spalte war, denn sie reichte weniger als hundert Fuß tief in den roten Fels.

»Das ist eine gute Stelle«, sagte Egil, während er die Spalte begutachtete.

»Gut?«, murmelte Alos. »Dieser Spalt im Fels?«

»Aye«, erwiderte der Fjordländer. »Sie können uns nur aus einer Richtung angreifen.«

»Sie?«, merkte Alos auf.

»Sie. Der Feind. Ob nun einer oder viele«, erwiderte Egil.

»Wie zum Beispiel die Kreatur, die nachts heult«, fügte Ferai hinzu.

»Verdammt!«, rief Alos aus und schmiegte sich an die Felswand hinter ihm.

In jener Nacht standen sie in Schichten Wache, die sich überschnitten. Aiko und Alos, Alos und Delon, Delon und Ferai, Ferai und Egil, Egil und Arin, Arin und Aiko. Wieder ertönte mitten in der Nacht ein langes Heulen, scheinbar lauter als zuvor, und ließ die Schläfer aufschrecken und die Waffen zücken, doch nichts kam aus der Finsternis und griff sie an.

Kurz vor Morgengrauen, als ein bleicher Halbmond über ihnen am Himmel stand, stöhnte Egil und schlug im Schlaf um sich, da er von einem grässlichen Traum heimgesucht wurde.

Sie brachen das Lager ab, als sich der sichtbare schmale Streifen des Himmel über ihnen aufhellte, und waren bald wieder unterwegs. Die Kamele blökten verdrossen, weil sie außer einer spärlichen Ration Getreide nichts zu essen und überhaupt nichts zu trinken bekommen hatten und darüber hinaus auch noch Reiter und Fracht tragen mussten.

Wieder färbten sich die dunklen Schatten rötlich, als der Tag im Land der roten Felsen Einzug hielt. Der Weg wand sich durch das Labyrinth, und unzählige Schluchten zweigten in alle Richtungen ab. Arin traf eine Richtungsentscheidung nach der anderen, während die Sonne, die sie nur sahen, wenn die Schluchten nach Osten führten, langsam höher stieg.

»Garlon, aber ich könnte schwören, dass wir uns im Kreis bewegen«, maulte Alos. »Entweder das, oder wir haben uns vollkommen verirrt.«

»Was bringt Euch zu dieser Annahme?«, fragte Ferai.

»Diese Schlucht, dieser Felsen, ich schwöre, dass wir schon tausendmal hier vorbeigekommen sind.«

»Tausendmal?«

»Jedenfalls mehr als einmal, so viel ist sicher.«

Ferai schüttelte den Kopf. »Das glaube ich nicht, Alos. Ich glaube, dass inmitten all dieser roter Felsen alles gleich aussieht.«

Delon nickte zustimmend. »Selbst das Rot sieht für mich langsam normal aus. Ich frage mich, ob es möglich ist, sich an die Hèl zu gewöhnen.«

Der Mittag kam und ging, und sie folgten dem Weg immer weiter, mal im Sattel, mal zu Fuß, und mit jedem Schritt wuchs die Gefahr. Aiko bestand jetzt darauf, zu führen, wenngleich sie an jeder Kreuzung innehielt, damit Arin ihre Wahl treffen konnte.

Der Nachmittag kam, und dann näherte sich der Abend, und die Schatten in den Schluchten vertieften sich wieder.

Alos stöhnte. »Noch eine Nacht in diesem verwünschten Labyrinth, und kein Ende ist abzusehen. Wir haben uns in Eurer Hèl verirrt, Delon. Vielleicht sind wir für immer darin gefangen und werden niemals wieder hinausfinden.«

Bevor Delon antworten konnte, bog Aiko um eine Kurve, und vor ihr im Gestein gähnte die Öffnung eines gewölbten Tunnels: niedrig, schmal und schwarz. *»Yojin suru!«,* rief sie. »Seid auf der Hut.«

»Das ist in den Fels gehauen worden und nicht natürlich entstanden«, sagte Egil. »Seht: Dieser Weg ist von Meißeln und Spitzhacken gebahnt worden.«

Während Aiko die steilen Wände der Schlucht betrachtete, die vor dem Tunnel in einer Sackgasse endete, sagte Arin: »Der Weg führt hinein.«

Egil schaute von einem zum anderen. »Dann gehen wir auch hinein.«

»Passen die Kamele durch die Öffnung?«, fragte Ferai. »Ich meine, der Tunnel sieht zu schmal aus.«

Delon musterte die Kamele und dann die Öffnung vor ihnen. »Ich denke schon. Aber wir müssen sie führen.«

»Noch nicht«, sagte Egil.

Aiko, die mittlerweile ihre Schwerter gezückt hatte, nickte und sagte: »Egil hat Recht. Ich möchte dort drinnen nicht in eine Falle geraten und mir dann von den Kamelen den Rückweg versperren lassen. Ich gehe zuerst zu Fuß hinein und sehe nach, wohin dieser Tunnel führt.«

»Nicht allein«, sagte Egil. »Ich werde Euch begleiten.«

»Ich ebenso«, sagte Delon.

»Und ich auch«, fügte Ferai hinzu.

»Ich bewache solange die Kamele«, sagte Alos, der vor dem dunklen Eingang zurückwich. »Aber nicht allein.«

Arin schaute von einem zum anderen und seufzte. »Ich werde bei Euch bleiben, Alos.«

Egil wandte sich an die Dylvana, umarmte sie und sagte: »Halt dich zur Flucht bereit.« Dann küsste er sie, löste sich von ihr und zückte seine Axt.

Delon zündete eine kleine Öllampe an, und die vier traten mit gezogenen Waffen in die dunkle Tunnelöffnung.

Der Boden war im Inneren glatt behauen, und nach zehn Schritten bog der Gang scharf nach links ab. »Das erinnert mich an den Tunnel unter Gudruns Festungswällen«, flüsterte Egil.

»Genau«, sagte Aiko. »So angelegt, um Belagerungsmaschinen aufzuhalten.«

»Aber es gibt keine Pechnasen«, meinte Delon leise.

»Wenigstens nicht in diesem Abschnitt«, erwiderte Egil.

Wieder beschrieb der Gang eine scharfe Biegung, diesmal nach rechts, und voraus konnten sie ein herabgelassenes Fallgatter und einen Schimmer des in den Abend übergehenden Tages ausmachen.

»Löscht das Licht«, zischte Aiko. Während Delon die Laterne ausblies, fügte Aiko hinzu: »Geht leise. Die Gefahr liegt gleich hinter dem Gitter.«

Vorsichtig näherten sie sich dem massiven Fallgatter, und sie hatten gerade die Gitterstäbe erreicht, als plötzlich eine Frauenstimme rief: *»Mîn int?«*

Erschrocken pressten sie sich in dem schmalen Gang an die Wände. Und wieder rief die Stimme: *»Mîn int?«*

Sie kam von oben.

Egil schaute hoch, sah jedoch nichts. Er holte tief Luft. »Wir sind Freunde.«

Nach einer kleinen Pause erwiderte die Frau: »Freunde?« Sie hatte denselben Akzent wie der *'âlim.* »Und doch kommt Ihr mit der Waffe in der Hand?«

Egil sah Aiko an. »Wir haben Gefahr gespürt.«

»Ah. Hier sind viele Dinge gefährlich. Was wollt Ihr?«

Wieder sah Egil Aiko an, dann Ferai und Delon. Nach einem Nicken von jedem von ihnen erwiderte er: »Wir kommen in einer dringenden Mission und suchen einen Bewahrer Des Glaubens Im Tempel Des Labyrinths.«

Lange Augenblicke verstrichen, bevor sich schließlich das schwere Fallgatter mit dem Knirschen von Zahnrädern und dem Klacken einer Sperrklinke hob. Auf halbem Weg kam es zum Stillstand.

»Tretet ein«, rief die Stimme.

Egil machte Anstalten, sich zu bücken, doch Aiko hielt ihn

auf. Er drehte sich zu ihr um und sagte: »Wenn das hier der Tempel ist, müssen wir das Risiko eingehen.«

Sie sah ihn ausdruckslos an und nickte dann.

Gemeinsam duckten sie sich unter den Gitterstäben hindurch, und Delon und Ferai folgten ihnen.

Sie kamen in ein kreisrundes Tal, ein steinernes Becken mit einem Durchmesser von fast zwei Meilen, das von allen Seiten von senkrechten, roten Felswänden umringt war, die hoch in den Abendhimmel ragten.

»Bleibt stehen!«, ertönte ein Befehl von hinten.

Sie blieben stehen und drehten sich langsam um.

Hinter einer niedrigen, mit Zinnen versehenen Brüstung auf einer Mauer über dem Fallgatter standen vielleicht fünfzig dunkelhaarige Frauen verschiedenen Alters, alle in roten, zum Fels passenden Gewändern. Alle waren mit einem Bogen bewaffnet und hatten einen Pfeil auf die Sehne gelegt, und alle Pfeile zielten auf die vier Eindringlinge. Zwischen ihnen und in der Mitte, an einer Kerbe in der Mauer, wo eine Leiter lehnte, stand ein hoch gewachsener Mann, der ebenfalls ein rotes Gewand trug. Er schien Anfang dreißig zu sein, war gut sechs Fuß vier groß und von geschmeidiger Statur. Seine Haare waren kastanienfarben, aber von der Sonne gebleicht, seine Haut war sonnengebräunt, und die Augen strahlten eisblau. Seine Hände ruhten auf dem Heft eines großen zweihändigen Schwertes, dessen Spitze auf dem Boden der Brüstung ruhte.

Aiko sah ihn verwirrt an, und dann schob sie ihre Schwerter in die Scheide und sagte zu Egil: »Das verstehe ich nicht. Er ist nicht die Gefahr, aber die Gefahr steckt in ihm.«

11. Kapitel

»Ihr sagt, Ihr sucht einen Bewahrer des Glaubens«, rief eine ältere Frau, die links von dem Mann stand. Sie trug keinen Schleier, ebenso wenig wie die anderen Bogenschützinnen. »Wir alle hier sind Bewahrer des Glaubens.«

Egil schob die Axt in den Gürtel und bedeutete Delon und Ferai, ebenfalls die Waffen einzustecken. Während sie dies taten, rief die Frau: »*Wakaf lataht'*.« Die anderen Frauen entspannten die Bogensehnen und senkten ihre Waffen.

Mit leeren Händen sagte Egil: »Wir sind weit gereist und haben eine lange Geschichte zu erzählen.«

»Soll ich jemanden schicken, der Eure beiden Gefährten von draußen und die Kamele holt, bevor Ihr beginnt?«, fragte sie, während sie dem Mann bedeutete, mit ihr herabzusteigen. Er schulterte sein großes Schwert und ging nach unten. Die Frau folgte ihm.

Egil sah Aiko an. Die Ryodoterin ließ den großen Mann nicht aus den Augen, während sie nickte und sagte: »Wenn wir sie nicht angreifen, geht von diesen Frauen keine Gefahr aus. Aber zu dem Mann kann ich nichts sagen. Dennoch dürfte es für Dara Arin ungefährlich sein.«

Mittlerweile waren der Mann und die Frau die Leiter hinabgestiegen, und nun kamen auch viele der anderen Frauen herunter, obwohl auch einige oben auf der Brüstung blieben.

Die ältere Frau wandte sich an Egil. »Nun?«

»Ja, edle Dame, schickt jemanden, der unsere Gefährten holt, denn von unserer Mission sollte die Dylvana erzählen.«

»Die Dylvana? Eine Elfe?«

Auf Egils Nicken drehte die Frau sich um und befahl: *»Maftûh ilbauwâbi!«* Während sich das Fallgatter gänzlich hob, gab sie einer jungen Frau ein Zeichen und sagte: *»Kawâm, Jasmine, jâb iljauz khârij.«* Die Akolythin verbeugte sich vor der älteren Frau, machte auf dem Absatz kehrt und eilte unter den sich hebenden Gitterstäben durch und in den Gang dahinter. *»Kânmâ fiz 'ân!«*, rief die ältere Frau ihr hinterher, dann wandte sie sich an die Neuankömmlinge. »Ich habe ihr gesagt, sie soll keine Angst haben, denn sie könnte die Dylvana für einen Dschinn halten.«

Als die ältere Frau ihre Aufmerksamkeit wieder auf die vier Gefährten richtete, fragte Ferai: »Seid Ihr alle Priesterinnen Ilsitts?«

Bei der Nennung des Namens der Göttin beschrieb jede der Frauen in Hörweite und auch der Mann rituell einen Kreis mit Daumen und Zeigefinger jeder Hand. »Das sind wir in der Tat. Alle außer Burel hier.« Sie deutete auf den großen Mann. »Obwohl auch er ein Bewahrer des Glaubens ist.«

Delon trat vor. »Wir vergessen unsere Manieren. Darf ich Euch die Dame Ferai aus Gothon, die Dame Aiko aus Ryodo, Meister Egil aus Fjordland und mich selbst, Delon aus Gûnar, vorstellen.«

Während sie vorgestellt wurden, nahmen Aiko und Ferai die Tücher ab, die ihr Gesicht verschleierten. Die Priesterinnen neigten vor jedem das Haupt, und ihre Blicke verrieten Überraschung wegen Aikos goldener Hautfarbe und ihren Mandelaugen.

»Ich bin ...« Sie wandte sich an den Mann und sagte etwas auf Sarainesisch zu ihm.

»Äbtissin«, erwiderte er.

»Ich bin die Äbtissin Mayam, und das hier ist Burel, der keinen Titel hat, obwohl sein Vater, äh …« – wieder wandte sie sich an Burel – *»Yâ Sîdi? Yâ Sîdi Ulry?«*

»Ritter«, sagte Burel, der sich immer noch auf sein Schwert stützte. »Er war Ritter Ulry aus Gelen.«

Hinter sich konnten sie die Kamele hören, die durch den engen Tunnel getrieben wurden. Kurz darauf erschien Jasmine mit vieren der widerspenstigen Tiere am Zügel. Arin und Alos folgten ihr mit den restlichen Kamelen. Als das letzte Tier durch die Öffnung getrabt war, wurde das Fallgatter wieder herabgesenkt.

Arin und Alos wurden Mayam und Burel vorgestellt, und die Äbtissin war ganz eindeutig fasziniert von der winzigen Dylvana, obwohl sie diese Faszination zu verbergen suchte.

»Ihr müsst hungrig sein«, sagte Mayam. »Kommt und lasst uns an einen Ort gehen, wo wir nach der Abendandacht essen und reden können, dann könnt Ihr mir erzählen, warum Ihr hierher gereist seid.«

Auf ein Nicken Arins wandte die Äbtissin sich auf Sarainesisch an die wartenden Frauen. Daraufhin traten mehrere Akolythinnen vor, um die Kamele wegzubringen. Dann führten die Äbtissin und Burel Arin und ihre Gefährten durch das große Becken mit den steilen Wänden, während rasch die Dämmerung hereinbrach. Beinahe alle Frauen folgten ihnen.

Voraus konnten sie einen großen Säulengang sehen, dessen Pfeiler in die Felswand gehauen waren. Rasch wurde klar, dass dies ihr Ziel war. Als sie näher kamen, bemerkten sie, dass der Gang mit einem gemeißelten Relief verziert war. Zwei Akolythinnen mit winzigen Öllämpchen traten aus einem Durchgang im Fels, und sie stellten die Lampen auf frei stehende Sockel und gingen dann wieder hinein.

Zu diesem Licht führte sie Mayam, bis Arin und ihre Gefährtinnen nah genug waren, um in dem roten Fels über dem Eingang zu lesen:

מבוכ השׁד

»Ah, meine Liebe!«, rief Delon und fasste Ferai um die Hüfte: »Du hattest Recht!«

Und er hob sie hoch, wirbelte sie im Kreis herum und küsste sie auf die Lippen.

Plötzlich hörte er auf, sich zu drehen, und stellte sie offenbar verwirrt ab. Dann küsste er sie wieder, diesmal länger und sanfter. Überrascht stand sie zunächst starr da, dann ließ sie sich mehr und mehr in seine Umarmung fallen, und schließlich schmolz sie förmlich dahin und hielt ihn ganz fest. Schließlich löste er sich zögernd von ihr, hielt sie auf Armeslänge von sich und betrachtete sie ebenso staunend wie sie ihn benommen.

In eben diesem Augenblick ertönte ein grässliches, lang gezogenes Heulen, das klang, als ob eine furchtbare Kreatur zur Jagd auszöge.

Alos schrie auf und rannte zur Tür, und Aiko hatte im Nu ihre beiden Schwerter gezückt. Egil zog die Axt aus seinem Gürtel, drehte sich hierhin und dorthin und suchte in der Richtung des Geheuls, aber die hallenden Echos verwirrten seinen Orientierungssinn. Delon hatte sein Rapier gezogen, und Ferai hielt in jeder Hand einen Dolch. Arin hielt ihr Langmesser bereit, und ihre Augen suchten den Feind.

»O je«, verkündete Mayam, als der lang gezogene Schrei schließlich verhallt war. »Ich hätte Euch warnen sollen.«

»Uns warnen sollen?«, zischte Aiko, die immer noch den Feind suchte.

»Steckt die Waffen weg. Ihr habt nichts zu befürchten. Das ist nur unser Dämon.«

Arin sah die Äbtissin mit weit aufgerissenen Augen an. »Euer Dämon?«

»Ja. Obwohl die Ursprünge der Legende echt sind, ist der Dämon eine Fälschung. Das furchtbare Gebrüll entstammt einem großen Horn, das von einem Blasebalg geblasen wird.

Der Blasebalg selbst wird von einem schweren Gewicht betätigt, das von einer Winde gehoben und heruntergelassen wird. Wir lassen es zweimal täglich ertönen: bei Einbruch der Dunkelheit und um Mitternacht.« Die Äbtissin sah Arin an und zwinkerte. »Das hält die Fanatiker von Rakka vollkommen aus dem Labyrinth heraus ... und auch andere unerwünschte Besucher.«

Arin seufzte und steckte ebenso wie ihre Freunde die Waffe weg. Dann sagte die Dylvana: »Ich wollte, wir hätten vorher gewusst, dass die Gefahr nicht echt ist.«

Aiko schüttelte den Kopf und tippte sich an die Brust. »Die Gefahr ist echt, Dara.«

Die Äbtissin sah die Ryodoterin an und sagte: »Ich bin ganz Eurer Ansicht. Aber hier kann sie nicht hinein.«

Sie folgten Mayam durch das Tor in den Tempel, wobei Burel den Abschluss bildete. Sie passierten eine hohe Diele und betraten eine längliche, ovale Halle mit einer hohen, kuppelförmig gewölbten Decke und einem polierten Boden. Die Halle wurde vom weichen gelben Licht zahlreicher Kerzen erleuchtet, die ringsum in Leuchtern an der Wand hingen. Bänke standen an den Wänden, die sich sanft nach rechts und links wölbten. Am anderen Ende stand ein Hochaltar, in dessen Vorderseite ein Kreis des Lebens eingemeißelt war – das Symbol Ilsitts oder auch Elwydds. In der Mitte des Bodens war ein weiterer Lebenskreis in den Boden getrieben. Mayam blieb im Eingang stehen und verneigte sich ehrerbietig, während Daumen und Zeigefinger kleine Kreise bildeten. Jenseits des Altars knieten zwei Akolythinnen, die leise zu beten schienen. Mayam ging nach vorn zum Altar, wobei sie, wie auch jene, die ihr folgten, einen Bogen um den in den Boden gemeißelten Lebenskreis schlug. Während sie sich dem Altar näherten, hörten sie jemanden zischen. Es war Alos, der hinter ihnen auf dem Boden kauerte und von Dämonen, Ungeheuern und Trollen fantasierte, während die Akolythinnen auf Sarainesisch auf ihn einredeten und ihn vergeblich zu beruhigen versuchten.

»Nun, jemand hätte uns sagen müssen, dass es nur ein Horn ist«, schimpfte Alos, wobei er trotzig an dem großen Steintisch in die Runde schaute. »Einfach so Menschen halb zu Tode zu erschrecken und so etwas unvorbereitet auf sie loszulassen!«

Sie warteten in einem Alkoven jenseits der Sakristei hinter Altar und Zeremonienhalle. Egil und Arin saßen Seite an Seite und hielten sich bei der Hand, während sie sich umsahen und den Raum begutachteten, obwohl es nicht viel zu sehen gab. Aiko saß Alos gegenüber und starrte den alten Mann ausdruckslos an.

Ferai und Delon saßen einander gegenüber, und wenn ihre Blicke sich trafen, schauten sie sofort weg, als fürchteten sie sich vor dem, was ihr Kuss enthüllt hatte.

Durch den steinernen Verbindungsgang hörten sie Gesänge, da die Anhängerinnen Ilsitts ihre Abendandacht feierten.

Egil lächelte, sah Alos an und schüttelte den Kopf. »Es kam schon ziemlich unerwartet, dass muss ich zugeben.«

»Unerwartet?«, sagte Burel, der gerade eintrat. Aus der Zeremonienhalle drangen immer noch die Lieder der Priesterinnen.

»Das Dämonenhorn«, erwiderte Egil.

»Ach, das. Wie Mayam schon sagte, es hält die Fäuste von Rakka fern.« Er ging in einen Nebenraum, und sie hörten, wie Wasser floss, und das Scheppern eines Kessels auf einem Gitter. Dann sagte er: »Aber Horn oder nicht, es hat Euch nicht daran gehindert, hierher zu kommen.« Nach kurzer Zeit kehrte er mit einem Tablett voller Tassen zurück, um gleich darauf wieder zu verschwinden.

»Wie habt Ihr diese Vorrichtung gebaut?«, fragte Delon mit erhobener Stimme.

»Das haben wir nicht«, rief Burel zurück. »Die Äbtissin hat mir gesagt, dass sie schon hier war, als der Orden von Ilsitt an diesen Ort kam. Als sie herausfanden, was sie tat, haben die Frauen sie eben nach Bedarf eingesetzt.«

Delon sah die anderen an und hob fragend die Hände. Arin murmelte: »Zweifellos wird uns die Äbtissin oder sonst jemand sagen, wie sich all das zugetragen hat.«

Immer noch drangen die Gesänge herein, und nun begann Burel mit tiefem Bariton, die zweite Stimme zu singen.

Als der Choral verklungen war, wurde es still. Die Andacht war beendet. Burel kam in die Kammer zurück, diesmal mit einem zweiten Tablett, auf dem ein dampfender Teekessel und ein Töpfchen mit Honig standen. Er stellte das Tablett ab, schenkte Tee in die Tassen ein und verteilte sie rings um den Tisch. Als er Alos eine Tasse reichte, sagte er: »Es tut mir Leid, dass Euch das Dämonenhorn verängstigt hat, aber es dient unserer Sicherheit. Wir streuen sehr vorsichtig Gerüchte aus, dass dieses Labyrinth von Dämonen heimgesucht wird, und das Horn verleiht diesen Geschichten Glaubwürdigkeit.«

»Nun«, murmelte Alos, »Ihr hätte einen Weg finden müssen, es uns mitzuteilen.«

Burel schüttelte den Kopf. »Wir wussten nicht, dass Ihr unterwegs zu uns wart, erst als unsere Späher Euch von weitem sahen. Und da wussten wir noch nicht, wer Ihr seid – und wissen es eigentlich immer noch nicht. Gewöhnlich kennen nur unsere Anhänger draußen den Weg und die Wahrheit.«

»Anhänger?«, fragte Ferai.

»Die Anhänger Ilsitts, meine Teure«, sagte Delon. »Jedenfalls nehme ich das an.«

Bei der Nennung von Ilsitts Namen bildeten Burels Finger die rituellen Kreise. »Ja, Anhänger der Herrin.«

»Elwydd«, murmelte Arin.

Burel sah die Dylvana staunend an. »Tatsächlich, obwohl es lange her ist, dass ich dieses Wort gehört habe, und das auch nur, weil man mir gesagt hat, diesen Namen der Göttin hätte mein Vater benutzt.«

Der große Mann reichte den Honig herum, um den Tee zu süßen. Jeder nahm eine kleine Portion dieser seltenen Köstlichkeit, bis auf Alos, der sich drei Löffel voll nahm.

»Ihr sagtet, Eure Späher hätten uns von Weitem gesehen«, sagte Egil, »aber wie ist das in diesem Labyrinth mit seinen Biegungen und Windungen überhaupt möglich?«

Burel zeigte auf die Decke. »Oben auf dem Rand gibt es Stellen, von denen Abschnitte des Weges einsehbar sind, vor allem die letzten Meilen.«

»Aha«, sagte Egil und trank einen Schluck.

Während sie sich zurücklehnten und das heiße Gebräu tranken, sagte Burel: »Ich wollte fragen, habt Ihr alle Spuren Eurer Reise durch das Labyrinth beseitigt? Es wäre fatal, wenn die Fäuste von Rakka oder andere ihrer Art dem Pfad folgen könnten.«

»Wir haben keine Feuer angezündet und keine Zelte aufgeschlagen«, sagte Egil. »Und die Kamele haben keine Fährten auf dem Steinboden hinterlassen. Nein, ich glaube, wir haben keine Spuren hinterlassen.«

»Habt Ihr den Kameldung beseitigt?«

Wortlos schüttelte Egil den Kopf.

»Dann müsst Ihr dies auf dem Rückweg tun«, sagte Burel. »Den, der jetzt am Weg liegt und auch allen neuen Dung.«

Egil sah die anderen an und nickte dann.

Sie tranken schweigend Tee, da niemand etwas zu sagen wusste.

Augenblicke später schritt jedoch Mayam in die Kammer. Die Äbtissin brachte ein Tablett mit Broten und einen Topf mit dampfender Suppe sowie Teller und Löffel mit.

Bald hatten alle einen gefüllten Teller vor sich stehen, und während sie aßen, sagte Mayam: »Die Abendandacht war heute besonders freudvoll. Besucher im Tempel heben immer die

Stimmung, obwohl es sich normalerweise um Bekannte handelt und nicht um Fremde, wie Ihr es seid.«

»Dieser Tempel«, sagte Delon, »war er schon immer eine Stätte Eures Glaubens?«

Mayam neigte den Kopf. »Er ist in einer Zeit errichtet worden, an die sich niemand mehr erinnert, und zwar von unbekannten Händen und zu einem unbekannten Zweck. Vor vielen Jahrhunderten wurde er von Anhängern der Göttin entdeckt. Er war schon seit langem verlassen. Doch die Symbole der Herrin waren schon auf dem Boden der großen Halle und auch auf dem Altar, als wir hierher kamen.« Sie schaute einen Augenblick sinnierend in ihre Tasse. »Wir haben uns in der Zeit des Verlustes hierher zurückgezogen.«

Aiko runzelte die Stirn. »In der Zeit des Verlustes?«

»Die Zeit, in der die Anhänger Ilsitts blutig verfolgt wurden«, knurrte Burel.

Aikos Augen verengten sich, doch sie sagte nichts mehr.

»Ihr sagt, es gibt Anhänger der Göttin, die außerhalb dieses Irrgartens leben?«, fragte Ferai.

Mayam lächelte. »In der Tat. Ohne sie wäre es schwierig, hier zu bleiben. Sie bringen uns Vorräte, die uns eine große Hilfe sind. Allein mit den Erträgen aus unseren Gärten würden wir nicht durchkommen.«

»Gärten?«, sagte Ferai. »Aber woher kommt das Wasser dafür?«

Mayam lächelte. »Es gibt hier irgendwo einen unterirdischen See, glauben wir, denn unsere Brunnen trocknen niemals aus.«

»Ah, ich verstehe.«

Sie aßen eine Weile schweigend, und dann fragte Delon: »Abgesehen von Euch, Burel, habe ich noch keinen anderen Mann hier gesehen. Sind sie ...?«

»Ich bin allein«, unterbrach Burel ihn.

Delon lächelte. »Unter all diesen Frauen ...«

Burel zuckte die Achseln.

»Normalerweise«, sagte Mayam, »gäbe es hier überhaupt keine Männer. Aber Burel ist ein besonderes Kind. Er ist hier in der Zuflucht des Labyrinths aufgewachsen.«

»Aber Ihr seid doch gewiss schon einmal woanders gewesen, Burel«, sagte Ferai. »In der Stadt Aban oder an einem anderen Ort.«

Burel schüttelte den Kopf. »Ich war noch nie außerhalb des Fallgatters.«

Egils Blick wanderte zwischen Burel und der Äbtissin hin und her. »Hier gibt es ganz sicher eine Geschichte zu erzählen.«

»In der Tat«, erwiderte Mayam. »Doch obwohl es Burels Geschichte ist, muss ich wohl zumindest einen Teil davon erzählen, denn ich war Zeugin der wichtigsten Ereignisse, wohingegen er noch gar nicht geboren war. Aber sie wird warten müssen, bis Ihr Eure Geschichte erzählt habt. Wie habt Ihr von dem Weg durch das Labyrinth erfahren? Und was führt Euch her?«

Arin seufzte. »Wir sind einem langen gewundenen Pfad gefolgt und nicht nur dem durch den Irrgarten des Dämonen. Lasst mich von vorn beginnen, an einem Lagerfeuer in Darda Erynian, wo ich den grünen Stein von Xian zuerst erblickt habe.«

»Den grünen Stein!«, rief Burel. Ein Ausdruck der Überraschung huschte über sein Gesicht und spiegelte sich auf Mayams Gesicht.

»Wisst Ihr davon?«, fragte Arin.

Mayam hob eine Hand und drehte sie. »Vielleicht. Erzählt Eure Geschichte, dann sehen wir weiter.«

Es war beinah Mitternacht, als Arin mit ihrer Schilderung der bisherigen Ereignisse fertig war, die mit ihrer Vision in Darda Erynian begonnen und mit ihrer Reise durch das Labyrinth ihren vorläufigen Abschluss erreicht hatten.

Mayam saß eine Weile schweigend da. Dann sah sie Alos an. Der alte Mann schlief mit dem Kopf auf der Tischplatte, und sein Schnarchen hallte leise durch die Kammer. »Es ist spät«, sagte die Äbtissin, »und Ihr seid weit gereist. Morgen ist noch früh genug, Euch zu erzählen, was wir wissen. Doch eines will ich Euch sagen: Burel scheint der von Euch Gesuchte zu sein – Der Verfluchte Bewahrer Des Glaubens Im Labyrinth. Und der grüne Stein aus Eurer Vision ist der Grund dafür, dass er verflucht ist.«

12. Kapitel

Obwohl sie erst spät zu Bett gegangen war, stand Aiko vor dem Morgengrauen auf. Sie zog Lederkleidung, Stiefel und Helm an, nahm ihre Schwerter und Shuriken und verließ die Zelle, die ihr in der letzten Nacht von der Äbtissin zugewiesen worden war. Wie die kleine Kammer und alles andere an diesem Ort war der angrenzende Flur in den roten Felsen gehauen, und sie wandte sich nach links und nahm den nach draußen führenden Durchgang. Im großen Becken angelangt, ging sie zu einer Stelle, wo das Licht einfallen würde, sobald die Sonne im Osten aufging, denn sie wollte bei ihren Übungen mit dem Schwert die ersten goldenen Strahlen sehen. Doch sie stellte rasch fest, dass sie nicht allein mit diesem Wunsch war, denn Burel war bereits dort. Er trug einen Brustharnisch aus poliertem Metall, dazu Helm, Hose und Stiefel, und sein großes Schwert pfiff durch die kühle, schattige Luft der Morgendämmerung.

Aiko stand im Halbdunkel und sah eine Weile zu, wie der große Mann leichtfüßig tänzelte, herumwirbelte, auf einen imaginären Gegner einstach oder mit weit ausholenden Hieben zuschlug. Dabei schwang er seine Waffen so, als sei er mit dem Stahl in der Hand geboren. Trotzdem betrachtete Aiko seine Übungen stirnrunzelnd, denn sie zeigten ihr, dass er nie einen echten Kampf bestritten hatte. Er schien die Waffe mühelos handhaben zu können, aber von der Technik des Schwertkampfs hatte er keine Ahnung.

Um ihn nicht zu überraschen, pfiff Aiko ein Lied, als sie sich ihm näherte, und Burel unterbrach seine Übungen und blickte sie erwartungsvoll an.

Als sie vor ihm stand, sagte sie: »Ich dachte, nur ich würde früh aufstehen, um mich in *kinmichi* zu üben, doch nun finde ich Euch hier bereits vor.«

»Kinmichi?«

»Die Kunst des Schwertkampfs.«

»Oh.«

Aiko streckte sich und drehte sich und bewegte den Kopf hin und her, während Burel ihr zusah. »Es wäre nicht gut, beim Üben einen Krampf zu bekommen oder sich einen Muskel zu zerren«, sagte sie. »Im Krieg hat man nicht immer die Möglichkeit, sich vor einem Gefecht aufzulockern, aber bei den Übungen ist das etwas ganz anderes.«

Burel brummte unverständliche Worte, obwohl er sorgfältig jede Einzelheit beobachtete.

Schließlich blieb Aiko mit geschlossenen Augen ganz still stehen und atmete tief und gleichmäßig. »Ich gehe die Übung jetzt im Geiste durch«, murmelte sie, als würde größere Lautstärke sie in ihrer Konzentration stören.

Burel nickte, schwieg jedoch.

Dann zerbarst Aiko förmlich vor Energie, und ihre Schwerter flogen in ihre Hände. Sie wirbelte und tanzte, und ihre Klingen sirrten durch die Luft, hoch und tief, stießen und schlugen, parierten mit überkreuzten Klingen und beschrieben komplizierte Figuren, während sie sich duckte, sprang, tänzelte, wegtauchte und auf die Knie sank. Schwerter, Dolche, Shuriken tauchten plötzlich in ihrer Hand auf und verschwanden gleich darauf wieder. Beständig sang der Stahl eine tödliche Melodie.

Whuff! Burel stieß den vor Staunen angehaltenen Atem aus und sah ehrfürchtig zu, wie sie sich drehte und wand und ihre Klingen dabei verschwammen, so schnell bewegten sie sich.

Schließlich stand sie still und steckte ihre Waffen wieder in die Scheiden.

Burel holte tief Atem. »Das war wunderbar«, sagte er. Dann schaute er auf sein großes Schwert. »Das könnte ich niemals.«

Aiko nickte. »Eure Waffe ist für den Kampf gegen einen schwer gerüsteten Gegner gedacht.«

Burel nickte. »Habt Ihr Erfahrung mit solchen Waffen?«

»Sie waren Teil meiner Ausbildung.«

Burel runzelte die Stirn. »Ich kann das Schwert meines Vaters zwar mit Leichtigkeit führen, aber ich hatte keinen Lehrer, der mir hätte zeigen können, ob das, was ich tue, richtig oder falsch ist. Werdet Ihr mir beibringen, was Ihr wisst?«

Aiko lächelte. »Ich werde mehr als das tun, Burel. Ich werde Euch im Kampf mit allen Waffen unterweisen, mit denen ich vertraut bin.«

»Mit dem Bogen kenne ich mich bereits aus«, sagte Burel. »Die Frauen hier haben es mir beigebracht, obwohl ich mich sicher noch verbessern könnte. Und obwohl ich mit Freuden den Umgang mit anderen Waffen erlernen würde, muss meine größte Aufmerksamkeit diesem Schwert gelten, denn ich habe eine Aufgabe zu erfüllen.«

»Aber ein schneller Feind kann so ein Schwert überwinden.«

»Gewiss«, sagte Burel nickend. »Mit einem abgeschossenen Pfeil oder einem geworfenen Dolch, oder auch mit einem dieser Wurfsterne, die Ihr tragt.«

»Ja, Burel. Mit einem Geschoss kann man einen Schwertkämpfer in der Tat töten, wenn der Schütze Gelegenheit zum Schuss erhält und treffsicher ist. Aber ich spreche vom Zweikampf mit Klingen. Mit Schnelligkeit und Geschick lässt sich Eure Waffe überwinden.«

»Ja?«

»Ich zeige es Euch. Nehmt Euer Schwert.«

Aiko zog einen ihrer Dolche, während Burel Kampfhaltung einnahm.

»Schlagt auf mich ein«, sagte Aiko.

»Was?«

»Schlagt auf mich ein«, wiederholte sie. »Zeigt keine Gnade.«

»Das werde ich nicht tun.«

»Wenn Ihr etwas lernen wollt, wenn ich Euer Lehrer sein soll, müsst Ihr tun, was ich sage. Jetzt schlagt nach mir, und macht Euch keine Sorgen, denn ich werde ausweichen.«

Burel biss die Zähne zusammen und führte einen halbherzigen Hieb aus.

Aiko wich mühelos aus. Kopfschüttelnd schob sie den Dolch wieder in den Gürtel. »Ihr wollt nichts von mir lernen.« Sie machte Anstalten, sich abzuwenden.

»Doch, das will ich«, sagte Burel. »Ich will nur nicht meine Lehrerin töten.«

Aiko drehte sich wieder zu ihm um und fasste ihn ins Auge. »Dann müsst Ihr mir vertrauen.« Sie zog den Dolch wieder aus der Scheide.

Burel starrte sie lange an. Dann packte er sein Schwert, und diesmal pfiff die Klinge durch die Luft, als er kraftvoll zuschlug. Doch Aiko wich wieder geschmeidig aus, glitt dann schnell wie eine Viper heran und berührte ihn mit der Flachseite des Dolchs am Hals, als ihn die beidhändig geführte Klinge vorwärts riss.

»Toter Mann«, sagte sie, indem sie den Dolch wieder einsteckte. Und in diesem Augenblick ging die Sonne am Rand des roten Beckens auf und tauchte die Welt in ihre goldenen Strahlen.

Zum ersten Mal seit Wochen allein, liebten sich Arin und Egil auf der weichen Matte in ihrer Gästezelle und verloren sich ineinander.

In einer angrenzenden Zelle saß Ferai mit dem Rücken an der Wand, den Kopf in den Händen, und staunte über die Gefühle, die tief in ihrem Inneren aufkeimten, und fragte sich, was sie tun sollte.

In seiner eigenen Zelle befingerte Delon nachdenklich sein Amulett. *Ach, Ferai, meine süße Ferai, mein ganzes Leben habe ich über Amouren gesungen, die Berührung der Liebe aber selbst nie gespürt. Fühlt es sich so an? Bin ich wahrhaftig verliebt?*

Auf seiner Matte in einer anderen Zelle schnarchte Alos vor sich hin. Der alte Mann war müde von der langen Reise. Außerdem war er müde, weil er vom Heulen des Dämonenhorns mitten in der Nacht aus dem Schlaf gerissen worden war und kreischend damit begonnen hatte, unter sein Bett zu kriechen, ehe ihm wieder einfiel, dass es nur eine mechanische Vorrichtung war, die den Ton erzeugte. Der alte Mann hatte in den Flur gerufen, dass man unter diesen Umständen kein Auge zubekäme, doch Augenblicke später hatte er bereits wieder geschnarcht.

In der großen Zeremonienhalle versammelten sich die Priesterinnen Ilsitts um den in den Boden gemeißelten Kreis zur Morgenandacht, und ihre lieblichen Lieder, welche die Frauen zu Ilsitts Lobpreis sangen, hallten durch die Gänge und Flure des Temples und auch durch das rote Becken. Sie baten um gute Ernte, um Herzensruhe und um Frieden.

Draußen auf der roten Ebene führte Aiko Burel langsam durch einen tödlichen Schwerttanz.

Es war schon Vormittag, als sie sich zum Frühstück versammelten. »Äbtissin Mayam ist auf dem Feld, aber sie lässt ausrichten, dass sie Euch beim Mittagessen Gesellschaft leisten wird«, sagte Jasmine, während sie ihnen Tee servierte und kleine

Portionen Hafergrütze auf Teller füllte, um den Hunger ihrer Gäste bis zum Mittagsmahl zu stillen.

Seite an Seite begannen Egil und Arin ihre Grütze zu löffeln. Alos schien hingegen noch müde zu sein und stocherte in seiner Grütze herum. Delon setzte sich neben Ferai und schenkte ihr ein schüchternes Lächeln, das sie auf gleiche Weise erwiderte. Burel und Aiko, deren Haare schweißverklebt waren, nahmen ein Ende des Tisches in Beschlag und begannen ein Gespräch über spezielle Methoden der Abwehr einer Klinge und der Mittel, sie zu durchbrechen, wobei sie Tee und Grütze gar nicht beachteten. Schließlich sah Aiko ihren Schüler an und sagte: »Esst auf, und wenn wir fertig sind, zeige ich Euch, was ich meine.« Der lernbegierige Burel schaufelte die Grütze rasch in sich hinein, denn je schneller er fertig war, desto eher konnten Aiko und er mit ihrer Übungsstunde weitermachen. Doch Aiko aß langsam und bedächtig, ebenso konzentriert, als wenn sie ihre Waffen pflegte.

Ferai betrachtete ihre Grütze angewidert und sagte: »Nun, Dara, falls Burel hier sich als Der Verfluchte Bewahrer Des Glaubens Im Labyrinth erweist, wird es Zeit, den Schatz zu jagen.«

Burel hielt mit dem Löffel vor dem Mund inne und sah sie an: »Schatz?«

»Den grünen Stein.«

»Ach so.«

»Er muss ein Vermögen wert sein, müsst Ihr wissen. Das heißt, für den richtigen Käufer.«

Arin sagte: »Ferai, ich betrachte ihn nicht als Schatz, sondern als Gegenstand, den wir den Magiern bringen müssen – denjenigen im Schwarzen Berg oder jenen auf Rwn.«

Ohne zu antworten, tauchte Ferai ihren Löffel in die Grütze, doch Burel sagte: »Wie wird er in dem Rätsel noch gleich genannt?«

Arin seufzte. »Die Jadeseele.«

Delon klopfte mit dem Löffel im Takt auf den Stuhl und skandierte dazu:

»Die Katze Die In Ungnade Fiel;
Einauge In Dunklem Wasser;
Den Deck-Pfau Des Wahnsinnigen Monarchen;
Das Frettchen Im Käfig Des Hochkönigs;
Den Verfluchten Bewahrer Des Glaubens Im Labyrinth:
Diese nimm mit,
Nicht mehr,
Nicht weniger,
Sonst wird es dir nicht gelingen,
Die Jadeseele zu finden.«

Burel nickte und lehnte sich dann zurück. »Und was glaubt Ihr, was das Rätsel meint, wenn es den grünen Stein eine ›Jadeseele‹ nennt?«

Aiko zuckte die Achseln, doch Alos sagte: »*Huah,* Burel, ich hätte gedacht, Ihr wüsstet es.«

»Ich?«

»Ja. Wenn man bedenkt, dass Ihr schon immer in einem Tempel lebt, sollte man meinen, dass Ihr Euch mit Seelen auskennt.«

Burel lächelte und zuckte die Achseln.

Aiko sagte: »Wenn man einigen der Priester in Ryodo Glauben schenken kann, ist das vielleicht eine Seele, die wartet. Sie behaupten, dass die Seelen der Verstorbenen hier in dieser Welt wiedergeboren werden.«

Ferai sah die Ryodoterin an. »Wiedergeboren?«

»Nicht, dass ich es für wahr halte«, sagte Aiko.

»Nur weiter«, forderte Burel sie auf.

Aiko seufzte. »Sie glauben, jedes Lebewesen hat eine Seele, sei es ein Wurm oder ein Schmetterling, ein Fisch, ein Adler, eine Person oder ...«

»Was ist mit Pflanzen?«, unterbrach Ferai.

Aiko schüttelte den Kopf. »Ich glaube nicht.«

Egil sah Arin an. »Nicht einmal die Greisenbäume?«

Aiko zuckte die Achseln. »Das kann ich nicht sagen. Es ist nicht mein Glaube, und daher habe ich seine Lehren nicht eingehend studiert.«

Burel beugte sich auf seinem Stuhl vor. »Fahrt fort, edle Aiko. Ich möchte gern hören, was Ihr zu sagen habt. Was passiert mit diesen Seelen?«

Aiko schenkte ihm eines ihrer seltenen Lächeln. »Eine bestimmte Seele, sagen wir Eure, nimmt mit jedem Tod und jeder Wiedergeburt eine höhere Form an, bis sie das Menschsein erreicht. Wenn Ihr dann ein ehrenvolles Leben lebt, gelangt Ihr auf eine höhere Seinsebene. Doch wenn Ihr in Schande lebt, wird Euer Status nach der Wiedergeburt niedriger sein. Wenn Euer Leben unehrenhaft genug war, könntet Ihr sogar als Wurm zurückkehren ... oder Schlimmeres.«

»Du meine Güte«, flüsterte Delon. »Da sollte ich wohl besser aufpassen.«

Doch Burel sah Aiko aufmerksam an. »Und wenn eine Person, wenn *ich* bei jeder Wiedergeburt in großer Ehre lebe und niemals zurückfalle?«

»Dann gelangt Ihr letzten Endes ins Paradies. Man hat mir gesagt, dass dies die letzte Stufe ist und der Kreislauf dann endet. Es heißt, dies sei der wahre Zweck des Lebens: zu lernen, zu wachsen, den Kreislauf der vielen Leben zu durchwandern, um am Ende ins Paradies zu kommen.«

»Und viele glauben das?«

Sie nickte. »In Ryodo ja. Ich selbst glaube nicht an Seelen und ein Leben nach dem Tod.«

Sie aßen eine Weile schweigend weiter, und dann sagte Delon: »Sagt mir, Aiko, wenn der Tod endgültig ist und es danach nichts mehr gibt, was spielt es dann für eine Rolle, was wir im Leben tun? Warum nehmen wir uns dann nicht einfach alles, was wir wollen, ganz egal, was wir anderen damit antun? Ich meine, wenn nach dem Tod nichts mehr kommt – keine Belohnung, keine Bestrafung, keine Wiedergeburt in einen höheren oder niedrigeren Zustand –, warum tun wir dann nicht einfach, was immer uns in den Sinn kommt?«

Ferai sah Delon an. »Ihr meint ...?«

»Ich meine rauben, morden, schänden – unsere dunkelsten Gelüste befriedigen, tun, was immer uns beliebt.«

Ferai blickte zu Boden, als könne sie ihm nicht in die Augen sehen, doch Aiko sagte: »Es liegt keine Ehre in dem, was Ihr da vorschlagt.«

»Das ist mir klar«, erwiderte Delon, »aber was soll's? Ich meine, warum nicht unehrenhaft sein? Sich nehmen, was immer man begehrt? Wenn der Tod das Ende ist, spielt es auf lange Sicht keine Rolle.«

»*Hai*, nach dem Tod vielleicht nicht«, sagte Aiko. »Aber im Leben schon. Ehrenhafte Leute mögen manchmal die Taten der Unehrenhaften fürchten. Unehrenhafte Leute fürchten nicht nur die Taten von ihresgleichen, sondern auch die gerechte Bestrafung und Vergeltung. Wenn wir alle in Unehre lebten, würden wir alle in Furcht leben. Aber wenn alle ehrenvoll leben und einander achten, können alle behaglich und frei von Furcht leben.«

Delon hob einen Finger. »Ist es im Wesentlichen nicht so? Ich meine, wir leben alle einigermaßen frei von Furcht und behaglich unter der Gerechtigkeit des Königs.«

»Ha!«, meldete Ferai sich zu Wort. »Ich habe nichts für die Gerechtigkeit des Königs übrig.«

Delon sah sie an.

»Ich war unschuldig«, verkündete sie.

»Fehler werden gemacht, mein Schatz. Ich wollte damit sagen, ist es nicht so, dass die Leute unter der Herrschaft von Königen und Fürsten im Wesentlichen frei von Furcht leben?«

Arin stellte ihre Tasse ab und sagte: »Nein, Delon, es ist

nicht so. Denkt an Gudrun. War ihre Gerechtigkeit frei von Furcht? Leben dort alle einigermaßen behaglich? Wenn ja, was ist mit den Leibeigenen? Bedenkt, sie heißt Sklaverei gut, und das tun viele Monarchen. Tatsächlich fürchte ich, dass es sehr viel Ungerechtigkeit in der Welt gibt, Könige hin oder her. Aber das entschuldigt weder Eigensucht noch Willkür. Aiko hat Recht: Wir könnten alle behaglich und frei von Furcht leben, wenn alle die Rechte des Einzelnen achten würden, und zwar nicht nur auf kurze Sicht, sondern auch auf lange Sicht.«

»Auf lange Sicht?«

»Ja, Delon. Vergesst nicht, ich bin eine Dylvana – eine Elfe –, und das Alter hat keine Gewalt über mich und meinesgleichen. Wir können durch Unfall, Krieg, Krankheit, Gift, Böswilligkeit und Pech sterben, aber ansonsten liegt die Ewigkeit vor uns. So stehen wir immer am Beginn unseres Lebens, wie viele Jahre auch bereits verstrichen sein mögen. Daher ist es unsere natürliche Neigung, Dinge auf lange Sicht zu betrachten.«

»Du meine Güte«, rief Burel aus.

Alle Augen richteten sich auf ihn.

Er zuckte die Achseln. »Ich habe nur überlegt, wenn es stimmt, was Aiko uns über die Seelen und die Wiedergeburt erzählt hat, und wenn Elfen ewig leben – von der Möglichkeit eines Schwertstreichs oder eines Unfalls einmal abgesehen –, dann ist Tod und Wiedergeburt jenseits ihrer Reichweite. Wie wollt Ihr dann jemals ins Paradies gelangen?«

Arin lächelte. »In der Tat, Burel, wenn es stimmt, was die Priester in Ryodo behaupten, dann müssen die Elfen sich ohne den Vorzug einer Wiedergeburt zu einem höheren Zustand weiterentwickeln.«

Egil nahm Arins Hand und küsste ihre Finger. »Diese Entwicklung hat bereits begonnen, Liebste.«

»Das hat sie in der Tat, aber woher weißt du das?«

»Du warst es doch, die mir von dem Mann erzählt hat, der die Elfen aus ihrem Wahnsinn gerissen hat, indem er sagte: ›Dann soll es mit mir beginnen.‹«

Jetzt hob Arin seine Hand an die Lippen und erwiderte die Küsse.

Delon seufzte und sah Aiko an. »Vielleicht haben diese Landsleute von Euch Recht, Aiko. Vielleicht hat ja die Art, wie wir unser jetziges Leben gestalten, Einfluss darauf, in welchen Körper wir wiedergeboren werden. Wenn ja, habe ich noch viel zu tun, ehe ich mich zur letzten Ruhe betten kann. Nicht, dass ich etwas wirklich Schlimmes getan hätte, aber ich habe auch nichts wirklich Gutes getan.«

Delon sah Ferai an und lächelte, doch sie begegnete seinem Blick noch immer nicht.

Nach dem Frühstück widmeten Aiko und Burel sich wieder ihren Schwertübungen, und Jasmine nahm die übrigen Gefährten mit auf einen Besichtigungsrundgang durch das Tal, wo der größte Teil des Landes, der nicht aus nacktem Fels bestand, als Felder und Gärten genutzt wurde. Die Erde wurde mit lieblichem Quellwasser bewässert und durch zusätzliches Düngen fruchtbar gemacht.

»Wie kommt Ihr an Fleisch?«, fragte Egil neugierig.

»Wir haben nur selten welches«, sagte Jasmine. »Dort drüben ist ein Gehege mit Geflügel, das wir hauptsächlich wegen der Eier halten, aber hin und wieder liefern die Tiere uns auch eine Mahlzeit. Käse ist jedoch mehr nach unserem Geschmack, und der wird uns manchmal von einigen unserer Anhänger von draußen gebracht.«

»Ich glaube nicht, dass ich so leben könnte«, raunte Delon Ferai zu, während sie Jasmine zu den Wohnquartieren folgten, die in die Felswände gehauen waren. »Ich meine, ab und zu brauche ich einfach ein Stück gebratenes Fleisch – ein leckeres Filetstück oder dergleichen – und einen Krug mit kräftigem Ale. Und Süßigkeiten, ja, sicher, vor allem Süßigkeiten. Und frisches, knuspriges Brot, o ja. Und ...«

Ferai lächelte hinter vorgehaltener Hand, während Delon sich ausgiebig über allerlei delikate Speisen ausließ und die Gruppe durch karge Gemächer und kurze Flure schritt, die in den roten Fels getrieben worden waren.

»Ich frage mich, ob die Drimma das alles erschaffen haben«, sagte Arin, als Jasmine sie und ihre Gefährten an Köchinnen und Küchenhilfen vorbei durch eine Küche in einer weiteren behauenen Kaverne führten, in der soeben das Mittagessen, das üppigste Mahl des Tages, zubereitet wurde.

Jasmine legte den Kopf ein wenig schief. »Drimma?«

»Zwerge«, erwiderte die Dara.

»Ich glaube nicht«, sagte Egil. »Von der Größe her scheint alles für Menschen gemacht zu sein, nicht für Zwerge.«

»Vielleicht haben sie es im Auftrag der Menschen erbaut«, sagte Alos, »und sind vor langer Zeit von jemandem dafür angeworben worden.«

Jasmine zuckte die Achseln und führte sie weiter durch Kammern, die von unbekannten Händen angelegt worden waren.

»Wer hat den Weg mit dem Zauber belegt?«

Mayam sah Arin verwirrt an. »Zauber?«

Arin nickte. »Auf der Insel im Himmel ist der Anfang des Weges, der hierher führt, mit einem Zauber belegt. Außerdem scheint auch der Weg selbst verzaubert zu sein. Mit meiner speziellen Sicht konnte ich das halbwegs erkennen.«

Mayam legte Messer und Löffel nieder. »Das war mir nicht bekannt.«

Egil sah von seinem Teller auf. »Wenn Euch davon nichts bekannt war, wie hat der Orden von Ilsitt den Tempel dann überhaupt entdeckt?«

Die Äbtissin hob die Hände und drehte sie. »Auch das weiß ich nicht. Manche sagen, die Flüchtlinge seien von der Herrin persönlich geführt worden.« Mayam beschrieb ebenso wie Burel Kreise mit Daumen und Zeigefingern.

»Wie finden denn Eure Anhänger von draußen hierher?«, fragte Ferai. »Zum Beispiel diejenigen, welche Euch Vorräte bringen?«

Mayam sah Burel an und sagte: »Sie folgen den geheimen Zeichen.«

Jetzt sah Arin die Äbtissin verwirrt an. »Den geheimen Zeichen?«

»Ja. Sie markieren den Weg hierher.«

»Wir haben keine gesehen«, sagte Arin.

»Dann haben wir heute alle etwas gelernt«, erwiderte Mayam lächelnd.

Eine Zeit lang aßen sie schweigend weiter. Doch dann sagte Aiko, die nach ihren Schwertübungen frisch gebadet war: »Es ist gut und schön, über diese Dinge zu reden, aber wir sind hergekommen, um einen Verfluchten Bewahrer Des Glaubens Im Labyrinth zu finden. Wenn das tatsächlich Burel ist, würde ich gerne hören, warum Ihr das glaubt.«

Mayam wandte sich an Burel. Der große Mann, der ebenfalls gebadet hatte, schob sich ein großes Stück Brot in den Mund. Er kaute einen Moment und schluckte dann. Während ihm eine Akolythin Tee nachschenkte, sagte er: »Die folgende Geschichte hat mir meine Mutter erzählt:

Mein Vater war ein Ritter in Diensten des Hochkönigs. Wie üblich gab es Ärger im Reich, und mein Vater hatte viel zu tun. Doch im Sommer des Jahres 1E9216, vor gut siebenunddreißig Jahren, schienen sich die Probleme zu verzehnfachen. Viele wurden ausgeschickt, um den Grund herauszufinden, darunter auch mein Vater. Allein und in Verkleidung begab er sich zur Insel Kistan, nachdem er seine Haut mit Walnussöl verdunkelt hatte ...«

»Was war mit seinen Augen?«, unterbrach Egil die Erzählung.

»Mit seinen Augen?«

»Waren sie blau wie Eure? Eisblau?«

Burel wandte sich an Mayam. Die nickte und sagte: »Ich meine mich zu erinnern, dass sie tatsächlich blau waren.«

»Sah es dann nicht irgendwie verdächtig aus, dass jemand, der behauptete, ein Kistaner zu sein, blaue Augen hatte?«

Delon schüttelte den Kopf. »Nein, Egil. Die Piraten machen oft Gefangene, darunter auch Frauen, die sie schänden und die ihre Kinder austragen. Unter diesen Mischlingen sind auch viele Kistaner mit heller Haut oder blauen Augen, oder beidem.«

»Mischlinge«, murmelte Arin. »Das ist eine hässliche Bezeichnung.«

»In der Tat«, sagte Burel mit einem wütenden Blick auf Delon. »Ich bin selbst, wie Ihr es nennt, ein Mischling: Meine Mutter Eruth war eine Sarainesin, während mein Vater, Ritter Ukry, aus Gelen stammte.«

»Nichts für ungut«, sagte Delon. »Ich habe es nicht böse gemeint. Ich wollte nur erklären, dass Euer Vater unabhängig von seiner Augenfarbe leicht als Kistaner durchgehen konnte.«

Ferai sagte: »Das mag stimmen, Delon, aber die Piraten in Pendwyr in den Zellen neben mir hatten alle dunkle Augen.«

Mayam klopfte auf den Tisch. »Das ist vollkommen bedeutungslos für Burels Geschichte.« Sie wandte sich an den großen Mann. »Fahrt bitte fort.«

»Gut zwei Jahre nach seiner Ankunft in Kistan wurde mein Vater zufällig Besatzungsmitglied auf dem Schiff eines mächtigen Magiers. Das Schiff segelte nach Aban, wo der Magier an Land ging, um sich mit einem Hohepriester der Fäuste von Rakka zu treffen.

Während sich die beiden berieten, entdeckte mein Vater in der Kabine des Zauberers eine Truhe mit Schriftrollen. Normalerweise war die Truhe verschlossen, aber an diesem Tag war der Magier in großer Eile gewesen, und so war sie offen. Diesen Schriftrollen konnte mein Vater entnehmen, warum die Piraten so viele Überfälle unternahmen. Mit dem Erlös der Überfälle sollte ein großer und schrecklicher Feldzug finanziert werden. Eine der Schriftrollen berichtete aber auch davon, dass ein mächtiger Talisman versteckt worden sei – ein grüner Stein, der in einer silbernen Schatulle aufbewahrt wurde. Doch bevor mein Vater die Schriftrolle zur Gänze lesen konnte, kehrte der Magier zurück, und mein Vater entging der Entdeckung nur ganz knapp. Dennoch hatte er genug erfahren, um dem Hochkönig berichten zu können, was vorging, und an jenem Abend ging er von Bord und floh.

Doch anscheinend fand der Magier heraus, dass er die Truhe offen gelassen hatte, und durch Zauberei oder andere Mittel – wer kennt sich schon mit den Mitteln aus, die Magiern zur Verfügung stehen? – entdeckte er, dass mein Vater in der Kabine gewesen war und die Kiste untersucht hatte. Erzürnt schickte der Magier einige Besatzungsmitglieder los, um meinen Vater wieder einzufangen.

Irgendwie erfuhr mein Vater, dass sie hinter ihm her waren, und er suchte die Hilfe der Gegner der Fäuste von Rakka. Schließlich traf er auf meine Mutter Eruth und floh mit ihrer Hilfe und Führung, doch man war ihnen auf den Fersen. Nachdem sie das ganze Land durchquert hatten, gelangten sie letzten Endes hierher, denn sie war eine Anhängerin Ilsitts und kannte den Weg.

Doch als die Männer des Magiers auf das Schiff zurückkehrten und erzählten, dass sie die Spur im Labyrinth verloren hatten, beschwor der Magier einen grausamen Dämon und beauftragte ihn mit der Verfolgung, jedenfalls glauben wir das.

Dieser Dämon kam an das Tor und forderte meinen Vater heraus. Er brüllte mit entsetzlicher Stimme, er werde sterben, weil er vom grünen Stein wisse.

Mittlerweile war meine Mutter mit mir schwanger, und

mein Vater nahm sein Schwert, zog sich Rüstung und Helm an und machte sich auf, den Dämon zu töten.«

Burel wandte sich an Mayam. »Hier solltet Ihr fortfahren, denn an dieser Stelle wurdet Ihr Zeugin der Geschehnisse.«

Mayam räusperte sich. »Drei Tage brüllte das Ungeheuer, drei Tage schrie es seine Wut unablässig heraus, und der Dämon verkündete, er werde erst gehen, wenn Ulrys Blut die roten Felswände beflecke. Eruth flehte *Yâ Sîdi* Ulry an, nicht zu gehen, denn auf dem heiligen Boden waren sie sicher, da Dämonen die geweihte Erde fürchten. Doch *Yâ Sîdi* Ulry blieb hart und sagte, er könne nicht dulden, dass ein Dämon ihn jage oder hinter dem Blut seines Kindes her sei, denn er glaubte, diesen Befehl hätte der Zauberer dem Dämonen erteilt. Am vierten Tag legte *Yâ Sîdi* Ulry seinen Brustharnisch und Helm an, nahm sein großes Schwert und ging, als die Sonne am höchsten stand.

Damals war ich nur eine Akolythin, und meine Aufgabe an jenem schicksalhaften Tag vor gut fünfunddreißig Jahren bestand darin, auf der Klippe über dem Eingang Wache zu stehen. Obwohl ich fast zwölfhundert Fuß über dem Kampfplatz stand, konnte ich die Ereignisse sehr deutlich sehen:

Yâ Sîdi Ulry kam mit seinem großen Schwert heraus, um dem schwarzen Ungeheuer entgegenzutreten, das unten in der Schlucht auf ihn wartete. Das Wesen hatte selbst ein Schwert, eine nachtschwarze Klinge, die seiner eigenen Schwärze entsprach. Mit großem Geschrei stürzten sie aufeinander los. *Yâ Sîdi* Ulry kämpfte heldenhaft, doch was immer er auch tat, der Dämon schien gegen jeden Schaden gefeit zu sein. Und er lachte und spielte mit seinem menschlichen Gegner, aber schließlich erschlug er ihn und trennte ihm mit einem einzigen, entsetzlichen Hieb den Kopf ab.

Dann marschierte er vor dem Eingangstunnel auf und ab, hob dabei *Yâ Sîdi* Ulrys Kopf an den Haaren empor, brüllte seinen Sieg heraus und forderte Eruth auf, herauszukommen und sich ihm ebenfalls zu stellen. Doch sie kam seiner Herausforderung nicht nach, und zwei Tage später verschwand er irgendwann in der Nacht. Wann genau er gegangen war, wohin oder warum, wussten wir nicht. Er stand ganz einfach nicht mehr vor den Toren, und seine hasserfüllten Worte waren verklungen.

Erst da wagten wir uns durch das Tor, um *Yâ Sîdi* Ulrys sterbliche Überreste zu holen, und wir weinten um ihn und setzten ihn in einem Hügelgrab bei. Ich glaube, Eruth wollte auf der Stelle sterben, aber sie wusste, dass sie wegen *Yâ Sîdi* Ulrys Kind weiterleben musste, und sie bewahrte *Yâ Sîdi* Ulrys Schwert, Helm und Rüstung für es auf und bedeckte ihren Geliebten dann mit einem Hügel aus Steinen.

Sieben Monate später wurde Burel geboren. Kurz danach brachte die nächste eintreffende Nachschubkarawane die Nachricht, die Pläne der Fäuste von Rakka seien vom Hochkönig vereitelt worden, also schienen unsere Informationen nutzlos zu sein.«

»Nutzlos?«, sagte Egil. »Aber was ist mit dem grünen Stein? Nicht nur war er der Grund für Ritter Ulrys Tod, er ist auch der Grund für unsere Suche.«

Mayam schüttelte den Kopf. »Nach allem, was wir wissen, war er lediglich der Talisman eines Zauberers, und alle Magier haben Talismane, die sie eifersüchtig hüten. Obwohl der Zauberer einen Dämon auf *Yâ Sîdi* Ulry gehetzt hat, weil er von der Existenz des Steins wusste, hatten wir keine Ahnung von seiner Bedeutung, bis wir Dara Arins Geschichte gehört haben.«

Aiko hob eine Augenbraue. »Je weiter wir kommen, desto höher werden die Hürden, die wir überwinden müssen, denn um den grünen Stein zu finden, müssen wir nun die eifersüchtig bewachte Schriftrolle eines Zauberers lesen, und Magier verfügen über tödliche Macht.«

»Augenblick mal«, widersprach Alos. »Bevor sich irgendjemand aufmacht, der Schriftrolle eines Zauberers hinterherzujagen« – er sah Burel an – »wüsste ich gern, warum die Geschichte dieses Mannes ihn zum Verfluchten Bewahrer Des Glaubens Im Labyrinth macht.«

»Es ist Gefahr mit ihm verbunden«, sagte Aiko, indem sie ihre Brust an der Stelle berührte, wo sich ihre Tätowierung befand. »Seitdem wir das Labyrinth erreicht haben, hat mich meine Tigerin beständig davor gewarnt.«

»Die Gefahr – der Fluch – liegt auf dem Blut meines Vaters«, sagte Burel, »jedenfalls hat meine Mutter das behauptet. Blut, wie ich hinzufügen möchte, das auch in meinen Adern fließt.

Meine Mutter glaubte, dass irgendwo auf dieser Welt der Dämon auf mich wartet, derselbe Dämon, der meinen Vater getötet hat. Sie hat mir gesagt, ich sollte diesen heiligen Ort niemals verlassen. Aber ich habe immer gewusst, dass einmal die Zeit kommen würde, in der ich gehen muss, nicht nur, um dem Dämon entgegenzutreten, sondern auch dem Zauberer, der ihn beschworen hat.« Burel wandte sich nun an Arin. »Ich *bin* Der Verfluchte Bewahrer Des Glaubens Im Labyrinth.«

Arin warf einen Blick auf Aiko, die nickte. Die Dylvana holte tief Luft, sah dann den rothaarigen Kämpfer an und sagte: »Ich akzeptiere Euch, Burel.« Dann wandte Arin sich an Mayam. »Sagt mir, Äbtissin, kennt Ihr den Namen des Magiers, der die Schriftrolle über den Stein besitzt?«

Mayam sah Burel an und sagte dann: »Ja, wir kennen seinen Namen. Er lautet Ordrune.«

13. Kapitel

»Ordrune!« Egil hieb mit der flachen Hand auf den Steintisch.

Verblüfft sagte Mayam: »Ja. *Yâ Sîdi* Ulry hat ihn so genannt.«

Egil wandte sich an Arin. »*Das* ist der Grund, warum ich das Einauge In Dunklem Wasser bin, Liebste, denn ich kenne mich in Ordrunes Turm aus.« Unwillkürlich wanderten Egils Gedanken zurück zu jener furchtbaren Zeit:

Die Drökha und der dunkelhäutige Mann hatten Egil an einen Ring im Boden gekettet und ihn dann mit seinem Häscher allein gelassen. Nun sahen Egil und der Magier einander an – der eine stumm, der andere hohnlächelnd.

»Ich bin Ordrune, Kapitän. Und Ihr heißt ...?«

Egil sagte nichts.

»Euer Schweigen ist ohne Bedeutung«, sagte Ordrune. »In Kürze werde ich Euren Namen kennen. Ihr werdet erpicht darauf sein, zu reden.« Der Magier wandte sich ab und ging durch die Kammer.

Der eigentliche Raum war vollkommen rund und hatte einen Durchmesser von vielleicht dreißig Fuß. Hier und da standen Tische, die mit Gerätschaften geradezu überladen waren: Astrolabien und Zahnräder aus Bronze, Destillierkolben und Tongefäße, Mörser und Stößel, durchsichtige Glaskrüge, die mit gelben, roten, blauen und grünen Körnchen gefüllt waren, und Kohlepfannen mit Werkzeugen in der roten Glut. Da und dort lagen auch kleine Metallbarren herum: rotes Kupfer, gelbes Messing, weißes Zinn, leuchtendes Gold, funkelndes Silber und mehr. An den Wänden standen Kisten und Fässer und Schubladenschränke und eine große, mit Eisen umwundene, dreifach verschlossene Truhe, dazu Schreibtische und Schubfächer, die mit Pergamentrollen und Papieren voll gestopft waren. Vier hohe, mit Vorhängen geschmückte Fenster waren in die steinernen Wände eingelassen.

Dies war Ordrunes Laboratorium, sein arkanes Arbeitszimmer. Dies war sein Allerheiligstes, seine Höhle und das Herz der Festung.

Egil ballte die Faust und schüttelte den Kopf, um sich von diesen Erinnerungen zu befreien, von allen bis auf eine. »Ich glaube, ich habe sogar die Truhe gesehen, in welcher die Schriftrolle aufbewahrt wird.« Egil wandte sich an Burel. »Sie ist so groß« – Egil hielt die Hände weit auseinander – »mit Eisenbändern umwickelt, und sie ist mit drei massiven Schlössern gesichert.«

Burel hob eine Hand und drehte sie. »Vielleicht. Aber meine Mutter hat sie nie anders beschrieben als die Kiste, die mein Vater eines schicksalhaften Tages unverschlossen entdeckt hat.«

Egil schüttelte den Kopf. »Das spielt keine Rolle, Burel, wir müssen zu Ordrunes Feste gehen, um den Weg zu dem grünen Stein zu finden und uns an dem Magier zu rächen.«

Burel ballte die Faust und nickte, doch Arin sagte: »Nein, Egil, die Rache muss warten, denn das Auffinden des Steins hat Vorrang vor allem anderen.«

»Aber er ist verantwortlich für den Tod meines Vaters«, widersprach Burel.

»Und er hat vierzig gute Männer zu Tode gefoltert«, fügte Egil düster hinzu.

Arin maß die beiden mit bedauernden Blicken. »Trotzdem ist es wichtiger, den Tod einer ganzen Welt zu verhindern, als

Vergeltung an einem einzigen Mann zu üben. Wir müssen uns zuerst die Schriftrolle beschaffen und dann den Stein von Xian finden. Und dafür muss Eure Rache warten.«

Alos schauderte und sagte: »Das ist doch Wahnsinn. Wir können nicht hoffen, einen Magier zu bestehlen. Er wird jedem von uns einen Dämon hinterherschicken, wie er es bei Burels Vater getan hat. Rechnet nicht mit mir. Ich werde mich an so einem Wahnsinn nicht beteiligen.«

Aiko starrte den alten Mann ungerührt an. »Wie ich schon sagte, Alos, was lebt, kann auch getötet werden.«

Alos schüttelte den Kopf. »Vielleicht. Aber wir wissen ja nicht einmal, wo der Turm dieses Magiers ist. Und Kistan ist eine riesige Insel – acht- oder neunhundert Meilen in jeder Richtung, und das meiste davon ist von dichtem Dschungel bedeckt. Dort wimmelt es von Piraten. Wir würden – *Ihr* würdet – ewig die Feste des Zauberers suchen, wenn Euch die Piraten nicht vorher töten. Außerdem ist seine Truhe verschlossen und wahrscheinlich noch zusätzlich durch Magie geschützt.«

»Was die Schlösser angeht, ist mir noch keines untergekommen, das ich nicht öffnen konnte«, sagte Ferai mit Nachdruck.

Delon sah sie überrascht an.

»Mein Vater war Schlosser«, erläuterte sie. »Und Entfesslungskünstler im Zirkus, genau wie ich.«

»Ah, dann wirst du vielleicht deswegen bei diesem Abenteuer gebraucht, meine Teure«, sagte Delon. »Um die verschlossene Truhe des Magiers zu öffnen, wenn Egil Einauge uns hinführt.«

Egil schüttelte den Kopf. »Ich kann Euch zwar zur Truhe führen, nicht aber zum Turm, denn ich weiß nicht, wo er steht. Darin hat Alos Recht: Kistan ist eine große Insel, wie die Karten beweisen, die wir in Aban gekauft haben.« Egil sah Burel an. »Hat Euer Vater gesagt, wo Ordrunes Feste gelegen ist?«

Burel knurrte. »Ich kenne nur den Namen des Ortes, wo mein Vater in Kistan auf Ordrunes Schiff angeheuert hat, ich kann aber nicht sagen, ob sich dort auch der Turm des Magiers befindet. Aber das Schiff ist von Yilan Koy aus gesegelt, hat meine Mutter gesagt.«

»Yilan Koy?«, fragte Delon. »Ist das eine Stadt?«

Burel zuckte die Achseln. »Das wusste meine Mutter nicht.«

Egil seufzte. »Tja, wenigstens haben wir einen Anfang.«

»Narren«, zischte Alos. »Ihr seid alle größenwahnsinnige Narren.«

Nachdem das Dämonenhorn in der Dämmerung erklungen war, sangen Arin und Delon bei der Abendandacht. Arin trug ein Loblied auf Elwydd vor, Delon einen an Elwydds Vater Adon gerichteten Gesang, in dem er darum bat, diese Zuflucht vor allem Bösen zu bewahren.

Später in der Nacht hallte aus dem roten Tal das Klirren von Stahl auf Stahl, da Aiko im Schein der Laternen Burel weiterhin im Schwertkampf unterwies.

In den nächsten beiden Tagen bereiteten sich Arin und ihre Begleiter auf die Rückkehr zur Hafenstadt Aban vor. In einem Lagerraum fand Mayam den Sattel von dem Kamel, das *Yâ Sîdi* Ulry vor so langer Zeit zum Tempel des Labyrinths gebracht hatte, und sie gab ihn Arin, die eines der Kamele damit sattelte, sodass Burel darauf reiten konnte. Wenn er sich nicht gerade mit Aiko im Schwertkampf übte, bereitete Burel sich ebenfalls auf den Aufbruch vor, denn das Rätsel verlangte: *Nimm diese mit, nicht mehr, nicht weniger ...*

Außerdem brauchte Burel Zeit, um sich zu verabschieden, denn nicht alle Akolythinnen Ilsitts hatten Enthaltsamkeit geschworen, und so verbrachten viele die Nächte damit, ihn ein letztes Mal zu besuchen.

In diesen beiden Tagen unternahmen Delon und Ferai viele

lange Spaziergänge durch die Tempelanlage und die Gärten, und sie redeten, lachten und sangen miteinander. Ferai erzählte ihm von ihrem früheren Leben beim Zirkus, aber nicht mehr, und Delon redete über seine eigene Kindheit, die er am Rande des Alnawaldes an der Bergkette des Gûnarrings verbracht hatte. Oft begegneten die beiden bei ihren Wanderungen Egil und Arin, da auch die Dylvana und der Fjordländer die Zeit miteinander genossen.

Alos fand heraus, dass die Priesterinnen Ilsitts einen kleinen Vorrat an medizinischem Branntwein hatten, und er umschmeichelte sie und bettelte so lange, bis sie ihm einen Schluck gaben, nur um ihn zum Schweigen zu bringen. Doch mehr gab es nicht, mochte er auch noch so flehen, und so endete er mit einem leeren Glas und einem schrecklichen Durst.

Am Morgen des siebenundzwanzigsten Novembertages wurden sieben der blökenden Kamele für Reiter gesattelt, während die restlichen fünf mit Vorräten für die Reise beladen wurden.

Arin und ihre Gefährten verabschiedeten sich von den Priesterinnen Ilsitts, und die Frauen weinten, als sie Burel gehen sahen, denn er hatte sein ganzes Leben bei ihnen verbracht, und viele sahen in ihm einen Bruder oder Sohn. Anderen war er ein Geliebter gewesen war, bevor sie das letzte Priesterinnengelübde ablegten, und für einige Akolythinnen war er das noch immer. Diese Frauen verabschiedeten sich mit einem letzten Kuss von ihm und fielen dann einander schluchzend in die Arme, während er die Prozession in Helm und Harnisch und mit umgegürtetem Schwert zum dunklen Weg jenseits des Fallgatters führte.

Sie marschierten in den Gang unterhalb der hoch aufragenden Schluchtwand, Burel mit seinem Kamel am Zügel und einem zweiten im Schlepptau, dann Aiko, ebenfalls mit zwei Kamelen, dann Alos mit zweien, dann Ferai mit einem, Delon mit zweien, Egil mit zweien und zuletzt Arin mit ihrem Reittier.

Burel erreichte den scharfen Linksknick, dann den Rechtsknick, und Aiko folgte ihm und seinen übellaunigen Tieren langsam und zog ihre eigenen mürrischen Wüstenschiffe hinter sich her.

Als Burel die Schlucht jenseits des Ganges betrat, rief Aiko, »Vorsicht!«, denn die unbestimmte Gefahr, vor der ihre Tigerin sie seit Erreichen des Labyrinths gewarnt hatte, beherrschte sie plötzlich vollends.

Ein oder zwei Schritte vor Burel trat der Dämon aus einer soliden roten Felswand und zischte ihn an: »Endlich. Beim Blut deines Vaters, ich wusste, du würdest eines Tages herauskommen.« Als wolle er lange untätige Muskeln bewegen, trennte der Dämon mit einem blitzartig geführten Aufwärtshieb seines großen, gezackten Obsidianschwerts dem Kamel den Kopf ab, der in die Höhe flog, während der Leichnam des Tieres im Eingang zusammenbrach und Blut aus dem Halsstumpf sprudelte.

In dem Tunnel brüllten die Kamele vor Furcht, und ihre panischen Schreie hallten durch die Enge, da sie vor dem Gestank des Dämonen zurückscheuten und versuchten, sich ungeachtet der zwischen ihnen gefangenen Leute umzudrehen und zu fliehen.

Draußen zog Burel sein großes Schwert und stellte sich dem monströsen Feind. Das Wesen war gut acht Fuß groß und am ganzen Körper mit einer harten, knochigen Substanz bedeckt – ein glänzend schwarzer Chitinpanzer. Der Dämon hatte Pferdehufe, und die Kniegelenke beugten sich nach hinten. Schmale Schultern saßen auf einem gepanzerten Rumpf, und der Kopf war länglich und hatte eine mit gewaltigen Reißzähnen gefüllte, hundeartig vorspringende Schnauze. Die Augen standen weit auseinander und funkelten. Kräftige Arme baumelten herunter, endeten in langen, knochigen Fingern und hielten ein großes, gezacktes schwarzes Schwert, welches eineinhalbmal so lang wie Burels Waffe war.

Ohne den Tumult im Tunnel hinter sich überhaupt zur Kenntnis zu nehmen, sprang Burel der schwarzen Erscheinung entgegen, rief, »Ilsitt, hilf mir!«, und schlug mit dem Stahl seines Vaters zu, nur um von der Obsidianklinge des Dämonen mit brutaler Gewalt zurückgeschleudert zu werden, sodass er mit Wucht auf den roten Fels fiel.

Während der Dämon auf seinen fremdartig wirkenden Beinen vorwärts schritt, kam Burel wieder auf die Beine, nahm einen festen Stand ein und schwang sein Schwert in einem gewaltigen, zweihändigen Hieb. Mit dem lauten Klirren von Stahl auf Stein prallte die Waffe gegen die gezackte Klinge und wurde aufgehalten.

Wieder und wieder schwang Burel sein Schwert, und immer wieder parierte der Dämon den Hieb.

Dann schlug der Dämon seinerseits mit schockierender Kraft zu, und Burel flog das Schwert aus den Händen. Noch ehe der Mensch sich rühren konnte, schleuderte ihn die Kreatur mit einem gewaltigen Schlag gegen die rote Felswand, und Burel sank schlaff und bewusstlos zu Boden.

Im Tunnel wurde Aiko von Burels Packtier zurückgeschleudert, als es sich gegen das am Ring in seiner Nase befestigte Seil stemmte, das es mit dem getöteten Tier verband, welches vor dem Ausgang lag, einem Ausgang, vor dem die Schreckenskreatur lauerte. Auch die anderen Gefährten wurden von den nachfolgenden brüllenden Tieren gegen die Wände gedrückt, und sie verloren die Herrschaft über die Kamele und konnten nur noch die Arme über den Kopf halten, um sich so gut wie möglich zu schützen, und versuchen, auf den Beinen zu bleiben, um nicht niedergetrampelt zu werden. Alos schrie vor Furcht auf, Ferai ebenfalls, doch ihre Schreie gingen im allgemeinen Durcheinander unter. Keiner kannte den Grund für den Tumult. Sie wussten nur, dass die Tiere in Panik waren und vor irgendetwas fliehen wollten. Obwohl Aiko rief,

»Burel, Ihr seid in tödlicher Gefahr!«, wurde ihre Stimme nicht gehört.

Doch flink, wie Aiko war, ließ sie ihre Kamele los und wich den anderen Tieren und ihren Begleitern aus. Mit gezogenen Schwertern eilte sie vorwärts und sprang über das getötete Kamel, das den Ausgang versperrte.

Der Dämon stand vor Burel und lachte, als er sein Schwert zum tödlichen Schlag hob, dem Schlag, der das beschworene Wesen endlich aus dem bindenden Dienst des Zauberers entlassen und befreien würde. Doch die Kreatur wartete und wartete und wartete, bis Burel die Augen aufschlug und benommen zu der Erscheinung aufschaute. Dann erst sauste die Obsidianklinge herab ... um von Stahl aus Ryodo aufgehalten zu werden.

Aiko war ihm im letzten Augenblick zur Hilfe geeilt.

Arin gelang es, ihr brüllendes Kamel zurück durch das Fallgatter und auf das Tempelgelände zu drängen. Sie ließ das flüchtende Tier los, forderte die versammelten Priesterinnen zur Hilfe auf und rannte mit mehreren Frauen im Gefolge wieder in den engen Gang, in dem noch immer Chaos herrschte. Egil schob sein verängstigtes Führungskamel nach hinten, und Arin und die Frauen zogen am auskeilenden Packtier. So gelang es ihnen, zwei weitere völlig verstörte Tiere aus dem Gang zu zerren, die sofort über den rötlichen Fels davonrannten, kaum dass sie der Enge entkommen waren.

Jetzt liefen Egil, Arin und zwei der Priesterinnen wieder in den Tunnel, um Delon dabei zu helfen, seine beiden Tiere aus dem Gang zu schaffen.

Shang! Aiko konnte den kraftvollen Abwärtshieb des Dämonen nicht aufhalten, sondern nur ablenken, und die Obsidianklinge traf ihre Waffe mit entsetzlicher Wucht, glitt dann über ihre Schneide und fuhr neben Burels Kopf in den roten Fels. Während die schwarze Klinge roten Fels zerschmetterte, schlug Aiko mit ihrem zweiten Schwert auf den Hals der Kreatur, doch der Dämon lenkte die Klinge mit seinem kräftigen Arm ab, den er in die Höhe riss, sodass ihre Klinge über den Chitinpanzer schabte wie über eine Rüstung.

Aiko führte ihre rechte Waffe nach oben, doch der Hieb wurde wiederum von der schwarzen Klinge des Dämonen pariert.

Die Kriegerin sprang nach links in die Flanke der Kreatur, doch der Dämon fuhr blitzschnell herum und versuchte, sie mit dem Schwert zu treffen. Im Zurückweichen gelang es ihr, den Hieb abzulenken.

In einem Wirbel aus Stahl griff Aiko an, doch der Dämon wehrte die Hiebe ihrer zwei Klingen mit seinem einzelnen schwarzen Schwert ab. Wieder sprang Aiko zurück, die jetzt schnell und angestrengt atmete.

Sie hielten kurz inne, und so, als erwäge der Dämon, welchen dieser beiden Menschen er zuerst töten solle, sah er Burel an, der immer noch benommen war und sich vergeblich bemühte, auf die Beine zu kommen. Dann wandte der Dämon seinen länglichen Schädel Aiko zu. Von den Zähnen tropfte zäher Geifer, und die weit auseinander stehenden Augen funkelten sie an.

»Bakamono!«, zischte er in Aikos Muttersprache, und dann hob das acht Fuß große Ungeheuer sein gezacktes schwarzes Schwert und schritt mit seinen Hufen auf sie zu.

Delons brüllende Kamele waren aus dem Tunnel geschafft worden, und nun wollten er, Egil und Arin sich Ferais Tier widmen, doch als sie den Gang betraten, kam ihnen das verstörte Kamel bereits rückwärts entgegen, da die Ausbildung, die Ferai im Zirkus genossen hatte, ausreichte, um mit dem Tier fertig zu werden. Noch während dieses Kamel losgelassen wurde, sodass es in die Weite des Tals flüchten konnte, machte Ferai wieder kehrt, lief in den Tunnel zurück und rief dabei: »Alos ist vielleicht hingefallen und könnte zu Tode getrampelt werden.«

Shing-shang, kling-klang, chang-shang ... Der Stahl von Aikos Klingen klirrte gegen das Dämonenschwert, während sie angriff und zurückwich, parierte und konterte. Aber Kraft und Schnelligkeit des Dämonen trieben sie immer weiter zurück, und sie hatte allergrößte Mühe, sich der Kreatur zu erwehren. Noch nie hatte sie so einem Gegner gegenübergestanden, denn er war über alle Maßen stark, seine Hiebe waren blitzschnell und kraftvoll, und seine Deckung schien undurchdringlich zu sein. Der Dämon fegte ihre eigenen zwei Klingen beiseite, als würden sie von einem Anfänger geführt. Ihre Shuriken waren verbraucht und lagen irgendwo auf dem blutroten Fels, von dem schwarzen Schwert aus der Luft geholt. Und nun trieb das Ungeheuer sie gegen eine der blutroten Schluchtwände.

Shing ...! Das Schwert in Aikos linker Hand flog sich überschlagend durch die Luft und fiel in einiger Entfernung auf den roten Stein.

Shkk ...! Die schwarze Klinge fuhr nieder und schnitt durch Leder und Bronze, und Aikos rotes Blut quoll aus einem diagonalen Schnitt, der über ihre Brust verlief.

Ching-chang-shing-shang ... Jetzt focht sie nur noch mit einer Klinge, und das schwarze Schwert des Dämonen und ihr eigener Stahl wirbelten so schnell, dass sie nur noch verschwommen zu sehen waren. Es war jedoch ein aussichtsloser Kampf, den sie letztendlich nicht gewinnen konnte.

Kling ...! Jetzt flog das verbliebene Schwert durch die Luft und landete klirrend auf dem Fels.

Verzweifelt griff Aiko nach dem Dolch in ihrem Stiefel, doch der Dämon versetzte ihr einen Fausthieb, der sie zu Boden warf. Das Ungeheuer beugte sich vor, packte mit seinen langen, knochigen Fingern ihre mit Bronzeschuppen besetzte Rüstung und riss sie in die Höhe, um sie zu enthaupten. Doch Aikos Lederrüstung riss entlang der Seitennähte, und sie fiel zurück, während die rote Tiger-Tätowierung zwischen ihren Brüsten entblößt wurde.

Der Dämon zuckte zurück, und seine Augen weiteten sich beim Anblick des arkanen Hautbildes. Von überall und nirgendwo ertönte ein erzürntes Röhren – RRRUH! – wie das heisere Gebrüll einer wilden Bestie, und in diesem Augenblick drehte Aiko mit einer Kraft, die sie allein nicht besaß, das schwarze gezackte Schwert des Dämonen in dessen Hand um und stieß dem Ungeheuer die Klinge in den Bauch, deren Heft immer noch von der Hand des Dämonen umklammert war.

Zornige Flammen loderten aus dem Rumpf des Dämonen, und das Wesen kreischte gequält, bäumte sich auf und versuchte erfolglos, die brennende schwarze Klinge aus seinem Rumpf zu ziehen, aber in diesem Augenblick – *Shkkk!* – schlug Burels zweihändig geführtes Schwert dem Dämonen den Kopf ab, und das lodernde, enthauptete Ungeheuer kippte zur Seite und war schon tot, als es auf den Boden fiel.

Burel ließ seine Klinge fallen, hob die blutende Aiko vom roten Felsen auf und eilte mit ihr trotz ihrer Proteste – »Meine Schwerter. Holt meine Schwerter.« – dem Tunnel und der Hilfe der Heilerinnen im Tempel entgegen. Als er die Öffnung erreichte, tauchte gerade Egil darin auf, der über das tote Kamel kletterte.

»Was ...?«, hub Egil an, doch in diesem Augenblick gab es eine gewaltige Explosion, und die Druckwelle schleuderte Burel und Aiko gegen Egil, sodass alle drei auf den blutverschmierten Fels vor dem Eingang fielen.

14. Kapitel

In einem weit entfernten Turm auf der Insel Kistan hallte der Äther innerhalb des Allerheiligsten von einem nie gehörten Ton wider. Der Schwarzmagier hob den Blick von dem arkanen Buch, in dem er las, und neigte den Kopf, als lausche er.

Ah, der Dämon Ubrux ist nicht mehr auf dieser Ebene, was bedeutet, dass sein Geas erfüllt ist.

Still in sich hineinlächelnd, konzentrierte Ordrune sich wieder auf das Grimoire in seinen Händen.

15. Kapitel

Seine Ohren klingelten noch von dem Lärm, als Burel sich mühsam aufrappelte, Aiko wieder aufhob, und so Egil die Möglichkeit gab, aufzustehen. In diesem Augenblick kamen auch Delon, Ferai und Mayam nach draußen.

»Was hat hier solchen Krach gemacht?«, fragte Delon, während er über das tote Kamel hinwegkletterte und den Schauplatz des Kampfes betrachtete. »Und was ist hier vorgefallen?«

»Sie ist verwundet«, grollte Burel.

»Hier, lasst mich sehen«, sagte Mayam.

Während die Äbtissin das zerschnittene Leder anhob, um die Wunde zu untersuchen, mühte sich die blutende Aiko kraftlos, sich aus Burels Armen zu lösen. »Meine Schwerter. Holt meine Schwerter.«

»Wo sind sie?«, fragte Ferai.

»Da hinten irgendwo«, erwiderte Burel mit einem Kopfnicken in die ungefähre Richtung.

»Lasst zu, dass man sich um Euch kümmert, Aiko«, sagte Ferai mit einem Blick in die rote Schlucht, wo überall schwarze Fetzen brannten. »Ich hole Eure Schwerter.«

»Shuriken«, sagte Aiko und verlor das Bewusstsein.

Stirnrunzelnd schaute Mayam von Aiko zu Burel. »Das verstehe ich nicht. Ihre Wunde sieht nicht sehr ernst aus, trotzdem ... Wir müssen sie nach drinnen schaffen, wo wir sie behandeln können. Es könnte Gift sein.« Die Äbtissin wandte sich an Egil und Delon. »Ihr beide und du, Burel, reicht sie über das tote Tier hinweg.«

Egil und Delon kletterten zurück, wobei Egil auf halbem Weg stehen blieb und Delon ganz in den Gang zurückkehrte. Dann reichte Burel die Ryodoterin an Egil weiter, der sie Delon gab. Burel kletterte über das tote Kamel, um die bewusstlose Kriegerin flankiert von Delon und Mayam in den Tempel zu tragen.

Hinter ihnen marschierten Egil und Ferai vorsichtig in die Schlucht. Egil hielt jetzt seine Axt in den Händen und Ferai ihre Dolche. Teile der schwarzen Kreatur lagen hier und da brennend auf dem roten Fels, andere wirkten in den dunkelroten Schatten wie Obsidiansplitter.

»Adon«, hauchte Ferai mit geweiteten Augen. Sie starrte auf den länglichen, mit Reißzähnen bewehrten Chitinschädel des Ungeheuers, dessen boshafte Augen gerade unter ihrem Blick glasig wurden. »Was war das nur für ein Ding?«

Egil kauerte sich nieder und schaute genauer hin. Schließlich holte er tief Luft und sagte: »Ich glaube, wir sehen hier den Dämon vor uns, der Burels Vater erschlagen hat ... oder vielmehr seine Überreste.«

»Elwydd! Müssen wir jetzt jedes Mal gegen eines von diesen Dingern kämpfen, wenn Burel durch das Tor geht?«

Egil erhob sich. »Bei Adons Männlichkeit, ich hoffe nicht.«

Gemeinsam durchstreiften sie die Schlucht, und Ferai hob eines von Aikos Schwertern und vier Shuriken auf, während Egil Burels Zweihänder nahm. Als Ferai niederkniete, um Aikos zweites Schwert aufzuheben, sagte sie: »Lord Adon, Egil, seht Euch diese Hand an.«

Der Fjordländer kam zu ihr. Eine der langfingrigen, knochigen Hände des Dämonen mit einem Stück seines schwarz gepanzerten Arms daran lag auf dem roten Fels. »Wie groß war dieses Ungeheuer?«, fragte Ferai mit einem Blick auf die Hand, die dreimal so lang war wie ihre eigene.

Egil hockte sich neben sie und schüttelte zögernd den Kopf. »Das kann ich nicht sagen, aber mit solch einer rechten Hand muss es riesig gewesen sein.«

»Seht mal da«, sagte Ferai und zeigte auf das Handgelenk. Vier tiefe Furchen waren in dem Chitin zu sehen, aus denen schwarzer Schleim quoll. »Das sieht aus, als sei der Dämon von einer wilden Bestie gekratzt worden.«

»Nein, Gift ist keins im Spiel«, sagte Mayam, die gerade das Blut abwusch, »jedenfalls glaube ich das nicht.«

»Warum ist sie dann bewusstlos?«, grollte Burel. Der große Mann saß neben Aikos Bettstatt und hielt ihre Hand.

»Bei der Gnade Ilsitts, ich würde sagen, dass sie einfach vollkommen entkräftet ist.«

Delon warf einen Blick auf die reglose Ryodoterin. »Entkräftet?«

»Es ist so, als habe sie eine übermenschliche Anstrengung unternommen, die sie völlig überfordert hat.«

Burel knurrte zustimmend, dann sagte er. »Sie hat dem Dämon dessen eigenes Schwert in den Leib gestoßen, obwohl das Ungeheuer viel stärker war als jeder Mensch. Ich hätte nicht gedacht, dass jemand, der so klein ist, solche Kraft haben könnte.«

Mayam nickte. »Vielleicht hat sie das so erschöpft.«

Die Äbtissin wandte sich an Arin, die Alos gerade einen festen Verband um die Rippen anlegte. Der alte Mann ächzte und verfluchte die dummen Kamele mit leiser Stimme, da der Schlaftrunk langsam wirkte. Während Alos' Worte in ein unverständliches Murmeln übergingen, sagte Mayam: »Dara, würdet Ihr die edle Aiko untersuchen?«

Arin löste sich von Alos, der zu schnarchen anfing, und ging zu Mayam. Während die Äbtissin das hervorquellende Blut abtupfte, untersuchte die Dylvana die lange, diagonale Wunde. Dann drückte Arin ihre Wange auf Aikos Stirn. »Ich spüre kein Fieber.« Sie richtete sich wieder auf. »Hat sie sonst noch eine Wunde erhalten?«

»Nein.«

Arin runzelte die Stirn und schüttelte den Kopf. »Das muss genäht werden. Habt Ihr Zwirn?«

Mayam gab einer der Akolythinnen ein Zeichen, und sie reichte der Dylvana eine gebogene Nadel, in die feiner Zwirn eingefädelt war. Arin beäugte Nadel und Faden im Licht der Laterne. »Ist die Wunde ausreichend sauber?«

»Sie hat lange genug geblutet«, erwiderte Mayam.

»Dann lasst uns anfangen.«

Mit kleinen, sorgfältigen Stichen vernähte Arin die Wunde. Burel sah zu und schnitt jedes Mal eine Grimasse, wenn die Nadel eingestochen und der Faden durchgezogen wurde, doch hielt er dabei mit sanftem, stetem Griff Aikos Hand fest.

Egil und Ferai kamen in die Krankenstube, Ferai mit Aikos Klingen, Egil mit Burels. Sie stellten sich neben Delon und sahen zu, wie Arin den langen Schnitt vernähte. Schließlich sagte die Dylvana. »Fertig. Das wäre erledigt.« Sie wandte sich an Mayam. »Habt Ihr heilende Kräuter, damit wir einen Umschlag auflegen können? Gwynthyme? Eretha? Oder etwas in der Art?«

»Einen Umschlag?«

Arin nickte. »Sie hat kein Fieber, und ihre Gesichtsfarbe ist gut, also glaube ich auch, dass die Waffe nicht vergiftet war, aber ein Umschlag kann nicht schaden.«

Mayam nickte und öffnete eine Truhe in der Nähe, der sie Kräuter entnahm. »Ich würde diese nehmen«, sagte sie, indem sie eine Hand voll gelbe Minzeblätter präsentierte.

»Gwynthyme«, sagte Arin beifällig.

»Malak waraka«, sagte Mayam.

Sie fertigten einen Sud aus Gwynthymeblättern – deren minziger Duft sehr erfrischend war –, trugen den warmen, nassen Brei auf ein Tuch auf, legten ihn auf Aikos Wunde und fixierten ihn mit Streifen aus sauberem Leinen. Schließlich trat Arin zurück und begutachtete ihr Werk. Zufrieden nickend, sagte sie: »Jetzt müssen wir die Tigerin schlafen lassen.«

Nun, da Alos betäubt und Aiko bewusstlos war, verließen die anderen leise die Räume der Heilung, nur Burel nicht, der zurückblieb und weiterhin Aikos Hand hielt.

Während Egil, Arin, Delon und Ferai Wache standen, kümmerten die Priesterinnen sich am späten Vormittag um das getötete Kamel im Tunneleingang. Fleisch, Fell und Eingeweide wurden in den Tempel geschafft, wo alles einem Zweck zugeführt wurde. Ein Teil des Fleisches wurde gekocht, der Rest in Streifen geschnitten und zum Trocknen aufgehängt, das Fell wurde ausgeschabt, gesalzen und auf einen Beizrahmen gespannt, während die ungenießbaren und anderweitig unverwertbaren Teile als Dünger auf die Felder wanderten.

Nichts erschien, was die Frauen bei ihrer blutigen Arbeit gestört hätte.

Kurz vor Morgengrauen wachte Aiko auf und fand Burel in einem Stuhl neben ihrem Bett schlafend vor. Er hatte den Kopf auf die Arme gelegt und diese auf ihr Bett. Als sie sich rührte, erwachte er. Er sah sie an und stieß einen Seufzer äußerster Erleichterung aus. Dann fiel ihm auf, wo er sich befand, und er schoss förmlich in die Höhe. »Ich bitte um Verzeihung, edle Aiko, ich wollte nicht ungehörig sein.«

Sie lächelte ihn an, dann wurde sie plötzlich ernst, und sie richtete sich ruckartig auf, sodass ihr das Laken herabrutschte und einen Umschlag hoch über der Brust sowie eine finster dreinschauende rote Tigerin zwischen ihren festen Brüsten enthüllte. »Der Dämon!«

»Erschlagen«, warf Burel ein, der wegsah, während sie ihre Blöße bedeckte. »Ihr habt ihn auf sein eigenes Schwert gespießt. Und dann habe ich ihm noch den Kopf abgeschlagen, obwohl ich meine, dass er da bereits so gut wie tot war.«

Der Schmerz ließ sie ein wenig zusammenfahren, als Aiko sich zurücklehnte und sich umsah: In einem Bett am anderen Ende des Raumes schnarchte Alos. »Wo sind wir?«

»Im Tempel, in den Räumen der Heilung.«

»Und meine Schwerter?«

»Bei der Hand«, erwiderte er mit einem Kopfnicken zum Tisch, wo ihre Klingen und Shuriken lagen. »Ferai hat sie geholt.«

»Und Eure Klinge ...?«

»Egil.«

»Was ist mit der schwarzen Waffe des Dämonen?«

»Sie haben gesagt, es sei keine Spur davon zu finden.«

Aiko warf einen Blick auf den alten Mann. »Und Alos ...?«

»Schrammen, Blutergüsse und ein paar gebrochene Rippen. Ein Kamel ist auf ihn getrampelt, als es versucht hat, vor dem Gestank des Dämonen zu fliehen.«

Plötzlich weiteten sich Aikos dunkle Mandelaugen.

»Edle Aiko?«, fragte Burel stirnrunzelnd.

Sie sah ihn an und berührte ihn an der Hand. »Die Gefahr, Burel: Sie ist verschwunden.«

»Verschwunden?«

»Vollkommen.« Sie grinste und zog ihre Hand zurück. »Ich glaube, Ihr seid nicht länger verflucht.«

Burel rang einen Augenblick mit sich und schien etwas sagen zu wollen, doch dann meinte er nur: »Ich danke Euch, edle Aiko.«

Einen Moment saßen sie schweigend da, dann sagte Burel: »Seid Ihr hungrig?«

»Sehr.«

Burel schoss in die Höhe. »Ich bin gleich mit Eurem Frühstück zurück.«

Während er davoneilte, lächelte sie und glitt wieder unter das Laken. Zum ersten Mal in ihrem Leben war sie bereit zuzulassen, dass sich ein Mann um sie kümmerte.

»Aber ich weiß nicht, wie ich es gemacht habe«, sagte Aiko, während sie verwirrt den Kopf schüttelte. »Es gab einen Moment, als ich nur noch ein rotes Licht sah, und dann weiß ich noch, dass Burel mich getragen hat.«

Sie saßen draußen in der Nachmittagssonne – Arin, Egil, Ferai, Delon, Aiko und Burel. Alos lag noch in den Räumen der Heilung im Bett und verlangte ein Glas medizinischen Branntweins, um seinen ramponierten Körper zu besänftigen, doch er bekam keinen.

Aiko sah stirnrunzelnd von einem zum anderen.

»Sonst war nichts?«, fragte Arin.

Burel räusperte sich. »Da war ein lautes Geräusch, ein seltsamer Ton, kurz und durchdringend und wild, ein Laut zwischen einem Husten und einem Brüllen.«

»Könnt Ihr es imitieren?«, fragte Delon, dessen Neugier als Barde erwacht war.

Burel runzelte die Stirn und schloss die Augen in dem Versuch, sich zu erinnern, dann bellte er: »*Gruh!*«

Aiko sah ihn mit geweiteten Augen an, doch es war Ferai, die sagte: »Klang es nicht mehr wie: *Rrruh!*«

»Ja. Schon eher, aber lauter, viel lauter«, erwiderte Burel.

Ferai sah Aiko an, den Blick auf die Brust der Ryodoterin gerichtet, als versuche sie, durch ihr Seidenhemd zu schauen. Dann wandte Ferai sich wieder an Burel. »Das ist das Brüllen eines wütenden Tigers.«

Jetzt richteten sich alle Augen auf Aiko, doch die war ebenso verblüfft wie alle anderen.

Egil fragte: »Woher wisst Ihr das, Ferai?«

»Wir hatten Tiger im Zirkus.« Ferai blickte zum Tor, hinter dem die Überreste des Dämonen lagen. Ihre Gedanken wanderten zu dem zerfurchten rechten Arm, den Egil und sie gesehen hatten, ein Arm, der vielleicht von einer wilden Bestie zerkratzt worden war, möglicherweise von den Krallen einer Raubkatze, als diese Aiko geholfen hatte, das Schwert nach hinten zu drücken und dem Dämon in den Bauch zu stoßen. Ferai betrachtete die Ryodoterin und schüttelte dann den Kopf, um diese wunderlichen Einfälle daraus zu vertreiben.

Spät am Nachmittag schritten Ferai, Delon und Burel bewaffnet und gerüstet unter dem Fallgatter durch und gingen durch den Tunnel.

Als sie den dunkelroten Fleck erreichten, wo das Kamelblut auf dem Fels trocknete, hob Egil die Hand, und alle blieben stehen. Doch die fünf suchten kein Kamelblut, sondern vielmehr einen Dämon. Denn obwohl Aiko keine Gefahr mehr in Burel und in der Umgebung spürte, wollten sie doch sichergehen. Egil wandte sich an den großen Mann. »Vergesst nicht, wenn ein Dämon auftaucht, kehrt rasch wieder um.«

Burel nickte zustimmend und ging an Egil vorbei, um mit seinem großen Schwert in der Hand in der Öffnung zu verharren. Dann schritt er mit erhobener Waffe von dem heiligen Boden auf den nackten Fels, um festzustellen, ob ein anderer Dämon erscheinen würde.

Doch er blieb allein.

Burel holte den abgeschlagenen Kopf des Dämonen und verkündete: »Im Namen meines Vaters muss ich dies vernichten.« Doch als er damit den Tunnel betrat, zerfiel der Kopf zu Staub, der auf den Boden rieselte und dort in lodernde Flammen aufging. Burel sprang beiseite, und die anderen wichen vor den hellen Flammen zurück, die heiß brannten.

»Huah!«, knurrte Egil. »Jetzt wissen wir, warum er sich nicht an Euch oder Eure Mutter herangewagt hat.«

Sie wendeten sich ab, um wieder in den Tempel zurückzukehren, und sahen Aiko hinter ihnen stehen, deren Schwerter im rötlichen Halbdunkel funkelten.

»Edle Aiko«, protestierte Burel. »Ihr solltet nicht ...«

»O doch, ich sollte«, erwiderte sie.

Sie verbrachten weitere vierzehn Tage im Tempel. Aikos Wunde heilte unter Arins Fürsorge sehr rasch, obwohl die Dylvana erklärte, dies habe weniger etwas mit ihren Fähigkeiten, sondern mehr mit Aikos beachtlicher Lebenskraft und der heilsamen Gwynthyme zu tun. Dennoch bat die Dylvana Aiko, auf alle Anstrengungen zu verzichten, und so setzte die goldhäutige Kriegerin ihre täglichen Schwertübungen aus, obwohl sie Burel weiterhin jeden Morgen und Abend unterrichtete.

Alos wurde in dieser Zeitspanne ebenfalls mit der goldenen Minze behandelt, und zwar in Form von Tee, den er widerstrebend trank, während er sich beklagte, jeder Dummkopf wisse, dass ein Schluck Branntwein eine viel bessere Medizin sei. Obwohl die Knochen des alten Mannes nur langsam wieder zusammenwuchsen, wurde er am Ende der zwei Wochen für reisetauglich erklärt, solange er sich nicht überanstrengte und keinen Druck auf seine Rippen ausübte.

Kurz nach Sonnenaufgang am zwölften Dezembertag des Jahres 1E9253, fünfhundertdreiunddreißig Tage nachdem Arin den Stein von Xian in ihrer Vision gesehen hatte, brachen die sieben aus dem Tempel Ilsitts auf, und wieder weinten viele Akolythinnen und Priesterinnen, denn fortan würde dieser Ort allein von Frauen bewohnt sein. Andererseits hatte Burel in diesen letzten zwei Wochen keiner der Akolythinnen mehr beigewohnt.

Der Dämon, sagten einige, *hat ihm das Verlangen genommen.*

Doch andere bemerkten, welche Aufmerksamkeit er der goldhäutigen Kriegerin schenkte, und nickten einander wissend zu.

Inmitten von Tränen, Küssen und Abschiedsgrüßen gingen sie durch den Tunnel – Aiko voran, deren Rüstung repariert war, dann Burel, Egil, Delon, Ferai und schließlich Arin.

Als sie den Tunnel hinter sich gelassen hatten, wurden die

Kamele von Akolythinnen nach draußen geführt: sieben zum Reiten gesattelt, vier mit Proviant beladen. Als erinnerten sie sich an vergangenen Schrecken, scheuten die Tiere, als sie wieder in den engen Gang getrieben wurden, doch die Treiberinnen waren unnachgiebig, und schließlich gingen die Tiere wiederwillig blökend durch die schmale Passage.

Erst als sie ohne Zwischenfälle die andere Seite erreicht hatten, wagte Alos sich in den dunklen Gang. Mit Mayam an seiner Seite beklagte der alte Mann sich ständig über seine gebrochenen Rippen, aber die Äbtissin bemerkte, dass er so viele Worte machte, weil er sich fürchtete. Am anderen Ende lugte er vorsichtig und zitternd nach draußen und trat schließlich vor, bereit, beim geringsten Anzeichen einer Gefahr davonzulaufen. Doch nichts geschah, und so ging Alos widerstrebend zu seinem Kamel.

Mayam ging zu jedem von ihnen und murmelte: »Möge Ilsitt ihre schützende Hand über Euch halten.«

Sie umarmte Burel und küsste ihn ein letztes Mal, dann trat sie zurück, während die Gefährten aufstiegen und die Kamele sich unter lautem Rufen schwankend erhoben.

Als alle Tiere standen und bereit zum Aufbruch waren, rief Mayam: »Jeder von Euch ist hier jederzeit willkommen. Lebt wohl.«

So machte sich die kleine Karawane auf den Rückweg durch das Gewirr der roten Schluchten.

16. Kapitel

Als sie sich daran machten, den Kameldung zu beseitigen, sagte Burel: »Ich habe immer gewusst, dass der Dämon und ich uns eines Tages gegenübertreten würden, denn so stand es geschrieben. Was ich nicht wusste, war, dass die edle Aiko auch da sein würde.« Bei diesen Worten lächelten sich Burel und die Kriegerin aus Ryodo innig an.

Ferai zog eine Augenbraue hoch. »Es stand *geschrieben?*«

Während er sich noch in Aikos Lächeln sonnte, richtete Burel den Blick auf Ferai und nickte.

»Wie meint Ihr das, ›es stand geschrieben‹?«

»Das hat mir meine Mutter gesagt, bevor sie starb«, erwiderte Burel.

»Oh«, sagte Aiko kaum hörbar, während ihr Lächeln erlosch.

»Was ist denn, werte Dame?«, fragte Burel und richtete die Aufmerksamkeit wieder auf sie.

Aiko seufzte. »Ich hatte gehofft, Eure Mutter würde noch leben.«

»Nein. Sie ist am Fieber gestorben, als ich ungefähr zehn war.«

Aiko schaute zu Boden. »Meine ist bei meiner Geburt gestorben.«

Burel ließ den Beutel in seinen Händen fallen, ging zu ihr und umarmte sie. »Ich habe wenigstens meine Erinnerungen«, murmelte er, »wohingegen Ihr gar nichts habt.«

Immer noch in seinen Armen, sah Aiko Burel an, als studiere sie sein Gesicht. Nach einer Weile sagte sie: »Das habe ich noch niemals zu jemandem gesagt, Burel: Ich habe meine Mutter nie kennen gelernt, aber ich vermisse sie trotzdem.«

Er sah sie an und lächelte schwach. »Wie ich, Aiko. Wie ich.«

Aikos Herz tat plötzlich einen Sprung, denn dies war das erste Mal, dass er sie ohne einen förmlichen Titel angeredet hatte.

»Meine Mutter ist auch tot«, sagte Ferai. »Und mein Vater. Beide ermordet.«

Sie warf einen Blick zurück auf das Lager, wo die anderen sich reisefertig machten. »Ich frage mich, ob überhaupt noch einer von uns einen lebenden Elternteil hat.«

Den ganzen Tag ritten und marschierten sie und machten immer nur Pausen, um alten oder frischen Kameldung aufzuheben, sodass nichts zurückblieb, was den Weg zum Tempel im Labyrinth weisen konnte. Als sie bei Sonnenuntergang ihr Lager aufschlugen, hörten sie das Dämonenhorn heulen, und Alos fuhr zusammen und fluchte lauthals. Um Mitternacht ertönte es noch einmal und riss den alten Mann aus dem Schlaf. »Ich habe das verwünschte Ding die letzten zwanzig, dreißig Tage jede Nacht zweimal gehört. Soll es mich denn den Rest meines Lebens plagen?« Trotz seines Zorns schlief er jedoch sofort wieder ein.

Am zweiten Tag ihres Weges durch die gewundenen Schluchten wandten sich die Gespräche der Gefährten ihren Eltern zu. Von ihnen allen hatte nur Arin noch eine Mutter und einen Vater, die noch lebten, wenngleich nicht auf Mithgar, sondern auf Adonar. Alle anderen waren an einer Krankheit, im Kampf oder eines natürlichen Todes gestorben; waren ermordet worden wie Ferais Eltern oder wie Aikos Vater gebrochen und entehrt dahingewelkt, da man ihm sogar die Ehre verwehrt hatte, sich selbst zu entleiben, nachdem seine Tochter demaskiert worden war.

Nachdem er das erfahren hatte, legte Burel einen Arm um Aiko, als sie das nächste Mal die Kamele am Zügel führten, und sie marschierten schweigend gemeinsam weiter.

»Nun denn«, sagte Delon nach einer Weile, der neben Ferai ging, »dann müssen wir eben unsere eigene Familie werden, obwohl ich in dir, meine Liebe, nur eine ganz entfernte Cousine zehnten Grades sehen möchte.«

Ferai sah ihn an. »Eine Cousine zehnten Grades? Warum?«

»Ich würde nicht näher verwandt mit dir sein wollen, denn dann dürfte ich das nicht tun.« Er blieb stehen, nahm ihr Gesicht in seine Hände und küsste sie lang und sanft.

Ihre Kamele, die nicht anhalten wollten, blökten laut vor sich hin.

Alos, der ihnen folgte, prustete vor Lachen.

Mit klopfendem Herzen und gerötetem Gesicht löste Ferai sich von dem Barden, der jedoch nur die Arme in die Luft reckte und ein Lied anstimmte.

Gemeinsam zerrten sie an den Kamelen, und die Tiere protestierten lautstark, denn nun sollten sie sich schon wieder bewegen, wo sie gerade erst stehen geblieben waren.

Während sie ihren Weg durch die Schlucht fortsetzten, sang Delon eine Ballade, die auch den beiden anderen, sehr verliebten Männern nahe ging. Jene, die sie liebten, mussten sich ihren Ängsten stellen: Dara Arin, die sich davor fürchtete, was die nächsten Jahrzehnte für ihren sterblichen Geliebten bedeuten würden, die grimmige Aiko, die kaum akzeptieren konnte, dass sie in ihrem Kriegerherzen Platz für Liebe hatte, und die misstrauische Ferai, die als Kind geschändet worden war.

Als an jenem Abend entferntes Dämonengeheul durch das rote Labyrinth hallte, schlugen sie ihr Lager auf der Insel im Himmel auf. Während sie darauf warteten, dass ihr Teewasser über dem Holzkohlenfeuer kochte, sagte Ferai zu Burel: »Erzählt mir mehr über diese Dinge, von denen Ihr sagt, dass sie *geschrieben* stehen. Was genau meint Ihr damit?«

Burel sah nicht vom Feuer auf. »Ich will Euch eines fragen, Ferai: Glaubt Ihr, Ihr könnt Euren Weg im Leben frei wählen?«

Ferai stocherte mit ihrer Reitgerte in der Holzkohle herum und beförderte ein Kohlenstück dorthin, wo es Feuer fangen konnte. »Ja, Burel, es steht mir vollkommen frei, alles zu tun, wenn ich es tun will.«

Jetzt riss Burel den Blick von der Glut los und sah sie an. Sie schauderte, als überlaufe sie ein Frösteln, schaute aber nicht weg. Einen Moment begegneten sich ihre Blicke, dann schaute er zum östlichen Nachthimmel und zeigte auf den Vollmond, der über dem roten Labyrinth leuchtete. »Wenn Ihr es wolltet, könntet Ihr dann zum Mond gehen?«

Ihr Blick folgte dem seinen, und eine ganze Weile antwortete sie nicht. Doch schließlich sagte sie: »Vielleicht. Aber es würde eine lange Ausbildung in der Kunst der Magie erfordern.« Sie warf einen Blick auf Burels Schwert und fügte dann hinzu: »Oder man müsste ein Schiff erbauen, das durch den Himmel segeln kann.«

Burel schnaubte und sagte dann: »Aber Ihr könnt nicht einfach dorthin gehen, nur weil Ihr es wünscht.«

Ferai grinste und schüttelte den Kopf. »Nein, leider nicht.«

»Dann gibt es Grenzen für Eure völlig freie Wahl, nicht? Ihr könnt nicht zum Mond gehen, könnt nicht fliegen, könnt Euch nicht in einen Fisch verwandeln, könnt ungezählte Dinge nicht einfach tun. Sie übersteigen Eure Fähigkeiten. Das heißt, oft steht das, was Ihr Euch wünscht, gar nicht zur Auswahl.«

»Das stimmt, Burel. Aber mein Wille ist vollständig frei. Von allen Dingen, die in meiner Macht stehen, kann ich mir aussuchen, was ich tun will.«

Der große Mann schüttelte den Kopf. »Das glaube ich nicht, Ferai. Ich glaube, alles ist vorherbestimmt, und die Vorstellung von einer freien Wahl oder einem freien Willen ist eine reine Illusion.«

»Warum?«

Burel hob einen Kiesel auf. »Nehmt diesen Stein. Wenn ich ihn so lege, dass er einen Abhang hinunterrollt und dabei einen anderen Stein gleicher Größe trifft, würde das nicht diesen zweiten Stein veranlassen, ebenfalls bergab zu rollen?«

Ferai nickte, blieb aber stumm.

Burel fuhr fort. »Und wenn ich genau wüsste, wo der erste Stein den zweiten träfe, würde ich dann nicht auch genau wissen, wie beide Steine reagieren würden, wie schnell und in welchem Winkel der eine abprallen würde, wie auch Richtung und Geschwindigkeit des zweiten?«

Wiederum nickte Ferai.

»Dann überlegt Folgendes: Wenn jene über Elwydd und Adon alles erschaffen haben, alles wissen und alles in Gang gesetzt haben, kennen sie dann nicht auch unsere Bestimmung? Sind wir dann nicht wie Kiesel, die von vielen Zusammenstößen in unserem Leben fortbewegt werden? Zusammenstöße, deren Ergebnis den höchsten Wesenheiten bereits bekannt ist?

Ihr glaubt vielleicht, Ihr habt eine Wahl, Ferai, aber die Zusammenstöße in Eurem Leben stehen bereits fest, und Euer Weg ist unveränderlich vorherbestimmt ... ebenso wie meiner, ebenso wie alles, was war, ist und je sein wird. Wir ziehen nur durch eine endlose Geschichte, die bereits erzählt ist.«

»Ha!« Ferai runzelte die Stirn. »Wenn es eine endlose Geschichte ist, wie kann sie dann bereits erzählt sein?«

Burel zuckte lediglich die Achseln.

Ferai schüttelte den Kopf. »Wenn Ihr glaubt, der Weg steht bereits fest, warum dann überhaupt nach etwas streben, warum dann überhaupt eine Wahl treffen?«

»Weil geschrieben steht, dass wir es tun sollen, dass wir uns bemühen und wählen sollen, aber wie die Kiesel rollen wir nur den vorbestimmten Weg entlang.«

»Pah!«, fauchte Ferai und wandte sich dann an Arin. »Was sagt Ihr zu diesem Verrückten, Dara?«

Arin lächelte. »Meine Sicht der Dinge ist anders.«

»Inwiefern?«

Die Dylvana kratzte eine Linie in den sandigen Boden. »Das ganze Leben besteht aus ungezählten Möglichkeiten. Sollten wir diesen Weg wählen, gehen wir hierher.« Ihre Linie in der Erde knickte nach links ab. »Aber sollten wir uns anders entscheiden« – sie bewegte den Stock wieder zurück und zog eine nach rechts abknickende Linie –, »gehen wir stattdessen diesen Weg. Das Leben besteht aus verzweigten Wegen, die nach links und rechts abbiegen und geradeaus verlaufen oder in jedem beliebigen Winkel abschwenken. Manche Wege sind wahrscheinlicher als andere, aber jeder Weg kann beschritten werden. Und jede Wahl, die wir treffen, führt uns zu noch mehr Abzweigungen vor uns.

Wenn wir ein einfaches Leben führen, abgeschieden und voller Eintönigkeit, dann hat man wenig Auswahl. Doch wenn unser Leben sich mit dem von anderen kreuzt – Familie, Freunde, Fremde, Feinde –, hat auch deren Wahl Einfluss auf uns, wie unsere Wahl manchmal auch sie beeinflusst. Je mehr Personen wir begegnen, desto mehr kreuzen und überschneiden sich auch unsere Wege. Je mehr Leute und Ereignisse, desto mehr Abzweigungen und desto verwirrender die Verstrickungen ... so viele Wahlmöglichkeiten und miteinander verknüpfte Abzweigungen, dass es aussieht wie ein einziges Chaos.

Doch weil, wie Burel gesagt hat, die meisten Leute eben nicht die Wahl haben, zum Mond zu reisen oder in Flammen aufzugehen oder einen Berg zu bewegen oder ein Gott zu werden ... oder auch unzählige andere Dinge zu tun, die nicht in ihrer Macht stehen, ist dieses endlose Gewirr der Verzweigungen dennoch begrenzt – ein begrenztes Chaos, wenn man so will.

Doch wenn wir in die Vergangenheit schauen, sehen wir kein Gewirr mehr, sondern die Abfolge der von uns getroffenen Entscheidungen. Eine Ordnung, wie Burel sie beschreibt.

Aber der Blick in die Zukunft zeigt uns endlose Wahlmöglichkeiten, die alle verstrickt und verknotet sind, wie Ihr glaubt, Ferai.

Es gibt aber vergangene, gegenwärtige und zukünftige Ereignisse, die aus all dem herausragen, weil alle Wege zu ihnen führen, egal, welche Wahl wir auch treffen.«

»Wie Wyrds?«, fragte Egil.

Arin nickte. »Man kann sie sich so vorstellen. Wyrds für die ganze Welt. Das sind die Wege der Prophezeiung ...«

»Und dafür hältst du den grünen Stein, nicht? Für ein Wyrd für die Welt?«

»Ja, Egil, das tue ich.«

Delon schüttelte den Kopf. »Aber, Dara, zuerst erzählt Ihr uns, wir hätten die Wahl, und dann erzählt Ihr uns, dass alle Wege zu vorherbestimmten Ereignissen führen. Wenn alle Wege zu so einer Begebenheit führen, ist alles hoffnungslos, was wir versuchen.«

»Ich habe nicht gesagt, dass *alle* Wege dorthin führen ...«

»Sie hat gesagt, *beinah* alle Wege«, warf Ferai ein.

»Pah«, schnaubte Alos. »Unveränderliche Bestimmung. Wahlfreiheit. Wyrds. Das ist doch alles Unsinn. Es sind die unbeständigen Götter, die sich in unser Schicksal einmischen und uns hierhin und dorthin schieben und uns Katastrophen schicken, wenn wir am wenigsten damit rechnen.«

»Nein, Alos«, protestierte Delon. »Vielleicht mischen sich die Götter ja ein, aber ich glaube, dass unsere Bestimmung in den Sternen steht.« Er sah sich nach Zustimmung um, fand aber keine. »Trotzdem müssen wir oft eine Wahl treffen, denn es heißt, dass die Sterne zwar leiten, aber nicht zwingen, obwohl man auf ihren Ruf hören sollte.«

Burel wandte sich an die Ryodoterin. »Ich würde gern hören, was Ihr glaubt, Aiko.«

Sie schaute von den glühenden Kohlen auf, und ihre Augen waren dunkel und unergründlich. »Was auch kommt, wir müssen es ertragen.« Aiko verstummte und sagte nichts mehr.

Ferai sagte: »Nun, ich glaube, dass Dara Arin Recht hat: Vor uns liegt das Chaos, und wir haben die freie Wahl, alles zu tun, was in unserer Macht steht.«

»Das Chaos ist nur eine Illusion«, sagte Burel. »In Wahrheit stehen die Wege, die wir nehmen, bereits fest, und nichts, was wir tun, kann die Schritte ändern, die wir unterwegs machen.«

»Meine Schritte stehen nicht fest, Burel!«, verkündete Ferai entschieden. »Ich werde nicht auf einem Weg marschieren, den ich nicht frei gewählt habe.« Sie sprang auf, wirbelte in einer vollendeten Pirouette herum und machte dann einen Rückwärtssalto.

Delon klatschte vergnügt in die Hände und rief: »Bravo, mein Herz!«

Lachend und ein wenig atemlos setzte Ferai sich wieder hin. »Und, Burel, war das auch vorherbestimmt?«

Burel nickte nur.

Ferai schnaubte.

»Vielleicht«, sagte Burel, »seid Ihr mit dabei, Ferai, um uns glauben zu machen, wir hätten tatsächlich einen freien Willen.«

»Und vielleicht seid Ihr mit dabei, Burel, um uns glauben zu machen, wir hätten keinen.«

»Hier, ich zeige es Euch. Seht Ihr, der Arm bewegt sich in einem Bogen. Eine passend gekrümmte Klinge wird den Kontakt in einem lang gezogenen Schwung halten, während es eine gerade Klinge erforderlich macht, den Hieb entsprechend zu verändern, und da kann sich die Schneide entweder festbeißen, oder sie kann den Kontakt verlieren.«

»Aber solch eine Krümmung in einer Klinge wäre hinderlich bei einem sauberen Stoß.«

»Ja, Burel, das wäre sie. Die gerade Klinge eignet sich am besten für den Stoß, aber die gekrümmte Waffe für den Hieb.«

»Mein Schwert zerteilt alles.«

»Das tut es, obwohl es deswegen auch ein großes Gewicht hat. Ein flinker Feind kann es überwinden.«

Burel berührte seinen Hals. »Ich erinnere mich.«

Im Licht der aufgehenden Sonne zog Aiko eines ihrer Schwerter. »Meine Klingen sind ganz leicht gebogen, nicht zu sehr, um einen Stoß nicht zu behindern, aber genug, um den Bogen eines Hiebs zu unterstützen.« Nachdenklich hielt Aiko kurz inne, dann reichte sie Burel die Waffe. Er nahm sie entgegen, als sei sie ein zerbrechlicher Schatz.

»Aiko!«, rief Arin.

Die Ryodoterin drehte sich um. »Ja, Dara.«

»Lasst mich Eure Wunde untersuchen.«

Aiko seufzte, und mit einem Blick auf ihr Schwert, das in Burels Händen lag, trottete sie widerwillig zur Dylvana und öffnete dabei ihr Hemd.

Nach einer kurzen Betrachtung verkündete Arin: »Hm. Ich glaube, wir können die Fäden ziehen, ehe wir heute aufbrechen.«

»Was ist mit *kinmichi*?«

Arin nickte. »Ihr könnt wieder damit beginnen ... aber schont zunächst noch Eure Kräfte!«

»Hai!«

Während die Kamele nach Westen ritten, zügelte Ferai ihr Tier ein wenig, bis sie neben Arin ritt. Ihrer beider Gesichter waren hinter Seidentüchern verborgen, denn sie ritten nun durch ein Land, in dem diese Verkleidung notwendig war, um nicht aufzufallen. »Dara, ich würde gern unter vier Augen mit Euch reden.«

Arin sah Egil an. Der zuckte die Achseln, trieb sein Kamel mit der Reitgerte und einem aufmunternden Ausruf an und ritt voraus zu Burel und Alos. Delon ritt allein an der Spitze.

Als Egil sich umschaute, ritt gerade die ebenfalls verschleierte Aiko zu Arin und Ferai, und sie wurde nicht fortgeschickt. »Hm«, sagte der Fjordländer, »was sie wohl zu bereden haben?«

Burel drehte sich um. »Die Priesterinnen Ilsitts haben immer miteinander geredet, und oft, wenn ich in ihre Nähe kam, verstummten sie plötzlich.«

Egil seufzte. »Frauengeheimnisse, nehme ich an.«

»Ha«, blaffte Alos. »Frauen. Ein Haufen gackernder Hennen, wenn Ihr mich fragt.«

»Hattet Ihr schon mit vielen Frauen zu tun, Alos?«, fragte Burel.

Der alte Mann sah Burel an, und sein verbliebenes Auge funkelte. »Ich? Natürlich nicht. Ich habe andere Interessen.«

Jetzt sah Burel Egil an. Der Fjordländer zuckte die Achseln und erwiderte: »Mit einigen. Aber ich glaube, was diese Dinge angeht, hat Delon die meiste Erfahrung von uns.«

»Schauen wir mal nach ihm«, sagte Burel. »Ich will ihm eine Frage stellen.«

Burel und Egil trieben ihre Kamele an, um Delon einzuholen, doch Alos begleitete sie nicht.

»Woher weiß ich, dass ich verliebt bin, Dara?«

Die Dylvana sah Ferai an und lächelte. »Ihr werdet es wissen, weil dann jeder freie Gedanke ihm gilt. Ihr werdet seine Stärken bewundern und seine guten Seiten sehen, aber auch nicht blind sein, was seine Schwächen angeht. Und Ihr werdet Euch nach seiner Nähe sehnen ...«

»Nach seiner Nähe?«

»Nicht nur nach seinem Körper, Ferai, sondern nach einer

Nähe des Herzens, des Geistes und der Seele, ebenso wie nach der gemeinsamen Lust.«

Aiko stieß einen tiefen Seufzer aus. »Was Ihr Nähe nennt, Dara, kommt mir wie eine Unterwerfung vor.«

Arin sah Aiko überrascht an.

»Unterwerfung?«

»Ja, Burel, irgendwie ist es schon ein wenig wie eine Kapitulation. Sie muss zulassen, dass Ihr, äh, in ihr Wesen eindringt.«

Burel seufzte. »Ich glaube nicht, dass die edle Aiko schon jemals in ihrem Leben vor irgendetwas kapituliert hat. Sie ist eine unvergleichliche Kriegerin.«

Delon nickte und sagte dann: »Aber sie ist auch eine Frau, und Ihr seid ein Mann. Ihr müsst ihr den Hof machen, und wenn sie Euch begehrt, wird sie es Euch wissen lassen.«

Burel stieß den Atem aus und seufzte. »Ich habe keine Erfahrung darin, einer Frau den Hof zu machen. Die Priesterinnen Ilsitts sind ohne mein Zutun zu mir gekommen.«

Delon lachte. »Das muss Euch vorgekommen sein, als hättet Ihr das Paradies gefunden, wie?«

»Es schien ihnen ebenso zu gefallen wie mir auch. Aber irgendwas hat immer gefehlt«, erwiderte Burel. »Als gäbe es keine echte Verbundenheit oder Nähe.«

»Ein Miteinander?«

»Ja, Aiko, ein Miteinander.« Arin schaute weit voraus auf ihren Liebsten. »Wenn ich mit Egil zusammen bin, empfinde ich das nicht als Unterwerfung, sondern als Gemeinschaft. Jeder von uns kümmert sich um den anderen, und wir sind beide erfüllt.« Arin schwieg einen Moment und sagte dann: »Versteht mich nicht falsch: Man muss nicht verliebt sein, um sich nach einem Mann zu sehnen – ehrliche Lust treibt einen auch zu höchstem Verlangen, und dieses Bedürfnis zu stillen, ist wunderbar. Aber ohne Liebe gibt es keine andauernde Zufriedenheit ... Vergnügen, ja, Seelenfrieden, nein. Lust ohne Liebe ist so: voller Feuer und Leidenschaft, aber ohne Gelassenheit, wenn sie gestillt ist.«

Ferai schüttelte den Kopf. »Was den körperlichen Teil betrifft, so war meine bisher einzige Erfahrung keineswegs ein Vergnügen ... nur Gewalt und Brutalität.« Sie knirschte bei der Erinnerung daran mit den Zähnen.

Arin sah sie betroffen an. »Ein Mann hat Euch das angetan?«

Ferai nickte.

»Lebt er noch?«, knurrte Aiko.

»Nein«, erwiderte Ferai grimmig.

»Zum ersten Mal in meinem Leben«, sagte Delon seufzend, »bin ich, glaube ich, wirklich verliebt. Aber Ferai zieht sich immer zurück, wenn wir anfangen, einander näher zu kommen.«

»Adon«, sagte Egil, »das ist bei mir und Arin nicht so.«

Burel sah Delon an. »Vielleicht gibt es etwas in Ferais Vergangenheit, das sie belastet.«

Arin seufzte. »Ferai, Ihr müsst versuchen, die Vergangenheit zu akzeptieren und sie hinter Euch zu lassen. Der Mann, der Euch Gewalt angetan hat, war ein brutales Tier. Es gibt viele wie ihn auf der Welt. Aber es gibt auch viele andere, die sanft und fürsorglich sind. Egil ist so. Und Burel und Delon ebenfalls, würde ich meinen.

Und Ihr, Aiko, solltet Euch von der Vorstellung einer Unterwerfung lösen. Wenn Ihr dann tatsächlich einen Mann in die Arme nehmt oder in Euer Bett holt, seid Ihr es, die wählt, die ja oder nein sagt, und sollte er ein brutales Tier sein ...«

»Wird er es nicht überleben«, fauchte Aiko.

Arin lächelte. »Ja, genau. Aber sollte er sanft und liebevoll und fürsorglich sein, dann ist es keine Kapitulation, sondern vielmehr ein herrliches Bündnis, das Eure Kräfte stärken wird.«

»Ich glaube, Burel hat Recht, Delon«, sagte Egil. »Ferai könnte in der Vergangenheit verletzt worden sein. Aber jeder Dummkopf kann sehen, dass sie Euch sehr schätzt ... oder wenigstens kann *dieser* Dummkopf es sehen. Ihr müsst einfach nur sanft und freundlich sein, dann werdet Ihr sie schon aus ihrem Schneckenhaus hervorlocken.

Und was Euch betrifft, Burel. Aiko ist in der Tat eine Kriegerin ohnegleichen. So müsst Ihr sie auch behandeln. Aber wie Delon sagt, ist sie auch eine Frau. Wenn Ihr sie liebt und sie Euch, wird eine Zeit kommen, wenn Ihr zwei Lebensgefährten und Seelengefährten werdet, wie Arin und ich es geworden sind, und die Leere, die Ihr bei anderen Frauen empfunden habt, wird dann ausgefüllt sein.«

»Hm.« Aiko schaute nachdenklich nach vorn zu den Männern, die auf ihren Kamelen westwärts ritten. Dann seufzte sie, und als widerstrebe es ihr, irgendeine Art von Schwäche einzuräumen, sagte sie: »Ich habe in diesen Dingen absolut keine Erfahrung, Dara.«

»Zu Beginn hat das keiner von uns, Aiko«, erwiderte Arin. »Ich werde Euch helfen, so gut ich kann.«

»Und meine Erfahrung ist ausschließlich schlecht«, sagte Ferai. »Und ich fürchte mich.«

»Ach, mein Kind, Ihr müsst Eure Furcht überwinden. Das wird nicht leicht, denn angesichts Eurer Erfahrung braucht Ihr den größten Mut und das größte Vertrauen von allen, aber wenn Ihr keine Tapferkeit besitzen würdet, hättet Ihr nicht ganz allein überleben können. Was das Vertrauen angeht, das kann nur mit der Zeit und mit Sanftheit und Zärtlichkeit kommen, aber wenn Ihr kein Risiko eingeht, kommt es überhaupt nicht.«

So ritten sie nach Westen, drei Männer voraus, in ein Gespräch vertieft, drei Frauen ein Stück weit dahinter, ebenfalls in freundschaftlicher Beratung, und dazwischen ein alter Mann, der schnaubte: »Liebende und solche, die es gerne wären, pah!«

Am siebzehnten Dezembertag, kurz nach Sonnenuntergang, kamen sie in Aban an. Wieder gingen sie zum *Goldenen Halbmond.* Während Egil und Arin ein Zimmer für sich mieteten, ging Aiko zu Burel, sah ihm in die Augen und sagte durch ihren Seidenschleier: »Wollt Ihr ein Zimmer mit mir teilen?«

Während Burel eine Antwort stammelte, sah Delon Ferai an, und sie erwiderte den Blick sehr lange, aber am Ende sagte sie: »Ich schlafe allein.«

Egil vereinbarte mit dem Gastwirt, dass dieser die Kamele wieder dem Stall verkaufen würde, von dem sie gekommen waren, und dann, während Arin ein heißes Bad für alle bestellte, ging er mit Alos zum Hafen, um nachzusehen, in welchem Zustand sich die *Breeze* befand.

»Wir konnten kein *Yilan Koy* auf den Karten finden, die Alos und ich gekauft haben«, sagte Egil, als alle frisch gebadet beim Abendessen saßen, der ersten warmen Mahlzeit, die sie seit der Abreise aus dem Tempel des Labyrinths vor sechs Tagen zu sich nahmen. Er wandte sich an Burel. »Es war doch Yilan Koy, oder?«

Burel nahm einen Bissen von seinem Lammspieß. Er kaute langsam und gründlich, bevor er schluckte und dann sagte: »Das hat meine Mutter gesagt. Mein Vater ist von Yilan Koy irgendwo an der Küste von Kistan losgesegelt.«

»Dazu würde sich ein Ale gut machen«, sagte Alos, als er ein Stück Lamm aufhob, das ihm vom Spieß auf den Teller gefallen war. Wie die anderen war auch der alte Mann sauber gebadet. Aiko hatte ihn nicht einmal dazu auffordern müssen, denn er musste »das Rot loswerden«, wie er selbst gesagt hatte.

Während Arin sich die Schüssel mit dem dampfenden Reis nahm, sagte sie: »Vielleicht steht es unter einem anderen Namen auf der Karte.«

»Das wäre möglich«, erwiderte Egil. »Yilan Koy ist kein Name, wie ich ihn in der Gemeinsprache schon einmal gehört hätte. Und die Karten, die wir gekauft haben, sind in der Gemeinsprache beschriftet.«

»Die waren hier schwer genug zu finden«, warf Alos ein. »Wir mussten ziemlich viel Geld auf den Tisch legen, um welche zu bekommen, die wir auch lesen können.«

Sie wandte sich an Ferai. »Vielleicht kann der Gelehrte in den Archiven für uns übersetzen.«

Ferai nickte, sagte aber nichts, sondern war scheinbar sehr mit den Köstlichkeiten auf ihrem Teller beschäftigt, obwohl sie nur wenig aß.

In jener Nacht sah Ferai zu, wie Arin und Egil sich in ein Zimmer zurückzogen und Aiko und Burel in ein anderes. Delon stand auf der anderen Seite des Flurs, sagte leise, »Gute Nacht, meine Teure«, und ging dann in das Zimmer, in dem Alos bereits verschwunden war, sodass Ferai allein auf dem Flur zurückblieb. Sie seufzte, ging in ihr Zimmer und schloss leise die Tür hinter sich.

Nachdem sie Schleier und Dolchgurte abgelegt hatte, ließ sie sich rückwärts aufs Bett fallen und starrte an die Decke mit ihren kleinen Vertiefungen und Flecken und ihrer groben Struktur, auf der man beliebig viele Muster erkennen konnte, wenn man nur lange genug darauf schaute. Schließlich erhob sie sich, entledigte sich ihrer Stiefel und Kleidung, goss klares Wasser aus dem Krug in die Schüssel und wusch sich das Gesicht.

Nachdem sie sich abgetrocknet hatte, blies sie die Lampe aus und fiel wieder ins Bett.

Als sie auf der Matratze lag und in die Dunkelheit starrte,

konnte sie durch ihr Fenster Geräusche von der Straße draußen hören: Leute, die vorbeigingen, das gelegentliche Brüllen eines erzürnten Kamels, ab und zu das Geklapper von Pferdehufen, gedämpfte Unterhaltungen und Gelächter.

Ungebeten kamen ihr Bilder von Delon in den Sinn, Worte, die er gesagt hatte, Bilder von ihm, wie er ging und lachte und Lieder sang, Bruchstücke von Melodien ... und die Worte von Arin: *Wenn Ihr dann tatsächlich einen Mann in die Arme nehmt oder in Euer Bett holt, seid Ihr es, die wählt, die ja oder nein sagt ... braucht Ihr den größten Mut und das größte Vertrauen von allen ... aber wenn Ihr kein Risiko eingeht, kommt es überhaupt nicht ... Ferai, Ihr müsst versuchen, die Vergangenheit zu akzeptieren und sie hinter Euch zu lassen ... sie hinter Euch lassen ... Ihr müsst Eure Furcht überwinden ... Ihr seid es, die wählt ... aber wenn Ihr kein Risiko eingeht, kommt es überhaupt nicht ... Risiko ... Risiko ...*

Das fahle gelbe Licht des aufgehenden, nahezu vollen Mondes fiel durch ihr Fenster, und in seinem sanften Schein stand sie wieder auf, wusch sich noch einmal das Gesicht mit kaltem Wasser und legte sich wieder hin.

Immer noch kamen ihr ungebeten Bilder von Delon in den Sinn, und sie lag im Bett, ihre Lippen standen von der Erinnerung an seinen Kuss in Flammen, Lenden und Brüste brannten, und ihr ganzer Körper schien von innen zu lodern ...

... Risiko ...

Es war schon beinah Mitternacht, als sie schließlich wieder aufstand, durch den Flur ging und an die Tür von Delons und Alos' Zimmer klopfte.

Als Alos am nächsten Morgen erwachte, stellte er fest, dass er allein im Zimmer war.

17. Kapitel

Delon stand auf Ferais Balkon und sang der Welt im Allgemeinen ein köstliches Lied. Passanten draußen auf der Straße blieben stehen und staunten über die lyrische Freude in seiner Stimme, obwohl sie kein Wort verstanden. Hinter ihm schlief der Gegenstand seiner Schwärmerei mit einem Lächeln auf den Lippen.

Auf der anderen Seite des Flurs lagen Arin und Egil beieinander, hielten Händchen, lauschten dem Lied und lächelten, denn sie konnten sich den Grund für Delons überschäumende Freude sehr wohl denken.

Unter ihrem eigenen Balkon im ummauerten Innenhof des Gasthauses klirrte Stahl auf Stahl, da zwei Krieger Schlag und Gegenschlag übten, während schockierte Diener und Gäste sie ungläubig anstarrten, denn obwohl einer ein Mann war, wie es sich ziemte, war der andere ganz unverkennbar eine Frau, und in den Augen der Fäuste von Rakka war dies mit an Sicherheit grenzender Wahrscheinlichkeit eine Blasphemie. Doch niemand hinterbrachte diese Meinung der Frau im Hof, denn sie war viel zu gut mit der Waffe, und man hätte schon das Hirn eines Kamels haben müssen, um sie zu erzürnen.

Über ihnen und allein in seinem Bett sank ein einäugiger alter Mann wieder in den Schlaf.

Später an jenem Morgen gingen Arin, Aiko, Ferai, Delon und Burel ins Archiv. Als sie eintrafen, bezog Delon wieder Stellung im Eingang, während die anderen hineingingen. Als sie sich dem Mittelpult näherten, sah der Gelehrte auf und lächelte, und dann weiteten sich seine Augen. »Burel«, hauchte er. Der *'âlim* sprang von seinem Platz auf, lief zu Burel, umarmte ihn und küsste ihn auf die Wangen, während ein Strom sarainesischer Wörter über seine Lippen kam.

Burel lächelte, erwiderte Umarmung und Kuss des Mannes und murmelte: »*Khûri* Ustâz.«

Aikos Augen weiteten sich. »Du kennst diesen Mann, *saia no hito*?«

Burel nickte und sagte: »Er ist« – Burel sah sich um, ob andere Anwesende zuhörten; das war nicht der Fall, doch Burel senkte die Stimme trotzdem zu einem Flüstern – »auch ein Bewahrer des Glaubens.« Er wandte sich an den Gelehrten. »*Khûri* Ustâz, ich möchte Euch meine Gefährten vorstellen: Dara Arin aus Darda Erynian, die edle Ferai aus Gothon, und an der Tür steht der Barde Delon aus Gûnar. Und schließlich möchte ich Euch mein *Kalb w Nafs* vorstellen, die edle Aiko.« Burel wandte sich an seine Gefährten. »Meine Freunde, das ist *Khûri* Ustâz, ein Priester Ilsitts.«

Der Gelehrte hatte jeden Vorgestellten mit einem Kopfnicken begrüßt, und jetzt sagte er: »Ich bin diesen Leuten schon einmal begegnet, Burel, obwohl ich ihre Namen nicht kannte.«

Ferai sagte: »Kein Wunder, dass Ihr uns sagen konntet, wie man zum Tempel finden kann, obwohl Eure Anweisungen nicht sonderlich klar waren.«

Der Priester-Gelehrte lächelte und zuckte die Achseln. »Ihr hättet Agenten der Fäuste von Rakka sein können, obwohl ich sehr froh bin, dass es nicht so ist.«

Dann wandte er sich an Aiko, sah sie lange an und sagte schließlich: »Ihr seid also Burels *Kalb w Nafs*.« Es war eine

Feststellung, keine Frage. Dann trat er ohne Vorwarnung vor und umarmte sie.

Völlig überrascht und sehr wachsam duldete Aiko die Umarmung des Gelehrten, ohne sie jedoch zu erwidern, und sah den grinsenden Burel an. »Was hast du ihm erzählt?«

»Dass du mein Herz und meine Seele bist.«

Der Gelehrte trat zurück und nickte. »*Kalb w Nafs:* Herz und Seele.« Dann wandte er sich an Burel. »Meine Junge, ich hätte nie gedacht, dich außerhalb der Tempelmauern zu erblicken. Du musst mir erzählen, was dich herführt.«

»Yilan Koy«, sagte Arin. »Das sind kistanische Worte, und sie bedeuten ›Schlangenbucht‹, hat der Priester-Gelehrte gesagt.«

»Schlangenbucht, Schlangenbucht«, murmelte Egil, während er die Karten betrachtete, die er von der *Breeze* mitgebracht hatte.

»Hier«, sagte Alos und legte einen Finger auf eines der Pergamente.

Egil drehte die Karte um die Stelle, auf die Alos gezeigt hatte. In der Küstenlinie der Insel war eine Einbuchtung zu sehen, die lang, schmal und schlangenförmig war. »Hm. Ja. Geformt wie eine Schlange.« Dann sah er den alten Mann an. »Schnell gefunden.«

»Als ich den Namen in der Gemeinsprache gehört habe, wusste ich, wo ich suchen musste«, antwortete Alos, »denn ich war schon einmal dort. Und ich kann Euch allen sagen, dass es kein Ort für einen ehrlichen Mann ist.«

Egils Augen weiteten sich. »Du warst schon einmal in *Yilan Koy*?«

Alos nickte. »Sowohl in der Bucht als auch in dem Ort, der im Vipernschlund liegt ... sollte es irgendwo eine schlimmere Räuberhöhle geben, ist sie mir noch nicht untergekommen.« Dann sah er Egil und Arin mit seinem verbliebenen Auge an.

»Als ich dort war, habe ich geschworen, nie wieder zurückzukehren, sollte ich diesem Loch je entkommen.«

»Was habt Ihr ...?«

»Wir haben eine Schiffsladung Granatäpfel dort abgeliefert«, erzählte Alos, bevor Arin ihre Frage beenden konnte. »Käpt'n Borkson hat diese dreimal verfluchte Ladung in Chabba an Bord genommen, weil keine Dauen im Hafen lagen und kein anderes Schiff sie übernehmen wollte. ›Sie haben uns einen Navigator und die dreifache Frachtgebühr gegeben‹, hat der Käpt'n gekräht ... aber er war ein Dummkopf. Wir sind gerade noch mit heiler Haut davongekommen.«

»Warum?«, fragte Ferai.

»Weil wir einmal da waren, und das bedeutete, dass wir den Weg in die Bucht kannten.«

Burel warf einen Blick auf die Karte. »Den Weg in die Bucht?«

»Was glaubt Ihr, warum sie *Schlangenbucht* genannt wird?« Bevor Burel antworten konnte, zeigte Alos mit dem Finger auf die Einmündung der Bucht und beantwortete seine eigene Frage. »Sie sieht nicht nur auf der Karte wie eine Schlange aus, sondern der Weg wird auch noch durch Klippen versperrt, die wie Fangzähne aussehen. Diese ganze Küstenlinie ist so geformt – Seemeile um Seemeile in beiden Richtungen stehen zerklüftete Klippen, die jeden Rumpf aufreißen, der ihnen zu nahe kommt. Die Fangzähne ziehen sich durch die ganze Bucht, und man kann nicht einfach an ihnen vorbeisegeln. Ich würde sagen, es gibt keine gefährlicheren Klippen in den Gewässern dieser Welt.«

Delon betrachtete die lange, schmale Bucht auf der Karte. »Hm. Diese Zähne sind hier nicht eingezeichnet.«

Alos schnaubte. »Jeder Kartenzeichner, der das täte, würde mit durchschnittener Kehle enden.«

Jetzt fixierte Egils eines Auge das von Alos. »Aber du kennst den Weg hinein.«

»Natürlich kenne ich ihn. Ich bin Steuermann, oder nicht? Aber, Augenblick mal ... Ich habe damals gesagt, ich würde nie zurückkehren, und das war mein Ernst!«

Sie redeten den ganzen Rest des Tages auf Alos ein, aber der alte Mann war unnachgiebig: Er würde nicht in die Bucht zurückkehren, und das sei sein letztes Wort.

Als sich die Dämmerung über das Land legte, gingen Burel und Aiko wieder auf den Hof, wo sie wieder mit ihren Schwertern übten. Burel benutzte jetzt eine lange, gekrümmte Klinge, die Aiko an jenem Morgen für ihn bei einem Waffenhändler in der Nähe ausgewählt hatte. Der sich ständig verneigende Händler hatte die Waffe als *Sayf* bezeichnet, doch Aiko nannte sie Säbel. Sie hatte eine ziemlich breite Klinge und ein Elfenbeinheft mit einem gebogenen Silberknauf, der sich teilweise um den Handrücken zog. Aiko hatte dazu einen Gürtel ausgewählt, den man auch auf dem Rücken oder um die Taille tragen konnte. »Dies ist eine Waffe, um damit auf dem Rücken eines Kamels zu kämpfen«, hatte der Händler protestiert und dann diensteifrig hinzugefügt, »wenn es recht ist.« Doch Aiko hatte geantwortet: »Wohin wir gehen, gibt es keine Kamele.«

Nun übten sie und Burel im Hof, während dunkeläugige Männer im Schatten standen und die unverschleierte Frau mit der Safranhaut und ihren rothaarigen ausländischen Begleiter missbilligend anstarrten. Die Umhänge dieser Beobachter trugen ein Zeichen in Form einer geballten Faust.

Die Nacht brach über das Land herein, und Egil und Arin wünschten allen eine gute Nacht und gingen Händchen haltend nach oben in ihr Zimmer. Irgendwo oben spritzte Wasser im Baderaum, ein großer Mann lachte, und eine Frauenstimme rief, *»Bukotsomono!«*, lachte aber ebenfalls. Im Lampenlicht auf der Veranda sah Ferai Delon unsicher an, und der lächelte, nahm sanft ihre Hand, küsste ihre Finger und flüsterte: »Ich liebe dich, meine süße Ferai.« Mit Tränen in den Augen zog sie ihn an sich.

In Aban graute der Morgen, und wieder erwachte Alos vom Gesang des Barden und dem Klirren von Stahl auf Stahl. Ächzend erhob er sich aus seinem Bett und ging auf seinen Balkon. Unter ihm übten Aiko und Burel und wurden dabei von noch mehr dunkelhäutigen Fremden beobachtet, die aufgebracht wirkten und miteinander murmelten.

»Heda!«, brüllte Alos. »Wir versuchen hier oben zu schlafen.« Ohne abzuwarten, ob er mit seiner Bemerkung etwas erreichte, kehrte der alte Mann in sein Bett zurück.

Nach einem weiteren Tag voller ergebnisloser Diskussionen seufzte Egil schließlich und wandte sich an Arin. »Ich nehme an, wir müssen es einfach darauf ankommen lassen und es versuchen, Dara. Ich meine, Alos ist fest entschlossen, nicht dorthin zurückzukehren.« Egil wandte sich an den alten Mann. »Du musst uns alles sagen, was du über die Stadt und die Bucht weißt und vor allem, wie man an den Fangzähnen der Schlange vorbeikommt.«

Die sieben saßen auf der Veranda beim Abendessen, während die Schatten um sie her lang wurden. Die Sonne war fast vollständig untergegangen, und nur der westliche Teil des Himmels leuchtete noch orange, während der Himmel im Osten bereits eine dunkelviolette Farbe angenommen hatte.

»Können wir nicht woanders ankern und auf dem Landweg dorthin gehen?«, fragte Delon.

»Das ist ein ganz untauglicher Vorschlag«, blaffte Alos.

Ferai nahm Delons Hand und funkelte den alten Mann an.

Doch Alos beachtete sie gar nicht, sondern zeigte mit dem Finger auf den Barden. »Habt Ihr mir denn nicht zugehört, als ich sagte, dass in dem Gebiet die gesamte Küste voller Klippen ist? Auf Dutzende von Meilen in beiden Richtungen schlitzen sie Rümpfe auf und bringen jedes Schiff zum Sinken, dessen Kapitän so dumm ist, in diesen Gewässern zu segeln.«

Arin nahm ebenfalls eine Hand – die von Alos. »Wir können und werden Euch nicht zwingen, uns sicher durch die Klippen zu lotsen. Aber überlegt es Euch gut, denn ich meine, dass dies der Grund ist, warum Ihr ein Einauge In Dunklem Wasser seid, denn dies ist Euer verborgener Nutzen in dem Rätsel. Ohne Euch werden wir scheitern.«

Alos schaute auf die kleine Hand, die seine genommen hatte, und dann auf die Dylvana. Mit zitterndem Kinn öffnete er den Mund, um etwas zu sagen, doch in diesem Augenblick kam *Khûri* Ustâz auf die Veranda. Er blieb im Schatten, schaute nach rechts und links und zischte: »Burel!«

Burel sah auf, doch bevor er mehr tun konnte, sagte Ustâz: »Die Fäuste von Rakka, sie kommen, um dich und dein *Kalb w Nafs*, die edle Aiko, zu holen. Gotteslästerer nennen sie euch beide. Sie kommen, um euch zu bestrafen, um euch auf dem öffentlichen Platz zu Tode zu steinigen.«

Aiko fauchte und sprang auf. »Wenn sie einen Kampf wollen, dann sollen sie ihn bekommen«, zischte sie durch zusammengebissene Zähne. Dann wandte sie sich an Burel, sagte, »Die Schwerter«, zu ihm und machte Anstalten, auf ihr Zimmer zu eilen. Die anderen sprangen ebenfalls auf, um ihr zu folgen, alle bis auf Arin und Alos. Die Dylvana blieb stehen und rief, »Wartet!«, während der alte Mann auf seinem Platz in sich zusammensank.

Sie drehten sich um und sahen Arin an, die auf Burel zeigte und verkündete: »Wir haben, was wir hier gesucht haben – den Verfluchten Bewahrer Des Glaubens Im Labyrinth. Die Fäuste von Rakka können warten.«

Jetzt wandte Arin sich an den Priester-Gelehrten. »Wie viel Zeit haben wir noch, bis sie hier sind?«

»Wenig. Höchstens, bis die Nacht vollständig hereingebrochen ist«, erwiderte er.

»Dann würde ich sagen, wir gehen zum Schiff und verschwinden von hier.«

Aiko protestierte, doch Burel sagte: »Sie hat Recht – der grüne Stein hat Vorrang vor allem anderen.« Er ging zu *Khûri* Ustâz und umarmte ihn. »Danke für die Warnung. Jetzt müsst Ihr aber gehen, sonst werden sie Euch hier finden.«

Während Burel sich von dem Priester-Gelehrten löste, wandte Egil sich an Alos, der immer noch auf seinem Stuhl kauerte, und fragte: »Was ist mit dir, Alos?«

Bevor der alte Mann antworten konnte, sagte Ustâz: »Die Fäuste bringen jeden um, der zurückbleibt.«

»Ah!«, rief Alos und sprang auf. Dann sagte er anklagend zu Aiko: »Das ist alles Eure Schuld! Mich einfach so mitzuschleifen auf so ein verfluchtes ...«

»Aru shizukana!«, fauchte Aiko, machte auf dem Absatz kehrt und stürmte auf ihr Zimmer.

Sie packten in aller Eile ihre Waffen und Kleidung ein, und Egil beglich ihre Rechnung beim Gastwirt. Mit Aiko und Burel als Rückendeckung und dem vor Furcht jammernden Alos vorneweg stürmten sie in der zunehmenden Dämmerung durch die vollen Straßen zum Hafen, wobei Alos immer wieder mit zittriger Stimme rief: »Macht Platz! Macht Platz!« Schließlich erreichten sie das Hafengebiet, und das gelborange Wasser des Flusses sah in der mittlerweile hereingebrochenen Nacht fast schwarz aus. Als sie den Anlegeplatz der *Breeze* erreichten, kletterte Alos an Deck, ging zur Ruderpinne und zischte dabei beständig, »Beeilung, Beeilung«, während die anderen an Bord kamen. Egil und Delon begannen mit dem Hissen der Segel, während Aiko und Ferai die Leinen lösten. Als sie abstießen und die Strömung sie langsam flussabwärts trug, sahen sie im gelblichen Licht der Straßenlaternen dunkel gewandete Männer durch die Menge eilen, die sich vor ihnen teilte, sodass sie zügig vorankamen. Doch die Schaluppe war schon ein ganzes Stück entfernt, als die Fäuste von Rakka den nunmehr leeren Liegeplatz erreichten. Die Fäuste Rakkas schwangen erzürnt und enttäuscht ihre Krummsäbel und hieben damit Löcher in die Luft, wobei sie den Gotteslästerern und ihresgleichen Verwünschungen hinterherriefen.

Nach zwei Glasen erreichten sie den breiteren unteren Teil des Mündungsgebietes. Die Flut des Meeres stemmte sich ihnen entgegen, und es dauerte eine Weile, bis sie den Übergang vom Fluss in die Bucht geschafft hatten. Hinter ihnen glitt ein abnehmender Halbmond über den Himmel und unterstützte das Gefunkel der Sterne mit seinem Schein.

Schließlich erreichte die Schaluppe tieferes Gewässer, wo sie besser vorankam, und Alos drehte von ihrem nordwestlichen Kurs nach Westen bei, um den vorherrschenden Wind bestmöglich auszunutzen.

Nach einer Weile sagte Arin: »Wo sollen wir Euch absetzen, Alos?«

Der alte Mann sah sie lange an. Schließlich seufzte er, schüttelte den Kopf und sagte: »Nirgendwo in diesen Gewässern, sondern besser woanders. Irgendwo, nachdem wir Kistan entronnen sind.«

»Nachdem *wir* Kistan ent...?«

»Ich bin ein verdammter Narr, es zu tun, aber ich bringe Euch an den Klippen vorbei in die Schlangenbucht.« Er hob eine zitternde Hand, um sich den Schweiß von der Stirn zu wischen, und seine Stimme zitterte, als er hinzufügte: »Ich bringe Euch hin und auch wieder heraus.«

»Ihr meint, Ihr begleitet uns?«, fragte Delon.

»Masani?« Aiko riss die Augen auf.

Der alte Mann schob das Kinn vor und funkelte die Ryodoterin an. »Ich habe doch eben gesagt, dass ich es mache, oder?«

Trotzdem keuchte er bei diesen Worten, als bekomme er nicht genug Luft.

»Aber ich gehe nicht an Land, und ich kämpfe auch nicht gegen einen Magier. Und wenn Ihr erwischt werdet, bleibe ich nicht und warte. Aber wenn wir gemeinsam von dort wegsegeln, könnt Ihr mich am ersten freundlichen Hafen absetzen, denn dann ist dieses verfluchte Abenteuer für mich endgültig vorbei, habt Ihr verstanden?«

»Ausgezeichnet«, rief Egil. »Lassen wir ihn hochleben.«

Während Delon, Ferai, Burel, Egil und sogar Aiko ein dreifaches Hipphipphurra ertönen ließen, nahm Arin die Hand des verängstigten alten Mannes und sagte nur: »Ich danke Euch.«

Immer noch zitternd lehnte Alos sich an die Heckreling. Als werde ihm plötzlich bewusst, dass immer noch alle Augen auf ihn gerichtet waren, starrte er auf die Segel und raunzte: »Was seid Ihr, ein Haufen Landratten? Seht Euch diese Segel an! Sie müssen anständig getrimmt werden, habt Ihr verstanden?«

Delon fing an zu singen, während er und Egil sich um die Segel kümmerten und Ferai und Aiko mit Unterstützung Burels die Taue strafften. Doch Arin ging zu dem alten Mann, legte ihm einen Arm um die immer noch zitternden Schultern und zeigte auf einen Leitstern.

So verließ die *Breeze* im Licht eines silbernen Halbmondes Sarain.

18. Kapitel

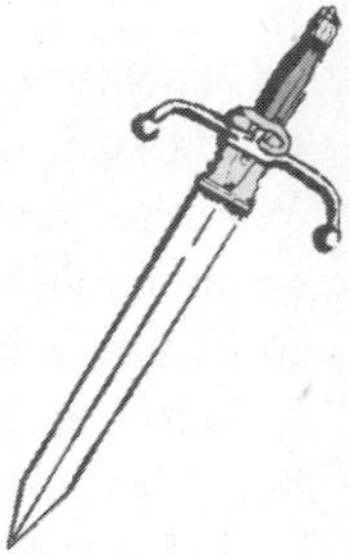

Durch tiefes dunkelblaues Wasser segelte die *Breeze* auf südwestlichem Kurs und musste dabei beständig vor dem auf dem großen Avagonmeer von Westen nach Osten wehenden Wind kreuzen. Wie zuvor wechselten die Gefährten sich beim Segeln des Schiffs ab. Delon, Ferai und Alos bemannten es von morgens bis abends, während Burel, Arin, Aiko und Egil bei Nacht segelten. Entsprechend wechselten sie sich beim Schlafen in der Kabine ab, in der es nur vier Kojen gab. In der Zeit, in der sich die Wachen überschnitten, herrschte die stillschweigende Übereinkunft, dass die Kabine – außer bei Regen – Liebespaaren für ein Schäferstündchen zur Verfügung stand, während die anderen an Deck blieben.

In der Mitte der Nacht der Wintersonnenwende begann Arin in der Enge der Schaluppe mit dem Gesang und der Schrittfolge des elfischen Rituals, wobei Delon und Egil Burel durch die Schritte führten und Arin und Aiko Ferai. Sie verloren sich in dem Ritual und in Arins Gesang, als der silberne Halbmond aufging und die Feiernden in sein Licht tauchte.

Unten in der Kabine wurde Alos vom Gesang und vom Rhythmus der Schritte geweckt. Er lauschte eine Weile, aber die rhythmischen Klänge wiegten ihn rasch wieder in den Schlaf.

Sechs Tage später sichteten sie am frühen Morgen die Insel Gjeen, und die nächsten drei Tage folgten sie ihrer Südküste. Während die Insel hinter ihnen am Horizont verschwand, schaute Egil von den Karten auf. »Sabra«, verkündete er. »Wir fahren nach Sabra, um frischen Proviant aufzunehmen.«

Delon warf einen Blick auf die Karte. »Die Stadt am Rande der Wüste Karoo?«

Egil nickte.

»Hm, war das nicht einer der Häfen, wo die Jüten uns wahrscheinlich suchen?«

Egil nickte zustimmend. »Aye. Aber das war vor zwei Monaten. Ich meine, mittlerweile müssten sie längst dort gewesen und auch wieder von dort verschwunden sein.«

»Jüten?«, fragte Burel stirnrunzelnd. Dann sah er Aiko an, und seine Miene hellte sich auf. »Ach so. Königin Gudruns Hunde.«

Aiko nickte mit ausdrucksloser Miene, sagte aber nichts.

Alos seufzte. »Ich würde ihnen nur ungern noch mal über den Weg laufen.«

Delon lachte. »Alos, alter Mann, Ihr wart beide Male volltrunken und bewusstlos.«

Alos fuhr auf. »Trotzdem!«

Egil hob die Hand. »Wir machen es einfach folgendermaßen: Wir segeln in den Hafen, und wenn wir ein Drachenschiff sehen, verschwinden wir sofort wieder. Ich glaube, wir haben genug Wasser, um bis nach Khalish zu gelangen.«

»Khalish?« Delon beugte sich vor und schaute wieder auf die Karte.

»Hier, in Hyree«, sagte Egil und zeigte auf eine Stelle.

»Oh. Hyree. Lieber nicht, wenn wir eine Wahl haben, denn die Hyreeer sind fast so schlimm wie die Kistanier.«

Am Mittag des sechsten Januartages segelten sie in den Hafen Sabra ein, der vor ihnen in der Sonne glitzerte.

Beim Hafenmeister fanden sie heraus, dass nicht nur kein Drachenschiff vor Anker lag, sondern auch schon seit vielen Jahren keines mehr aufgetaucht war.

Aiko, Arin und Ferai verschleierten ihre Gesichter, und die Gefährten nahmen sich Zimmer im *Halbmond und Stern*, einem bescheidenen Gasthof auf den Hängen oberhalb der Bucht. Von ihren Balkonen aus konnten sie im Süden weit jenseits der Stadtmauern den Sand der riesigen Karoo sehen, über der die Luft vor Hitze flimmerte. Doch nicht diese riesige Wüste beschäftigte sie, sondern vielmehr eine schlangenförmige Bucht.

»Also«, sagte Alos, indem er auf die von ihm angefertigte Skizze zeigte. »Hier sind die Fangzähne. Seht Ihr diese drei? Das sind die Leitklippen. Durch alle anderen Fangzähne fahren wir im Zickzack, und zwar so« – auf dem Pergament fuhr sein Finger ein Stück nach Südsüdwest, bog dann nach Nordnordwest ab und kehrte schließlich nach Südwest zurück –, »dass wir die erste Leitklippe dicht an backbord passieren, dann zur zweiten abschwenken und sie eng steuerbord nehmen, dann genau auf die dritte zulaufen und sie knapp backbord umfahren. Dann drehen wir genau nach Südwest und segeln in den Schlund der Schlange.«

»Wie finden wir die drei Leitklippen?«, fragte Egil.

»Die ersten beiden sind größer als die anderen Fangzähne« – Alos zeigte es auf der Karte –, »die erste ist irgendwo hier draußen am Rand, die zweite ist hier unten zwischen den anderen Klippen. Die dritte ist ungefähr hier, und sie ist weiß geädert.« Er sah Egil an. »Wenn man die Passage erst einmal kennt, ist es ganz einfach.«

Ohne den Blick von der Karte abzuwenden, fragte Aiko: »Wo ist die Stadt?«

»Gleich hinter der ersten Biegung. Vom Meer aus nicht zu sehen.«

Jetzt schaute die Ryodoterin auf, zuerst zu Egil, dann zu Alos. »Und Ordrunes Turm?«

»Als ich dort war, habe ich keinen Turm gesehen«, sagte Alos, während er sich seinen struppigen weißen Bart kratzte. »Nur die Stadt, obwohl die Bucht sich noch viel weiter zieht – über viele Meilen, bis in den Dschungel. Aber wir waren nur in der Siedlung.«

»Und die Einfahrt in die Bucht«, fragte Burel, »wird die bewacht?«

»Es gibt eine Tagwache«, sagte Alos. »Sie hat Alarm gegeben, als wir geflohen sind. Ob es eine Nachtwache gibt, weiß ich nicht. Es wurde darüber geredet, dass die Piraten Schiffe ausplündern, die an den Klippen zerschellen. Deswegen hätten sie eine Wache an der Einfahrt. Ob das stimmt, kann ich nicht sagen.«

»Ich würde meinen, sie stellen eine Wache auf, um sie vor der Flotte des Königs zu warnen, und aus demselben Grund verbergen sie die Stadt«, sagte Aiko.

»Wann wäre die beste Zeit, mit der *Breeze* einzufahren?«, fragte Egil.

»Mittags, damit ich sehen kann, wie wir steuern müssen«, erwiderte Alos.

»Nein, Alos«, sagte Aiko. »Im Dunkel der Nacht, damit uns die Wache nicht sieht.«

»Aber dann kann ich auch nichts sehen«, erwiderte der alte Mann.

»Wie wäre es dann in der Abenddämmerung?«, fragte Ferai. »Nein, Augenblick. Wenn wir genug sehen können, um in die Bucht zu segeln, können die Wachen uns auch sehen.«

»Das ist wahr«, sagte Arin, »und wenn uns keine List einfällt, wie wir sie täuschen können, müssen wir ungesehen hineingelangen.«

»Wir schaffen es nicht an den Klippen vorbei, wenn ich blind bin«, sagte Alos.

»Ich kann Eure Augen ersetzen«, sagte Arin. »Ich sehe recht gut im Licht der Sterne.«

»Und eine List?«, fragte Delon. »Irgendwelche Ideen?«

»Spricht jemand Kistanisch?«, fragte Ferai.

Alle schüttelten den Kopf.

»Dann wird eine List wahrscheinlich keinen Erfolg haben. Außerdem sehen eine Elfe, eine Ryodoterin und fünf weiße Nordländer ganz und gar nicht wie Kistaner aus.«

»Ich könnte meine Haut dunkel färben, wie mein Vater es getan hat«, sagte Burel, »aber ich spreche ihre Sprache nicht.« Er runzelte die Stirn und sagte: »Vielleicht könnte ich mich als taubstumm ausgeben.«

»Aber wir können uns nicht alle die Haut färben und so tun, als wären wir taubstumm«, sagte Ferai. »Ich meine, das wäre kaum glaubhaft.«

Nach einem Augenblick des Schweigens sagte Delon: »Wie steht es mit Hyranisch? Kann das jemand sprechen? Ich habe gehört, dass die Kistaner und die Hyraner Verbündete sind.«

Wieder schüttelten alle den Kopf.

»Dann würde ich für den Moment sagen, dass eine List nicht infrage kommt«, sagte Delon. Er wandte sich an Alos. »Und Ihr sagt, dass die Küste über viele Meilen Klippen aufweist?«

»Fünfzig, sechzig, achtzig Meilen in jeder Richtung«, erwiderte der alte Mann.

Aiko wandte sich an Egil. »Lasst uns einstweilen annehmen, wir schaffen es an den Klippen vorbei. Dann müssen wir als Nächstes den Turm finden.«

Egil nickte. »Und in die Kammer ganz oben gelangen, um die Schriftrolle zu bekommen. Das wird nicht leicht werden, denn die Mauern sind gut bewacht.« Egil drehte das Pergament zu sich und zeichnete einen Lageplan von Ordrunes Festung, soweit er sich daran erinnerte.

Während er zeichnete, fragte Ferai: »Und wenn wir den

Turm nicht finden? Vielleicht ist er gar nicht in der Schlangenbucht.«

Bevor Egil antworten konnte, sagte Aiko: »Dann nehmen wir einen nach dem anderen aus der Stadt gefangen, bis wir jemanden finden, der weiß, wo er ist.«

»Aber wir müssen vielleicht sehr viele Gefangene machen, bevor wir einen finden, der uns Auskunft geben kann«, protestierte Arin. »Und was machen wir dann mit ihnen?«

Aiko sah Arin ungerührt an und sagte schließlich: »Wir dürfen keinen am Leben lassen, der den Magier warnen könnte.«

»Aber das wäre kaltblütiger Mord an Unschuldigen«, sagte Arin.

»Pah!«, schnaubte Alos. »Es gibt keine unschuldigen Kistaner.«

Arin sah Alos an und schüttelte den Kopf. »In dem Punkt seid Ihr im Irrtum, mein Freund. Ein Volk mag noch so verdorben sein, doch es gibt immer auch Unschuldige darunter.«

Alos schnaubte wieder und fragte dann: »Sogar unter den *Rûpt*?«

Arins Augen weiteten sich, als er diese Frage stellte, und sie wusste nicht, was sie darauf antworten sollte.

Egil beendete seine Skizze und sagte: »Hoffen wir einfach, dass sich die Notwendigkeit nicht ergibt, Gefangene machen zu müssen.« Er schob die Skizze in die Tischmitte und fuhr fort: »Viel hängt davon ab, was wir vorfinden, wenn wir dort ankommen, aber das hier weiß ich über Ordrunes Feste.«

Delon betrachtete die Zeichnung und tippte dann mit dem Finger auf das Pergament. »Gibt es Fenster in diesem Turmzimmer?«

»Vier. Unvergittert«, sagte Egil. »Je eins für die vier Himmelsrichtungen.«

»Nun, dann seht Euch das an«, sagte Delon mit dem Finger auf der Karte. »Der Turm befindet sich in einer Ecke der Festungsmauern. Die Wallböschung scheint nicht außen herum zu verlaufen, sondern folgt nur der Innenmauer. Wenn das stimmt, können wir diese Außenmauer vielleicht unentdeckt erklimmen und durch ein Fenster eindringen. Natürlich nur, wenn sie groß genug sind.«

»Für Burel könnte es etwas eng werden«, sagte Egil, »ansonsten, glaube ich, passen wir alle hindurch.«

»Ich nicht«, sagte Alos. »Ich sagte Euch doch, ich kämpfe nicht gegen einen Magier. Ich werde einfach im Boot warten. Es gibt viele Orte, wo wir die *Breeze* verstecken können. Schließlich ist die ganze Insel ein Dschungel, und viele Flüsse münden in der Bucht. Wir folgen einfach einem von denen und bringen das Schiff in ein Versteck.«

Egil brummte zustimmend, dann sah er sich in der Runde um. »Wer hat Erfahrung im Erklimmen von Türmen?«

Delon sagte: »Es dürfte auch nicht anders sein, als Felswände in den Bergen emporzuklettern, und ich habe schon viele steile Berge erklommen.«

Aikos Blick war schwer zu deuten, als sie sagte: »Ich habe schon im Krieg Mauern erstürmt.«

Burel sah sie überrascht an und sagte dann: »Im Tal des Tempels bin ich oft in den Felswänden herumgeklettert.«

»Ich habe keine Felswände erklommen«, sagte Ferai, »aber schon viele Hausmauern. Ein Turm dürfte in dieser Beziehung keinen Unterschied machen. Aber wenn doch, braucht mir nur jemand ein Seil herunterzuwerfen, dann bin ich im Nu oben.«

»Das gilt auch für mich«, sagte Arin.

Delon wandte sich an Ferai. »Du hast Hausmauern erklommen? Als Teil deiner Ausbildung im Zirkus?«

Ferai sah ihn mit unergründlicher Miene an, blieb aber stumm.

»Also schön«, sagte Egil, »dann hätte ich einen möglichen Plan: Einige klettern voraus und werfen den anderen Seile herunter. Wenn wir uns bereitmachen, in die das Turmzimmer einzudringen, gehen die besten Kämpfer zuerst: Aiko, ich,

Burel und Delon. Sollte Ordrune in der Kammer sein, oder wir finden welche von seinen Lakaien, töten wir sie. Wenn keine Gefahr mehr besteht, öffnet Ferai die Truhe, und Arin sucht die Schriftrolle. Die anderen stehen Wache.«

»Und dann machen wir, dass wir wegkommen?«, fragte Delon.

»Auf demselben Weg zurück«, bestätigte Egil nickend. Er schaute in die Runde und alle nickten.

»Schön und gut«, sagte Aiko. »Nun lasst uns einen anderen Plan überlegen. Einen, wo wir zum Beispiel über die Mauer klettern anstatt den Turm empor ...«

In den nächsten zwei Tagen zerbrachen sie sich den Kopf, wie sie ungesehen in die Bucht gelangen konnten, überlegten sich Alternativen, wie sie heimlich und offen in den Turm eindringen würden, was sie tun konnten, wenn sie den Turm nicht fanden, was sie tun sollten, wenn sie die Schriftrolle nicht fanden, was sie mit Gefangenen anstellen sollten, falls sie welche machen mussten, wie sie den Turm und die Bucht wieder verlassen konnten, und was sie tun sollten, wenn sie bei der Ausführung ihres Vorhabens entdeckt wurden.

In diesen zwei Tagen versorgten Egil und Alos die *Breeze* mit Lebensmitteln und Wasser. Außerdem kauften sie alles an Ausrüstung, was sie für nötig erachteten: Kletterausrüstung, Seile, zusätzliche Waffen, Laternen, Öl und so weiter. Ferai suchte mehrere Schlosser, Kesselflicker, Juweliere und sogar den einen oder anderen Schmied auf und ergänzte ihr ohnehin bereits beachtliches Sortiment bestens gefertigter Einbruchswerkzeuge. Aiko und Burel übten weiterhin mit dem Schwert, aber sie mieteten sich Kamele und ritten ins Landesinnere, um es unbeobachtet tun zu können. Arin suchte Kräutergeschäfte und Heiler auf und kaufte Salben und Tränke, Kräuter und Wurzeln und ähnliche Dinge, falls die Gefährten ihre Heilkünste brauchen sollten. Und in der dritten Nacht im

Hafen stahl Alos sich zu einem Weinhändler davon. Kurz nach Tagesanbruch, als Aiko ihn sich über die Schulter warf und an Bord der *Breeze* und unter Deck brachte, sagte Egil: »Sieht so aus, als käme er nur auf ein Schiff, wenn er sturzbetrunken ist oder vor Furcht rennt.«

Neun Tage nach Neujahr, am Tag, als sie Sabra verließen, setzten die Winterstürme auf dem Avagonmeer ein. Grauer Regen trieb weiß gekrönte Wellen über die dunklen Tiefen, und Gischt sprühte vor ihnen im Wind. Doch zwischen den regelmäßigen Stürmen schien die Sonne auf die kleine Schaluppe, deren Bug auf dem Weg zu einer weit entfernten Insel durch die Dünung pflügte.

Obwohl die Besatzung ihrem Ziel beständig näher kam, war die Insel Kistan noch viele Tage entfernt und die Schaluppe ein kleines Boot mit wenig Platz. Weil sie kaum etwas anderes tun konnten, redeten sie über viele Dinge.

»Hört her, Burel«, sagte Delon bei einem Wachwechsel, »ich habe das auch schon die anderen gefragt, bevor wir im Tempel des Labyrinths waren. Damals haben wir darüber geredet, ob es wohl ein Leben nach dem Tod gibt, aber warum sollte ich nicht auch Euch danach fragen, auf dass Ihr im Licht Eurer Philosophie antworten mögt.«

Burel saß an der Ruderpinne und betrachtete den Barden in der zunehmenden Dämmerung. »Nur zu.«

»Nun, es geht nur um Folgendes: Was nützt es, wenn man versucht anständig zu sein, wenn unser Weg bereits feststeht? Und wenn die Pfade unveränderlich sind, dann wird nichts, was wir tun, die Dinge auch nur im Geringsten ändern. Böse bleibt böse, gut bleibt gut, und nichts kann uns von unserem vorherbestimmten Weg abbringen. Wenn ich beispielsweise gut sein muss, um in den Genuss der Belohnung eines angenehmen Lebens nach dem Tode zu gelangen, wenn aber mein vorherbestimmter Weg der ist, böse zu sein, wie kann man mich dann für das Böse verantwortlich machen, das ich begangen habe?« Delon breitete die Arme aus, um alles einzubeziehen, was zu sehen war. »Ich meine, ist es nicht die Schuld jener, die all das in Bewegung gesetzt haben? Haben nicht sie die Verantwortung, weil sie meinen Weg im Augenblick der Schöpfung festgelegt haben? Und noch eines: Warum sind wir überhaupt hier, wenn alles bereits festgelegt ist?«

Burel zuckte die Achseln. »Ich weiß nicht, was in den Köpfen derjenigen vorgeht, welche die Zügel der Existenz in den Händen halten, aber wenn sie tatsächlich allmächtig und allwissend sind, wie könnten sie dann nicht bis in die kleinste Einzelheit wissen, wie jeder von uns sein Leben verbringen wird?.«

»Vielleicht«, sagte Delon, »haben sie absichtlich etwas erschaffen, das seinem Wesen nach nicht eindeutig ist. Vielleicht verhält es sich so, wie Ferai sagt, dass sie uns den freien Willen gegeben haben. In diesem Fall wüssten sie eben nicht, was kommt.«

Burel zuckte die Achseln. »Ihr mögt Recht haben, mein Freund, aber Ihr könntet auch Unrecht haben. Doch ob Recht oder Unrecht, ich weiß nicht, wie ich Eure Frage mit einiger Gewissheit beantworten soll.«

Delon strich sich über das Kinn. »Ich verstehe, Burel. Aber hört her, wenn alles bereits feststeht, wenn jede Geschichte bereits vollständig erzählt ist, will mir nicht ein einziger guter Grund einfallen, warum es uns gibt. Fällt Euch einer ein?«

Burel lachte.

»Was ist so lustig?«, fragte Delon lächelnd.

»Ach, mein Freund, Ihr habt mich soeben gefragt: Was ist der Sinn und Zweck des Lebens?«

Delon seufzte und schüttelte den Kopf. »Das habe ich wohl.« Er schaute aufs Meer mit seinen beständig wogenden blauen Wellen. Doch dann wandte er sich wieder an Burel und sagte: »Trotzdem, Burel, fällt Euch angesichts Eurer Philosophie auch nur ein einziger Grund ein, gut oder nicht, warum es uns gibt?«

Burel überlegte einen Moment mit gerunzelter Stirn und sagte schließlich: »Vielleicht finden wir einen Hinweis in dem, was die edle Aiko über den ryodotischen Glauben erzählt hat: Vielleicht werden wir immer wieder geboren und leben viele Leben, bevor wir das Paradies erreichen, falls es denn so etwas gibt, das uns erwartet. Wenn es stimmt, dass unsere Seelen von einem Leben zum nächsten wandern, dann könnte es sein, dass alles vorherbestimmt ist, damit wir alle durch Erfahrung *ganz genau* lernen, wie es ist, gehasst und geliebt und nicht beachtet zu werden, ein Dieb, ein Mörder, ein Schänder, ein Priester, ein Heiliger, ein Bettler und ein König oder sonst etwas zu sein, das Euch einfällt, darunter auch Würmer und Käfer und Schlangen und alles andere, was schwimmt, kriecht, läuft und fliegt. Und wenn wir dann alles gelernt haben, vielleicht dürfen wir dann – und nur dann – diese Welt verlassen und zur nächsten fortschreiten, sei es das Paradies oder nicht. Denn dann haben wir lange genug gelebt und wissen genug, um an diesem neuen Ort zurechtzukommen, wo wir uns dann wiederfinden.«

»Du meine Güte, Burel, das würde bedeuten, dass wir unzählige Leben bis in alle Ewigkeit leben müssten!«

»Versteht mich nicht falsch, Delon: Ich behaupte nicht zu *wissen*, dass es sich so verhält. Ich behaupte auch nicht, dass man das Böse gutheißen oder an Seelenwanderung oder an das Paradies oder an etwas anderes glauben sollte. Ich sage nur, dass ich *nichts* mit Sicherheit weiß, aber ich habe meinen Glauben: meinen Glauben an die Göttin Ilsitt, meinen Glauben, dass jene über den Göttern allwissend sind und daher jedes Ereignis bereits kennen, sei es vergangen, gegenwärtig oder zukünftig, meinen Glauben, dass unser Tun vorherbestimmt ist, und schließlich meinen Glauben, dass ich eines Tages erfahren werde, wie es sich wirklich verhält.«

Delon holte tief Luft und ließ sie langsam entweichen.

Schließlich sagte er: »Burel, Ihr seid in der Tat ein Bewahrer des Glaubens.«

Burel warf einen Blick auf Aiko, die vorne im Bug stand, dann wandte er sich wieder an Delon. »Natürlich gibt es eines, was ich mit Gewissheit weiß.«

Delon neigte den Kopf. »Und das wäre ...?«

»Ich liebe die edle Aiko.«

Delon lachte und stimmte ein kurzes, aber herrliches Lied über grenzenlose Liebe an.

Als wieder Stille eingekehrt war, wandte Egil sich an Burel und sagte: »Es gab eine Zeit, da hätte ich behauptet, der Sinn des Lebens bestehe darin, tapfer zu leben, aber die Erfahrung hat mich gelehrt, dass es nicht reicht, kühn zu sein. Außerdem ist Tapferkeit überhaupt kein Sinn, sondern nur eine Art zu denken und sich zu verhalten, ein Mittel, Beifall von seinen Lieben, von seiner Familie und dem Klan zu bekommen ... und vielleicht auch von den Göttern. Vielleicht besteht der Sinn unseres Lebens darin, uns den Beifall der Götter zu verdienen.«

»Ich würde diesem Weg nicht zu weit folgen, Egil«, sagte Burel.

»Und warum nicht?«

»Ich will Euch ein Beispiel geben: Die Fäuste von Rakka behaupten, der Sinn des Lebens bestehe darin, Rakka zu fürchten, Ihn anzubeten und Ihm zu gehorchen. Sie behaupten, es gebe keinen Gott außer Rakka, und es sei unser Daseinszweck, Ihn zu verherrlichen.«

Egil schüttelte den Kopf. »Ich könnte keinen Gott verherrlichen, der durch Furcht herrscht.«

Burel nickte. »Ich auch nicht, aber das ist ein Beispiel dafür, was man tun muss, um sich den Beifall eines bestimmten Gottes zu verdienen.«

»Ach so, ich verstehe, Burel.«

Aiko kam zu ihnen und setzte sich neben Burel. Er nahm ihre Hand. »Sag mir, Aiko, was ist der Sinn des Lebens?«

Sie sah ihn an und sagte schließlich: »Die erste Regel des Lebens ist die zu leben.«

»Nicht mehr?«

»Nicht mehr.«

Alos schnaubte. »Wenn Ihr mich fragt, sind wir nur aus dem Grund hier, damit die Götter jemanden haben, dem sie zu ihrer Unterhaltung Streiche spielen können.«

Delon lachte. »Ich glaube, Ihr habt Recht, alter Mann. Wenn die Götter – oder jene über den Göttern – tatsächlich für das Leben verantwortlich sind, dann haben sie es erschaffen, um unterhalten zu werden. Und darin liegt unser Sinn: eine gute Vorstellung zu liefern.«

Burel sah Ferai an, doch sie zuckte nur die Achseln, und so wanderte sein Blick weiter zu Arin.

Die Dylvana räusperte sich. »Wir können nicht wissen, was den Höchsten vorschwebte, als sie alles in Gang gesetzt haben. Vielleicht ist jeder von uns nur ein unbedeutendes Glied in einer langen Kette, die sich von einem bescheidenen Anfang bis zu einem gewaltigen Ende spannen soll. Aber wo diese Kette beginnt, kann ich nicht sagen. Ich kann auch nicht sagen, an welcher Stelle sie steht, oder wo sie enden wird, falls sie überhaupt einmal endet, denn ich weiß nicht, was in den Köpfen derjenigen vorgeht, die das erste Glied geschmiedet haben. Aber jeder von uns ist nur ein Glied zwischen Vergangenheit und Zukunft, und ich kenne niemanden, der sagen könnte, was diese Kette letzten Endes bezwecken soll. Ich glaube, dass Ferai auf diese Frage die richtige Antwort hat.«

Delon wandte sich staunend an Ferai. »Was hast du denn gesagt, mein Schatz?«

»Ich habe gar nichts gesagt«, antwortete Ferai. »Ich habe lediglich die Achseln gezuckt, denn ich kenne den Sinn des Lebens schlicht und einfach nicht.«

»Ganz recht«, sagte Arin. »Ganz recht.«

»Den Karten zufolge beginnen hier die Gewässer der Piraten«, sagte Egil. »Also haltet die Augen offen, und wenn Ihr ein Segel sichtet ...«

»Ein kastanienfarbenes Segel«, warf Alos mit hoher, vor Anspannung schriller Stimme ein.

»Ah, ja, ein kastanienfarbenes Segel, tja, dann ruft alle an Deck und macht Euch bereit, unsere Segel zu reffen.«

»Unsere Segel zu reffen?«, fragte Ferai. »Warum das?«

»Dann sind wir schwerer zu entdecken«, erwiderte Egil. »Wir liegen ziemlich flach im Wasser, und ein nackter Mastbaum ist nur schwer auszumachen. Aber sollten sie ihn trotzdem sichten, können wir die Segel binnen zwanzig Herzschlägen wieder hissen.«

»Sind wir schneller als die Piraten?«, fragte Delon.

Egil zuckte mit den Achseln und sah Alos an. Auf dessen Oberlippe hingen Schweißtropfen, und er fauchte: »Bei Adons Männlichkeit, woher soll ich das wissen?«

Egil wandte sich wieder an Delon. »Vielleicht machen sie sich nicht die Mühe, uns zu verfolgen, wenn sie sehen, dass wir nur eine kleine Schaluppe und kein fetter Kauffahrer sind.«

Aiko zeigte auf Burel und Arin und sagte: »Sollten sie in unsere Nähe kommen, müssen sie sich zuerst mit unseren Pfeilen auseinander setzen, und ich weiß, wie gut Dara Arin mit dem Bogen ist, und ich weiß auch, wie gut Burel und ich damit sind. Sollte sie das nicht aufhalten, bekommen sie eben unseren Stahl zu spüren, wenn wir sie entern.«

»Wenn *wir sie* entern?«, fragte Delon und brach dann in Gelächter aus.

Die anderen fielen ein, alle bis auf Alos, der an der Ruderpinne saß und heftig schnaufte und keuchte.

Zwanzig Tage und zwanzig Nächte war die *Breeze* bei gutem wie bei schlechtem Wetter über das Avagonmeer von Sabra nach Westen gesegelt. In dieser ganzen Zeit hatten sie nur ein einziges anderes Schiff gesehen und absolut kein Land, nicht einmal eine winzige Insel. Doch in der Abenddämmerung des zwanzigsten Tages, als der Wellengang noch hoch war vom Sturm des Vortags, sahen sie endlich Land unter der dünnen Sichel eines Neumonds am westlichen Horizont, eine düstere Silhouette, wie die schwarzen Wolken eines sich zusammenbrauenden Gewitters.

»Da ist sie«, sagte Egil. »Die Insel Kistan.«

19. Kapitel

Arin betrachtete den dünnen Neumond, dessen Sichel nun langsam hinter die dunkle Silhouette Kistans glitt. »Alos, ich habe mich entschieden: Wir müssen die Einfahrt in die Bucht in der Nacht versuchen. Seid Ihr dem gewachsen?«

Alos fiel die Kinnlade herunter. »Seid Ihr verrückt?«

Aiko beugte sich in der Dämmerung vor, sodass sie Nase an Nase mit dem alten Mann stand. Die Augen der Ryodoterin funkelten, als sie zischte: »Beantwortet die Frage!«

»Es wird Nacht sein, Dara. Pechschwarz. Wenn wir dort ankommen, wir es nicht einmal Mondlicht geben.«

»Genau, es wird dunkel sein, Alos«, gab Arin ihm Recht, »aber gibt es eine bessere Zeit, ein Schiff unbemerkt in die Bucht zu bringen?«

»Hört zu, ich habe es Euch schon einmal gesagt, ich kann die *Breeze* nicht durch die Fangzähne steuern, wenn ich sie nicht sehen kann. Das kann niemand.«

»Und wie ich Euch schon einmal gesagt habe, Alos, werden die Sterne am Himmel stehen, und ich sehe sehr gut in ihrem Licht. Ich werde Euch leiten.«

Der alte Mann blies die Backen auf und schnaufte, und schließlich sagte er: »Es ist gut möglich, dass wir dabei alle ums Leben kommen.«

»Trotzdem, Alos, könnt Ihr steuern, wenn ich Euch lotse?«

»Diese Klippen sind wie gewaltige Reißzähne!«, stammelte er.

Egil meldete sich zu Wort. »Wir werden es halten wie die Fjordländer, wenn sie in unbekannten Gewässern plündern wollen: Wir fahren bei Flut hinein, weil dann mehr Wasser zwischen Klippen und Rumpf ist.«

»Wann ist hier Flut, frage ich mich?«, sagte Delon mit einem Blick auf die verschwindende Mondsichel, um sich dann an Arin zu wenden, die wiederum Alos ansah.

»Bei so einem Mond wird das Wasser gegen Mitternacht seinen Höchststand haben«, murmelte der Alte, »aber es wäre trotzdem ein närrisches Unterfangen, mitten in der Nacht durch die Fangzähne zu segeln.«

»Würdet Ihr lieber unter den Augen der Piraten in die Bucht fahren?«

»Wahnsinn. Wahnsinn. Es ist alles Wahnsinn«, stieß Alos hervor.

»Trotzdem ...«

»Also gut, also gut«, stöhnte der alte Mann. »Wir versuchen es bei Hochwasser. Aber wenn wir dabei alle sterben, kommt hinterher nicht angelaufen und bittet mich um Verzeihung.«

Delon brach in schallendes Gelächter aus.

Bei hohem Wellengang segelten sie weiter der Insel entgegen. Der Wind blies jetzt bei Einbruch der Dunkelheit direkt vom Land her. Unter dem Glanz der Sterne verstrichen die Glasen der Nachtwache, bis Arin das Brausen einer entfernten Brandung gegen zerklüftete Felsen hören konnte. Sie kreuzten weiter, und bald konnten sie alle das Tosen der Brecher gegen die unzähligen Felszähne hören, die beim Zurückbranden das Wasser aufwirbelten. Egil studierte die Karten und beriet sich mit Arin, die zu den Sternen blickte. Schließlich sagte er: »Wenn diese Karten stimmen, befinden wir uns ein wenig nördlich der Bucht. Bring uns drei Meilen weiter nach Süden.«

»Fertig machen zum Beidrehen«, rief der alte Mann seiner nunmehr erfahrenen Besatzung zu, und Delon, Aiko, Ferai und

Burel hielten sich alle bereit, auf Alos' Kommando die Leinen zu lösen und die Segel zu schwenken. »Drehen bei«, rief Alos und zog an der Ruderpinne, während die Leute auf der Steuerbordseite Segel nachgaben und jene auf der Backbordseite anzogen. Die *Breeze* schwang ihren Bug durch das Auge des Windes, bis die Segel sich wieder im Wind strafften, da sie nun steuerbord vor dem Wind und parallel zum funkelnden, gegen die Klippen brandenden Küstengewässer nach Süden hielt.

Egil gab Anweisung, alle Segel bis auf das Haupt- und das Klüversegel zu reffen, denn die nächtliche Fahrt durch die Fangzähne war ein äußerst gefährliches Unterfangen. Doch obwohl sie nur zwei ihrer Segel gehisst hatte, machte die *Breeze* gute Fahrt, denn der Wind blies frisch und spannte die Leinwand straff.

Fünf Meilen segelten sie so an der Küste entlang nach Süden, bis Arin nach rechts vorn zeigte und sagte: »Da ist die Mündung einer Bucht.«

Niemand anders an Bord konnte mehr sehen als das schwache Funkeln der Brandung und die dunkle Silhouette der nicht weit entfernt aufragenden Insel.

»Wir segeln erst einmal vorbei«, befahl Egil Alos. »Bis Mitternacht ist es noch eine ganze Weile hin, und dann kann Arin sehen, ob dies die Schlangenbucht ist und ob die Leitklippen noch stehen.«

»Haltet ein wenig nach steuerbord«, sagte Arin, und Alos bewegte vorsichtig die Ruderpinne, bis sie rief: »Das reicht.«

Jetzt schrammte die *Breeze* an den Klippen vorbei, die nur ein paar Dutzend Schritte entfernt waren. Hohe Wellen hoben die Schaluppe in die Höhe, und die Brandung donnerte gegen die Felsen, während Arin sich über die Steuerbordreling lehnte und nach vorn Ausschau hielt.

»Vor uns liegt eine von den hohen Klippen«, sagte Arin, »und da drüben ist noch eine und ... da ist auch die dritte.« Sie wandte sich an Egil. »Das muss die Schlangenbucht sein.«

Egil schüttelte staunend den Kopf, denn er konnte lediglich schwarze Formen im schwarzen Wasser ausmachen, von denen er vermutete, dass es Felsen waren.

»Dreh nach backbord«, sagte Egil, »und fahr weiter aufs Meer und dann an der Küste entlang. Wir kommen wieder, wenn die Flut ihren Höchststand hat, und dann stoßen wir in die Bucht vor.«

»Aber die Brandung, Egil, die Brandung«, jammerte Alos. »Sie ist hoch und donnert gegen die Klippen. Wir werden nie an allen Felsen vorbeikommen.«

»Der Wellengang ist wegen des Sturms gestern immer noch sehr hoch, aber wir haben keine Wahl«, sagte Egil. »Wir können nicht vor der Küste kreuzen, bis der Wellengang nachlässt, denn es war reines Glück, dass wir bisher nicht entdeckt worden sind. Wir können uns nicht darauf verlassen, dass uns das Glück weiter so treu ist. Nein, Alos, wenn wir warten, setzen wir alles aufs Spiel, und ich will nicht, dass die Piraten auf uns aufmerksam werden, während wir darauf warten, dass der Seegang nachlässt. Jetzt fahr das Boot in einem Oval nach Norden, bis es an der Zeit ist, in die Bucht vorzudringen.«

Zitternd gab Alos der Mannschaft die nötigen Kommandos zum Beidrehen, und das Schiff drehte sich von den Klippen weg. Als sie weit genug draußen waren, ließ er noch einmal nach Norden beidrehen, während ihm kalte Schweißtropfen auf der Stirn standen.

»Du hast die Augen einer Katze, Liebste. Entweder das oder den Blick einer Eule.«

Arin lächelte Egil an, dann nahm sie seine Hand und lehnte den Kopf an seine Brust, sagte aber nichts.

»Ich brauche etwas zu trinken«, sagte Alos. »Medizinischer Branntwein reicht. Und sagt mir nicht, Ihr habt keinen, weil ich gesehen habe, was Ihr in diese verschlossene Kiste mit Kräutern gepackt habt.«

»Nein, Alos«, erwiderte Arin, ohne den Kopf zu heben. »Wir brauchen Euch mit nüchterner und ruhiger Hand, wenn Ihr uns durchbringen wollt.«

»Aber das ist es ja, Dara, meine Hand ist nicht ruhig. Ich zittere wie Espenlaub. Ein kleiner Schluck würde mich bestimmt viel ruhiger machen, meint Ihr nicht auch?«

Aiko knurrte etwas, rückte von Burel ab und setzte sich neben den alten Mann. Dann flüsterte sie ihm etwas ins Ohr. »Verdammte Hexe!«, fluchte Alos, während er die Hände schützend über seinen Schritt legte und vor Aiko zurückwich.

Während Aiko zu Burel zurückkehrte, löste Arin sich von Egil, ging zu Alos, legte den Arm um seine zitternden Schultern und summte ein Wiegenlied, das sie vor langer Zeit eine Mutter hatte singen hören. Im Sternenlicht entging ihr der traurige Ausdruck nicht, der über Alos' Miene huschte, ein Ausdruck, den nur sie sehen konnte. Schließlich flüsterte sie: »Fürchtet Euch nicht, Alos, gemeinsam werden wir es schaffen.«

»Bereithalten am Klüver, bereithalten am Hauptsegel«, brüllte Alos über das Tosen der Brandung hinweg.

»Ein wenig nach steuerbord, Alos«, rief Arin, die sich über die Backbordreling gelehnt hatte und nach vorn in die Gischt spähte. »Das ist gut. Das ist sehr gut. Jetzt gerade ausrichten.«

Die *Breeze* zog schäumend weißes, schwach leuchtendes Kielwasser hinter sich her, während die Schaluppe auf die zerklüfteten Fangzähne zulief. Die Flut hatte ihren Höchststand erreicht, und Wellen krachten gegen die Felsen. Die funkelnden Sterne starrten kalt und stumm auf die verzweifelte Fahrt. An Bord taten alle ihr Möglichstes, um nicht von der Brandung mit Mann und Maus gegen die tödlichen Klippen geschmettert zu werden.

Jetzt erreichte die *Breeze* die Fangzähne, und die erste Leitklippe zerschnitt beinahe die Backbordseite der Schaluppe, während Arin rasch nach steuerbord eilte, um den Leitfelsen voraus anzupeilen. Brecher krachten gegen die Klippen und schleuderten Meerwasser in die Höhe, über das Deck und auf alle an Bord, sodass Schiff, Segel und Mannschaft vollkommen durchnässt wurden. Arin wischte sich rasch das Wasser aus den Augen und fixierte die Klippe, die größer war als alle anderen. Das Salz stach und trieb ihr Tränen in die Augen, die sie hastig fortblinzelte.

»Backbord, leicht backbord, Alos!«, rief sie. »Und jetzt auf Kurs halten!«

»Bereithalten zum Umschwenken«, rief Alos, dessen Stimme vor Angst immer schriller wurde.

Das Schiff raste durch die tosende Schwärze, Tod zur Linken, Tod zur Rechten, der Bug krachte in die Wellentäler, Gischt flog auf, und Spritzwasser durchnässte sie alle.

»Jetzt, Alos! Jetzt!«, rief Arin.

»Jetzt«, kreischte Alos, der hart an der Ruderpinne zog, »dreht bei!«

Zzzzz ... Lose Seile surrten, als starke Hände fest an den Leinen zogen. Der Bug der *Breeze* schwang herum, und an steuerbord ragte plötzlich ein hoher Felsen auf, nur eine Armeslänge entfernt.

Als sich das Schiff auf die Seite legte, prallte eine hohe Welle gegen die Klippe und von dort über das Deck, während Arin wieder auf die Backbordseite wechselte. Sie verlor den Halt unter dem Anprall der Wassermassen und schlug schwer gegen die Reling. Einen Augenblick schwankte sie, bis es ihr endlich gelang, ein Tau zu packen und sich benommen daran hochzuziehen. Sie schüttelte den Kopf, um ihn klar zu bekommen, beugte sich herüber und schaute nach vorn, wo weiterhin Gischt und Wellen auf die *Breeze* einstürzten.

»Alos! Nach steuerbord!«, schrie sie. »Sofort nach steuerbord!«

Während der alte Mann die Ruderpinne herumriss, tauchte

auf der linken Seite plötzlich ein riesiger Schatten auf, und der Rumpf schrammte über den Felsen. Das Schiff erbebte, doch eine hohe Welle hob die *Breeze* in die Höhe und führte sie weg von der Klippe. Plötzlich lag die Felsnadel hinter ihnen, und sie rasten der Katastrophe dahinter entgegen.

»Steuerbord, steuerbord«, überschrie Arin das Tosen der Wellen. Wieder riss Alos an der Ruderpinne, und das Boot reagierte knirschend. Augenblicke später rief Arin: »Jetzt einen Strich nach backbord, dann ausrichten und bereithalten.«

Während das Schiff seinem neuen Kurs durch Fangzähne, Gischt und Wellen folgte, versuchte Alos etwas zu rufen, aber seine Stimme klang brüchig und dünn, also gab Egil der Mannschaft das Kommando: »Haltet euch bereit, nach backbord beizudrehen, zehn Strich, auf mein Kommando!«

Wumm! Wellen brandeten gegen Klippen, Wasser überspülte das Deck, und doch konnte Arin noch genug sehen und rief: »Wartet noch! ... Wartet noch! ... Wartet noch! ... Jetzt! Jetzt, Alos, jetzt!«

»Jetzt!«, rief Egil. »Beidrehen!«

Zzzzz ... Wieder surrte nasses Seil, als die *Breeze* scharf nach links schwang und einer riesigen, weiß geäderten Klippe auswich, von Richtung Nordnordwest nach Südwesten. Alos riss hart an der Ruderpinne, um den scharfen Schwenk zu schaffen, und die Segel erschlafften, als der Bug drehte. Dann spannte sich die Leinwand wieder, als sie sich mit dem böigen Wind füllte, und die Schaluppe lief durch das Gewirr tödlicher Klippen der Bucht dahinter entgegen.

»Exakt auf Kurs halten«, rief Arin. »Wir liegen genau richtig.«

An den Fangzähnen vorbei, an den Klippen vorbei, durch die donnernde Brandung segelte die *Breeze* in den Schlund der Schlange, angeschlagen, aber noch seetüchtig. Und als sie endlich freies Wasser erreichten, fiel der über die Maßen strapazierte Alos auf der Stelle in Ohnmacht.

20. Kapitel

Während Aiko den bewusstlosen Alos unter Deck brachte und in eine Koje legte, übernahm Egil das Ruder. »Haltet die Augen offen«, sagte er eindringlich, »irgendwo vor uns gibt es eine Piratenstadt und vielleicht einen Magierturm. Arin, Liebste, wir brauchen vor allem deine Weitsicht.«

Sie segelten in die schmale Bucht, deren Einfahrt höchstens eine Meile breit war, und folgten ihr gut drei Meilen weit in südöstlicher Richtung, bevor die Schlange sich zum ersten Mal zu winden begann und nach rechts abbog. Auf beiden Seiten war das Ufer mit dichtem Dschungel bewachsen: dicke, hohe Bäume, herabhängende Schlingpflanzen und dichtes Unterholz, das den Blick in den Wald verwehrte, jedenfalls sagte Arin das, denn sie war die Einzige, die in dem spärlichen Sternenlicht etwas von ihrer Umgebung erkennen konnte.

Als sie durch die Biegung fuhren, zischte Arin: »Nach backbord, *Chier.* Vor uns sind Lichter, Laternen.« Doch Egil hatte bereits entsprechend reagiert, denn er hatte die Lampen ebenfalls gesehen. »Trimmt die Segel«, raunte er seiner Mannschaft im Flüsterton zu.

Die Schaluppe legte sich nach backbord, und mehr Lichter kamen in Sicht, der entfernte gelbliche Schein von verstreuten Lampen und Laternen, von denen einige durch Fenster schienen und andere in der Brise hin und her schwangen.

»Das ist keine kleine Stadt«, sagte Arin, »die hier vor uns

liegt. Am Steuerbordufer liegen Schiffe vor Anker oder sind am Kai vertäut.«

Als sie näher kamen, sagte Egil: »Es ist lange nach Mitternacht. Ich würde meinen, die Stadt schläft größtenteils, ebenso wie die Schiffsbesatzungen. Aber auf den Schiffen werden Wachen aufgestellt sein und auf den Straßen vermutlich auch. Passt auf und unterhaltet Euch nur im Flüsterton, denn Geräusche tragen weit auf dem Wasser. Wir fahren auf der Backbordseite vorbei.«

»Ich werfe ein Lot aus«, sagte Aiko. »Es wäre gar nicht gut, wenn wir genau vor ihrer Türschwelle auf Grund liefen.«

Egil gab ihr Recht. »Sagt Bescheid, wenn die Tiefe weniger als zwei Faden beträgt.«

Aiko ging nach vorn, blieb mittschiffs vor einem Spind stehen, aus dem sie die Lotleine holte, und ging dann zum Bug, wo sie das Senkblei auswarf.

Egil änderte noch einmal den Kurs, denn nun blies ihnen der Wind entgegen, und ihm blieb nichts anderes übrig, als zu kreuzen. Dennoch hielt er sich ans Backbordufer und änderte oft die Richtung, um der Stadt am Steuerbordufer möglichst fernzubleiben.

Langsam, aber stetig glitten sie an der Stadt vorbei, und nun konnten sie irgendwo einen Mann singen hören, während an anderer Stelle eine Frau wütend kreischte, deren Schreie jedoch abrupt abbrachen. Ein Hund bellte und dann noch einer, doch das Gebell ging rasch in ein Winseln über und verstummte dann völlig, als eine schroffe Stimme irgendetwas in einer ihnen unbekannten Sprache brüllte – Kistanisch, wie sie vermuteten.

In der Dunkelheit nahe des Ufers kreuzten sie an Häusern und Schiffen vorbei durch den Kanal, der am südöstlichen Ende der Stadt lag, und aus dem Heck einer der Dauen drang gedämpftes Kichern und lustvolles Stöhnen.

Wieder änderte Egil die Richtung, und die einzigen Geräusche, die von der Schaluppe kamen, waren das sanfte Knarren der Taue und das leise Platschen von Aikos Lot. Die Ryodoterin hatte bisher noch kein Signal gegeben, da das Wasser beständig tiefer als zwei Faden war.

Wieder fing ein Hund in der Stille an zu bellen, und dieser hörte nicht auf, doch ob sein Gebell eine Warnung war oder die Jagd auf eine Ratte begleitete, konnte niemand an Bord der *Breeze* sagen, und niemand an Land schien sich darum zu scheren. Schließlich glitten sie am Nordende der Stadt vorbei – wo die Häuser baufällig und die wenigen ankernden Schiffe vom Wetter gezeichnet oder gestrandet waren, hauptsächlich Fischerboote, jedenfalls beschrieb Arin sie so.

Kurz darauf hatten sie die nächste Biegung in der Schlangenbucht erreicht, und dann war die *Breeze* außer Sichtweite der Stadt und konnte wieder in der Mitte des Kanals fahren.

Als der Morgen graute, segelten sie immer noch mehr oder weniger nach Westen. Die Bucht zog sich in die Länge, und mittlerweile lagen gut fünfzehn Meilen zwischen ihnen und der Piratenstadt. Dennoch hatte Arin noch keinen Magierturm aus dem Dschungel ragen sehen, der an beiden Ufern wuchs, und auch keine anderen Gebäude oder Boote, keine Kais, keine Wege, keine Hütten, nicht einmal einen Unterstand hatten sie entdeckt. Alles wirkte verlassen, oder als sei es niemals bewohnt gewesen. Doch von den Höhen im Innern flossen klare Bäche herab und in das brackige Wasser der Bucht. Fische schwammen in dem Kanal, Obstbäume säumten die Ufer, und als der Tag über das Land kam, fingen Affen hoch in den Bäumen an zu schnattern, und schillernde Vögel sangen und flitzten durch die Luft. Unablässig schwirrten Mücken umher, von denen es hier wimmelte und zu denen sich nun winzige blutgierige schwarze Fliegen gesellten, die jedoch von einer scharf riechenden Flüssigkeit auf Abstand gehalten wurden, mit der sich die Mannschaft auf Arins Rat hin eingerieben hatte.

»Tja«, sagte Delon, während er die Ufer absuchte und kein

Zeichen der Besiedlung entdecken konnte, »es sieht so aus, als gäbe es nichts, wofür es sich herzukommen lohnt, sonst würden wir irgendwelche Lebenszeichen sehen.«

Die neben ihm stehende Aiko sagte: »Entweder das, oder etwas Schreckliches liegt vor uns.«

Burel schaute von seiner Klinge auf, die er soeben einölte. »Warnt dich deine Tigerin?«

Aiko nickte und sagte: »Sie knurrt und kündet von Gefahr.«

Burel nickte und bearbeitete die gekrümmte Schneide seines Säbels noch einmal mit einem Wetzstein.

Egil, der an der Ruderpinne stand, sagte: »Ich meine, wir sollten hier ankern und uns ausruhen. Einige von uns waren den ganzen Tag auf den Beinen. Trotzdem muss jemand Wache stehen, während die anderen schlafen. Delon, Ferai, Ihr seid am längsten auf, ihr solltet Euch hinlegen.« Egil wandte sich an Arin. »Und du gehst ebenfalls zu Bett, Liebste, denn du hast die ganze Nacht Wache gehalten. Burel, Aiko und ich machen das Schiff fest, dann übernehme ich die erste Wache. Wenn ich dann selbst schlafen gehe, wecke ich jemanden, der mich ablöst.«

»Alos«, entschied Aiko. »Bis zum Vormittag hat er lange genug geschlafen.«

Als der Vormittag kam, lag die Hitze bereits drückend auf der Insel. Die Luft war feuchtheiß und vollkommen unbewegt, und bis auf das Summen des einen oder anderen Insekts hatte sich eine umfassende Stille über den Dschungel gelegt, als weigere sich das Leben, sich in der stickigen Schwüle zu rühren.

Alos war in Schweiß gebadet, seine dünnen weißen Haare klebten ihm förmlich am Schädel, seine Kleidung war durchnässt, und dicke Schweißperlen liefen ihm über Gesicht und Körper, die in der schwülen Luft nicht verdunsteten. Obwohl der alte Mann große Mengen Wasser trank, schien er nicht genug davon bekommen zu können. Ab und zu ließ er sein Hemd über die Bordwand ins Wasser baumeln, zog es dann tropfnass wieder hoch und wusch sich damit Gesicht, Arme und Brust ab. Die Gefährten hatten sich auf dem Deck verteilt, denn unten in der Kabine konnten sie wegen der brütenden Hitze keine Ruhe finden. Obwohl sie nun im Schatten und im Freien lagen, war ihr Schlaf unruhig.

Irgendwann nach dem Mittag fing Egil, von Träumen gequält, an zu stöhnen, und Arin wachte auf und hielt ihn in den Armen, solange ein weiterer Albdruck seine Seele peinigte.

Müde und erschöpft machten sie sich am frühen Nachmittag auf die Weiterfahrt, und kurz darauf glitt die *Breeze* dank eines schwachen, vom Meer hereinwehenden Lüftchens, das die schwüle Hitze nur wenig milderte, weiter durch die Bucht.

Nach weiteren drei Meilen schien der Wind aufzufrischen, je tiefer sie in die Bucht fuhren.

Das Land stieg langsam an, und hier und da sahen sie ein paar kahle Felsen. Immer noch segelten sie weiter, während die Sonne langsam über den Himmel glitt und von einer dünnen Mondsichel verfolgt wurde.

Die ganze Zeit kündete Aikos Tigerin von drohender Gefahr.

Als die Sonne den Horizont berührte, umrundeten sie die letzte Biegung, und in der Ferne, direkt vor ihnen im Süden, konnten sie das Ende der Bucht sehen, das von hoch aufragenden Felsen gebildet wurde. Doch es waren nicht die steilen Klippen am Ende der Schlangenbucht, die ihre volle Aufmerksamkeit erregten, noch war es die Dau, die dort an einem Dock festgemacht hatte. Vielmehr war es die Festung auf den Klippen und der Turm in einer Ecke der Mauer, der die Bastion überragte und ins Licht der sinkenden Sonne getaucht war.

Während sie das Schiff scharf wendeten und zurück und außer Sicht fuhren, knirschte Egil am Ruder mit den Zähnen und zischte, »Endlich habe ich dich gefunden, du elender Mörder«, denn er war sicher, dass sie den Turm des Zauberers Ordrune vor sich sahen.

21. Kapitel

In der Dämmerung versteckten sie die *Breeze* in einem Einschnitt am Südufer. Als sie sich versammelten und die Ausrüstung zusammenpackten, die sie benutzen wollten, um in den Turm vorzudringen, schaute Alos ihnen zu und sagte mit verzweifelter Stimme: »Das ist doch Wahnsinn! Einen Magierturm anzugreifen. Blanker Wahnsinn.«

»Wir wissen, was Ihr davon haltet, Alos«, sagte Delon ruhig, während er ein Klettergeschirr in seinem Rucksack verstaute. »Aber wir müssen es tun. Und Ihr seid herzlich eingeladen mitzukommen.«

»Ich? Mitkommen? Ich bin nicht so dumm, auch nur in die Nähe dieses Turms zu gehen. Ich bleibe hier beim Schiff.«

»Okubyomono«, zischte Aiko, die gerade ein Seil zu einer Rolle aufwickelte.

Alos beachtete sie gar nicht, sondern fuhr fort: »Wenn Ihr alle erwischt werdet, glaubt nicht, dass ich Euch holen komme. Auf keinen Fall. Wenn es hell wird, lichte ich den Anker.«

Arin unterbrach ihre Vorbereitungen, ging zu dem alten Mann und nahm ihn bei der Hand. »Alos, wenn es hell wird, ist es vielleicht noch zu früh, um anzunehmen, dass wir gescheitert sind. Wie lange wir brauchen, hängt davon ab, was wir im Turm vorfinden. Ich möchte, dass Ihr zwei volle Nächte wartet, bevor Ihr den Anker lichtet und aufbrecht.«

Alos schnaufte und wollte ihr nicht in die Augen schauen,

doch sie nahm sanft sein zitterndes Kinn und drehte sein Gesicht zu ihr. Eine Träne lief dem alten Mann über die Wange, und schließlich nickte er einmal kurz.

»Sehr gut, Alos. Sehr gut.« Arin wandte sich wieder ihren Vorbereitungen zu und bespannte ihren Bogen.

Bald war alles bereit, und sie hievten das kleine Beiboot vom Dach der Kabine und ließen es zu Wasser. Aiko und Burel nahmen ihre Rucksäcke und Waffen und stiegen ins Boot, und Egil ruderte sie die kurze Strecke ans Ufer. Bei der nächsten Überfahrt band er ein Seil an das kleine Gefährt, damit Alos es zur Schaluppe zurückziehen konnte, dann ruderte er den Rest hinüber.

Als alle an Land waren, streifte Egil sich seinen Rucksack über und wandte sich dann an die anderen. »Fertig?«

Alle nickten entschlossen.

»Dann los.«

Als sie in den Dschungel eindrangen, rief Alos ein letztes Mal: »Wenn Ihr erwischt werdet, rühre ich keinen Finger, um Euch zu retten. Keinen Finger, habt Ihr gehört?«

Sie verschwanden im Unterholz. Arin hatte die Führung übernommen, Aiko war direkt hinter ihr, und Burel, Delon und Ferai folgten, während Egil den Schluss bildete.

Dunkelheit hüllte sie ein, denn die Sonne war untergegangen, und der Mond war noch nicht zu sehen. Über dem Blätterdach funkelten hell die Sterne am Nachthimmel, doch nur ein schwacher Abglanz ihres Lichts drang durch das Laub bis zum Boden des Dschungels. Ferai trug zwar eine abgeschirmte Laterne, deren Licht nur durch einen schmalen Schlitz fiel, aber bis auf Arin mit ihren Elfenaugen sahen alle nur schwarze Schatten in der Finsternis, und sie verloren einander nur deshalb nicht aus den Augen, weil sie eng zusammenblieben. Sie wollten keine Entdeckung riskieren, indem sie den Lampenschirm weiter öffneten. In der Finsternis hörten sie alle möglichen Geräusche, und etwas huschte durch das dichte Laub vor ihnen davon, während ein größeres Geschöpf durch das Unterholz krachte, und sie zogen ihre Waffen und wandten sich nach außen, ohne etwas zu sehen, doch nichts fiel über sie her. Durch Farne und Gebüsch drangen sie weiter vor, an baumelnden Lianen und Kletterpflanzen vorbei, und sie stiegen über große umgestürzte Bäume hinweg, deren Stämme mit Moos, Schimmel, feuchten Giftpilzen und anderen Gewächsen bedeckt waren.

Langsam stieg das Land an, und sie marschierten bergauf. Je höher sie kamen, desto mehr hellte sich die Finsternis auf, denn der Boden wurde felsig und der Dschungel lichter. Schließlich traten sie auf einer hohen Klippe ins Freie, und unter ihnen lag das Ende der Schlangenbucht.

Ferai schloss den Lampenschirm, denn nicht mehr weit entfernt, kaum mehr als eine Meile, stand die Festung, deren Steinmauern in gelbliches Fackellicht getaucht waren und aus welcher der Turm des Magiers düster in die Höhe ragte. Große Eisentore befanden sich in der Mitte der nach Norden zeigenden Mauer, und ein Vorwerk darauf schaute auf die Bucht herab. Von den Toren führte ein Weg an der Festung entlang und dann in Serpentinen zum Pier unten in der Bucht, wo die Dau vertäut war.

Arin und ihre Gefährten standen auf der Ostklippe der Schlangenbucht. Der Turm befand sich in der Nordwestecke der Festung. Nach einem Augenblick der Betrachtung sagte Egil: »Es scheint kein Mond, der uns verraten könnte, und am Himmel stehen nur Sterne. Es müsste möglich sein, dieser Klippe ein gutes Stück zu folgen und dann vorsichtig um die Festung zu schleichen. Lasst uns sehen, was wir dort vorfinden. Wenn sich nichts Besseres ergibt, können wir weitergehen bis zum Turm und ihn dann wie geplant erklimmen.«

Als sie näher kamen, konnten sie auf den Wehrgängen Wachen ausmachen. Kurz darauf hörten sie ein Klirren, als werde ein Fallgatter hochgezogen. Die Eisentore öffneten sich, und ein Fackeln tragender Trupp Bewaffneter marschierte nach draußen und den gewundenen Pfad entlang zur Dau, während das Fallgatter hinter ihnen wieder herunterrasselte.

»Die sehen wie *Spaunen* aus«, sagte Arin. »*Drökha,* würde ich meinen.«

»Warum sollten hier *Rûpt* sein?«, fragte Delon.

»Es heißt, dass Schwarzmagier sie zu sich rufen, damit sie ihnen dienen«, erwiderte Arin.

»Und Ordrune ist in der Tat ein Schwarzmagier«, knurrte Egil.

»Wenn es stimmt, was Ihr sagt, Dara«, sagte Delon, »dann gibt es vielleicht auch Trolle und Ghule und Hèlrösser und derlei finstere Kreaturen in Ordrunes Turm. Das würde unsere Aufgabe noch schwerer machen.«

Aiko berührte ihre Brust – dort, wo sich die rote Tiger-Tätowierung befand –, aber die goldhäutige Kriegerin sagte kein Wort.

Schließlich zogen sie sich wieder in den Dschungel zurück und bewegten sich langsam um die Festung herum. Ab und zu verließen sie ihre Deckung, um nachzusehen, ob es vielleicht etwas gab, das es ihnen gestatten würde, über die Mauer zu klettern, anstatt später die Außenseite des Turms erklimmen zu müssen.

Die Mauern selbst waren gut dreißig Fuß hoch, und ein breiter Streifen Land um die Festung war gerodet worden und kahl, um Bogenschützen auf der Mauer freies Schussfeld auf einen angreifenden Feind zu gewähren, aber auch, damit niemand sich unbemerkt an die Festung anschleichen konnte. Die Gefährten waren aber darauf vorbereitet, denn auf Ferais Vorschlag hatten sie in Sabra Umhänge gekauft, die sich der Farbe des Geländes anpassten – graubraun auf der einen Seite und graugrün auf der anderen –, und diese Mäntel trugen sie jetzt zusammengerollt und auf ihre Rucksäcke gebunden. Während sie die freie Fläche und die Festungsmauern dahinter betrachteten, flüsterte sie, dass sie sich mit den Umhängen tarnen und unentdeckt über das kahle Land schleichen könnten, jedenfalls glaubte sie das.

Die Sterne funkelten am Himmel, während die Gefährten den dunkelhäutigen Wachen bei ihren Rundgängen auf der Mauer zusahen.

Da sie nichts entdeckten, was ihre Pläne geändert hätte, tauchten die Gefährten wieder im Dschungel unter, um nach Süden zu schleichen und an der rückseitigen Mauer wieder hervorzukommen. Lange betrachteten sie den Wall, während die Nacht voranschritt, und wie bei der Ostmauer schien es auch hier nichts zu geben, was sie zu einer Änderung ihrer Pläne veranlasst hätte.

Wieder tauchten sie im Dschungel unter und arbeiteten sich nach Westen vor. Als sie dort die Festungswälle betrachteten, schien ihnen das Erklimmen des Turms immer noch die beste Möglichkeit zu sein.

Dann marschierten sie durch Unterholz und Ranken und Bäume zur Nordwestecke des hohen Steinturms, dessen Innenseite von flackerndem Fackelschein beleuchtet wurde.

Delon murmelte: »Anscheinend war Eure Zeichnung exakt, Egil. Außen vor dem Turm scheint es keine Böschung zu geben.«

»Aber es gibt Schießscharten«, sagte Arin. »Und wenn im Inneren Wachen sitzen ...«

»Keine Sorge«, sagte Delon. »Nach allem, was ich gesehen habe, bestehen der Turm und auch die Mauern aus großen Steinblöcken, die aufgeschichtet wurden. Manche Teile sind mit Mörtel verbunden, andere nicht. Ich glaube, es gibt genug Spalten und Vertiefungen, sodass wir frei daran emporklettern können. Wir werden nicht einen einzigen Nagel in das Mauerwerk schlagen müssen, und unser Aufstieg wird lautlos erfolgen.«

Arin schaute zum Himmel. »Mitternacht naht.«

»Dann lasst es uns angehen«, sagte Egil, indem er seinen Umhang vom Rucksack losband. Er wandte sich an Ferai. »Die graubraune Seite nach außen?«

»Genau«, erwiderte sie.

Langsam und vorsichtig bewegten sie sich über das offene Gelände und lauschten dabei angestrengt auf ein Anzeichen, dass man sie entdeckt habe, während sie gleichzeitig alle Bewegungen auf der Mauer beobachteten und nach Verhaltensänderungen Ausschau hielten. Schließlich gelangten sie in den Schatten des Turms, und alles schien in Ordnung zu sein, doch plötzlich wurde es lebendig auf den Wehrgängen, und es gab viel Geschrei.

»Ruhig. Keine Bewegung!«, zischte Ferai leise. »Das gilt vielleicht nicht uns.«

Unter viel Geklirr wurde das Fallgatter hochgezogen.

»Haltet Euch zur Flucht bereit«, zischte Egil. »Es sind zu viele für einen Kampf. Wir müssen unter allen Umständen vermeiden, in die Gefangenschaft des Ungeheuers dort drinnen zu geraten.«

Aiko knurrte leise, sagte aber nichts.

Mehrere Drökha marschierten hinaus und schauten die Böschung hinunter auf die Bucht.

Entsetzte Schreie hallten von unten herauf, denen ein lautes Schluchzen folgte. Ein Trupp *Rûpt* kam um die letzte Biegung der Serpentine und marschierte zum Tor. Und mitten zwischen ihnen, gefesselt, flehend, bittend und bettelnd, wurde ein einäugiger alter Mann herumgestoßen.

Alos.

22. Kapitel

Als der Trupp den schreienden Alos in die Festung führte und das Fallgatter hinter ihnen herunterrasselte, verkündete Egil: »Wir müssen ihn retten.«

Aiko antwortete mit tonloser Stimme: »Wenn wir einen Rettungsversuch unternehmen, gefährden wir dadurch die ganze Mission.«

Egil wandte sich ihr zu und erwiderte: »Wenn wir es nicht tun, wird er auf eine entsetzliche Art sterben.«

Ferai zischte: »Aber das ist der Mann, der gesagt hat, wenn man uns erwischt, würde er keinen Finger rühren, um uns zu helfen.«

»Er ist gar nicht erst in die Situation gekommen«, erwiderte der Fjordländer.

Aiko sagte: »Wäre er in die Situation gekommen, hätte er versagt.«

»Und sollen nun wir versagen, Aiko?«, fragte Egil. »Denn in die Situation gekommen sind offenbar wir.«

Aiko sah Egil ungerührt an und sagte: »Verlangt Ihr, dass wir das Leben eines einzelnen Mannes gegen all jene aufwiegen, die verloren sind, sollte unsere Mission scheitern?«

Delon zischte: »Ob wir nun das Leben eines Mannes gegen das vieler aufwiegen oder nicht, wir müssen jetzt etwas unternehmen, solange die Wachen noch durch das Spektakel eines kreischenden alten Mannes in Ketten abgelenkt sind.« Delon schlich weiter zur Basis des Turms und verließ sich dabei darauf, dass ihn die Tarnung seines Umhangs ebenso wie die Ablenkung durch Alos' Gefangennahme sicher zum Ziel bringen würde.

Die anderen folgten ihm ...

... und hatten den Turm im Nu erreicht.

Die Schreie des alten Steuermanns waren immer noch zu hören, doch plötzlich wurden sie abgeschnitten, als habe sich eine dicke Tür hinter ihm geschlossen.

Delon stand in der Dunkelheit unter dem Turm und untersuchte das Gestein. Ferai strich neben ihm mit den Fingern darüber und sagte: »Ziemlich einfach, würde ich sagen.«

Delon nickte und wandte sich dann an die anderen: »Die Blöcke sind groß und rau, und der Mörtel ist spärlich verteilt. Eigentlich müssten wir alle ohne Hilfe daran emporklettern können, obwohl ich Dara Arin mit einer kurzen Leine absichern werde, während Burel mit Egil dasselbe tut.«

»Aber Burel und ich müssen beide unbehindert kämpfen können, falls sich die Notwendigkeit dazu ergibt«, protestierte Egil, während er das Gestein untersuchte. »Ich bin zwar unerfahren, traue mir aber den Aufstieg durchaus zu.«

Delon sah den Fjordländer an und sagte dann: »Burel bleibt in deiner Nähe, falls du Hilfe brauchen solltest.«

Aiko sagte: »Ich gehe voran.«

Sie legten alles Unnötige ab, und obwohl sie nicht die Absicht hatten, Kletterausrüstung zu benutzen, streiften sie dennoch das Klettergeschirr über und befestigten Seile, Laternen und Hämmer sowie Gesteinsnägel und Haken daran, denn Delon sagte: »Wir wissen einfach nicht, was uns weiter oben erwartet.«

Aiko und Burel veränderten den Sitz ihrer Waffengurte, sodass die Schwerter nun auf dem Rücken hingen. Arin schob sich Bogen und Köcher über die Schultern, und dann spannte Delon ein Seil zwischen sich und ihr.

Schließlich waren alle bereit und kletterten mit Aiko an der Spitze und Egil gleich hinter ihr die Festungsmauer empor, wobei die Ryodoterin beständig Anweisungen flüsterte, um die Hände und Füße des Fjordländers zu lenken. Links und etwas unterhalb von Egil kletterte Burel. Delon folgte mit Arin, und Ferai hielt sich neben der Dylvana.

So kletterten sie das raue Gestein empor. Manche Blöcke hatten Ausbuchtungen und scharfe Vorsprünge auf ihrer zerklüfteten Oberfläche, andere waren ganz glatt, wie bearbeitet. Doch in der Hauptsache waren es die Spalten und Lücken zwischen den Blöcken, die sie für den Aufstieg als Halt für Hände und Füße nutzten. Trotz ihrer Unerfahrenheit fanden weder Arin noch Egil den Aufstieg schwierig, obwohl sich die kleine Dylvana manchmal ziemlich strecken musste, um den nächsten Halt zu fassen zu bekommen.

Die Mauer lag im Schatten der auf den Festungsmauern brennenden Fackeln, und so kletterten sie in tiefer Dunkelheit. Sie erreichten die Höhe der Wehrgänge und verließen sich darauf, dass der Turm sie vor Entdeckung schützte. Auch an Schießscharten kletterten sie vorbei, und wären Wachen im Turm gewesen, hätten sie die Kletternden vielleicht entdeckt. Doch kein Alarmruf ertönte, und sie kletterten immer höher.

Es dauerte nicht lange, bis sie über die Hälfte der Strecke nach oben geschafft hatten. Dann waren es beinah drei Viertel. Plötzlich hielt Aiko inne, und im Schein der Sterne und der Fackeln sah Egil, dass sie seitlich nach unten zeigte. Während die anderen ebenfalls auf der Stelle verharrten, krallte Egil sich in der Spalte fest und drehte dann den Kopf, bis sein Blick Aikos ausgestrecktem Arm folgte. Unten in der Bucht konnte er im Fackelschein am Pier die *Breeze* sehen, die nun neben der Dau an Ordrunes Dock vertäut war. Egil fluchte im Stillen, denn die Drökha hatten nicht nur Alos hergeschleppt, sondern auch noch die Schaluppe direkt zu Ordrunes Türschwelle gebracht, und er wusste, dass sie ein Schiff brauchten, um die Höhle des

Löwen wieder zu verlassen. Doch wie sollten sie unentdeckt zur *Breeze* gelangen und dann noch unbemerkt fliehen?

Aiko kletterte weiter, und Egil schob das Problem zunächst beiseite und folgte ihr ebenso wie die anderen.

Schließlich erreichte Aiko die Ebene der obersten Fenster. Sie näherte sich der westlichen Öffnung und bewegte sich dabei auf eine Stelle zu, wo sie kaum verborgen sein würde, falls einer der Wächter nach oben schaute. Egil kletterte auf dieselbe Höhe und folgte ihr dann mit Burel dicht neben sich. Aiko bewegte sich langsam aus dem dunklen Schatten ins Fackellicht, dann verharrte sie, vergewisserte sich, dass sie guten Halt hatte, und beugte sich dann ein wenig vor, um am Turm vorbei an der Westmauer entlangzuschauen. Halbwegs überzeugt, dass kein Wachposten sie im Blickfeld hatte, näherte sie sich weiter dem Fenster.

Nach zwei Zügen war sie neben der dunklen Öffnung angelangt, lauschte angestrengt und riskierte schließlich einen Blick hinein. Dann zog sie ihr Schwert, trat auf das Fensterbrett und verschwand in der Turmstube.

Egil folgte ihr ohne jedes Zögern ins Innere.

Aiko hatte ihre abgeschirmte Laterne angezündet, und durch einen schmalen Spalt fiel ein wenig Licht in die runde Kammer, doch nicht genug, um von draußen sichtbar zu sein. Sie schloss die Vorhänge an den anderen Fenstern, wie sie es zuvor besprochen hatten, und Egil half ihr dabei, während Burel sich hineinzwängte. Dann folgten Delon, Arin und schließlich auch Ferai.

Delon löste das Seil, das ihn mit Arin verband, und schloss dann rasch die letzte Gardine vor dem Fenster, durch welches sie eingestiegen waren, sodass nun alle Maueröffnungen verhangen waren. Aiko und Burel stellten sich mit der Waffe in der Hand neben die Tür zum Treppenhaus, und Egil öffnete den Lampenschirm etwas weiter, um die Truhe zu suchen, die er auch rasch fand.

Dann zogen Egil und Delon die Waffen und gesellten sich zu Aiko und Burel, während Ferai und Arin sich vor die eisenbeschlagene Truhe mit den drei Schlössern kauerten. Mithilfe ihrer Laterne untersuchte Ferai sorgfältig die gesamte Truhe auf Fallen und Schutzvorrichtungen, ohne sie dabei anzufassen. Als sie keine fand, wandte sie sich an Arin. »Dara, setzt Eure besondere Sicht ein und seht nach, ob sie verzaubert ist.«

Arin nickte und starrte konzentriert auf die Truhe. »Die Truhe ist von einer schwachen Aura umgeben, Ferai.«

»Was bedeutet das?«

»Ich weiß es nicht.«

Ferai holte tief Luft und legte den Kopf auf die Seite. »Tja, Alarm oder nicht, Falle oder nicht, wir müssen sie öffnen. Beobachtet sie genau und gebt Acht, ob sich etwas verändert.«

Dann nahm Ferai sich die drei Schlösser vor und untersuchte sie ebenfalls sehr eingehend. Schließlich entrollte sie einen in Leder gebundenen Satz Dietriche, wählte einen aus, berührte das rechte Schloss und sah Arin an.

»Keine Veränderung.«

Jetzt führte Ferai den Dietrich in das Schloss, und wieder blieb die Aura unberührt.

Ferai bewegte den Dietrich vorsichtig im Schlüsselloch.

Die Zeit kroch dahin.

Klick!

Ferai sah Arin an. Die Dylvana schüttelte den Kopf.

Ferai legte das geöffnete Schloss beiseite und ging dann zum linken Schloss über, für das sie einen anderen Dietrich wählte.

Während die Augenblicke verstrichen, war an Geräuschen nur leises Atmen und ein winziges Kratzen von Messing in Stahl zu hören.

Klick!

Wieder schüttelte Arin den Kopf.

Jetzt ging Ferai zum mittleren Schloss über und sah sich das merkwürdige Schlüsselloch lange und ausgiebig an. Schließlich seufzte sie leise und wählte zwei Dietriche, die sie beide ansetzte.

Noch mehr Zeit verrann, und in der Ferne hörten sie einen Ruf und das Trampeln von Füßen, alles durch die schweren Vorhänge gedämpft. Egil sah Aiko an und murmelte: »Wachwechsel?«

»Vielleicht«, erwiderte sie.

»Was sagt Eure Tigerin?«

»Sie ist extrem aufgeregt, und das ist sie schon, seit die Festung in Sicht kam, obwohl es immer schlimmer geworden ist, je näher wir dem Turm gekommen sind. Im Moment verkündet sie laut jaulend, dass Gefahr droht.«

Egil sah die Ryodoterin fest an. »Trotzdem, Aiko, wir können nichts anderes tun als warten.«

Immer noch kroch die Zeit. Schließlich nahm Ferai noch einen dritten Dietrich und schob ihn an den anderen beiden vorbei ins Schlüsselloch. Schweiß stand auf ihrer Stirn, als strenge sie sich sehr an, und sie murmelte beinah unhörbar vor sich hin.

Klick!

Während sie den angehaltenen Atem entweichen ließ, sah Ferai Arin an. Die Dylvana murmelte: »Nein.« Ferai legte das dritte Schloss auf den Boden, dann strich sie mit der Hand über den Deckel der Truhe und hob ihn ganz vorsichtig an.

Arin keuchte auf. »Die Aura hat die Farbe gewechselt.«

»Eine Falle? Ein Alarm?«

»Ich weiß es nicht.«

Sie lauschten angestrengt, doch es war kein alarmierendes Geräusch zu vernehmen.

Schließlich hob Ferai den Deckel einen Fingerbreit an und hielt dann inne.

»Keine Veränderung«, sagte Arin.

Dann hob Ferai den Deckel langsam, aber stetig an, bis die Truhe schließlich offen stand.

Sie wartete.

Nichts geschah.

Sie lugte hinein und sagte: »Verdammt! Nur Papier.«

Arin schaute ebenfalls hinein. »*Vada!* Sie leuchten alle.«

Mit Ferais Hilfe begann Arin mit der Untersuchung der Schriftrollen in der Truhe. Eine nach der anderen entrollten sie. Manche legten sie sofort beiseite, bei anderen bemühten sie sich, den Inhalt zu lesen. Jene, die Ferai nicht entziffern konnte, gab sie an Arin weiter. Bald war der Boden rings um sie her mit Schriften übersät. Plötzlich zischte Arin: »Hört Euch das an:

Hier habe ich den grünen Stein versteckt, einen Talisman der Macht, der nun in einer Schatulle aus Zwergensilber am Krakenteich angekettet ist. Der eigentliche Teich liegt tief im Felsen des Drachenhorsts, und es gibt nur zwei Wege dorthin. Ein Eingang, der zur Truhe führt, befindet sich auf dem großen Gesims, einem Vorsprung, den die Drachen eifersüchtig bewachen, denn er ist ihr Tor zur Welt Kelgor. Der andere Eingang liegt weit unterhalb des Vorsprungs, etwas unter der brodelnden Oberfläche des Borealmeers. Unter Wasser reicht ein Spalt eine Meile tief oder noch tiefer, ein großer Riss im Fundament des Bergs, und durch diesen Spalt schießt eine gewaltige Strömung, so stark, dass kein Schwimmer ihr trotzen kann. Ich nehme an, dieser Wirbel wird vom Großen Mahlstrom verursacht, der nicht weit entfernt davon tost. Von diesem Unterwasserzugang führt ein Weg vielleicht zweihundert Schritte weit zurück zum Krakenteich, wo die Truhe mit dem Drachenstein angekettet ist. Bei Flut steht der Weg beinah völlig unter Wasser, aber bei Ebbe befinden sich nur die äußersten hundert Fuß unter Wasser, obwohl niemand gegen die Kraft des Wassers anschwimmen kann.«

Arin schaute von dem Pergament auf. »Das ist es!«

In diesem Augenblick ertönte leises Gelächter, und eine Stimme sagte: »Ich hatte mich bereits gefragt, was Euch herführt.«

Glas splitterte, und ein beißender Geruch erfüllte das Turmzimmer.

Während Egil der Schwärze entgegentrudelte, die ihn plötzlich zu umfangen schien, tauchte aus einem undurchdringlichen arkanen Schatten neben einem der hohen Wandschränke ein dunkel gewandeter Magier auf.

»Ordrune, du Schwein«, keuchte Egil und hob schwach die Axt, doch sie entglitt seinen gefühllosen Fingern und fiel klirrend zu Boden. Für den Nordmann klang das Geräusch ohrenbetäubend laut, ein Läuten wie von einer großen Totenglocke in der absoluten Finsternis, die ihn rasch vollkommen verschlang.

23. Kapitel

Egils Puls hämmerte mit dröhnendem Schmerz durch seinen Schädel. Er lag in etwas Feuchtem, hatte einen säuerlichen Geruch in der Nase und verspürte Brechreiz. Ächzend wälzte er sich auf den Rücken, eine Bewegung, die von einem nassen Geräusch begleitet wurde. Er öffnete die Augen und sah flackernden Fackelschein. Wo er auch hinsah, begegnete dunkles Gestein seinem Blick. Er hob eine zitternde Hand an den Kopf, der unter den Nachwirkungen der Dämpfe pochte, die der Magier eingesetzt hatte. Vorsichtig richtete er sich in eine sitzende Stellung auf und nahm seine Umgebung genauer in Augenschein. Sein Blick fiel auf steinerne Mauern, Steinsäulen und in Stein eingelassene Gitterstäbe. Er befand sich in einer Zelle, und rechts und links waren ebensolche Verliese. Auch gegenüber befand sich eine Reihe davon. An einem Ende des Korridors zwischen den Zellenreihen war eine eisenbeschlagene Tür mit einem Eisengitter vor einem kleinen Guckloch.

Der Fjordländer saß auf nassem, fauligem Stroh, und direkt hinter den Gitterstäben seiner Zelle stand ein Eimer mit einem Seil anstelle eines Griffs, während direkt vor den Stäben ein Holzteller mit einem Holzlöffel wartete, beides mit lange getrockneter Grütze verkrustet. Er brauchte nicht zu fragen, wo er war, denn er war schon einmal hier gewesen, vor langer Zeit: Dies war Ordrunes Kerker.

In einer Zelle gegenüber registrierte er eine schwache Bewegung im Schatten. Sein Herz versank in den Tiefen der Verzweiflung, denn er konnte erkennen, dass es Arin war, noch bewusstlos und offenbar ebenfalls eine Gefangene des Ungeheuers Ordrune. Sein schlimmster Albtraum war Wirklichkeit geworden, und Egil erhob sich in schwärzester Niedergeschlagenheit. Er stand gerade auf den Beinen, als in einer Zelle irgendwo rechts von ihm jemand zu weinen begann.

Es war Alos.

»Egil«, jammerte er. »Egil.« Doch dann brach seine Stimme, und obwohl er zu sprechen versuchte, brachte er nur Schluchzen und Winseln heraus.

In den beiden Zellen zwischen Egil und Alos lagen Burel und Delon, die nach dem Einatmen von Ordrunes üblem Gas beide noch bewusstlos waren, obwohl sie sich langsam zu rühren begannen. Aiko und Ferai waren gegenüber in den Zellen neben Arin untergebracht. Ferai war vollkommen nackt, ihre Kleidung war in der Zelle verstreut. Aiko wälzte sich soeben auf den Rücken.

Egil trat vor das Gitter seiner Zelle und schaute in den Eimer. Wasser. Er kniete sich hin und griff hindurch, um eine Hand voll zu schöpfen. Es roch so, wie er es in Erinnerung hatte, faulig und abstoßend. Trotzdem rieb er es sich in den Nacken, um seine Kopfschmerzen zu lindern. Es brachte jedoch keine spürbare Erleichterung.

Aiko war jetzt auf den Beinen und ging ebenfalls zum Gitter ihrer Zelle. Ungerührt schaute sie zu Egil, dann wanderte ihr Blick zu Alos und weiter über ihre Umgebung, und ihre Augen bekamen einen hoffnungslosen Ausdruck.

»Ach, Egil, mach dir keine Vorwürfe«, flehte Arin. »Wenn jemand Schuld hat, dann bin ich es, denn ich hätte die Turmkammer mit meinen besonderen Sinnen absuchen müssen, dann hätte ich Ordrune in dem von ihm gewirkten magischen Schatten entdeckt.«

Aiko zeigte auf ihre Brust. »Dara, ich habe versagt, denn meine Tigerin hat beständig gejault, dass die Gefahr ganz nah ist, und doch habe ich nichts unternommen.«

»Uh«, ächzte Delon, der sich den Kopf hielt. »Wie ich einmal jemanden sagen hörte: Wir müssen das Problem lösen und nicht die Schuldfrage.«

Die mittlerweile wieder bekleidete Ferai bückte sich und hob den verkrusteten Holzlöffel von ihrem Essensteller auf. Nach einem Moment ließ sie ihn fallen und sagte: »Der ist nicht zu gebrauchen.« Sie schaute zu Delon und sagte: »Sie haben mir alle Dietriche abgenommen, sogar die in meinen Haaren.«

Delon hob die Hände und zuckte die Achseln. »Das liegt daran, dass Ordrune dich dabei beobachtet hat, wie du seine Truhe geöffnet hast ... und diesmal habe ich keine Gürtelschnalle, um ...«

Seine Worte gingen in einem Scheppern an der Tür unter. Das Guckloch öffnete sich, und ein Drökh lugte herein. Mit einem Klirren schob sich ein Schlüssel ins Schloss und öffnete es. Die Tür schwang auf, und begleitet von einem Trupp gut bewaffneter und gerüsteter Drökha trat Ordrune ein.

Der Magier blieb vor der ersten belegten Zelle stehen und schaute hinein. Alos kreischte und kroch in die hinterste Ecke seiner Zelle, wo er sich wimmernd niederkauerte, doch alle anderen Gefangenen blieben trotzig stehen. Höhnisch grinsend ging Ordrune weiter, um zuerst vor Aiko innezuhalten, deren Hand beiläufig zu ihrem Gürtel wanderte. Ordrune lachte. »Nein, nein, meine Liebe, der Stern, den Ihr in meinem Allerheiligsten so kraftlos nach mir geworfen habt, ging daneben, und die anderen stehen Euch nicht mehr zur Verfügung.«

Aiko gab keine Antwort.

Ordrune ging weiter und verharrte vor jedem Gefangenen. Zu Egil kam er zuletzt, wobei er stirnrunzelnd auf dessen rote Augenklappe starrte. Doch dann huschte ein Ausdruck des Wiedererkennens über seine Miene. »Nun, Kapitän, Ihr überrascht mich. Ich hätte nicht gedacht, dass Ihr diesen Ort wiederfinden würdet.« Ordrune lächelte. »Vielleicht sind es ja die angenehmen Erinnerungen, die Euch zurückgebracht haben, wie? Sagt, Kapitän, schlaft Ihr gut?«

Egils Hände umklammerten die Gitterstäbe so fest, dass seine Knöchel weiß hervortraten.

»Aber nun seid Ihr wieder da«, sagte Ordrune. »Vielleicht liegt es daran, dass Ihr Eure Lektion beim letzten Mal nicht gut genug gelernt habt.« Dann zeigte er auf die anderen Zellen. »Das ist ohne Bedeutung, denn hier habe ich mehr als genug Stoff, um Euch Eure angenehmen Träume noch mehr zu versüßen.«

Egil heulte wortlos, warf sich vorwärts und presste Hände und Arme durch die Gitterstäbe, in dem Versuch, Ordrune zu packen, doch der Magier war außer Reichweite. Im gleichen Augenblick zog ein Drökh Egil eine dünne Reitpeitsche über die Arme. Ordrune knurrte etwas auf Slûk, und der Drökh hielt inne. »Diesem hier darf nichts geschehen«, fügte Ordrune mit einem an Egil gerichteten Lächeln hinzu.

Der Schwarzmagier drehte sich um, ging zur eisenbeschlagenen Tür und gab ein paar Befehle auf Slûk. Alos' Zelle wurde geöffnet, und der alte Mann wurde schreiend und um sich schlagend aus der Zelle geholt.

»Vielleicht, Kapitän«, rief Ordrune über die Schulter, »können wir uns wieder einmal zu einer guten Mahlzeit und einer gepflegten Unterhaltung zusammensetzen.«

»Ordrune, du Schuft!«, rief Egil. »Lass den alten Mann in Ruhe!«

Die eisenbeschlagene Tür schlug ebenso zu wie das Guckfenster, und Alos' Gekreisch und Ordrunes finsteres Gelächter waren plötzlich wie abgeschnitten.

Vollkommen verzweifelt sank Egil auf den Steinboden und flüsterte: »Ordrune, komm zurück. Nimm mich stattdessen.«

Aiko kauerte sich hin, nahm ihren Holzlöffel und fing an, den Steinboden mit dem Griff zu bearbeiten.

Egil schaute mit verzweifeltem Blick auf. »Wir müssen hier raus, sonst wird das Schicksal, das meine Mannschaft ereilt hat, auch ...« Er geriet ins Stottern und verstummte, obwohl alle wussten, was er meinte.

»Ferai«, rief Arin, »könnt Ihr diese Schlösser öffnen?«

»Das kann ich, wenn ich irgendein brauchbares Werkzeug habe«, sagte Ferai. »Aber im Moment bin ich hilflos.«

Burel wandte sich an Egil. »Wann bringt der Wärter das Essen?«

»Habt Ihr bereits Appetit?«, fragte Delon. »Auf Drökh-Kost?«

Doch Egil beachtete seinen Einwurf nicht, sondern erwiderte: »Spät. Nach Sonnenuntergang, glaube ich. Wenn sie selbst essen, bringt ein Wärter den Gefangenen Grütze.«

»Vielleicht hat er etwas, das Ferai als Dietrich benutzen kann«, sagte Burel.

»Ach so«, sagte Delon.

»Falls wir uns befreien können ... Nein, vielmehr, wenn wir uns befreit haben«, sagte Ferai, »werden wir Waffen brauchen.«

Aiko unterbrach ihre Tätigkeit, mit dem Stiel des Holzlöffels über den Steinboden zu schaben. »Als sie die Tür geöffnet haben« – sie zeigte auf die eisenbeschlagene Tür am Ende des Ganges – »konnte ich so etwas wie einen Wärterraum dahinter sehen. Da gibt es bestimmt Waffen.«

»Augenblick mal«, sagte Egil und sprang auf. »Hinter dem Wärterraum ist eine Rüstkammer ... oder wenigstens war da eine, als ich zuletzt hier war.«

»Wenn wir also aus diesen Zellen heraus sind und durch die Tür da«, sagte Aiko, »haben wir die Möglichkeit, uns in den Besitz von Waffen zu bringen und zu fliehen.« Sie nahm ihr Schaben mit dem Holzlöffel wieder auf.

»Wir müssen immer noch durch eine Festung, in der es von Drökha wimmelt«, sagte Delon.

»Und zu Ordrunes Hafen, wo die *Breeze* jetzt vertäut ist«, fügte Egil hinzu.

»Wenn wir das Schiff nicht aufgeben und stattdessen durch den Dschungel fliehen«, sagte Burel.

Egil wandte sich an Arin. »Ist es Tag oder Nacht, Liebste?«

»Es ist früh am Vormittag«, erwiderte sie, mit der Sicherheit in der Stimme, die ihr durch ihre elfische Gabe verliehen wurde, immer zu wissen, wo Sonne, Mond und Sterne gerade standen.

Egil knurrte und sagte: »Dann haben wir, glaube ich, von jetzt bis morgen Zeit, um unsere Flucht zu bewerkstelligen, denn Ordrune tötet immer nur ein Opfer pro Tag. Er wird sich erst morgen ein neues holen.«

»Willst du damit sagen, dass Alos …?«

»Ja, Liebste. Das ist Ordrunes Art.«

»Ach, *Chier.*« Arin schlug die Hände vors Gesicht.

Ferai sah Arin an und warf dann einen Blick in Alos' leere Zelle. Schließlich sagte sie: »Also schön, lassen wir seinen Tod nicht ungenutzt verstreichen. Angenommen, ich bekomme etwas in die Finger, womit ich uns befreien kann, was dann? Wie gehen wir dann weiter vor?« Sie wandte sich an Burel. »Welche Möglichkeiten haben wir, mein gläubiger Freund? Welchen vorherbestimmten Weg werden wir einschlagen?«

Burel grinste trocken und wandte sich dann an Egil. »Ihr wart schon einmal hier, Egil. Wozu würdet Ihr raten?«

Egil holte tief Luft und sagte dann: »Tja, vorausgesetzt wir können uns befreien und bewaffnen, würde ich Folgendes vorschlagen …«

Wie Arin sagte, war es fast Sonnenuntergang, als ihre Überlegungen durch gedämpften Gesang von jenseits der eisenbeschlagenen Tür unterbrochen wurden. Das Guckfenster öffnete sich, und ein Drökh blickte in den Gang, während der lärmende Gesang nun sehr viel lauter hereinschallte. Dann wurde die Tür aufgestoßen, und zwei Drökha schleiften einen alten Mann herein, der aus vollem Halse sang:

»Einst segelte Snorri Borri weit übers Meer,
Das Gold und den Branntwein liebte er sehr.
Vor seinen vier Weibern war er auf der Flucht
und wurde in allen Ländern gesucht.
Doch Snorri der Rote war mutig und schlau,
Zum gewaltigen Mahlstrom trieb er die Dau.
Dort hauste die schöne Mystische Maid
Und machte willig die Beine breit.
Sie seufzte beglückt beim Seemannsverkehr,
Und Snorri Borri hatte einen Sohn mehr.«

Es war Alos.

Sturzbetrunken.

Die Drökha öffneten Alos' Zelle und stießen ihn hinein, und der Alte torkelte vorwärts und fiel mit dem Gesicht in das verfaulte Stroh.

Auf Slûk miteinander murmelnd, schlugen die Drökha die Zellentür hinter ihm zu, verschlossen sie und zogen sich zurück.

»Alos, alter Mann«, rief Delon, »Ihr seid am Leben!«

Alos wälzte sich herum und starrte an die Decke. »Wer hat das gesagt?«

»Wir hielten Euch für tot«, sagte Ferai.

Alos reckte den Hals und starrte rotäugig seine Umgebung an. Dann wälzte er sich wieder herum, stemmte sich auf Hände und Knie, kroch zu den Gitterstäben, strich mit einer Hand darüber und zischte dann: »O nein. Ich bin wieder im Gefängnis.« Er fing an zu weinen.

»Alos, Mann, reißt Euch zusammen und erzählt uns, was passiert ist«, rief Delon, der an den Gitterstäben zwischen ihren Zellen kniete.

Schniefend wandte der alte Mann sich an den Barden. »Wir sitzen in der Falle«, wimmerte er.

In ihrer Zelle gegenüber kehrte Aiko Alos den Rücken, doch Delon sagte: »Wohl wahr. Trotzdem, was ist passiert? Was hat Ordrune mit Euch gemacht?«

»Gemacht?«

»Ja. Wohin hat er Euch gebracht? Was hat er gemacht?«

»Na, er hat mir Wein gegeben. Hervorragenden Wein.« Alos lehnte sich mit dem Rücken an die Gitterstäbe. Dann blinzelte er mit seinem gesunden Auge und knurrte: »Und er hat mir erzählt, wer die *Solstråle* mit seiner Trollbesatzung geentert hat, von dem Schweinehund, der sie im Borealmeer versenkt hat.«

Aiko drehte sich wieder um. »Das ist alles, Alos? Mehr ist nicht passiert?«

Alos runzelte die Stirn, da er sich konzentrierte. »Es könnte auch noch mehr gewesen sein, aber ...«

»... Wirklich, mein Freund, es war Durlok und seine schwarze Galeere. Durlok hält sich für Gyphons Regent auf dieser Welt, aber stattdessen werde ich, Ordrune, in Seinem Namen herrschen ...

... Doch sagt mir, mein guter Alos, warum seid Ihr sieben in meinen Turm eingedrungen? ...

... Ein Deck-Pfau, soso. Du meine Güte, darauf wäre ich nicht gekommen. Hier, trinkt noch einen Schluck Wein ... köstlich, nicht wahr?

... Sie hat ihr die Hand abgeschlagen, sagt Ihr? ...

... Einauge In Dunklem Wasser? Was könnte das bedeuten? ...

... Womit ist sie aus dem Käfig des Hochkönigs entkommen? Das erklärt zumindest, wie sie die Schlösser öffnen konnte, die ich vor jedem Dieb sicher wähnte. Lasst mich Euren Kelch wieder füllen ...

... Sie haben Ubrux den Dämon erschlagen? Sie sind wirklich eine bemerkenswerte Gruppe ...

... Hier, mein Freund, atmet den Duft dieser Phiole ein, und dann trinken wir noch etwas Wein zusammen. Genau, einfach einatmen, während ich Euch trotz Eurer Befürchtungen sage, dass Ihr anders als bisher Eure Schiffskameraden in Zeiten der Not nie wieder im Stich lassen werdet und dass Ihr nichts von Bedeutung erzählt habt ... ja, ja, schön einatmen ... absolut nichts von Bedeutung ...«

»... aber ich bin sicher, dass ich ihm nichts von Bedeutung erzählt habe.«

»Ihr wart viel zu lange weg, als dass dies die ganze Wahrheit sein könnte«, sagte Aiko. »Worüber habt Ihr sonst noch geredet?«

Alos runzelte die Stirn. »Über das Wetter. Die schwüle Dschungelluft. Die blutsaugenden Insekten. Dass Durlok und die Trolle auf seiner schwarzen Galeere die *Solstråle* nur versenkt haben, weil Kapitän und Besatzung den Weg in die Schlangenbucht kannten.« Er drehte sich um und funkelte Aiko an. »Sagt, wessen beschuldigt Ihr mich eigentlich?«

»Dahinter steckt mit Sicherheit viel mehr«, zischte Aiko.

Die Sonne war bereits untergegangen, als das Guckfenster erneut geöffnet wurde. Dann klirrten Schlüssel im Schloss, und ein Wärter mit einem eisernen Kessel trat ein und stieß die Tür hinter sich zu. Er war allein, aber er war auch vorsichtig und bedeutete jedem Gefangenen – das heißt, allen bis auf Alos, denn der alte Mann war bewusstlos gegen die Gitterstäbe gesunken – mit Knurren und grimmigen Gesten, zur hinteren Zellenwand zurückzuweichen, bevor er Grütze aus dem Kessel auf den verkrusteten Holzteller vor jeder Zelle schüttete.

Aiko sah Ferai an, die nickte, und als der Drökh zu Aikos Zelle kam, rief sie scharf: »*Saté!*«

Der Wärter sah auf.

Der geworfene Holzlöffel, dessen Griff zu einer dünnen Spitze zurechtgefeilt worden war, traf ihn in den Hals. Der eiserne Kessel fiel auf den Steinboden, und der Drökh taumelte gurgelnd und sich an den Hals greifend rückwärts, bis er gegen die Gitterstäbe hinter sich stieß, wo er von Burel gepackt wurde, der sein Kinn in einer scharfen Bewegung zur Seite riss und ihm so das Genick brach.

Aiko griff durch die Gitterstäbe, zog den Kessel zu sich heran und bewegte den eisernen Henkel so lange hin und her, bis sie ihn aus den Ösen ziehen konnte, dann reichte sie ihn durch die Gitterstäbe an Ferai weiter.

Ferai klemmte die eiserne Spitze des Henkels in einen Spalt zwischen zwei Steinblöcken und verbog sie zu einem Haken. Rasch führte sie das hakenförmige Ende in das Schlüsselloch ein, und Augenblicke später – *klick!* – war die Tür geöffnet.

Sie ging von Zelle zu Zelle und öffnete jedes Schloss, Aikos zuerst, Alos' zuletzt.

Die eisenbeschlagene Außentür war noch unverschlossen. Vorsichtig zogen die Gefährten sie einen Spalt weit auf. Der Schlüsselring baumelte immer noch am Riegel, und der Wachraum dahinter war leer.

Aiko sah Egil fragend an.

»Vielleicht sind sie in der Messe und essen«, flüsterte Egil.

Lautlos schlichen sie weiter zur Rüstkammer, und siehe da, auf einem Tisch lagen ihre Waffen und ihre Ausrüstung.

»Irgendwas stimmt hier nicht«, knurrte Aiko.

Während sie sich bewaffneten, ging Delon zurück und holte Alos. Er trug ihn auf den Schultern, da der alte Mann vollkommen weggetreten war.

Sie nahmen so viele Laternen, wie sie finden konnten, und folgten Egil eine Steintreppe empor. Auf ebener Erde angelangt, spähten sie vorsichtig in den Hof. Ein Halbmond hing tief im Westen, und in den umliegenden Schatten war nichts zu sehen, obwohl auf den von Fackeln beschienenen Mauern Wachen patrouillierten.

Wieder knurrte Aiko etwas und schüttelte den Kopf, aber sie enthielt sich einer lauten Bemerkung und hielt mit Burel Wache an der Tür, während Arin, Egil und Ferai Lampenöl auf den Holzboden gossen.

Ferai zündete es an, und dann rannten sie in die Nacht hinaus, Delon immer noch mit dem bewusstlosen Alos auf den Schultern.

Als sie den Schatten der Mauer erreichten, ertönte ein Horn, und Drökha gaben lauthals Alarm, denn aus dem Gebäude hinter ihnen quoll Rauch. Mit viel Geschrei und Getöse eilten *Spaunen* von den Wehrgängen, während andere aus dem Hauptgebäude gerannt kamen. In der allgemeinen Verwirrung sah niemand die sieben, die in entgegengesetzter Richtung zu den Wehrgängen liefen und dann über die Mauer kletterten, wobei nun Burel Alos' zusätzliche Last trug, während sie im fahlen Mondlicht an den Seilen herabglitten.

Dann rannten sie durch die Serpentinen zum unbewachten Pier, wo einige die Segel der dort vertäuten Dau in Brand setzten, während die Übrigen die *Breeze* zum Auslaufen bereitmachten. Dann füllte die leichte, meerwärts wehende Brise die Segel der Schaluppe, und die Gefährten ließen die brennende Festung hinter sich zurück.

In seiner Turmkammer beobachtete Ordrune, wie die Schaluppe im rötlichen Licht der Flammen davonsegelte. Wenn auch unvorhergesehen, so war es doch kaum oder gar nicht von Bedeutung, dass die Festung brannte und die Segel seines Schiffs in Flammen standen, denn ansonsten lief alles genau nach Plan.

24. Kapitel

Während schreiende Chun das Feuer im Hauptgebäude bekämpften und andere Drökh und Ghok die Serpentinen zur brennenden Dau herunterliefen, ging Ordrune einen der Wehrgänge entlang zu seinem Turm. Dort angelangt, beschritt er die Wendeltreppe zu den tiefer gelegenen Räumen und folgte ihr nach unten, bis er schließlich in eine Kammer trat, in deren Schatten Handschellen, Ketten, Riemen, Tische, Gestelle, Haken, Messer und ähnliche Gerätschaften lagerten. Dies war ein Raum voller Echos vergangener Folter und Qualen, ein Raum, wo gequälten Seelen ihr inneres, astrales Feuer entrissen und zu schändlichen Zwecken missbraucht wurde.

Ordrune durchquerte diese Schreckenskammer und ging zu einer Eisentür, die mit drei massiven Metallbalken verriegelt war, einer Tür, durch die das Geräusch langsamen, monströsen Atmens und süßlicher Aasgeruch drang. Als der Schwarzmagier sich dem massiven Portal näherte, prallte etwas Massiges gegen das Eisen, sodass die Tür erbebte, und die Balken krachten ... und ein wütendes Gebrüll ertönte.

Ordrune hauchte ein einziges Wort, und Wut und Geschrei auf der anderen Seite der Tür legten sich. Dann nahm er einen der schweren Balken nach dem anderen weg, öffnete die Tür und trat in den Gestank dahinter.

Dort sah er sich einem monströsen geflügelten Wesen aus uralten Zeiten gegenüber, dessen flatternde Schwingen ledrig und schwarz waren. Aus jeder Schwinge ragte ein säbelartiger Sporn nach vorn, der lange Schnabel war mit spitzen Dolchzähnen gefüllt, und die großen Greifklauen hatten scharfe gekrümmte Krallen. Es zappelte inmitten einer Unmenge von Knochen umher, die zerbrochen und abgenagt waren, um an das Mark zu gelangen.

Ordrune schaute in eines der funkelnden gelben Augen der Kreatur und strich ihr über den langen Hals. Dann lächelte der Schwarzmagier und sagte: »Ich habe einen Auftrag für dich, mein Kleiner.«

25. Kapitel

Die *Breeze* floh mit gehissten Segeln durch den Kanal der Schlangenbucht, um den Rückenwind so gut wie möglich auszunutzen. Da Alos bewusstlos in der Kabine lag, saß Egil an der Ruderpinne, während Ferai und Delon sich um die Segel kümmerten und Arin, Aiko und Burel im Heck standen und mit Bogen und aufgelegten Pfeilen nach Verfolgern Ausschau hielten, obwohl nur Arin im Licht der dünnen Mondsichel wirklich gut etwas erkennen konnte.

»Irgendwas stimmt da nicht«, grollte Aiko.

Burel sah sie an. »Was denn?«

»Es war zu leicht«, erwiderte sie. »Als wollte Ordrune, dass uns die Flucht gelingt.«

Burel neigte den Kopf. »Mein Vater wurde getötet, nur weil er von der Existenz dieser Schriftrolle wusste, und er hat höchstens eine oder zwei Zeilen gelesen. Wir wissen aber noch viel mehr, denn wir haben den gesamten Text gehört, den Dara Arin vorgelesen hat. Warum sollte Ordrune einen Mann mit ganz geringem Wissen töten und anderen, die ganz genau über den Inhalt Bescheid wissen, die Flucht gestatten? Das ergibt keinen Sinn, Aiko.«

Im fahlen Mondlicht sah Aiko den großen Mann an. »Trotzdem, Burel, es war so, als wären absichtlich keine *kitanai kazoku* auf unserem Weg gewesen.«

»Kitanai kazoku?«

»Spaunen.«

»Ach so.«

Delon, der ein Tau hielt und in den finsteren Dschungel auf beiden Seiten spähte, sagte: »Selbst wenn Ordrune unsere Flucht gewollt hat, Aiko, wie hätte er von unseren Plänen wissen können – von Eurem zugespitzten Löffel zum Beispiel?«

Egil sagte: »Vielleicht hat er nichts davon gewusst, aber ihm muss klar gewesen sein, dass wir bei der ersten Gelegenheit einen Fluchtversuch unternehmen.«

Aiko nickte und fügte hinzu: »Haltet Ihr es für einen reinen Zufall, dass unsere Waffen bei der Hand waren, als wir geflohen sind?«

Delon zuckte die Achseln und sagte: »Schließlich haben wir unsere Sachen in einer Rüstkammer gefunden. Wo sollten Waffen sonst aufbewahrt werden? Ich glaube, Ihr sucht zu angestrengt nach einer Hinterlist, Aiko.«

Arin sagte: »Könnte es nicht einfach sein, dass uns das Glück hold war?«

Aikos Blick wanderte von Delon zu Arin, doch sie sagte nichts, und ihr Blick war scheinbar ausdruckslos ...

... Und die *Breeze* segelte im auffrischenden, meerwärts wehenden Wind weiter durch die Schlangenbucht.

Als der Mond untergegangen war und nur noch der Sternenglanz am Himmel etwas Licht spendete, ging Arin nach vorn und wies ihnen mit ihren Elfenaugen den Weg. Die Zeit kroch ebenso dahin wie die Meilen, während die Nacht sich dem Morgengrauen näherte. Die Sterne schienen auf sie herab wie stumme Beobachter, die mitleidlos betrachteten, was unter ihrem Licht geschah.

Es war noch dunkel, als sie an der Stadt im Schlund der Schlangenbucht vorbeiglitten, und die Morgendämmerung war nur ein bleicher Schimmer im Osten. Obwohl gerade Ebbe war und das Wasser auf dem Tiefstand, hatten sie keine andere Wahl, als in der Dunkelheit durch die Klippen zu segeln, denn mit jeder Verzögerung hätte sich das Risiko einer Entdeckung durch die Piraten vergrößert.

»Wir werden wieder alle Segel bis auf das Hauptsegel und das Klüver reffen«, rief Egil den anderen zu. Delon, Burel, Aiko und Ferai holten gemeinsam die vier übrigen Segel ein und verstauten sie unten im Boot. Arin bezog Stellung an der Steuerbordreling, um Egil an der Ruderpinne Anweisungen geben zu können, während die anderen sich für die schwierigen Manöver postierten, die vor ihnen lagen. Obwohl sie nur noch zwei Segel gehisst hatten, machte die *Breeze* noch gute Fahrt, denn der Wind blähte kräftig die Leinwand.

»Haltet Euch an den Tauen bereit«, rief Egil, um das Rauschen der Wellen zu übertönen, als sie nach Nordwesten auf die gestreifte Leitklippe zuliefen.

»Etwas nach steuerbord, Egil, einen halben Strich«, rief Arin, die sich über die Reling beugte. »So ist es gut. Genau richtig. Jetzt den Kurs beibehalten.«

Unter der Führung der Dylvana folgte die Schaluppe einem verschlungenen Kurs durch die zerklüfteten Fangzähne der Schlange, die nun bei Ebbe weitaus höher aufragten als bei ihrer Hinfahrt.

»Denkt alle daran«, rief Egil, »wir müssen volle zehn Strich nach steuerbord beidrehen, um Kurs auf die nächste Leitklippe zu nehmen. Haltet Euch bereit.«

Das Boot war jetzt zwischen den Klippen und hielt auf die erste Leitklippe zu. Doch während die scharfkantigen Felsen vorbeiglitten, rief Arin plötzlich: »O nein!«

»Was ist denn, Liebste?«, rief Egil, während in der Dunkelheit Gischt über die *Breeze* spritzte, während ihr Bug durch die Wellen pflügte.

»Ein anderes Schiff, eine Dau, kommt uns durch die Klippen entgegen. Es kann nur ein Schiff der Piraten sein.«

»Verdammt!«, rief Egil. »Wir können in diesen Klippen den Kurs nicht ändern. Uns bleibt gar nichts anderes übrig, als zu versuchen, an ihr vorbeizusegeln.«

»Wie können sie in der Dunkelheit etwas sehen?«, rief Ferai. »Haben sie auch eine Elfe an Bord?«

Arin antwortete nicht, da Wellen gegen Felsen brandete und die aufgetürmten Wogen über sie hinwegschwappten. Vielmehr rief sie: »Achtung jetzt! ... Aufpassen! ... Beidrehen ... jetzt! Jetzt, Egil, jetzt!«

»Jetzt!«, rief Egil. »Dreht bei!«

Zzzzz ... Nasse Taue surrten durch Klampen, als die *Breeze* rechtsherum um den großen geäderten Felsen schwang und hart nach steuerbord schwenkte, bis sie nicht mehr nach Nordosten lief, sondern nach Südsüdost. Egil zog hart an der Ruderpinne, und die Besatzung duckte sich, als der Segelbaum von steuerbord nach backbord schwang, um den Wind in den Segeln zu behalten, die nach wie vor straff gespannt waren. Just in dem Augenblick, als die Schaluppe Kurs auf die nächste Leitklippe nahm, begann die Dau der Piraten auf der anderen Seite der Klippen mit der Anfahrt auf die Bucht.

Arin wechselte rasch auf die Backbordseite, um sich an der nächsten Leitklippe orientieren zu können. Brecher krachten gegen die gewaltigen Felsen und schlugen über der *Breeze* zusammen, sodass Schiff, Segel und Besatzung durchnässt wurden. Arin fixierte den sich rasch nähernden Felsen, der größer war als die anderen.

»Steuerbord, leicht steuerbord, Egil!«, rief sie. »Und jetzt den Kurs halten!«

»Hallo zusammen«, ertönte ein undeutlicher Ruf, und Alos kam aus der Kabine nach oben gestolpert. »Was ist denn hier ...?«

»Bereithalten, um volle achtundzwanzig Strich beizudrehen«, rief Egil. »Alos, pass auf den Mastbaum auf!«

»Was?«, rief Alos, während er an Deck stolperte und das Schiff durch die tosende Schwärze raste, den Tod links und rechts.

Ohne ihr Tau loszulassen, trat Aiko dem alten Mann die Beine unter dem Leib weg, und als Alos aufs Deck fiel …

»Jetzt, Egil! Jetzt!«, schrie Arin.

»Beidrehen!«, rief Egil, indem er an der Ruderpinne riss.

Starke Hände rissen an den gegenüberliegenden Leinen. Der Bug der *Breeze* drehte sich, und auf der Backbordseite türmte sich nur eine Armspanne entfernt ein hoher Fels auf. Mit lautem Krach schwenkte der Mastbaum von backbord nach steuerbord, als das Boot herumschwang und das Heck durch den Wind schwenkte.

Wasser krachte auf Felsen und wurde in die Luft geschleudert, während die Schaluppe weiterraste. Arin wechselte wieder auf die Steuerbordseite und stieg dabei über den am Boden liegenden Alos hinweg. Sie beugte sich wieder weit über die Reling und spähte nach vorne, wo eine Dau der Piraten rasch größer wurde.

»Egil!«, rief sie. »Hart steuerbord!«

Während Egil die Ruderpinne herumriss, tauchte auf der linken Seite ein riesenhafter Schatten auf, und plötzlich knirschte Holz auf Holz, und die Schaluppe erbebte, als die Dau an ihr entlangschrammte. Alos kreischte vor Furcht, als die wogenden Wellen sowohl Schaluppe als auch Dau anhoben und die Backbordseite der *Breeze* gegen den Rumpf der Dau krachte. Im Windschatten des anderen Schiffes erschlafften die Segel der Schaluppe plötzlich, obwohl sie noch Fahrt machte, aber ebenso plötzlich war der Pirat an ihnen vorbeigezogen, und die Segel strafften sich wieder und ließen die *Breeze* einer neuen Gefahr entgegenrasen.

»Backbord, backbord«, überschrie Arin das Tosen der peitschenden Wellen und Alos' Gekreisch. Wieder riss Egil an der Ruderpinne, und die *Breeze* reagierte. Augenblicke später rief

Arin: »Jetzt einen Strich nach steuerbord und dann den Kurs halten.«

Während die Schaluppe durch Klippen, Gischt und Getöse raste, konnten sie achtern lautes Gebrüll auf der Dau hören, doch was die Piraten riefen, verstand keiner an Bord der Schaluppe.

»Kurs halten«, rief Arin, während der wimmernde Alos auf Händen und Knien zurück in die Kabine kroch.

An Klippen und Felsen vorbei und durch tosende Brandung segelte die beschädigte, aber immer noch seetüchtige *Breeze* aus der Schlangenbucht. Als sie endlich das offene Meer erreichten, dämmerte es im Osten bereits.

»Hisst alle Segel außer dem Rah«, befahl Egil. »Die Piraten werden uns vermutlich verfolgen.«

Während die Besatzung dem Befehl nachkam, sagte Arin: »Glaubst du, wir sind schneller als sie, *Chier?*«

Egil schaute nach achtern, aber die Einmündung der Bucht war hinter einer kleinen Landzunge verschwunden und nicht mehr zu sehen. »Ich weiß es nicht, Liebste, aber wir müssen es versuchen.«

Im Licht der Dämmerung segelte der Kapitän der Dau sein Schiff in die Bucht, dann ließ er sie wenden und machte sich auf den Rückweg durch die Klippen, um den Eindringling zu verfolgen. Er schaute auf die Klippen und dann auf den immer heller werdenden Horizont im Osten und stellte den Trank weg, der ihm für kurze Zeit ermöglichte, auch bei Sternenlicht zu sehen. Für diese Durchfahrt würde er ihn nicht brauchen. Außerdem wollte er nicht riskieren, für immer sein Augenlicht zu verlieren.

Wieder befahl er seiner murrenden Besatzung, die Segel für die Durchfahrt zu setzen, dann nahm sein Schiff Fahrt auf, während er die geäderte Klippe ansteuerte.

Die Dau hatte gerade die schmale Fahrrinne zwischen den

Klippen erreicht, als eine entsetzliche Kreatur krächzend aus dem Himmel herabstieß. Männer brüllten vor Furcht und kauerten sich auf das Deck, und einige sprangen sogar über Bord. Und je panischer die Besatzung wurde, desto mehr wich die Dau vom Kurs ab, bis die Wellen sie packten und gegen die Klippen schleuderten, an denen sie zerschellte.

Augenblicke später war die Dau gesunken.

Auf großen dunklen Schwingen flatterte das monströse Wesen davon und in den Morgenhimmel empor.

26. Kapitel

»Ich sage Euch, Alos, mein Alter, wenn sie Euch nicht zu Fall gebracht hätte, wärt Ihr vom herumschwingenden Mastbaum über Bord gefegt worden und zwischen den Klippen ertrunken.«

Alos funkelte Delon an, dann reckte er das Kinn in die Höhe und verkündete laut: »Trotzdem schuldet sie mir eine Entschuldigung.«

»Ha!«, konterte Ferai. »Von wegen Entschuldigung! Vielmehr schuldet Ihr Aiko ein ordentliches Dankeschön, weil sie Euren wertlosen Hals gerettet hat.«

»Ein Dankeschön dafür, dass sie mir beinahe den Arm gebrochen hätte?« Alos rieb sich wehleidig und verspätet den linken Ellbogen. »Und noch eins: Ich bin nicht wertlos. Es gibt keinen besseren Steuermann als mich an Bord dieses Schiffs.«

»Ja, aber wie lange noch?«, sagte Delon. »In Sarain habt Ihr verkündet, Ihr wolltet Euch ein für alle Mal von uns trennen, sobald wir die Bucht hinter uns hätten. Nun, die haben wir jetzt hinter uns.«

Alos funkelte den Barden an. »Ich werde mich von Euch trennen, wenn … wenn« – Alos hielt inne, da sich plötzlich ein Gedanke wie ein geflüsterter Befehl in seinem Hinterkopf regte. Er schüttelte den Kopf und sagte dann: »Anders als bisher werde ich meine Schiffskameraden nicht in Zeiten der Not im Stich lassen.«

Delon warf Ferai einen Blick zu und wandte sich dann wieder an Alos. »Ist das Euer Ernst?«

»Natürlich ist das mein Ernst«, raunzte Alos.

»Dann bleibt Ihr bei uns, bis wir den Schatz haben?«, fragte Ferai.

Delon sah seine Liebste mit hochgezogener Augenbraue an. »Die Zeiten der Not werden erst vorbei sein, wenn wir den Drachenstein bei den Magiern abgeliefert haben.«

Doch Ferai schaute aufs Meer hinaus und gab ihm keine Antwort.

Kistan lag jenseits des Horizonts, gut dreißig Seemeilen im Westen, nachdem die *Breeze* einen Vierteltag nach Osten gesegelt war. Die Schaluppe hatte sich erst von der Insel entfernt und war dann nach Norden geschwenkt. Es war Nachmittag, und Alos, Delon und Ferai waren an Deck, während Egil, Arin, Aiko und Burel unten schliefen. Sie beabsichtigten, auf dem offenen Meer zu bleiben und sich von der Insel und ihren Schifffahrtsrouten möglichst fern zu halten, indem sie parallel zur Ostküste segelten in der Hoffnung, den Piraten so zu entkommen, die in den beiden Meerengen im Norden und Süden lauerten. Wenn die *Breeze* nach weiteren sechshundert Meilen an Kistan vorbei sein würde, wollten sie die Straße von Vancha passieren. Von dort würden sie in den Westonischen Ozean segeln, Gelen umrunden und weiter ins Nordmeer und schließlich ins Borealmeer fahren, denn ihr Ziel, der Drachenhorst, lag an der Grenze zwischen diesen beiden Ozeanen. Insgesamt würden sie auf dieser Reise fast neuntausend Meilen zurücklegen, obwohl es in Wirklichkeit aufgrund der Notwendigkeit, hin und wieder gegen den Wind kreuzen zu müssen, am Ende eher das Eineinhalbfache dieser Strecke sein würde. Natürlich gab es einen kürzeren Weg, denjenigen durch den Kanal zwischen Gelen und Jütland, aber nach allem, was in Königinstadt geschehen war, erschienen ihnen die Gewässer um Jütland zu feindselig und zu gefährlich, um sie zu durchqueren, und so verringerten sie das Risiko, indem sie den längeren Weg wählten. Wenn die Winde halbwegs günstig und das Wetter ihnen einigermaßen gewogen waren, würden sie den Drachenhorst irgendwann im Monat Mai erreichen.

Erst beim Wachwechsel bei Anbruch des folgenden Tages machten sie sich Gedanken darüber, wie sie den Drachenstein an sich bringen konnten.

»Folgendes wissen wir«, sagte Arin. »Der Stein befindet sich in einer Höhle in einer silbernen Schatulle.«

»Die an den Fels beim Krakenteich gekettet ist«, fügte Egil hinzu.

»Glaubt Ihr, das bedeutet, der Schatz wird von einem Kraken bewacht?«, fragte Ferai.

Egil zuckte die Achseln. »Das wäre jedenfalls ein Wächter aus der Hèl.«

»Besser als ein Hund allemal – zumindest in einem Teich«, sagte Delon grinsend.

»Das ist ganz und gar nicht zum Lachen«, sagte Aiko in sehr ernstem Tonfall.

Delon hob entschuldigend die Hände und sagte dann: »Das stimmt wohl. Außerdem liegt der ›Wachhund‹ auf dem Gesims und bewacht die Tür.«

»Der Wachhund?«

»Der Drache.«

Aiko schüttelte den Kopf und seufzte.

»Es gibt noch eine Tür«, sagte Ferai. »Die Tür unter Wasser.«

»Aber in der Schriftrolle steht, dass man nicht gegen die Strömung anschwimmen kann, die vom Großen Mahlstrom gespeist wird«, sagte Egil.

»Vielleicht könnte Burel es«, sagte Ferai. »Er ist ziemlich stark.«

Burel schüttelte den Kopf. »Ich kann nicht schwimmen.

Nachdem ich mein ganzes Leben im Tal des Tempels inmitten des Labyrinths verbracht habe, habe ich es nie gelernt.«

Arin hob die Hand. »Nehmen wir einmal an, dass stimmt, was in der Schriftrolle steht. In diesem Fall führt der einzige Weg zum Teich an dem Drachen vorbei.«

»Ha!«, tönte Alos. »Nicht sehr wahrscheinlich, dass wir dort entlanggehen können. Er würde uns als Leckerbissen verschlingen, bevor wir *Guten Tag* sagen könnten.«

»Wir könnten uns an ihm vorbeischleichen«, sagte Ferai.

»Nein, das können wir nicht«, verkündete Alos. »Drachen *wissen*, wenn jemand in ihrem Refugium ist.«

»Warum sagt Ihr das?«

»Na, weil es allgemein bekannt ist«, erwiderte Alos, indem er Ferai anfunkelte. »Jeder weiß das.«

»*Ich* habe es nicht gewusst«, grollte Burel.

Arin hob die Hände. »Bitte, meine Freunde. Lasst uns wegen der Kräfte und Fähigkeiten der Drachen nicht streiten.« Ihr Blick wanderte von einem zum anderen, und dann sagte sie: »Trotzdem, wenn wir an dem Drachen vorbei *müssen*, lasst uns alles zusammentragen, was wir über die großen Lindwürmer wissen. Vielleicht finden wir dann eine Lösung für unser Dilemma.«

Alos schnaubte missbilligend.

Arin seufzte: »Ich weiß Folgendes über Drachen: Sie bewachen das Gesims auf dem Drachenhorst; sie schlafen viertausend Jahre und wachen danach achttausend; sie sind furchtbar, wenn sie auf Raub aus sind, obwohl sie sich meistens nur an Vieh vergreifen, von dem sie sich ernähren; sie leben deswegen abgeschieden und sehr weit voneinander entfernt und versammeln sich nur in der Zeit ihrer Paarung mit den Kraken im großen Mahlstrom; das geschieht einmal alle dreitausend Jahre; das Ergebnis dieser Paarung sind die Seeschlangen, die, wenn ihre Zeit gekommen ist, in die Tiefen des Meeres abtauchen und sich verpuppen. Aus diesen Larven schlüpfen dann später entweder Kraken oder Drachen, je nach Geschlecht; Drachen scheinen an allem Freude zu haben, was funkelt und glänzt, daher häufen sie Schätze an, obwohl manche behaupten, dass Drachen ihre Kraft aus Gold und Juwelen und kostbaren Metallen beziehen, doch wie das sein kann, weiß ich nicht. Nach allem, was in der Schriftrolle erwähnt wird und was Arilla uns im Schwarzen Berg erzählt hat, stammen Drachen aus einer anderen Ebene von einer Welt namens *Kelgor*, und das Tor zu dieser Welt scheint das Gesims auf dem Drachenhorst zu sein, das sie eifersüchtig bewachen; Drachen sind buchstäblich nicht umzubringen, und außer in Mythen und Sagen habe ich noch nie von einer Person gehört, die einen Lindwurm getötet hat, obwohl es heißt, dass sie sterben können, wenn sie miteinander kämpfen.«

Arin verstummte, schaute von einem zum anderen und fragte schließlich: »Hat dem noch jemand etwas hinzuzufügen?«

Alos räusperte sich. Arin sah ihn auffordernd an. »Hm«, machte er. »Sie spüren, wenn Eindringlinge in ihrer Domäne sind, und können jede beliebige Gestalt annehmen, sodass sie manchmal in menschlicher Gestalt durch die Städte der Menschen streifen.«

Ferai schnaubte, blieb ansonsten aber stumm.

»Sie atmen Feuer«, sagte Aiko. »Und in Übereinstimmung mit Arillas Geschichte würde ich sie für eitel halten ... zumindest manche von ihnen.«

»Es heißt, sie mögen Rätsel«, fügte Delon hinzu.

»Sie können auch in völliger Finsternis sehen«, ergänzte Burel. »Jedenfalls hat Mayam mir das erzählt, als ich noch ein Junge war.«

»Da wir gerade davon reden«, sagte Alos, dessen verbliebenes Auge funkelte, »es heißt auch, dass Drachen verborgene und unsichtbare Dinge sehen können. Vielleicht können sie deswegen im Dunkeln sehen.«

Stille kehrte ein, die nur vom Knarren der Taue und vom Plätschern des Wassers gegen den Bootsrumpf gestört wurde. Schließlich sagte Egil: »Die meisten Drachen haben geschworen, keine Raubzüge zu unternehmen, solange die Magier den Drachenstein hüten.«

»Meint Ihr, sie wissen, dass der Drachenstein ... verlegt worden ist?«, fragte Delon.

Arin zuckte die Achseln und sagte dann: »Soweit wir wissen, hat es noch keine größeren Verwüstungen durch die Lindwürmer gegeben. Also wissen sie es vielleicht noch nicht.«

»In diesem Fall dürfen wir den Drachen dieses Geheimnis auf keinen Fall verraten«, sagte Ferai.

Alle nickten oder murmelten zustimmend.

»Gibt es sonst noch etwas?«, fragte Arin.

Burel stieß einen tiefen Seufzer aus. »Von anderen habe ich gehört, dass Drachen die Fähigkeit haben, ein Wesen mit ihrem Blick zu bannen, und dass sie mit ihrer Stimme auch die weisesten Männer und Frauen betören können.«

»Oh!«, rief Ferai. Während sich alle Augen auf sie richteten, sagte sie: »Die alte Nom hat gesagt, dass es im Panzer eines jeden Drachen eine Schwachstelle gibt, und wenn man weiß, wo diese ist, na ja, dann kann man ihn töten.«

Delon hob skeptisch eine Augenbraue, enthielt sich aber eines Kommentars.

»Vielleicht hat Gurd so das Ungeheuer Kraam besiegt«, sagte Egil zu Arin. Er bezog sich auf das Lied eines Barden, das sie im *Silbernen Helm* in Königinstadt gehört hatten. »Er hat seine Schwachstelle entdeckt und ihn so getötet.«

Arin schüttelte den Kopf. »Wie vieles, was mit Drachen zu tun hat, halte ich auch das für eine Legende. Trotzdem sollten wir diese Möglichkeit im Auge behalten.«

Wiederum senkte sich Stille über die Gruppe, und keine weiteren Vermutungen oder Tatsachen wurden geäußert. Schließlich sagte Egil: »Dann lasst uns sehen, ob wir einen Weg finden können, wie wir an dem Drachen auf dem Drachenhorst vorbeikommen.«

Ferai holte tief Luft und sagte: »Wenn sie so viel für Schätze übrig haben, können wir den Drachen vielleicht bestechen, damit er uns passieren lässt.«

»Ich sage Euch, er wird die Bestechung annehmen und uns trotzdem fressen«, verkündete Alos.

»Na, dann könnten wir sie vielleicht verstecken – die Bestechung, meine ich – und ihm erst sagen, wo sie ist, wenn wir haben, was wir wollen.«

Alos schüttelte den Kopf. »Er würde uns trotzdem fressen und nicht nur die Bestechung nehmen, sondern die silberne Schatulle und den Drachenstein obendrein.«

»Nun denn«, sagte Delon, »wenn sie Rätsel mögen, wie wäre es dann damit ...?«

Sie diskutierten bis kurz vor Mittag und verwarfen dabei einen Plan nach dem anderen, bis Egil schließlich sagte: »Das führt zu nichts, und einige von uns brauchen Ruhe, ehe sie wieder an der Reihe sind, das Boot zu steuern. Lasst uns darüber schlafen.«

So gingen Arin, Egil, Aiko und Burel nach unten in die Kojen, während Alos, Ferai und Delon die *Breeze* führten und weiterhin ihren Überlegungen nachhingen.

In der Nacht diskutierten auch Egil, Arin, Burel und Aiko das Problem in aller Ausführlichkeit, ohne jedoch eine Lösung zu finden. Außerdem sog Aiko in jener Nacht plötzlich scharf die Luft ein, wandte sich dann an Arin und sagte: »Meine Tigerin grollt. Sie spürt eine entfernte Gefahr«

Arin erhob sich und starrte im Licht des im Westen untergehenden silbernen Halbmonds rundherum in die Ferne. Schließlich sagte sie: »Ich kann nichts sehen, Aiko.«

Die Ryodoterin schüttelte den Kopf. »Trotzdem, Dara,

irgendwo lauert Gefahr. Letzte Nacht habe ich es auch schon gespürt.«

»Was meinst du? Verfolgt uns etwas?«, fragte Burel.

»Wenn ja, kommt es nur in der Nacht«, erwiderte Aiko.

»Vielleicht ist es ein Piratenschiff, das uns gleich hinter dem Horizont erwartet«, mutmaßte Egil.

Aiko hob die Hände, denn die Gefahr entfernte sich. Und niemand sah die große dunkle Silhouette hoch oben am Himmel zwischen den Sternen davonfliegen.

Eine Woche verstrich. Die Gefährten hatten immer noch keinen Plan gefasst, der sie zufrieden stellte, und nachts kam und ging die Gefahr, so sagte jedenfalls Aikos Tigerin. Die *Breeze* befand sich nun auf Kurs durch die breite nördliche Meerenge zur gut zweihundert Meilen entfernten Küstenlinie Vanchas und steuerte den Hafen von Castilla am Südufer des Landes an, wo sie die Schaluppe wieder mit Wasser und Proviant und allem anderen ausrüsten wollten, was sie auf ihrer Fahrt noch brauchen würden.

»Verdammt!«, zischte Egil. »*Deswegen* hat dieses Schwein Ordrune die Schatulle am Krakenteich versteckt. Es ist ganz einfach unmöglich, dorthin zu gelangen und sie zu stehlen ... wenn sie von Drachen, Kraken und einer vom Mahlstrom getriebenen Strömung bewacht wird, gegen die man nicht anschwimmen kann.«

»Vielleicht sollten wir zu den Magiern auf Rwn fahren und dort Hilfe suchen«, schlug Delon vor.

»Diese nimm mit, nicht mehr, nicht weniger«, zitierte Ferai. »Ich glaube nicht, dass die Prophezeiung uns gestattet, einen Magier mitzunehmen.«

»Wenn uns auch kein Magier begleiten kann, so besteht doch zumindest die Möglichkeit, dass sie eine Idee haben«, sagte Delon. »Schließlich hat Dara Arin schon einmal ihre Hilfe gesucht.«

»Vielleicht können sie uns einen Unsichtbarkeitsring geben«, sagte Ferai.

»Ha!«, brummte Alos. »Habt Ihr denn nicht zugehört, als ich sagte, dass Drachen verborgene und unsichtbare Dinge sehen können? Einen Unsichtbarkeitsring, pah! Er würde Euch einfach schnappen und herunterschlingen, unsichtbar oder nicht.«

»Tja«, sagte Ferai ein wenig überrascht, »wenn ein Ring nicht helfen würde, dann können sie uns vielleicht *irgendwas* anderes geben, um an dem Drachen vorbei und in den Tunnel zu kommen.«

»Nicht nur in den Tunnel, meine Liebe«, sagte Delon. »Vergiss nicht, dass wir auch wieder heraus müssen.«

In ihrer dritten Nacht in der Hafenstadt Castilla saßen Delon und Ferai im Schankraum der *Estrella Azul*, einer der raueren Hafentavernen, nachdem sie Alos gesucht und ihn volltrunken und bewusstlos unter einem Tisch gefunden hatten. Während sie selbst ein Ale tranken, lachte Delon plötzlich, zeigte zur Theke und sagte zu Ferai: »Sieh mal.«

Auf dem Tresen ließ eine Frau die Hüften kreisen. Die Tänzerin war nur mit wirbelnden, hauchdünnen Schleiern bekleidet, derer sie sich nacheinander entledigte. Ein lüsterner Gast bezahlte mit Kupfer oder Bronze für jeden abgelegten Schleier, wobei die Höhe der Bezahlung von der Stelle abhing, die das jeweilige Tuch verhüllte. Andere Männer hatten sich um den Tresen versammelt und johlten, klatschten in die Hände und feuerten die Frau an. Ihre Blicke verrieten ungezügeltes Verlangen.

Plötzlich weiteten sich Delons Augen. »Das ist es!«, rief er.

»Was?«

Wieder zeigte Delon nach vorn. »Der Mann dort: Stell ihn dir als Drache vor.«

»Der Mann mit den Münzen? Wie passend, obwohl es noch passender wäre, wenn er das Gold besser bewachen würde.

Aber was hat das damit zu tun, wie wir zum Schatz gelangen können?«

Delon wandte sich mit leuchtenden Augen an Ferai. »Stell dir die Tänzerin als Krake vor.«

»Als Krake? Sie windet sich zwar wie einer, hat aber nicht annähernd genug Arme.«

»Ja, ja. Aber hör zu, mein Schatz, und schau genau hin: Was will der Drache?« Delon deutete auf den Tresen.

Ferai sah sich den Mann mit den Münzen genauer an. Seine Erregung war nicht zu übersehen. Dann wandte sie sich an Delon, da ihr langsam etwas dämmerte. »Auf so etwas kannst auch nur du kommen, mein Schatz.«

Delon lachte. »Da magst du Recht haben.« Er stand auf, zog Alos unter dem Tisch hervor und hievte sich den alten Mann über die Schulter. Er wandte sich an Ferai. »Komm, mein Herz, wir wollen es den anderen sagen.«

»Was sollen wir ihm anbieten?«

»Liebe. Wir bieten dem Drachen Liebe an«, erwiderte Delon. »Ein Schäferstündchen im Heu ... oder in diesem Fall im Meer.«

Arin, die neben Egil im Bett lag, sah ihn an und wandte sich dann wieder an Delon. »Wie?«, fragte sie.

»Wenn ein Krake im Teich ist, müssen wir ihn für den Drachen herauslocken.«

»Was sollen wir tun?«, fragte Aiko.

»Ihn für den Drachen herauslocken«, wiederholte Delon.

Sie waren jetzt alle versammelt, Arin, Egil, Aiko, Burel, Ferai und Delon. Sogar Alos war da, obwohl er bewusstlos auf dem Boden lag und nichts von ihrem Gespräch mitbekam.

»Und wie wollt Ihr das anstellen?«

»Wir können vielleicht nicht gegen die Strömung anschwimmen, aber wir sollten ganz sicher in der Lage sein, mit der Strömung *nach draußen* zu schwimmen.«

»In den Mahlstrom? Seid Ihr wahnsinnig?«

»Nein, nein. Einige von uns werden die Klippe herabklettern und Seile anbringen. Derjenige, welcher den Kraken am Teich herauslockt, folgt bei Ebbe zunächst dem Weg und stürzt sich dann im letzten Augenblick ins Wasser, um sich von der Strömung nach draußen tragen lassen, wo ihn die anderen auf der Klippe retten müssen. Dann kann Ferai die Truhe öffnen und sich den Drachenstein holen. Der Drache ist dann aus dem Weg, weil er in den Armen des Kraken liegt und sich im Strudel des großen Mahlstroms der wilden, leidenschaftlichen Liebe ergibt.«

Egil wandte sich an Delon. »Was macht Euch glauben, dass wir eine Gelegenheit bekommen, auch nur mit dem Drachen zu reden?«

»Es heißt, Drachen sind wissbegierig«, sagte Delon, »jedenfalls wenn es um Rätsel geht. Ich meine, wir haben gute Aussichten, dass er neugierig sein wird, warum sich sechs von uns – oder sogar sieben, wenn Alos mitkommt – freiwillig in seine Höhle wagen. In diesem Fall machen wir ihm einen verlockenden Vorschlag, den er nicht ablehnen wird.«

Egil wandte sich an Arin. »Wenn Delon Recht hat und wir wirklich Gelegenheit bekommen, mit dem Drachen zu verhandeln, bevor er uns einfach tötet, könnte es sogar klappen.«

»Glaubst du, der Drache würde sich auf so einen Handel einlassen und uns den Zugang zum Drachenstein gewähren?«

Ferai schaltete sich ein. »Wir können ihm nicht sagen, dass wir hinter dem Drachenstein her sind, richtig? Stattdessen werden wir ihm sagen, dass wir die Schatulle haben wollen ... dass sie ein altes Erbstück ist oder etwas in der Art.«

Burel räusperte sich. »Ja, aber Dara Arin stellt eine berechtigte Frage: Wird der Drache sich auf so einen Handel einlassen?«

»Hört mal«, sagte Delon, »wenn Ihr nur einmal alle dreitausend Jahre die Möglichkeit hättet, Liebe zu machen, würdet Ihr dann nicht die Gelegenheit beim Schopf packen? Vor allem, wenn keine anderen Drachen da wären, die Euch den Anspruch auf die Dame Eurer Wahl streitig machen könnten?«

Burel sah Aiko an, die aus irgendeinem Grund errötete, obwohl sie den Blick nicht senkte.

»Glaubt Ihr, der Krake wird brünftig sein?«, fragte Arin.

»Vielleicht. Vielleicht auch nicht«, erwiderte Delon. »Aber ob er brünftig ist oder ob der Drache ihm gegen seinen Willen beiwohnt, ist ohne Bedeutung, solange wir den Stein bekommen.«

Plötzlich standen Ferai Tränen in den Augen.

»Ach, mein Herz, das war gedankenlos von mir«, sagte Delon, indem er ihre Hand nahm und sie sanft küsste.

Mit dem Ballen ihrer freien Hand wischte Ferai sich die Tränen weg. »Schon gut, Delon. Ich verstehe, was du meinst.«

Egil sah sich am Tisch um. »Mal angenommen, der Drache nimmt unser Angebot an, dann müssen wir uns teilen: Eine Gruppe klettert die Klippe hinunter, die andere geht zum Teich und holt die Schatulle.«

Delon nickte und lächelte dann. »Und einer spielt den Krakenköder. Und da ich den Plan vorgeschlagen habe, werde ich diese Rolle übernehmen.«

Arin schüttelte den Kopf. »Nein, Delon, Ihr müsst die Klippe herabsteigen, Ihr, Aiko und Burel, denn nur Ihr drei habt die Fähigkeit, eine steile, tausend Fuß hohe Felswand herab- und später wieder emporzuklettern, wenn alles erledigt ist. Egil, Ferai und ich kümmern uns um die Schatulle. Ferai löst sie von den Ketten, und Egil wird sie tragen. Also werde ich der Köder sein.«

Am Tisch brach eine hitzige Diskussion aus ...

... Doch am Ende setzte Arin sich mit ihrem Plan durch.

27. Kapitel

»Geradewegs in eine Drachenhöhle marschieren? Seid Ihr jetzt alle völlig wahnsinnig geworden?« Wutschnaubend blickte Alos in die Runde. »Er wird uns einfach verschlingen wie ein Kind ein halbes Dutzend Bonbons.«

»Dennoch haben wir genau diese Absicht, Alos, mein Alter«, erwiderte Delon, der an der Ruderpinne saß und der Küste Vanchas den Rücken zugewandt hatte.

Wieder einmal hatte Alos bei seinem Erwachen festgestellt, dass er sich auf hoher See befand, und als er aus der Kajüte gestolpert war, hatte er seine Gefährten im Morgengrauen an Deck sitzend vorgefunden, nachdem die Schaluppe bereits eine ganze Weile unterwegs war.

Dann hatte Delon ihm in groben Zügen von seinem wahnwitzigen Plan erzählt.

»Das ist lächerlich, sage ich Euch. Vollkommen absurd.« Alos wandte sich in einem stummen Appell an Arin. »Selbst wenn der Drache sich auf Delons verrückten Plan einlässt – und uns die silberne Schatulle als Gegenleistung für das Herauslocken des Kraken überlässt –, was macht Euch glauben, dass der Drache sein Wort auch halten wird?«

»Sie haben den Magiern des Schwarzen Berges gegenüber ihren Eid gehalten«, sagte Delon.

»Ja, aber das waren *Magier*, und wer würde ein Wort brechen, das er einem Magier gegeben hat? Wir sind aber nur ganz gewöhnliche Leute. Ich meine, der Drache könnte uns alles Mögliche schwören, könnte bekommen, was er will, und uns dann alle töten. Wo wären wir dann? In der Hèl, da wären wir dann. Keine Schatulle, kein Drachenstein, nur in der Hèl. Es ist Irrsinn, sage ich. Irrsinn.«

»Aber wir haben keine Alternative, Alos«, sagte Arin. »Nichts anderes bietet auch nur im Ansatz die, wenn auch geringen, Aussichten auf Erfolg, die uns dieser Plan eröffnet.«

»Geringe Aussichten?«, ächzte Alos. »Keine Aussichten, meint Ihr wohl.«

Aiko biss die Zähne zusammen, trat vor und begann damit, ein Seil aufzuwickeln.

»Hör zu, Alos«, sagte Egil. »Bei gutem Wind und Wetter bleiben uns noch drei Monate, vielleicht zwei Wochen mehr, vielleicht zwei Wochen weniger, bis wir den Drachenhorst erreichen. Wenn du eine bessere Idee hast, werden wir sie uns mit Freuden anhören. Aber bis dahin verfolgen wir Delons Plan, denn er ist für unsere Zwecke am geeignetsten.«

Alos stöhnte. Dann warf er einen Blick auf die Segel und sagte: »Delon, lasst mich ans Ruder und trimmt die Segel, denn wenn Ihr so entschlossen seid, einen schnellen Tod zu suchen, werde ich Euch gern helfen, dorthin zu gelangen, aber ich werde ... ich werde« – ein Ausdruck der Verwirrung huschte über das Gesicht des alten Mannes, und die nächsten Worte stieß er wie unter Zwang hervor – »anders als bisher werde ich meine Schiffskameraden in Zeiten der Not nicht im Stich lassen.«

Eine Woche später ließ die *Breeze* bei strömendem Regen die Straße von Kistan hinter sich und segelte in das aufgewühlte Gewässer des Westonischen Ozeans. An diesem Tag pflügten sie durch wogende Wellen und umrundeten die Landzunge, die Vancha bildete. Am nächsten Tag schlug Egil einen nordwestlichen Kurs zum Westteil Gelens ein.

Jeden Tag gingen sie ihren Plan durch und versuchten alle Schwachstellen zu berücksichtigen, doch sehr viel würde vom Drachen abhängen, und wer konnte schon die Reaktion einer solchen Kreatur vorhersehen?

Jede Nacht, in tiefster Finsternis, spürte Aiko eine entfernte Gefahr, doch sie entdeckten nichts, was die Warnungen der roten Tigerin gerechtfertigt hätte: Weder ein Schiff auf dem Meer noch eine Kreatur der Tiefe erspähten sie, und das dunkle geflügelte Wesen, das hoch über ihnen am Himmel flog, bemerkte niemand.

»Wo gehen wir an Land, Egil?«

Egil schaute von der Karte auf, die er gezeichnet hatte. Dann zeigte er auf eine Stelle. »Hier ist der Drachenhorst, am Ende der Gronspitzen. Und hier wogt der Große Mahlstrom, hier zwischen dem Drachenhorst im Osten und den Todesinseln im Westen. Hier im Süden des Drachenhorsts liegt Gron, ein schlimmes Land voller Rutcha und ähnlichem Gezücht, das angeblich von einem Schwarzmagier in einem Eisenturm regiert wird. Hier, im Norden und Osten, liegen die Steppen von Jord, wo es in erster Linie Gras und Pferde gibt.«

»Ja, aber wo gehen wir an Land?«, wiederholte Ferai.

»Nicht zu nah beim Großen Mahlstrom, hoffe ich«, sagte Delon. »Nach allem, was ich gehört habe, würde ich nicht in seinen Sog geraten wollen.«

An der Ruderpinne ächzte und schauderte Alos, sagte aber ansonsten nichts.

Wieder wies Egils Finger auf das Pergament. »Gerüchte besagen, dass es vielleicht zwei Wege den Berg hinauf und zum Sims gibt: Der eine beginnt in Gron und soll leichter zu erklimmen sein, der andere beginnt in Jord und soll der schwierigere sein.«

Aiko blickte von der Karte auf und sah Egil fragend an. »Gerüchte? Gibt es keine genauere Beschreibung?«

Egil schüttelte den Kopf. »Ich kenne keine. Es sind Berichte von Leuten, die dort schon mehr zu tun hatten als ich.«

»Hat schon jemand einen der Wege erklommen?«, fragte Burel.

»Wenn ja«, erwiderte Egil, »ist jedenfalls noch keiner zurückgekommen, um seine Geschichte zu erzählen.«

Alos stöhnte und schaute aufs Meer, während seine Augen sich mit Tränen füllten, dann murmelte er: »Er wird uns alle verschlingen.«

»Können wir das Schiff nah genug heranbringen, um uns selbst ein Urteil zu bilden?«, fragte Arin, während sie die Karte studierte.

»Der Mahlstrom reicht sehr weit, Liebste«, erwiderte Egil.

»Trotzdem, können wir hier hindurchsegeln?« Arin zeigte auf den Kanal zwischen den dem Mahlstrom am nächsten gelegenen Todesinseln.

Egil wandte sich an Alos. »Was meinst du, Alos?«

Der alte Mann schauderte und sagte dann in sehr bestimmtem Tonfall: »Schiffskameraden, meine Schiffskameraden.« Egil breitete die Karte vor dem alten Mann aus. Alos wischte sich die Tränen ab und starrte auf die Karte, wobei er sehr rasch und stoßweise atmete. Schließlich sagte er: »Vielleicht ... aber es ist zu gefährlich, sage ich Euch. Ich meine, auf dem Gesims sitzt ein Drache, der jederzeit herabstoßen und uns verschlingen kann, und in diesen Gewässern lauern Kraken, die emporsteigen und uns in die Tiefe zerren können. Und dann gibt es noch den Großen Mahlstrom, und wenn wir in den Strudel geraten, wird er unser Schiff mit Mann und Maus schlucken.«

Arin seufzte und sah den alten Mann an. »Wenn wir nicht nah genug heransegeln und uns selbst überzeugen können, müssen wir den Gerüchten vertrauen. Von den beiden Wegen, die Egil aufgezeigt hat, würde ich denjenigen auf der jordischen Seite bevorzugen, denn eine Durchquerung Grons, wie kurz sie auch sein mag, ist immer sehr gefährlich.«

Arin blickte in die Runde und erhielt ein Nicken von allen außer Alos, der stattdessen aufs Meer schaute, während ihm wieder die Tränen über die Wangen liefen.

Sie verbrachten drei verregnete Tage im Westgelener Hafen Anster, und Alos war in dieser Zeit praktisch ständig betrunken, da der alte Mann seine Furcht mit Alkohol zu betäuben versuchte. Aiko hatte es aufgegeben, ihn am Trinken zu hindern, denn schließlich hatte er sie in die Schlangenbucht und wieder hinausgeführt und hatte – abgesehen von seiner Funktion als Steuermann – ab jetzt nichts mehr mit der Wiederbeschaffung des Drachensteins zu tun, also war seine Rolle in diesem Abenteuer beendet. Daher ignorierte sie die Tatsache, dass er während ihres Aufenthalts an Land nie nüchtern war, obwohl sie von seinem weinseligen Gerede über das Verhängnis, das sie erwartete, gründlich genug hatte.

In ihrer zweiten Nacht in Anster – oder vielmehr kurz vor Morgengrauen des dritten Tages, als ein Blitz über den Himmel zuckte – wurde Egil von einem besonders furchtbaren Traum geplagt, in dem er noch einmal das Grauen nacherlebte, wie Miki die Haut vom Gesicht abgezogen wurde, sodass die winzigen Muskeln darunter in ihrer ganzen roten Nässe entblößt wurden, an denen dann einzeln gezupft wurde wie an den Saiten einer grausigen, blutigen Harfe, während Miki schrie und schrie und schrie.

Arin hielt Egil in den Armen, solange er weinte.

Egil schaute von seinem Teller auf. »Was?«

»Ich sagte gerade, leistet der Schinken noch immer Gegenwehr?«, wiederholte Delon.

Egil sah wieder nach unten. Der Frühstücksschinken auf seinem Teller war zerteilt und zerfetzt, als sei er von einer wilden Bestie angegriffen worden. Egil knallte sein Messer auf den Tisch und zischte zähneknirschend: »Ich bringe das Schwein um.«

»Wen?«

»Ordrune. Wenn das hier vorbei ist, kehre ich in die Schlangenbucht zurück und mache seinem Dasein ein Ende.«

»Ganz meine Meinung«, sagte Burel. »Er muss für den Tod meines Vater büßen.«

»Und für meine Männer«, fügte Egil hinzu.

»Wir werden eine Streitmacht zusammenstellen müssen«, sagte Aiko, »die groß genug ist, um die Mauern seiner Burg einzureißen, oder sie, wenn nötig, zu belagern.«

»Und wir brauchen ein, zwei Magier, um seinen Zaubern etwas entgegensetzen zu können«, fügte Arin hinzu.

»Das wird teuer«, sagte Ferai, »aber in seinen Mauern dürfte es genügend Schätze geben, um alles bezahlen zu können und auch noch etwas für uns übrig zu behalten.«

»Tja, dann wissen wir wohl, was wir tun werden, sobald diese Sache erledigt ist«, sagte Delon. Dann wandte er sich an Egil. »Doch sagt mir, mein Freund, warum diese plötzliche Wut?«

Egil schüttelte den Kopf. »Diese Wut ist ganz und gar nicht plötzlich entstanden, Delon, sondern braut sich seit vierzig grässlichen Tagen zusammen und wird seit Jahren in den Feuern des Zorns gehärtet.«

»Ja, schon, aber warum bricht sie gerade jetzt aus, heute Morgen?« Als sein Blick auf Arin fiel, sah er Kummer und Mitleid in ihren Augen. Ihm kam ein Gedanke, und er wandte sich wieder an Egil. »Ach so. Wieder ein Traum. Ein besonders schlimmer, nehme ich an.«

Egil holte tief Luft. »Ja, ein besonders grausamer. Und ich bin verdammt, Ordrunes ungeheuerliche Verderbtheit jede Nacht aufs Neue zu erleben.«

Burel sah Arin an und sagte: »Könnten die Magier auf Rwn den Fluch nicht von ihm nehmen? Wenn ja, warum dann nicht gleich dorthin segeln? Egils Karten zufolge ist die Insel nur etwa eine Woche entfernt – sie liegt nordwestlich von hier.«

Bevor Arin antworten konnte, sagte Egil: »Nein, Burel. Lasst uns zuerst den Drachenstein holen und dann nach Rwn segeln. Wenn sie den Fluch von mir nehmen können, ist das der richtige Zeitpunkt, es zu versuchen. Wir verfolgen unser Ziel jetzt seit fast einem Jahr ...«

»Seit fast zwei Jahren«, warf Aiko ein.

Egil sah sie an und nickte dann. »Ja. Es ist viel Zeit vergangen, seit Arin ihre Vision hatte.«

»Im Juli werden es zwei Jahre«, murmelte Arin.

»Im Juli wird es für mich ein ganzes Jahr, dass ich mich der Suche angeschlossen habe«, sagte Egil und fügte dann hinzu, »und für Alos. Aber egal, ich meine, wir wissen nicht, wann das Verhängnis eintreten soll, und je eher wir den Stein in sichere Hände legen können, desto besser für alle. Erst wenn wir ihn in Rwn abgeliefert haben, sollten wir sehen, ob die Magier diesen schrecklichen Fluch von meinen nächtlichen Träumen nehmen können. Aber ob sie es nun können oder nicht, danach knöpfe ich mir Ordrune vor.«

»Ich werde Euch begleiten«, sagte Burel entschieden, indem er seinen Becher hob und Egil zunickte.

Und das taten alle, außer Alos, der in seinem Zimmer oben immer noch wie ein Toter schlief.

Um Mitternacht des vierten Tages, nachdem sie die Hafenstadt Anster verlassen hatten, vollführten Arin und ihre Gefährten das elfische Ritual der Frühlings-Tagundnachtgleiche, denn es war der einundzwanzigste Märztag – Frühlingsanfang.

Am dreiundzwanzigsten änderten sie den Kurs von Nord auf Nordnordost, und am Abend des fünfundzwanzigsten segelten sie in die eisigen Gewässer des Nordmeers, und die *Breeze* steuerte den breiten Kanal zwischen Thol und Leut an.

Am sechsten Apriltag erreichten sie den Rand des Borealmeers und segelten unter einem zunehmenden, zu drei Vierteln vollen Mond in die große Hafenstadt Ogan ein, deren Hafen an der Küste Thols gelegen war.

»Wir segeln an den Küsten Thols, den Jillischen Höhen und an Rian vorbei, denn wir haben April, den launischten Monat, und das Borealmeer ist in dieser Jahreszeit ziemlich unberechenbar. Sollten wir Schutz vor plötzlichen Stürmen suchen müssen, haben wir so immer Land in der Nähe.«

»Schön und gut, Egil«, sagte Ferai, »aber sagt, wie viele Tage sind es noch bis Jord?«

Egil schaute auf seine Karten. »Je nach Wind und Wetter brauchen wir noch etwa einen Monat.«

»Und bis zum Drachenhorst?«, fragte Aiko.

»Einen Tag länger«, erwiderte Egil, »denn ich will in Haven anlegen, das dreißig, vierzig Meilen entfernt ist. Das ist der Hafen, der unserem Ziel am nächsten liegt.«

»Und da bekommen wir auch die Pferde und das Vieh?«, fragte Delon.

Egil nickte.

Alos trank den Rest seines Ales und bestellte sich noch einen Krug. »Hört mal. Ähem.« Er starrte in seinen leeren Bierkrug, als suche er dort den Faden, den er verloren zu haben schien. Dann hob er den Blick und sah Egil an. »Glaubt ... glaubt Ihr tatsächlich, dass der Drache es vorzieht, das Vieh an unserer statt zu verspeisen?«

Egil zuckte die Achseln, aber Ferai sagte: »Das ist ein Tribut für den Lindwurm, Alos. Der Drache wird uns ganz sicher anhören, wenn er sieht, dass wir ihm ein Geschenk bringen.«

Alos schüttelte den Kopf und sagte mit schwerer Zunge: »Ihr glaubt, ihm an unserer Stelle eine Mahlzeit zu servieren, aber ich glaube, stattdessen werden wir der Nachtisch sein.« Ein Schluchzen entrang sich der Kehle des alten Mannes, das vom

Eintreffen seines neuen Kruges nur vorübergehend unterdrückt werden konnte.

Am achten Apriltag setzten sie bei leichtem Regen die Segel und verließen Ogan in Richtung Jord.

Sie folgten der Küste Thols mehrere Tage und Nächte lang, in denen es unablässig regnete, nieselte und sogar schneite, denn der Frühling erreicht die Grenzen des Borealmeers erst spät. Als sie sich den Jillischen Höhen näherten, brach jedoch schließlich die Sonne durch die Wolkendecke, und eine Woche segelten sie bei gutem Wetter, bis sie in den letzten Apriltagen die Küste Rians erreichten. Sie segelten an Rian und am Rigga-Gebirge vorbei und die Küste Grons entlang, einem Land kalter Nebelschwaden. Hier steuerte Egil aufs offene Meer und setzte Kurs auf die westlichste Todesinsel.

Immer noch wurde Egil kurz vor dem Ende der Nacht von entsetzlichen Träumen heimgesucht, und immer noch spürte Aiko zu jeder Mitternacht irgendwo eine lauernde Gefahr.

Als sie die Klippen der Todesinseln umrundeten, sahen sie im Osten tief am Horizont ihr endgültiges Ziel aufragen – den Drachenhorst, dessen Spitze von weißem Schnee und funkelndem Eis bedeckt war, da auf dem Gipfel ewiger Winter herrschte. Doch Egil steuerte nicht diesen Berg an, sondern hielt auf die Stadt Haven in Jord zu. Dennoch wurde der Berg allmählich immer größer, je länger sie nach Nordosten segelten, und sie schienen den Blick nicht von der höchsten Kuppe der Gronspitzen nehmen zu können, deren Kette sich in einem Bogen nach Süden zog und sich dann im kalten Nebel verlor.

Kurz vor Mitternacht waren sie dem Drachenhorst am nächsten, und der Vollmond über ihnen tauchte die weiße Spitze in silbriges Licht. Doch sie segelten weiter nach Nordosten und ließen den Berg hinter sich.

Kurz vor dem Morgengrauen des neunten Maitags, sechshundertachtundsiebzig Tage nachdem Arin ihre Vision erlebt hatte, segelten sie in Haven ein und legten dort am Pier an.

Während langsam die Sonne aufging, schauten sie nach Süden, wo sie ihr weiß gekröntes Ziel nur vierzig Meilen entfernt vor sich sahen – vierzig Meilen bis zum Drachenhorst, vierzig Meilen zum Krakenteich, vierzig Meilen zum Drachenstein, vierzig Meilen zu einem äußerst ungewissen Schicksal.

28. Kapitel

»Aye. Es gibt einen Weg nach oben«, sagte der Gastwirt, während er die sonderbare Gesellschaft vor sich beäugte, *»aber man müsste schon ein verdammter Narr sein, auf den Berg zu klettern.«*

Egil nickte und wandte sich an die anderen, um ihnen die Worte des Gastwirts zu übersetzen, denn er hatte Jordisch gesprochen – nicht etwa Valur, die Soldatensprache von Jord, denn die war den Kriegern vorbehalten und wurde von den Einwohnern des Landes Fremden gegenüber nicht benutzt. Vielmehr sprach er übliches Jordisch, das Egil sehr gut verstand, denn Jorder und Fjordländer, so hieß es, hatten dieselben Wurzeln ... jedenfalls haben ihre Sprachen sehr viel gemeinsam.

Egil wandte sich wieder an den Mann. *»Wir brauchen Pferde. Und auch Vieh.«*

Die Augen des Gastwirts weiteten sich noch mehr als beim Anblick der Dylvana, sogar noch mehr als beim Anblick der seltsamen goldhäutigen Kriegsmaid. *»Ihr habt doch wohl nicht vor, auf den Berg zu gehen? In Raudhrskals Domäne?«*

»Doch, das haben wir. Aber wir werden keinem anderen erlauben, uns zu begleiten.«

»Na, was glaubt Ihr wohl, welcher dreimal verfluchte Dummkopf Euch begleiten wollen würde, hm?«

Im Morgengrauen des dritten Tages nach ihrer Ankunft in Haven verließen Arin und ihre Gefährten die Hafenstadt wieder. Einige Einwohner beobachteten, wie diese Fremden – vier Männer und drei Frauen – insgesamt sieben Dummköpfe – sich auf den Weg zum Drachenhorst machten.

»Der da drüben, der Einäugige, das ist ein Fjordländer, zweifellos ein Kaperfahrer«, flüsterten sie sich zu. *»Aye, aber findest du es nicht verdammt komisch, dass es unter diesen seltsamen sieben Fremden zwei Einäugige gibt? Und der Alte hat gewiss den bösen Blick, ich muss schon sagen. Obwohl er die meiste Zeit voll wie ein frisches Rumfass war. Habt ihr den Barden mit der lieblichen Stimme singen hören? Warum der wohl dabei ist? Ob er dem Drachen was vorsingen soll, was meint ihr? Der große Kerl da, das ist wahrscheinlich ein Krieger, und ein paar Leute haben erzählt, sie hätten ihn vor dem Elwydd-Schrein flach auf dem Boden liegen und beten sehen. Ha! Als könnte ihn ein Gebet vor dem Drachen bewahren. Die Frau mit den Dolchen – ich habe gehört, sie ist eine Gothonierin. Ja, aber die andere, die Kriegsmaid mit den Schlitzaugen, aus welchem Land kommt die wohl, was meint ihr? Die Elfe, das ist jedenfalls eine Dylvana, ganz sicher. Ich würde sagen, dass sie eine mächtige Zauberin ist. Und sie wollen alle zum Drachenhorst, was glaubt ihr wohl, warum? Habt ihr die ganzen Seile und das Zeug gesehen, das sie den Packtieren aufgebürdet haben? Um sich den Schatz zu holen, was sonst? Der Barde singt ihn in den Schlaf, der alte Mann bannt ihn mit dem bösen Blick, die Dylvana verzaubert den Drachen, die Kriegsmaid hackt ihn mit ihren magischen Schwertern in Stücke, und die anderen drei schleppen das Gold und die Juwelen. Aber welche Pläne sie auch haben, sie werden es nicht schaffen: Vieh oder nicht, Magie oder nicht, Schwerter oder nicht, der Drache Raudhrskal wird sie einfach mit seinem Feueratem verbrennen, und das war es dann mit ihren Träumen von Ruhm und Reichtum.«*

So in etwa verliefen die gemurmelten Unterhaltungen, als sieben Dummköpfe auf sieben jordischen Pferden mit drei beladenen Packtieren und vier Stück Vieh die Stadt verließen.

»Alos«, sagte Arin, »Ihr hättet nicht mitkommen müssen, sondern hättet stattdessen in Haven bleiben können.«

Alos schauderte, als er auf den weißen Gipfel vor ihnen starrte, leierte aber monoton: »Anders als bisher werde ich meine Schiffskameraden in Zeiten der Not nicht im Stich lassen.«

»Hm«, sann Ferai. »Das habt Ihr schon einmal gesagt ... Tatsächlich sogar mehrfach, Alos. Erzählt doch, hat es schon einmal eine Zeit der Not gegeben, in der Ihr Eure Schiffskameraden im Stich gelassen habt?«

Der alte Mann sah zuerst sie an und dann Arin. Die Dylvana lächelte. Alos senkte beschämt den Kopf. »Es war im Borealmeer«, murmelte er.

»Bitte?«, sagte Ferai. »Ich habe Euch nicht verstanden.«

Alos holte tief Luft. »Es war im Borealmeer«, wiederholte er.

»Was war im Borealmeer?«

Wieder sah Alos Arin an, und der Blick seines einen Auges war jetzt flehentlich, denn bislang hatte er noch keinem etwas von seiner ehemaligen Feigheit erzählt.

Arin lenkte ihr Pferd neben seines. »Ihr müsst nicht davon sprechen, wenn es Euch zu sehr schmerzt. Andererseits würde ich meinen, dass es eine Bürde ist, die Euch niederdrückt, und Bürden werden leichter, wenn man sie teilt.«

Dem alten Mann kamen die Tränen, als er von Neuem begann. »Es war im Borealmeer. Der Schwarzmagier Durlok und seine Trolle haben mein Schiff geentert, die *Solstråle*, und alle gefangen genommen ... alle außer mir. Ich habe mich in der Bilge versteckt. Durlok hat das Schiff versenkt.«

»Ah«, sagte Ferai, »jetzt fällt mir wieder ein, dass Ihr in Ordrunes Verlies etwas in der Art gesagt habt.«

»Ihr habt Euch versteckt und deshalb überlebt«, ergänzte Aiko.

»Ich kann es nicht ändern«, sagte Alos, dessen Kinn zitterte. »So bin ich nun mal.«

Aiko sah ihn weiterhin aus ihren dunklen Augen an.

Alos konnte ihrem Blick nicht begegnen. »Ihr habt selbst gesagt, die erste Regel des Lebens ist die, zu leben. Ja, ich habe meine Schiffskameraden im Stich gelassen, aber wenigstens bin ich noch am Leben.«

Aiko zuckte kaum merklich die Achseln. »Ist das auch ein lebenswertes Leben?«

Arin sah Aiko stirnrunzelnd an und sagte dann zu Alos: »Aber diesmal, mein Freund, seid Ihr anders als bisher in Zeiten der Not bei uns, Euren Schiffskameraden.«

Alos schaute nach Süden zum Drachenhorst, der im Licht der Morgendämmerung vor ihnen aufragte, und atmete keuchend ein und aus, bevor er nickte.

Das Vieh zu treiben, war eine mühselige Angelegenheit, denn die stoischen Tiere trotteten nur langsam und träge über das Gras am Rande der weiten Prärie, die sich nach Osten ausdehnte, so weit das Auge reichte, während im Westen endlos die Wellen über den Tiefen des Borealmeers wogten. Die sieben Gefährten ritten nach Süden, den gut vierzig Meilen entfernten Flanken des Drachenhorsts entgegen, und in dem von ihnen eingeschlagenen Tempo würden sie beinah drei volle Tage brauchen, um die entfernten Hänge zu erreichen.

Sie zogen den ganzen Tag dahin. Alos trank die meiste Zeit aus einer der Lederflaschen mit Branntwein, die er in seine Satteltaschen gepackt hatte. Die Sonne kletterte immer höher und sank dann langsam tiefer, brachte aber durchaus schon spürbare Wärme, obwohl der Wind noch immer kühl vom offenen Borealmeer hereinwehte.

Ab und zu hielten sie an einem der zahlreichen Bäche, um

die Tiere trinken zu lassen. Außerdem rasteten sie hin und wieder, um den Pferden und Maultieren etwas Hafer zu geben, und dann weidete das Vieh auf dem dichten Gras, das nun, da der Frühling mit Macht kam, zu sprießen begann. Gras, Pferde und Vieh, das war der Reichtum Jords, eines Landes, das nichts anderes war als eine riesige, üppige Prärie.

Als die Dämmerung hereinbrach, schlugen sie in einem kleinen Gehölz ein windgeschütztes Lager auf. Sie hatten zwölf oder dreizehn Meilen zurückgelegt, und Haven war gerade hinter dem Horizont verschwunden. In der Nacht wachten sie abwechselnd, alle bis auf Alos, der unter der Einwirkung des Branntweins tief und fest schlief, aber selbst im Schlaf vor Furcht ächzte.

Wie in jeder Nacht in den vergangenen Wochen spürte Aiko, die gerade Wache hielt, gegen Mitternacht die Anwesenheit von Gefahr in einiger Ferne. Und hoch oben am Himmel glitt etwas unentdeckt über die Sterne, da es darauf achtete, dass sich seine Silhouette nicht vor dem abnehmenden Halbmond abzeichnete.

In jener Nacht brachte der Wind vom Borealmeer einen dunstigen Nebel, der alles einhüllte. Am nächsten Tag ritten Arin und ihre Gefährten weiter durch die trübe Landschaft ihrem nun von weißen Schwaden verhangenen Ziel entgegen. Von den Reitern angetrieben, trottete das Vieh mit trägen Schritten durch das stille Land. Obwohl es heller wurde, als die Sonne am wolkenverhangenen Himmel höher stieg, blieben die Nebelschwaden zurück, und mit ihnen eine Kälte, die bis ins Mark drang.

Alos schauderte und trank eine weitere Flasche Branntwein. Dabei weinte er üppige Tränen und schwor, er werde seine Schiffskameraden in diesen Zeiten der Not nicht im Stich lassen.

Es gab keine Dämmerung, sondern die Düsternis wurde

einfach nur dichter, als die Sonne unterging, obwohl der Nebel im Licht der Mondsichel fahl leuchtete. Wieder schlugen sie ein Lager auf, diesmal in einer feuchten Senke, deren Grasnabe vom Nebel durch und durch nass war. Da sie kein Holz hatten, machten sie kein Feuer und nahmen eine kalte Mahlzeit aus Dörrfleisch, Schiffszwieback und Wasser zu sich.

Wie zuvor standen sie abwechselnd Wache, wiederum alle außer Alos, denn der alte Mann war vor Angst außer sich und weinte sich in den Schlaf.

Nahe Mitternacht knurrte Aikos Tigerin wieder, doch diesmal warnte sie vor einer Bedrohung, die wuchs und wuchs. In aller Eile weckte die Kriegerin die anderen und zischte: »Eine tödliche Gefahr nähert sich.«

In dem schwach leuchtenden Nebel wurden abgeschirmte Laternen entzündet, und die Gefährten machten sich für einen Kampf bereit. Waffen wurden in die Hände genommen: Egil hatte seine Axt, Aiko, Burel und Delon hatten ihre Schwerter und Ferai ihre Dolche. Arin hatte zwar ihr Langmesser in der Scheide gelockert, hielt aber lieber ihren Bogen bereit, obwohl es unwahrscheinlich war, dass sie ihn benutzen würde, denn die kalten Nebelschwaden wirbelten immer noch umher und sorgten für schlechte Sicht, selbst für die Dylvana. So standen sie in einem kleinen Kreis Rücken an Rücken, mit Alos in ihrer Mitte, der ganz leise vor sich hin jammerte und bereit war, beim geringsten Anlass die Flucht zu ergreifen.

Immer noch wuchs die Gefahr, vor der Aikos Tigerin warnte, und plötzlich flog etwas Gewaltiges über sie hinweg und stieß ein ohrenbetäubendes Brüllen aus – *RRRAAAAWWW!* –, das die Gefährten zusammenfahren ließ.

Das Gebrüll wurde von einem heiseren Krächzen hoch über ihnen beantwortet.

Alos kreischte, zog sich die Decke über den Kopf und kroch förmlich in den Boden.

Die anderen schauten angestrengt nach oben, konnten in den wirbelnden Nebelschwaden über sich aber nichts erkennen, obwohl sie ein gewaltiges Rauschen wie von riesigen Schwingen hörten.

Pferde und Maultiere brüllten vor Furcht und rissen an den Leinen, die sie an den in den Boden getriebenen Pflöcken hielten, und einigen gelang es, sich loszureißen und mit Leinen und Pflöcken im Schlepptau in den Nebel zu galoppieren. Auch das Vieh brüllte, riss sich los und floh.

RRRAAAAWWWW!, ertönte wieder ein Brüllen.

GRRRAAAKKKK!, krächzte es als Antwort.

Dann plötzlich ein lautes Tosen – und der Nebel flackerte rötlich, als loderten über ihnen grelle Flammen. Wieder ertönten Gebrüll und Gekrächz und das Rauschen riesiger Schwingen, und wieder loderten Feuergarben im Nebel. Und jetzt wurde das Krächzen leiser, blieb jedoch über ihnen, als fliege die Kreatur, die dieses Geräusch verursachte, höher empor.

»Wofür haltet Ihr ...?«, begann Ferai, doch ihre Worte gingen in tollwütigem Gebrüll unter, und plötzlich leuchtete der Nebel über ihnen in hellem Flammenschein, und Augenblicke später war ein Reißen zu vernehmen, bevor etwas ganz in der Nähe zu Boden fiel. Es klang, als stürzten – unsichtbar im nächtlichen fahlen Nebel – große Brocken vom Himmel.

Dann ertönte ein letztes gewaltiges Brüllen, und ein letztes Mal war das Rauschen ledriger Schwingen zu vernehmen, das sich nach Süden entfernte.

Als das Geräusch verstummte, war auch alle Gefahr vorüber, jedenfalls behauptete das die rote Tigerin.

29. Kapitel

An Bord der Dau hörte der Schwarzmagier Ordrune damit auf, eine Mischung aus schwarzen und grünen Kristallen zu zermahlen, hielt Mörser und Stößel untätig in Händen und schaute auf.

Aha, wie vorhergesehen, meine kleine Bestie ist tot.

Hervorragend! Denn das bedeutet, dass diese Narren sich ihrem Ziel nähern.

Er zischte einen Befehl, und der stumme, weil zungenlose Drik sprang von seinem Platz an der Tür auf und rannte nach oben. Kurz darauf betrat ein Ghok unterwürfig die Kabine.

»Schwenk nach Osten und lass meine Hèlrösser und den Streitwagen bereitmachen«, befahl Ordrune auf Slûk.

Der Ghok wartete noch einen Augenblick ab, ob sein Gebieter noch mehr von ihm verlangen würde. Doch als Ordrune sich wieder seinem Mörser zuwandte, eilte der Ghok nach draußen, harsche Befehle brüllend.

Augenblicke später liefen Taue über die Rollen von Flaschenzügen, und Segeltuch blähte sich knarrend im Wind. Die Dau legte sich auf die Seite und zog weißes Kielwasser über das eiskalte Meer.

30. Kapitel

»Adon!«, rief Delon. »Seht Euch das an.«

Die anderen gesellten sich zu dem Barden. Der Nebel umgab die brennenden Laternen mit einem trüben Schein.

»Was ist das?«, fragte Ferai, als sie sich bückte. »Ein großer Lederumhang?«

»Nein, Liebste. Das ist kein Mantel, sondern Teil einer Schwinge, glaube ich.«

Ferai holte scharf Luft und wich zurück.

»Teil einer Schwinge?«, flüsterte Alos, der ebenfalls zurückwich und sich dann umdrehte, als halte er im fahlen Nachtnebel nach Ungeheuern Ausschau. »Teil einer Schwinge wovon?«

Arin kauerte sich nieder und berührte die Lederhaut. »Von einer wilden Bestie aus uralten Zeiten, könnte ich mir vorstellen. Raudhrskal hat sie getötet.«

»War das der Kampf am Himmel?«, fragte Alos mit vor Furcht weit aufgerissenen Augen.

Arin nickte. »Die Bestie ist in das Refugium des Drachen eingedrungen und dafür von ihm getötet worden.«

Alos warf sich in die Brust, funkelte Ferai herausfordernd an und sagte: »Seht Ihr! Ich habe Euch doch gesagt, dass sie Eindringlinge spüren können.«

Ferai holte tief Luft und sagte: »Wenn das stimmt, heißt das, Raudhrskal kann uns ebenfalls spüren.«

Schlagartig verschwand der triumphierende Ausdruck von Alos' Gesicht und wich Bestürzung, und der alte Steuermann gab ein leises *»Ooooohhhh«* von sich.

Aiko, die neben Arin auf den Fersen kauerte, erhob sich. »Ich glaube nicht, dass wir die anderen Pferde im Dunkeln wiederfinden. Die beiden, die noch im Lager sind, werden reichen müssen, um morgen Früh die übrigen wieder einzufangen.«

Arin erhob sich ebenfalls. »Sobald sich der Nebel lichtet, suchen wir sie. Schließlich können sich die Tiere hier in der Prärie nicht vor uns verstecken.«

Alos sah Arin beschwörend an. »Vielleicht sollten wir in die Stadt zurückkehren und warten, bis sich die Wut des Drachen gelegt hat. Ich meine, es wäre doch nicht gut, sich ihm zu nähern, wenn er wütend ist, oder?«

Arin schüttelte nur den Kopf, doch Egil sagte: »Wir sind immer noch zwei Tage vom Drachenhorst entfernt, Alos. Mehr als genug Zeit für ihn, sich zu beruhigen.«

»Das wissen wir nicht, Egil«, protestierte Alos händeringend. »Mir will eher scheinen, als könnte ein Drache sehr lange einen Groll hegen.«

Burel wandte sich an den alten Mann. »Und warum sollte der Drache einen Groll gegen uns hegen?«

»Na ja, zum einen sind wir Störenfriede, Eindringlinge«, erwiderte Alos und fuhr sich über die schweißbedeckte Stirn. »Und zum anderen war ja die Bestie, die er getötet hat, vielleicht hinter uns her und ist deswegen in seine Domäne eingedrungen.«

Aikos Augen weiteten sich, und sie zeigte auf die Stelle zwischen ihren Brüsten, wo die Tigerin eintätowiert war. »Vielleicht, *ningen toshi totta,* seid Ihr da auf etwas gestoßen. Vielleicht war es diese Bestie, die meine Tigerin in den letzten Nächten gespürt hat.«

»Aber warum sollte sie uns verfolgen, Liebste?«, fragte Burel.

Aiko schüttelte den Kopf. »Wer kann sagen, was in so einer Bestie vorgeht?«, erwiderte sie.

»Trotzdem«, sagte Arin. »Ob wir die Kreatur hierher geführt haben oder nicht, wir reiten weiter zum Drachenhorst, sobald wir unsere Tiere wieder eingefangen haben.«

Alos stöhnte bei diesen Worten.

Der immer noch aus der Richtung des Borealmeers wehende Wind trieb die Nebelschwaden auseinander, und am Vormittag hatte die Sonne die letzten Fetzen aufgelöst. Aiko und Arin saßen auf den beiden verbliebenen Reittieren und trieben die durchgegangenen Pferde und Maultiere sowie das geflohene Vieh zusammen, die allesamt friedlich in der offenen Prärie grasten.

Kurz nach ihrem Aufbruch ritten sie am abgetrennten Schädel der Bestie vorbei, deren ledriger Hals aussah, als sei er von riesigen Krallen zerfetzt worden. Die gelben Augen waren jetzt glasig und matt und der lange, mit Reißzähnen gefüllte Schnabel für immer verstummt.

»Adon«, hauchte Delon. »Raudhrskal muss die Bestie förmlich zerrissen haben.«

Egil nickte und sagte dann: »Könnt Ihr Euch vorstellen, wie stark diese Bestie gewesen sein muss? Seht Euch die Größe dieses Schnabels an, und denkt auch an die Schwinge, die wir gesehen haben. Und jetzt stellt Euch vor, wie viel stärker ein Drache sein muss, wenn er eine derartige Kreatur so zerfetzen kann.«

Alos stöhnte und tastete nach einer der Branntweinflaschen in seinen Satteltaschen.

Sie ritten weiter zum Drachenhorst, und der Berg türmte sich immer höher vor ihnen auf. Das Land wurde hügelig und führte nun stetig aufwärts zu den steilen Hängen voraus. Auf dem Gipfel glitzerten Eis und Schnee in der Sonne. Hier und da schimmerte es blau und grau, wo gefrorene Felsvorsprünge ihre Schatten warfen.

Das Vieh trottete langsam und scheinbar vollkommen unbeeindruckt von dem Anblick weiter.

Die Sonne ging unter, und Dunkelheit legte sich über das Land, doch sie ritten im Mondlicht weiter, da sie zumindest einen Teil der Zeit aufholen wollten, die sie beim Wiedereinfangen ihrer versprengten Tiere verloren hatten.

Sie waren weitere zwei Meilen weit gekommen, als Aiko zischte: »Gefahr nähert sich auf raschen Schwingen.« Sie zeigte auf den Gipfel des Drachenhorsts, wo im Mondlicht eine riesige dunkle Silhouette vor dem weißen Schnee zu sehen war, die mit weit ausgebreiteten Schwingen auf sie zuschoss.

»Aaaahhhhh!«, rief Alos, sprang von seinem Pferd und lief voller Panik davon.

»Absteigen!«, rief Egil und, »Geht in Deckung!«, obwohl es kaum etwas gab, hinter dem man Schutz suchen konnte.

Trotzdem sprangen sie aus dem Sattel, und Egil und Aiko, die an den Zügeln ihrer Pferde zogen, gelang es, ihre Reittiere in eine kauernde Stellung auf den Boden zu zwingen, sodass sie nicht wieder hochkamen, obwohl sie sich darum bemühten. Burel rang sein Pferd ebenfalls auf die Erde, und hinter diesen drei Tieren warfen sich die Gefährten zu Boden, alle bis auf Alos, der in nördlicher Richtung über die Prärie floh.

Unter dem Brüllen des Viehs und dem Hufgeklapper fliehender Pferde und Maultiere stieß der Drache mit mächtigen Flügelschlägen herab und schnappte sich eines der fliehenden Pferde – Alos'. Mit dem Tier in den kräftigen Klauen hob sich der riesige Lindwurm wieder in die Lüfte, während das Pferd vor Entsetzen schrie … doch der Drache brüllte angriffslustig, als er mit seiner Beute zu seinem Berg zurückflog.

31. Kapitel

Als der Drache davonflog, hinderten Egil, Aiko und Burel ihre Pferde noch am Aufstehen, die wieherten und auskeilten, weil sie sich nicht erheben konnten. Schließlich war der Drache nicht mehr zu sehen, und erst dann gestatteten die drei Gefährten den Tieren, sich schnaubend und prustend zu erheben, die daraufhin mit vor Furcht geweiteten Augen nervös hin und her tänzelten. Doch mit besänftigenden Worten und Streicheln gelang es Aiko, Burel und Egil schließlich, die Tiere zu beruhigen. Daraufhin gab Burel sein Pferd Arin und sagte: »Dara, bei Nacht seht Ihr am besten, und unser Vieh ist schon wieder in alle Winde versprengt worden.«

Arin nahm die Zügel und sagte: »Aiko, ich möchte, dass Ihr mich begleitet. Egil, suchst du bitte Alos?«

»Wohin ist er geflohen?«

»Nach Norden, glaube ich.«

Egils Blick folgte Ferais ausgestrecktem Arm, mit dem sie die Richtung anzeigte, doch er sah nur Prärie im hellen Mondlicht. Trotzdem stieg er auf und ritt nach Norden, und nicht mehr als hundert Schritte weiter fand er den alten Mann, der auf dem Rücken im Gras lag und vor Erschöpfung keuchte.

Egil schloss sich Arin und Aiko an, und als sie Maultiere, Vieh und restliche Pferde zusammengetrieben hatten, war der Mond zwei Handbreit weiter über den Himmel gezogen.

Arin und Aiko trieben das Vieh vor sich her, und Egil folgte ihnen mit den Pferden und Maultieren, die er in einer Reihe hinter sich am Zügel führte. Als sie dort eintrafen, wo die anderen warteten, betrachtete Aiko den dort stehenden Alos mit unergründlicher Miene. Obwohl ihr Gesicht im Schatten lag, konnte der alte Mann der Kraft ihres Blickes nicht standhalten, und er wandte sich ab und schaute in Richtung des Borealmeers, dessen Fluten jenseits der Dünen anbrandeten.

Ohne abzusteigen, sagte Arin: »Lasst uns in den Schutz des kleinen Wäldchens reiten, eine Meile, nicht weiter. Alos, Ihr könnt hinter mir aufsitzen.«

»Hinter Euch aufsitzen?« Alos sah sich um. »Sagt, wo ist mein Pferd?«

»Das hat sich Raudhrskal geholt«, erwiderte die Dara. »Ihr hattet Glück, dass Ihr zu dem Zeitpunkt nicht mehr im Sattel wart.«

Alos bekam sichtlich weiche Knie. »Der Drache hat sich mein Pferd geholt«, keuchte er mit zitternder Stimme. »Und wenn ich im Sattel gesessen hätte ...« Er fuhr sich mit zittriger Hand über die Stirn. »Herrje, ich brauche einen ...« Er hielt abrupt inne. Dann stöhnte er: »Meine Satteltaschen. Er hat meine Satteltaschen.«

Sie machten ein kleines Feuer und erhitzten Wasser für Tee. Während sie ihn tranken, sagte Alos: »Warum pflocken wir nicht einfach das Vieh hier an und reiten nach Haven zurück?«

»Wie soll uns das in den Besitz des Steins bringen?«, fragte Ferai.

Alos funkelte sie an. »Gar nicht, aber wenigstens wird der Drache damit beschäftigt sein, das Vieh zu fressen anstatt uns.«

»Alos, Ihr könnt eines der Pferde nehmen und zurück nach Haven reiten, wenn Ihr das wünscht«, sagte Arin. »Dann machen wir ohne Euch weiter.«

Alos schüttelte mit jämmerlicher Miene den Kopf. »Wenn Ihr entschlossen seid, weiterzumachen, bleibt mir nichts anderes übrig, als Euch zu begleiten, denn anders als bisher werde ich meine Schiffskameraden in Zeiten der Not nicht im Stich lassen.«

»Ha!«, schnaubte Ferai. »So, wie Ihr Eure Schiffskameraden nicht im Stich gelassen habt, als der Drache auf uns herabgestoßen ist?«

Alos schüttelte den Kopf und starrte in seinen Becher. »Ich habe Euch nicht im Stich gelassen.«

»Ach, nein?« Ferai hob eine Augenbraue. »Wie würdet Ihr es sonst nennen? Oder war das Euer Zwilling, der nach Norden gerannt ist?«

»Ja, ich bin weggelaufen, das gebe ich zu, aber nicht weit. Tatsächlich konnte ich es gar nicht.«

Aiko sah den alten Mann durchdringend an. »Inwiefern?«

»Keine Ahnung. Es kam mir so vor, dass mir das Laufen umso schwerer fiel, je weiter ich kam, als wäre ich einen Hügel emporgerannt, der immer steiler wurde.«

Delon schaute auf die ebene Prärie. »Wann seid Ihr das letzte Mal eine nennenswerte Strecke gerannt?«

Alos zuckte die Achseln. »Vor zwanzig, dreißig Jahren.«

»Alos, mein Alter, ich würde einfach sagen, dass Euch das Alter eingeholt hat.«

»Denkt, was Ihr wollt«, raunzte Alos.

»Ich mache dir keinen Vorwurf, Alos«, sagte Egil. »Viele würden vor einem herabstoßenden Drachen voller Furcht davonrennen.«

Alos sah den Fjordländer an. »Ich wollte ihm nur aus dem Weg gehen, wisst Ihr?«

Delon lachte. »Ja, mein Alter, wie zum Beispiel in der Sicherheit der Stadt.«

Arin schüttelte den Kopf. »Von einer Zwergenfeste einmal abgesehen, ist kein Ort sicher vor einem Drachen.« Sie wandte sich an den alten Mann. »Und ich mache Euch auch keinen Vorwurf, Alos, denn wie Egil gesagt hat, kann jeder von dem Entsetzen übermannt werden, das ein Drache hervorruft.«

Alos neigte den Kopf vor der Dylvana und schaute dann zu Aiko. Doch von ihr kam kein Zuspruch, noch ließ sie in irgendeiner Form erkennen, dass sie mit der Dara übereinstimmte, denn Aikos Blick verriet nichts über ihre Gedanken.

In dieser Nacht, als Aiko Wache stand, schwieg die rote Tigerin, als Mitternacht kam und ging, im Gegensatz zu den vergangenen hundert Nächten.

Vielleicht hat meine Tigerin die ganze Zeit über die Bestie gespürt, die der Drache getötet hat. Wenn ja, warum sollte uns so eine Kreatur verfolgen?

Am nächsten Tag begannen sie mit dem Aufstieg in die Bergausläufer an der Nordflanke des Drachenhorsts. Allmählich wurde der Weg steiler und die Luft immer kälter. Ebenso allmählich begann Aikos rote Tigerin, sie erneut vor einer Gefahr zu warnen, die vor ihnen lag, und je näher sie der eisigen Spitze kamen, desto lauter wurde die Warnung. Dennoch setzten sie ihren Weg fort und trieben das langsame Vieh den steilen Weg entlang. Schließlich gelangten sie kurz vor Sonnenuntergang an eine Stelle, von der aus sie erkennen konnten, wie stark das vor ihnen liegende Gelände anstieg, und sie mussten einsehen, dass ihr Vieh auch das langsame Tempo der letzten Tage nicht würde durchhalten können.

»Seht dort«, rief Arin, indem sie nach rechts vorn zeigte.

Alle Herzen schlugen ein wenig schneller, denn in der Richtung ihres ausgestreckten Arms konnten sie die Anfänge des Weges erkennen, den ihnen die Bewohner Havens beschrieben hatten. Irgendwo tausend Fuß über ihnen und drei oder vier Meilen entfernt lag das Gesims, jedenfalls hatten die Stadtbewohner das behauptet. Diesem Weg würden sie in der Hoffnung folgen, den Ort zu finden, wo ein gewaltiger Drache lauerte.

Egil wandte sich an Arin und Alos, der hinter ihrem Sattel auf der Kruppe des Pferdes saß. »Ich glaube, an dieser Stelle müssen wir die Tiere zurücklassen und zu Fuß weitergehen.«

Arin musterte das Gelände und nickte dann.

Zwischen zusammengebissenen Zähnen hindurch zischte Alos: »Lasst uns umkehren. Lasst uns umkehren, bevor es zu spät ist.«

Arin schüttelte den Kopf. »Nein, Alos, wir machen weiter.«

»Aber der Drache, der Drache, er wird sein Wort nicht halten. Er wird sein Wort nicht halten.«, stammelte der alte Mann.

»Trotzdem, Alos, das Risiko müssen wir eingehen.«

In einer grasbewachsenen, engen Schlucht schlugen sie in der Dämmerung ihr letztes Lager auf. Aus Seilen fertigten sie ein simples Gatter, mit dem sie den Eingang zur Klamm versperrten, sodass die Tiere eingepfercht waren.

Den Abend verbrachten sie damit, die Gegenstände zu sortieren, die sie mitnehmen würden: Seile, Kletterausrüstung, Laternen, Proviant, Wasser und so weiter, auch Waffen, obwohl gegen einen Drachen Klingen und Pfeile nichts ausrichten konnten. Ferai nahm ihre Dietriche mit, Delon eine simple Flöte, Burel einen Wappenrock mit dem Kreis der Ilsitt ... alle wählten ihre Ausrüstung sorgfältig aus, obwohl niemand wusste, was einem Drachen gefallen oder wovor er Hochachtung haben könnte – alle außer Alos, denn nun, da sein Pferd und die kostbaren Satteltaschen nicht mehr da waren, hatte er nur noch sich selbst und seine erbärmliche Furcht.

Am nächsten Morgen schulterten sie kurz nach Tagesanbruch ihr nicht unerhebliches Gepäck und begannen mit dem Aufstieg. Aiko war immer noch bestürzt, dass Arins Rolle bei diesem Unternehmen darin bestehen würde, den Kraken aus dem

Teich und ins Meer zu locken, also an einen Ort, wo der Drache sich mit ihm paaren können würde, doch ihr wollte keine vernünftige Alternative zu dem von ihnen ersonnenen Plan einfallen: Nur sie, Burel und Delon konnten die steile Klippe herab- und wieder heraufklettern, und Ferai, die ebenfalls sehr gut klettern konnte, würde die anderen durch den Berg zum Teich führen. Außerdem konnte Ferai weder zu den Bergsteigern gehören noch Krakenköder spielen, denn sie musste die Ketten lösen, mit denen die silberne Schatulle gesichert war. Egils Kraft war nötig, um eben jene silberne Schatulle zurück an die Oberfläche zu tragen, denn sie konnten nicht einfach nur den Drachenstein mitnehmen, weil sonst der Drache bemerken würde, was sie sich aus der Höhle geholt hatten. Gleichermaßen wurden alle drei Bergsteiger für das Rettungsunternehmen benötigt, denn sonst würde der Krakenköder entweder ein Opfer des Ungeheuers, falls die Bergsteiger ihn nicht rasch genug hochziehen konnten, oder in den Großen Mahlstrom gerissen, falls sie ihn gänzlich verfehlten. Es gab noch viele andere Gründe, warum die Gefährten sich so aufgeteilt hatten, doch dies waren die Hauptüberlegungen, und Aiko hatte dem nichts entgegenzusetzen

Was Alos betraf, so hatte er keine Rolle zu spielen, und über die Gründe, warum er an dieser Stelle überhaupt noch dabei war, ließen sich bestenfalls Vermutungen anstellen. Tatsache war, dass der alte Mann sich den steilen Weg emporkämpfte, auf jedem Schritt des Weges eine jammernde Bürde, denn man musste ihm auch bei den kleinsten Hindernissen helfen und ihn über die größeren ziehen, und bereits nach kurzer Zeit teilten die anderen sein Gepäck unter sich auf. Doch obwohl Alos danach nicht mehr die kleinste Last trug, brauchte der alte Mann immer noch unentwegt Hilfe bei seinem mühsamen Aufstieg, während er beständig vor sich hin murmelte, »Anders als bisher, anders als bisher, anders als bisher ...«, als sei es ein Mantra ... oder ein inbrünstig gesprochenes Gebet.

Langsam wand sich der Weg aufwärts, manchmal steil nach oben, manchmal abfallend, selten eben, um hohe Felsnadeln herum und durch tiefe, schmale Spalten, rechts und links von kaltem, zerklüftetem Fels umgeben. Vorsprünge und Geröllfelder erschwerten das Vorankommen, und sie rasteten oft. Schließlich erreichten sie eine Stelle, wo der Weg über einen schmalen Grat führte: hoch aufragender, dunkler Fels zur Linken, ein steil abfallender, tiefer Abgrund zur Rechten, während das düster-graue Wasser des Borealmeers tief unter ihnen gegen die Felsen brandete und salzige Gischt aufwirbelte. Der Weg selbst führte dicht an der steil abfallenden Bergflanke vorbei, und der eisige Wind, der ihnen entgegenwehte, brachte ein nicht enden wollendes leises Grollen wie von einem unablässigen Donner von jenseits der Biegungen und Windungen mit.

Sie seilten sich an, wobei Delon die Spitze bildete, dann folgten Burel und Aiko, Alos in der Mitte, dann Egil, dann Arin und zum Schluss Ferai. Während sie weitergingen, entfernte sich der weinende, vor sich hin murmelnde Alos so weit wie möglich vom Abgrund und drückte sich dicht an die Felswand.

Schließlich umrundeten sie eine Biegung und erblickten dahinter in der Tiefe den brodelnden Strudel des großen Mahlstroms, der einen Durchmesser von vollen fünf Meilen hatte, ein riesiger, gewundener Trichter, in dessen Mitte ein dunkles, grollendes Loch klaffte, das sich immer tiefer in einen schwarzen, bodenlosen Abgrund schraubte und ihren Blick wie magisch anzog.

Über Alos' Schluchzen hinweg bemerkte Arin: »Ich habe einmal gesagt, der grüne Stein sei wie das Auge eines Mahlstroms, und hier schaue ich jetzt hinein.«

Ferai holte tief Luft und sagte dann: »Ach du meine Güte, wo wir von Augen sprechen, mir ist gerade ein Gedanke gekommen.«

Arin sah sich zu ihr um. »Ein Gedanke, Ferai?«

Ferai zeigte auf den tosenden Strudel. »Vielleicht ist das da unten das Einauge In Dunklem Wasser, Dara.«

Es war mitten am Nachmittag, als sie das riesige Gesims im Berg erreichten, ein weiter Vorsprung tausend Fuß oberhalb des wirbelnden Strudels im Ozean und vier Meilen von ihrem Ausgangspunkt entfernt. Als sie die letzte Klippe umrundet hatten und auf dem breiten Steinsims standen, drehte ein gewaltiger rostroter Drache seinen kantigen Schuppenkopf, fixierte sie mit seinen gelben Schlangenaugen und zischte: »Warum sollte ich euch nicht auf der Stelle töten?«

32. Kapitel

Der unzusammenhängend vor sich hin brabbelnde Alos wandte sich zur Flucht, wurde aber von dem Seil aufgehalten, das ihn mit seinen Gefährten verband.

Delon, der an der Spitze ging, rief: »Warum Ihr uns nicht töten sollt, o mächtiger Raudhrskal? Weil wir Euch etwas anzubieten haben, ein besonderes Geschenk nur für Euch, das Euch sehr gefallen und Euch große Freude bereiten wird. Und wir werden dafür nur um eine winzige Gegenleistung bitten.«

Der gewaltige, vom Kopf bis zur Schwanzspitze gut achtzig Fuß messende Raudhrskal verlagerte sein Gewicht. Seine langen, säbelartigen Krallen kratzten über den Felsvorsprung, und seine spitzen Reißzähne glänzten. Mit einer Stimme, die klang, als würde ein großer Messinggong geschlagen, brüllte der Drache: »Pah! Habt ihr geglaubt, wenn ihr mir ein paar Stück Vieh bringt, würde ich euch gestatten, in meine Domäne einzudringen? Tatsächlich sogar dieses Gesims zu betreten? Fehlgeleitete Narren! Vieh kann ich mir nach Belieben holen. Pah! Von allen Seiten stürmen geistesschwache Abenteurer auf mich ein, die den Tod suchen.«

Der Drache holte tief Luft.

Arin ballte die Fäuste. »Er will Flammen speien.«

Ein wildes Grollen drang aus Aikos Kehle.

Alos fiel auf die Knie und schlug die Hände vors Gesicht.

Während die anderen sich für das vernichtende Feuer wappneten, das über sie hereinzubrechen drohte, richtete sich Delon auf und rief: »Wartet! Ich verlange, dass Ihr uns anhört!«

Raudhrskals Augen flackerten vor Zorn. »Verlange? Du verlangst? Du, der du eine wilde Bestie mitgebracht hast, die in mein Reich geflogen ist, du, der du in mein Refugium eingedrungen bist, du *verlangst* etwas von *mir?*«

Delon öffnete seinen Mantel an der Hüfte, streifte seinen Rucksack ab und vollführte eine tiefe Verbeugung. »O mächtiger Drache, mit der Bestie hatten wir nichts zu tun. In dieser wie auch in jeder anderen Hinsicht sind wir uns keiner Schuld bewusst. Und, ja, wir sind in Eure Domäne gekommen, denn wir möchten Euch demütig um eine Kleinigkeit bitten, eine Kleinigkeit, für die wir Euch mehr als angemessen entschädigen werden. O Raudhrskal, wollt Ihr Euch nicht anhören, was wir zu bieten haben? Wir bringen nicht nur Vieh – das ist nur ein unbedeutendes Geschenk –, sondern auch etwas viel Bedeutenderes, etwas, das für jemanden Eurer gewaltigen Macht sehr viel passender ist.«

Jetzt verengte Raudhrskal die Augen zu schmalen Schlitzen und musterte Delon argwöhnisch. »Deine Stimme ist höchst überzeugend, Mensch. Wie kommt das? Ah, ja, ich verstehe. Du trägst einen Talisman um den Hals. Willst du mich mit deiner verzauberten Zunge betören? Wenn ja, wird es dir nicht gelingen.«

»Euch betören?« Delon wich scheinbar entgeistert einen Schritt zurück. »Nein, o Mächtiger, denn das wäre der Gipfel der Dummheit.«

»Du sprichst von einer großen Gabe, winziger Mensch, doch abgesehen von einigen wenigen bescheidenen Münzen und Edelsteinen, die ihr bei euch habt, spüre ich keinen großartigen Schatz. Willst du mich mit Arglist umgarnen?«

Delon schüttelte abermals den Kopf. »Euch mit Arglist umgarnen? Niemals, Drachenfürst, denn wir wissen, dass es unmöglich ist, Euch zu täuschen. Nein, wir bringen Euch keine gewöhnlichen Schätze. Vielmehr bieten wir Euch etwas weitaus Kostbareres, etwas, das Euch großes Vergnügen bereiten wird.« Der Barde warf einen Blick auf seine Kameraden und wandte sich dann wieder an den Drachen. »Dürfen wir näher treten?«

»Du weckst meine Neugier«, grollte Raudhrskal. Doch dann hob der Drache seinen großen Kopf, starrte wütend auf die ganze Gruppe herunter und zischte. »Doch wenn du versuchst, mich zu täuschen, töte ich euch alle, wo ihr gerade steht.«

Delon trat vor und bedeutete dann den anderen, ihm zu folgen. Egil richtete Alos auf. Der alte Mann murmelte beständig, »Seht ihm nicht in die Augen, seht ihm nicht in die Augen, auf keinen Fall in seine Augen«, immer und immer wieder, während er am ganzen Leib zitterte und das Gesicht abwandte. Egil musste ihn vorwärts ziehen, als alle Delon folgten.

Sie betraten den großen Vorsprung aus glattem schwarzen Fels. Links von ihnen türmte sich der Berg in steile, schneebedeckte Höhen, rechts fiel der Abhang tausend Fuß tief zum Borealmeer ab. Gut zweihundert Schritt breit und ebenso tief, war das Gesims eher ein Einschnitt im Berg, in dessen hinterem Teil eine riesige Höhle gähnte. Hier und da standen riesige Felsen, als seien sie absichtlich so aufgestellt worden, doch was der Zweck dieses arkanen Musters war, konnte keiner von ihnen erraten.

Raudhrskal betrachtete den Rest der Gruppe, als sie das Gesims betraten – die sechs immer noch durch ein Seil verbunden. Sein Blick strich rasch über sie alle hinweg, bis er an Arin hängen blieb. »Du, Elfe, deine Aura hat etwas Sonderbares an sich. Bist du vielleicht eine Magierin?«

Die Dylvana hob die Hände und sagte: »Manchmal kann ich Dinge sehen, die anderen verborgen bleiben.«

»Wie ich mir gedacht habe: wilde Magie.«

Nun richtete der Drache seinen funkelnden Blick auf Aiko. »Euresgleichen habe ich noch nie gesehen, wie dich und deine Begleitung.«

Aikos Blick huschte zu Burel.

»Nein, nein«, sagte der rostrote Drache, »ich meine nicht diesen Dummkopf von einem Menschen, sondern vielmehr deine verborgene Begleiterin. Die große Katze marschiert auf und ab und peitscht mit dem Schwanz, als sei sie aufgeregt ... und jetzt duckt sie sich, als wollte sie mich anspringen« – Raudhrskals Gelächter dröhnte – »aber nun hat sie ihre Meinung wieder geändert.«

Raudhrskal wandte sich von der erstaunt dreinschauenden Aiko ab und funkelte Delon an: »Und nun, kleiner Mensch, zu dieser Kleinigkeit, um die ihr mich bitten wollt, zu diesem Handel, von dem du behauptest, dass er mir gefallen wird. Ich höre.«

»In Honig eingelegtes Ogruauge, köstlich gereift«, verkündete Raudhrskal, dessen lange gegabelte Zunge dabei um sein schuppiges Maul leckte. »Hast du noch eins?«

Aiko schüttelte den Kopf. »Nein, Raudhrskal. Dieses eine zu beschaffen, hätte meine Gebieterin und mich beinah das Leben gekostet. Aber ich habe das hier ...« Aiko griff in ihren Rucksack und zog die Pfauenfeder heraus, die sie bei sich trug, seitdem sie am Teich von Königin Gudrun der Schönen gewesen war. Sie reichte dem Drachen die schillernde Feder mit den Worten: »Sie stammt von einem exotischen Vogel, den es hierzulande nicht gibt.«

Mit funkelnden Augen streckte Raudhrskal eine Vorderpfote aus und nahm Aiko die glänzende Feder mit zwei säbelartigen Krallen ab. Der Drache hielt sie hoch ins Sonnenlicht und drehte und wendete sie, sodass sie strahlend hell leuchtete. »Das stammt von einem Vogel.«

»Ja. Er wird Pfau genannt.«

»Wenn mir danach ist, werde ich auf so einen Vogel Jagd machen.«

Aiko nickte. »Sie sind auf den Inseln im südlichen Jingameer zu finden.«

Delon räusperte sich. »Einen gibt es im Garten der Zitadelle von Gudrun, der Königin von Jütland.«

Raudhrskal richtete den Blick auf den Barden und grinste. »Aha, das ist viel näher. Vielleicht fliege ich dorthin, um meinen Vogel zu bekommen.«

Delon sah Aiko an und lächelte, und sie erwiderte es. Die Gesichter von beiden zeigten einen Ausdruck argloser Unschuld.

»Habt ihr sonst noch etwas für mich?«

Delon schüttelte den Kopf. »Nein, o mächtiger Raudhrskal. Dara Arin und ich haben Euch ein Lied gesungen. Meister Burel hat in Eurem Namen Ilsitt angerufen. Die edle Ferai hat zu Eurer Unterhaltung ihre Kunststücke vorgeführt. Meister Egil hat Euch die Sage erzählt, warum Drachenschiffe diesen Namen tragen. Und die edle Aiko hat Euch das in Honig eingelegte Ogruauge und die schillernde Feder gegeben, die Ihr nun habt. Außerdem stehen vier Stück Vieh bereit, um Euren Hunger zu stillen, wenn die Tat, die wir vorschlagen, vollbracht ist.«

Der Kopf des Drachen fuhr zu Alos herum, und während der alte Mann sich unter seinem Blick wand, zischte Raudhrskal: »Was ist mit ihm? Bringt mir dieser Feigling keinen Respekt entgegen? Hat er keinen Tribut für mich?«

Alos ächzte, fiel auf die Knie und erniedrigte sich, indem er die Stirn auf den Steinboden legte.

»O Mächtiger, das Vieh ist sein Geschenk«, sagte Delon und zeigte dann auf das zerfetzte Geschirr, den Sattel und die Satteltaschen, die ein Stück weit hinter dem Drachen auf dem Gesims lagen. »Und vor zwei Nächten habt Ihr sein Pferd genommen.«

»Ich habe das Pferd genommen, um euch zu zeigen, dass ich über euer Schicksal bestimmen kann, wie es mit beliebt.«

»Ja, o Raudhrskal, was Ihr sagt, ist fraglos richtig.« Delon warf einen kurzen Blick auf die anderen, dann holte er tief Luft und riskierte alles. »Doch wir sind es, die Euch das anbieten, was ansonsten vielleicht für Euch unerreichbar ist.« Feuer loderte in den Augen des Drachen, doch Delon fuhr rasch fort: »Was ist mit unserem Angebot? Nehmt Ihr an, was wir Euch als Gegenleistung für das bieten, was wir wollen?«

Raudhrskal kochte sichtlich, denn anzudeuten, dass *irgendetwas* für ihn unerreichbar war, grenzte an eine verächtliche Beleidigung. Dennoch zischte er: »Diese silberne Schatulle, ich spüre sie tatsächlich in der Höhle unten. Was enthält sie?«

Delon schüttelte den Kopf. »Wir glauben, dass sie leer ist. Die Schatulle an sich ist ein altes Erbstück, das nur für die edle Ferai und ihre Familie von Wert ist. Sie verschwand vor ungezählten Jahren bei einem Schiffsunglück und galt als unwiederbringlich verloren, bis Dara Arin ihre Vision hatte. Wir glauben, dass sie von einem Kraken in die Höhle geschafft wurde.«

Raudhrskal brüllte vor Zorn, und alle fuhren erschrocken zusammen, während Alos vor Entsetzen laut aufschrie. Der Drache fixierte Delon wutentbrannt. »Hältst du mich für einen Dummkopf, winziger Mensch? Ihr wärt nicht hergekommen, wenn die Schatulle nur ein altes Erbstück wäre. Sprich die Wahrheit!«

Alos ächzte, fing an zu weinen und zischte: »Er weiß es. Er weiß es. Der Drache weiß es.«

Die anderen wappneten sich, während Delon tief Luft holte und den Kopf hängen ließ. »O Raudhrskal, es ist klar, dass wir keine Geheimnisse vor Euch haben können. Verzeiht mir, dass ich nicht aufrichtig war, aber die Wahrheit ist« – Delon drehte sich um und zeigte auf Ferai – »dass die edle Ferai mit dieser Schatulle ihren Anspruch auf die Baronie Alnawald geltend machen kann.«

Der Drache grinste hämisch und zischte: »Ich wusste doch, dass hinter eurem Eifer nur Gier stecken konnte. Meine Frage war eine Falle, denn ich wusste die ganze Zeit, dass die Schatulle leer ist. Ich kann nichts darin erspüren. Ha! Falls ihr damit gerechnet haben solltet, dass sie voller Schätze ist, habt ihr euch getäuscht. Was den Kraken angeht« – Raudhrskals

Schwanz schlug vor Erregung hin und her – »so spüre ich seine Anwesenheit ebenfalls, was für jemanden meiner Macht äußerst verdrießlich ist.«

Delon verbeugte sich tief vor dem Drachen. »Ihr habt unsere kleine Täuschung durchschaut, o Mächtiger. Und wenn die Schatulle auch leer ist, so wird sie doch den Anspruch der edlen Ferai auf die Baronie belegen. So bieten wir Euch den Handel dennoch an: die Gesellschaft eines Kraken für Euch und eine leere Schatulle für uns.«

Der triumphierende Blick des Drachen strich über alle Gefährten. »Also gut, ich nehme an. Falls und wenn ihr den Kraken von unten herauslockt, überlasse ich euch die silberne Schatulle. Aber gebt wohl Acht: Wenn es euch nicht gelingt, ist euer Leben verwirkt.«

Als die Sonne den Horizont berührte, lagen alle außer Alos, der sich abseits hielt, auf dem Bauch und lugten über die Kante des Vorsprungs in die Tiefe. Egil flüsterte Delon zu: »Gut gemacht, Delon. Jetzt verstehe ich, warum Ihr ein Barde seid, wenn Ihr einen Drachen mit nichts als Eurer Stimme einwickeln könnt.«

Ferai, die neben Delon lag, murmelte: »Die Baronie Alnawald, wie? Du kannst so gut lügen, Liebster. Als der Drache dir befahl, die Wahrheit zu sagen, dachte ich schon, wir wären erledigt, aber deine Zunge ist wahrhaft sehr flink und glatt wie Honig, mein Herz.«

Ferais Lob ließ alle schmunzeln ... alle außer Aiko, die nach unten zeigte und sagte: »Die Wand ist zwar steil, aber es gibt viele Spalten und Vorsprünge. Wir dürften keine Schwierigkeiten haben, nach unten zu klettern und eine Stelle zu finden, die zur Rettung geeignet ist.«

»Und der Drache sagt, dass die Spalte direkt unter uns ist, genau unter dieser Stelle?«, fragte Ferai.

Burel grunzte eine Bestätigung.

»Wie Alos fragen würde: Können wir Raudhrskals Wort trauen?«

Delon sah Ferai an. »In diesem Fall würde ich das bejahen. Es liegt in seinem Interesse, uns die Wahrheit zu sagen, sonst bekommt er nicht, was er begehrt.«

»Ah, die Macht der Liebe«, sagte Egil grinsend.

Aiko spürte, wie sie errötete.

Delon, Burel und Aiko verbrachten den Abend damit, sich auf ihren frühmorgendlichen Abstieg vorzubereiten und Seile und Ausrüstung zu sortieren, denn wenn die Ebbe ihren Tiefststand erreichte, musste unten vor der Spalte alles zu Arins Rettung bereit sein. Arin, Egil und Ferai fügten ihrer Kletterausrüstung zusätzlich Laternen hinzu, denn sie würden durch den Berg nach unten steigen und daher Licht brauchen.

Als sie fertig waren, betteten sie sich auf dem Sims zur Ruhe, obwohl sich der Schlaf erst kurz vor dem Ende der Nacht einstellte. Doch selbst in den wenigen Augenblicken seines Schlummers hatte Egil einen bösen Traum, und Arin drückte ihn fest an sich, denn nicht einmal die Anwesenheit eines Drachens hatte Einfluss auf Ordrunes üblen Fluch.

»Weh mir«, jammerte Alos, dessen Gesicht in der letzten Stunde vor Morgengrauen vom Laternenschein erleuchtet wurde. »Ihr könnt mich doch nicht einfach mit dem Drachen allein lassen. Er wird mich verschlingen wie ein leckeres Häppchen, wenn Ihr weg seid.«

»Wie ein sehniges, zähes Häppchen, meint Ihr«, sagte Ferai mit einem mutwilligen Grinsen.

Arin wandte sich an den alten Mann. »Alos, Ihr könnt weder die Felswand herunterklettern noch durch den Berg herabsteigen. Ich möchte, dass Ihr stattdessen hier Wache haltet.«

»Wache?«, ächzte Alos. »Ich soll Wache halten? Was bewache ich denn?«

»Sollten wir scheitern, muss jemand den Magiern davon berichten.«

»A-aber, Dara, wenn Ihr scheitert, wird der Drache alle anderen töten.«

»Trotzdem, mein Freund, solltet Ihr überleben, möchte ich, dass Ihr Zeugnis ablegt über das, was wir hier und heute versucht haben.«

Ferai befestigte eine letzte Seilrolle an ihrem Gürtel. »Was bringt Euch zu der Annahme, dass er nicht einfach wegläuft?«

»Anders als bisher«, sagte Alos mit zitternder Stimme, »werde ich meine Schiffskameraden in Zeiten der Not nicht im Stich lassen.«

»Ach, richtig«, knurrte Ferai. Sie sah den alten Mann an, dem die Tränen über das Gesicht liefen. »Ach, Alos, es tut mir Leid. Ich bin nur etwas nervös, weil ich gleich in eine Krakenhöhle steige. Tut Euer Bestes, mein Alter.«

Von einem eisigen Wind begleitet, der von der schneebedeckten Bergspitze herabwehte, kam endlich die Morgendämmerung. Beide Gruppen waren bereit, und nach einer letzten Umarmung, die auch den weinenden Alos einschloss, machten sie sich auf ihren jeweiligen Weg: Delon, Burel und Aiko gingen zu der auf dem Sims markierten Stelle, Ferai, Arin und Egil schritten an Raudhrskal vorbei in die Dunkelheit der riesigen Höhle hinter ihm.

Als sie die rückwärtige Wand der großen Höhle und die kleine Spalte erreichte, wo ein schmaler Gang nach innen und nach unten führte, drehte Arin sich noch einmal um. Sie sah gerade noch, wie Aiko, die Letzte in der Reihe, mit ihren Schwertern auf dem Rücken das verankerte Seil packte und rückwärts über den Rand kletterte.

Dann drehte Arin sich um und folgte dem schwankenden Lichtschein abwärts in die Dunkelheit. Nur Alos blieb allein auf dem Gesims zurück.

33. Kapitel

In luftiger Höhe kletterte Aiko die Felswand herab. Bis auf das entfernte Tosen des Großen Mahlstroms tief unten im Schatten des Drachenhorsts war alles still. Ein eisiger Wind wehte von den schneebedeckten Höhen herunter. Der dunkle Fels füllte ihr Blickfeld aus, während sie an einem dünnen Seil daran vorbeiglitt. Als Aiko auf dem ersten Absatz ankam und neben Burel innehielt, hatte Delon bereits den nächsten Absatz erreicht, und Burel ließ gerade fünfzig Fuß lange Seilrollen zu ihm herunter. Während Aiko ihren Haltering vom Seil über sich löste und ihm bei seiner Arbeit half, fragte sie: »Irgendwelche Besonderheiten, auf die wir achten müssen?«

»Keine«, erwiderte Burel. »Der Fels über uns ist solide, also seilen wir uns ohne Umweg ab.«

Aiko bestätigte mit einem Kopfnicken und schaute beim Herablassen ihrer Seilrolle zu Delon herab, der sich vor dem Hintergrund des unruhig wogenden Borealmeers abzeichnete. Der Barde nahm die Seilrollen von oben in Empfang und legte sie in einer Reihe neben sich auf den Absatz.

Die Arbeit war rasch beendet, und dann rief Delon zu ihnen hinauf: »Diesen Abschnitt können wir ohne Seil bewältigen, also bringt die Abwärtsleine mit.«

Während Delon einen Haken in eine gezackte Spalte schlug und prüfte, wie fest er saß, klinkte Burel sich in das doppelt geführte Seil ein und trat rückwärts über den Rand, während Aiko zurückblieb und wartete, bis sie an der Reihe war.

Die drei Gefährten stiegen durch die Dunkelheit abwärts, Ferai voran, Arin in der Mitte und Egil am Ende. Ferai und Egil hielten Laternen, um den Weg zu erleuchten, doch Arin ließ ihre Leuchte unangezündet, da die Dylvana im Licht der anderen beiden mehr als genug sehen konnte. Der Fels ringsumher war dunkel und dumpf, eine eisige Kälte hüllte sie unerbittlich ein, und das Laternenlicht schien alle Mühe zu haben, die Dunkelheit ringsumher zu durchdringen.

Der steile Weg abwärts zog sich nach rechts und links, führte steile Böschungen hinunter und wand sich um Ecken, Auswüchse und Felsbrocken, die den Weg versperrten. Spalten führten in schwärzeste Finsternis. Zeitweise tasteten sich die Gefährten über Simse voran, während neben ihnen nur wenige Fingerbreit von ihren Füßen entfernt gähnende Schluchten in stumme, pechschwarze Tiefen abfielen.

Und je tiefer sie kamen, desto kälter wurde es, bis sie schließlich einen Abhang herunterrutschten, um eine Kurve bogen und funkelndes Weiß vor sich sahen.

Auf dem großen Gesims kauerte Alos schaudernd im Schatten eines Felsblocks, da er sich nicht dazu bringen konnte, zum Rand des Vorsprungs zu kriechen und in die grauenhafte Tiefe zu starren, um seine Gefährten beim Herabklettern zu beobachten.

Es war ungerecht, absolut ungerecht, dass er hier einsam und allein zurückgeblieben war, denn wäre es andersherum gewesen, hätte er seine Schiffskameraden ganz sicher nicht im Stich gelassen. Er hätte ihr Schicksal ganz bestimmt nicht der Gnade eines furchtbaren Drachen überantwortet, so wie sie es getan hatten.

Was war das? Ein Geräusch. Es war Raudhrskal, der entsetzliche Raudhrskal, der zum Rand des Simses glitt und zu jenen herabschaute, welche die Felswand herabkletterten, um ihre Fortschritte zu beobachten. In dem Bemühen, selbst kein Geräusch zu verursachen, rutschte Alos auf Händen und Knien um den Felsblock herum, um Deckung vor dem rostroten Ungeheuer zu haben, das ihn ohne jeden Skrupel verschlingen würde.

Tränen liefen dem alten Mann ob seiner ungerechten Notlage über das Gesicht – im Stich gelassen und allein saß er in der Falle, ohne Freunde, ohne Hilfe, es gab niemanden, der ihn retten konnte, und eine schreckliche Bestie war bereit, ihn zu verspeisen ...

... Und dann sah er im Schatten der großen Höhle im hinteren Teil des Gesimses seine gestohlenen Satteltaschen liegen, unbewacht und ganz offenbar von dem Ungeheuer unbeachtet.

Aiko schaute nach oben. Über einem langen Abschnitt leicht zu erkletterndem Fels baumelte ein Seil von oben herab, und noch höher, über einem gleichartigen Abschnitt, baumelte noch eines – ein Seil, das obere, war hundert Fuß lang, das andere fünfzig. Sie hatten nicht genug Seil für den ganzen Weg bis hinunter zum Wasser mitgenommen, sondern vielmehr geplant, einen Teil des Weges frei zu klettern. Nur an den Stellen, die sie schwierig fanden, ließen sie ein Seil zurück.

Aiko schaute unter sich. Burel hatte das Ende des nächsten Seilabschnitts beinah erreicht, während Delon sich bereits weiter unten an einem anderen Seil herunterließ. Wenn Aiko an der Reihe war, würde sie am Seil heruntergleiten und es dann mitbringen.

Wieder schaute sie nach oben und an der hohen Felswand empor. Der Rückweg würde ganz sicher schwieriger sein als der Weg nach unten. Und dass sie dann Arin bei sich haben würden, machte alles noch schwieriger, denn die Dara war ungeübt im Klettern.

Als sie an die Dylvana dachte, krampfte sich ihr Herz zusammen, denn die Gefahr, der ihre Herrin sich stellen musste, war unvorhersehbar groß, und die Ryodoterin glaubte, sie müsse bei ihr sein und die Dara mit ihren Schwertern beschützen. Doch Aiko war nicht an der Seite der Dylvana, sondern bereitete stattdessen ihre Rettung vor.

Mit Dara Arin nach oben zu klettern, würde eine Erleichterung sein, denn das würde bedeuten, dass sie noch am Leben war.

Doch was, falls sie nicht kam, wenn die Ebbe ihren Tiefststand hatte? Dann würde der Aufstieg lang und kummervoll werden, denn das würde bedeuten, dass sie gescheitert war.

Aiko schüttelte den Kopf, um sich von allen derart trübsinnigen Gedanken zu befreien, und schaute wieder nach unten. Burel hatte sich vom Seil gelöst und traf die nötigen Vorbereitungen, die verbliebene Ausrüstung zu Delon abzuseilen.

Aiko hakte sich am Doppelseil ein und machte sich an den weiteren Abstieg.

»Was ist das?«, fragte Egil. Das Weiß funkelte im Laternenschein, während er die gewaltige Spalte betrachtete, die nach rechts steil in bodenlose schwarze Tiefen abfiel und nach links einen weißen Steilhang bildete.

»Eis«, sagte Ferai. Ihr Atem bildete eine weiße Wolke, und ihre Stimme hallte in der Höhle wider.

»Eis? Hier im Berg?«

»Vom Gipfel, würde ich meinen«, sagte Arin. »Diese breite Spalte muss bis zur Spitze des Drachenhorsts reichen.«

Egil nickte und beobachtete, wie sein Atem Wölkchen bildete. »Kein Wunder, dass es in dieser Höhle so kalt ist.«

Ferai hielt ihre Laterne hoch. »Der Gang setzt sich hinter dieser Spalte fort. Ich kann ihn auf der anderen Seite gerade noch erkennen.«

»Wie kommen wir hinüber?«, fragte Egil.

Ferai beäugte die Spalte. »Ich glaube nicht, dass wir es über den Fels auf der rechten Seite schaffen. Es ist ein Überhang, und ich kenne mich nicht gut genug aus, um es dort zu probieren. Also führt unser Weg über das Eis oder gar nicht weiter.«

Egil knurrte, während er ein Werkzeug aus seinem kleinen Rucksack holte. »Und ich habe Delon für verrückt gehalten, weil er uns gesagt hat, wir sollten eine Eisaxt mitnehmen.«

Ferai machte sich am Gürtel ihres Kletterharnischs zu schaffen und brachte schließlich einen Gesteinsnagel zum Vorschein. Sie wählte einen dünnen Riss aus, trieb den Nagel hinein, brachte einen Schnappring an der Öse an und zog ein Seil durch den Ring.

»Sichert mich ab«, sagte sie. »Ich muss unterwegs Vertiefungen für Hände und Füße ins Eis hauen.«

Egil nahm die Seilrolle so in die Hände, dass er das Seil langsam nachlassen konnte. Er schlang es sich über die Schulter und über den Rücken und stemmte sich gegen eine Ausbuchtung. »Ich bin so weit ...«

Alos beobachtete Raudhrskal. Der Drache war mit der Betrachtung der Kletterer beschäftigt. Der alte Mann zog verstohlen eine Lederflasche aus einer der Satteltaschen, entkorkte sie und nahm einen tiefen Schluck vom Branntwein darin.

»Das Gestein unter uns ist ziemlich brüchig«, rief Delon. »Ich weiche nach links aus.«

Chnk ... chnk ... chnk ... Ferai hieb mühsam Vertiefungen für Hände und Füße in die hart gefrorene, eisige Rutschbahn. Die Eisaxt drang tief ein, und silbrige Scherben fielen die Schräge herunter und verloren sich in der Schwärze darunter. Ab und zu hielt sie inne, um sich schwer atmend auszuruhen, doch jedes Mal machte sie nach einer kurzen Pause weiter.

Vi-vi-vielleicht sollte ich einfach von hier verschwinden. Ich meine, schließlich wollen sie *sich diesen Stein holen, nicht ich.* Alos nahm noch einen Schluck aus der Flasche.

Delon hämmerte noch einen Nagel in die Felswand und brachte einen Schnappring an. Der Barde hinterließ eine Spur, die ihnen den Aufstieg bei ihrer Rückkehr erleichtern würde. Er sah sich zu der Stelle um, wo Aiko und Burel warteten, und ließ sich dann zur nächsttieferen Spalte in der Felswand herab, wo er den nächsten Nagel einschlug.

»Wie über dem Eis, wo wir zwei Rollen zurückgelassen haben«, sagte Ferai, während sie zu der weiter unten baumelnden Laterne herabstarrte, deren gelber Schein den vertikalen Schacht vor ihren Füßen beleuchtete, »müssen wir hier oben ein Seil verankern und für unsere Rückkehr hier lassen.«

»Dann können wir nur hoffen, dass wir nicht auf noch viel mehr von diesen Hindernissen stoßen«, sagte Egil. »Wenn wir eine Rolle hier lassen, bleiben uns nur noch drei.«

Während Ferai damit begann, einen Kletterhaken in einen geeigneten Spalt zu treiben, sagte sie: »Was glaubt Ihr, wie Ordrune hierher gekommen ist? Ich meine, ich kann keine Spuren erkennen, dass schon mal jemand hier war – keine alten Gesteinsnägel, Ringe oder Seile ... und auch sonst nichts.«

»Vielleicht kann Ordrune fliegen«, mutmaßte Arin.

Ferai unterbrach ihr Hämmern. »Kann etwas anderes als ein Vogel fliegen?«

»Drachen«, sagte Egil. »Fledermäuse, Bestien, die von Drachen zerrissen werden, Insekten und noch einige mehr.«

Ferai grinste und versetzte dem Gesteinsnagel einen letzten Schlag, während sie einen Schnappring in die Öse einhakte. »Ich glaube, eigentlich wollte ich fragen, ob Ihr wirklich der Meinung seid, dass Ordrune fliegen kann.«

Arin hob die Hände. »Immerhin ist er ein Magier, und es

heißt, dass es Zauberkundige gibt, die sich durch die Luft bewegen können.«

Ferai zog ein Seil durch den Ring und prüfte die Verankerung des Kletterhakens. »Fertig. Macht einen soliden Eindruck. Gehen wir weiter.«

N-nein. Kann sie nicht im Stich lassen. Anders als bisher. Schiffskameraden. Meine Schiffskameraden. Ein Schluchzen entrang sich Alos' feuchten Lippen.

Während Burel wartete, schaute er auf das Borealmeer und den riesigen Strudel darin. Die gesamte, sich drehende Oberfläche schien spiralförmig in das entfernte Tosen des dunklen, klaffenden Lochs gezogen zu werden.

»Ich höre Wasser rauschen«, sagte Arin. »Irgendwo vor uns.«

Sie kletterten über Felsplatten, die glitschig und feucht waren, krochen über Vorsprünge, sprangen über Spalten und rutschten Halden von gesplittertem Gestein herunter. Kurz darauf konnten auch Egil und Ferai das Geräusch rauschenden Wassers hören, das zu ihnen empordrang.

Alos zog eine weitere Lederflasche aus seinen geretteten Satteltaschen. Dabei liefen ihm dicke Tränen über die Wangen, und er schluchzte verzweifelt. Er entkorkte die Flasche, hob sie an den Mund und trank zwischen herzzerreißenden, selbstmitleidigen Schluchzern einige große Schlucke der Flüssigkeit, die in seiner Kehle brannte.

»Seht Ihr die Spalte?«, rief Aiko nach unten.

»Nein, ich sehe sie nicht«, erwiderte Delon.

»Sie muss irgendwo da unten sein«, rief Burel. »Jedenfalls hat der Drache das gesagt.«

Aiko schaute nach oben und orientierte sich am obersten

Seil, wo der Drache über den Rand des Gesimses starrte. »Weiter links!«, rief sie Delon zu. »Der Spalt müsste etwas weiter links von Euch sein.«

Delon bewegte sich auf dem Felsvorsprung weiter nach links und lugte nach unten in die wogenden Fluten am Fuß der Klippe. Der Barde suchte nach einem Hinweis, der sie zum Krakenteich im Berg führen würde.

»Da ist er«, hauchte Ferai, die ihre Laterne in die Höhe hielt, deren Licht von der Finsternis in der Kaverne vor ihnen förmlich verschlungen wurde.

Sie standen im Eingang einer großen Höhle. Ein kurzer Weg führte zu einem großen Teich, in dessen schwarzen Tiefen nachtschwarzes Wasser stand. Die Grotte war annähernd kreisrund und vielleicht hundert Fuß hoch. Ihr Durchmesser betrug zweihundert Fuß, und das entfernte Ende verlor sich in Düsternis und war nur von der Dylvana auszumachen.

Egil legte Arin beide Hände auf die Schultern und flüsterte: »Was siehst du?«

Die Dara sah sich in der Grotte um. »Rechts verläuft ein breiter, mit Felsbrocken übersäter Weg am Ufer entlang. Auf der anderen Seite verschwindet er in einem breiten Kanal hinter ...«

»Der Schatz«, unterbrach Ferai ungeduldig. »Seht Ihr den Schatz?«

Arin nickte und zeigte beinah direkt geradeaus. »Gleich neben dem Weg, kurz vor dem Eingang in den Kanal ist eine kleine Vertiefung in der Wand, in der die Schatulle steckt.«

»Wie lange noch bis zum Niedrigwasser?«, fragte Egil.

»Vier Glasen«, erwiderte Arin.

Egil zog Arin an sich, und eine Weile sagte niemand etwas. Doch dann seufzte er und murmelte: »Hoffen wir, dass Delon, Burel und Aiko an Ort und Stelle sind und alles vorbereitet haben.«

»Ach, ganz bestimmt«, sagte Ferai, die angestrengt in die Richtung starrte, in die Arin gezeigt hatte. »Wir sind zu weit gekommen und haben alles viel zu gut geplant, als dass an dieser Stelle noch etwas schief gehen könnte. Und der Schatz, tja, wir haben ihn doch schon beinah.«

Doch Egil starrte auf das unheimliche schwarze Wasser des Teichs. »Wenn es stimmt, was in der Schriftrolle steht, dann ist irgendwo in diesem Teich ein Ungeheuer, das uns diesen Anspruch streitig machen wird.«

Arin schaute ebenfalls auf den dunklen Teich und sagte dann: »Bald werden wir es genau wissen.«

34. Kapitel

Die Zeit verging quälend langsam.

»Aber was ist, wenn sie es *nicht* bis ganz nach unten geschafft oder den Unterwasserspalt nicht gefunden haben?«

Arin wandte sich an Egil. »Hab keine Angst, *Chier* … und hab Vertrauen.«

»Aber wir wissen es nicht mit Sicherheit, Liebste. Wir wissen nicht, ob alles bereit ist. Hör mir zu, wir können zum Gesims zurückkehren und den Plan morgen ausführen. Erinnere dich, wenn die Ebbe kommt und geht und du den Kraken nicht nach draußen gelockt hast, sollen sie wieder nach oben klettern. Wir können sie oben erwarten und dann wissen wir, ob alles bereit ist oder nicht.«

»Wiederum sage ich, hab kein Angst, *Chier*. Delon und Burel haben beide gesagt, dass der Abstieg zwar lang ist, aber ziemlich leicht, und dass er schnell vonstatten gehen wird. Der Wiederaufstieg wird dagegen lange dauern.«

Egil seufzte und verstummte, und nur das Rauschen von Wasser in der Grotte störte die Stille.

Schließlich sagte Ferai: »Dara, könnt Ihr von hier aus erkennen, ob der Schatz mit einem Zauber belegt ist?«

»Es ist kein *Schatz*, Ferai«, sagte Egil mit Schärfe in der Stimme.

»Trotzdem ist es eine gute Frage, *Chier*«, sagte Arin. »Ich werde versuchen, etwas mit meiner besonderen Sicht zu erkennen.« Arin erhob sich und ging zum Eingang der Höhle. Einen Augenblick später sagte sie: »Vielleicht ist ein Leuchten da, aber wenn ja, ist es zu schwach, um es von hier aus zu erkennen.«

»Oh.« Mehr sagte Ferai nicht.

»Wäre Euch lieber, die Schatulle würde leuchten?«, fragte Egil.

»O nein«, erwiderte Ferai. »Mir wäre schon lieber, wenn sie nicht leuchtet, denn wer weiß, was ein solcher Zauber anrichten kann? Ich hatte nur gehofft, die Dara könnte erkennen, ob überhaupt ein Spruch auf der Schatulle liegt oder nicht.«

»Es wird Zeit, *Chier*«, sagte Arin und erhob sich.

Egil sah sie an, und sein Blick verriet seine Gedanken. Er wollte etwas sagen, stellte aber fest, dass er kein Wort herausbekam. Stattdessen nahm er ihre zierliche Gestalt in die Arme. Er küsste sie lange, ließ sie dann mit einem tiefen Seufzer los und trat einen Schritt zurück.

Ferai tauchte das Ende eines kurzen Stück Seils in Lampenöl und entzündete es dann. »Eure Fackel, Dara«, sagte sie und reichte Arin das brennende Seilstück. Dann gab sie der Dylvana eine angezündete Laterne mit den Worten: »Und eine Laterne, die Ihr bitte bei der silbernen Schatulle lasst, solltet Ihr die Möglichkeit dazu haben.«

Egil schlug das Herz im Halse, als Arin Fackel und Laterne nahm und dankend nickte. Doch bevor sie sich auf den Weg machen konnte, trat Egil noch einmal vor, nahm ihr Gesicht in beide Hände, küsste sie noch ein letztes Mal und flüsterte: »Ich liebe dich.«

»Chieran«, erwiderte sie, dann drehte sie sich um und ging rasch weg, wobei sie ein paar Tränen wegblinzeln musste.

Sie betrat die Grotte, holte tief Luft und rannte rasch den Pfad auf der rechten Seite entlang und ihrem Ziel entgegen, während Egil hinter ihr den Atem anhielt und die Zähne zusammenbiss und Ferai die Fäuste so fest ballte, dass die Knöchel weiß hervortraten.

Dunkles Wasser stand reglos im Teich.

Leichtfüßig und geschwind wich Arin den Felsbrocken auf dem Weg aus und sprang über kleinere Steine hinweg. Sie erreichte den letzten Bogen, und im Licht von Arins Laterne konnten Egil und Ferai eine Nische in der Wand erkennen, in der es silbrig funkelte.

Arin blieb stehen, stellte die Laterne in die Höhlung und rief dann über das Rauschen des Wassers hinweg: »Die Schatulle ist mit einem Zauber belegt!«

Das schwarze Wasser des Teichs begann sich zu bewegen. Es kräuselte sich, und kleine Wellen schwappten an den Rand.

Jetzt trat Arin an den Rand des Teichs. Sie spähte hinein und wartete. Das Wasser brodelte und stieg, bis es über die Ufer trat und in kleinen Rinnsalen zu dem ins Meer führenden Kanal floss.

Nichts.

»Vielleicht ist überhaupt kein Krake in dem Teich«, zischte Ferai.

Egils Antwort bestand aus einem tiefen Seufzer.

Jetzt drehte Arin sich um und ging zur Nische mit der Schatulle zurück, und während sie den Teich nicht aus den Augen ließ, streckte sie die Hand zur Schatulle aus ...

... und berührte das verzauberte Metall.

Wusch! Eine hohe Welle wurde förmlich aus dem Wasser geschleudert, und biegsame Tentakel schossen daraus hervor.

Wellen schwappten gegen die Höhlenwände.

Lauf!, schrien Egil und Ferai gemeinsam ...

... Doch Arin hatte sich bereits zur Flucht gewandt und rannte den Weg entlang zum Ausgang, dem offenen Meer und dem Großen Mahlstrom dahinter entgegen.

Und ein Ungeheuer raste ihr hinterher, dessen Tentakel ihm

voranflogen und nach der fliehenden Gestalt griffen und schlugen.

»Lauf! Lauf!«, schrie Egil ihr hinterher, während die durch das Auftauchen des Kraken verursachten Wellen gegen die Felswände brandeten und Spritzwasser in die Höhe geschleudert wurde. Als er wieder sehen konnte, war das Licht von Arins Fackel in der Dunkelheit des Kanals verschwunden. Und Egil flüsterte: »Lauf, Liebste. Ach, Adon, lauf!«

Arin rannte mit ihrer ganzen Behändigkeit. Hinter ihr raste ein Keil aus schwarzem Wasser durch den Kanal, eine gewaltige fließende Welle in der Dunkelheit, aus der sich windende Tentakel nach ihr griffen. Arin rannte, so schnell sie konnte, sprang über kleine Felsbrocken und Steine hinweg, auf der Flucht vor einem grässlichen Ungeheuer, das sie in Stücke reißen würde, sollte es sie zu fassen bekommen.

Auch die Welle raste immer weiter und ließ ein schäumendes schwarzes Kielwasser hinter sich zurück. Plötzlich griff ein riesiger Fangarm nach ihr, doch sie wich ihm geschmeidig aus. Die Wut des Ungeheuers brachte das Wasser zum Kochen, und der Krake packte mit seinen Fangarmen einen Felsbrocken und schlug damit nach ihr – *wack!* Steinsplitter prasselten gegen Arins Rücken, während sie immer weiterlief.

Wack! ... Wack! ... Lautes Krachen war zu hören, als schlage ein riesiger Hammer gegen den Fels. »Ach, Adon, Adon, was ist da los?«, rief Egil, während die Schläge durch die Grotte hallten.

»Jetzt, Egil!«, rief Ferai. »Solange das Ungeheuer beschäftigt ist. Jetzt ist die Gelegenheit, den Schatz zu holen, ehe das Ungeheuer zurückkehrt.«

»Was?«, rief Egil.

»Ich sagte, wir müssen uns sputen! Sonst werden ihre Anstrengungen wahrscheinlich vergebens sein«, fauchte Ferai.

Die Echos des Hämmerns entfernten sich und wurden schwächer.

Egil holte tief Luft. Er brummte eine Antwort, doch was er sagte, hörte Ferai nicht. Mit wutverzerrter Miene schaute der Fjordländer auf das dunkle Wasser und zur Schatulle, dann sagte er: »Wartet hier, Ferai, bis ich Euch rufe.«

Sie nickte und gab ihm ebenfalls ein steifes Stück Seil, dessen Ende mit Öl getränkt und angezündet war. Er nahm eine Laterne und die Fackel und trat in die Grotte.

Ferai beobachtete, wie er zur Schatulle ging, ein Auge auf den Mann gerichtet, das andere auf den wogenden schwarzen Teich.

Schließlich erreichte Egil die Nische. Er stellte die Laterne ab und zog seine Axt, dann streckte er, wie er es Arin hatte tun sehen, vorsichtig eine Hand aus und berührte das silberne Metall.

Wieder wirbelte der Teich auf und Tentakel schossen daraus hervor.

Arin floh durch den felsigen Kanal zum Ausgang, während nur eine Handspanne hinter ihr beständig ein großer Gesteinshammer niedersauste, und ihre Füße berührten kaum den Boden. Jetzt konnte sie voraus das Glitzern von Wasser und Licht sehen, das durch eine Öffnung fiel. In dem Augenblick, als einer der riesigen Fangarme direkt auf sie zuschoss, erreichte sie das Ende des Weges und warf sich in die kräftige Strömung, die sie nach draußen zog.

WACK! ... Wack! ... wack! ... Ferai lauschte den leiser werdenden Echos von Egils Flucht, der wie Arin zuvor von einem Ungeheuer verfolgt wurde.

Zwei Kraken. Zwei. Was für eine entsetzliche Falle. Und jetzt bin ich ganz allein.

Mit einer Seilfackel in der einen und der letzten Laterne in der anderen Hand betrat Ferai die Grotte.

Wack ... wack ...

Während das Hämmern in der Ferne immer leiser wurde, lief sie rasch den Weg entlang zu der silbernen Schatulle. Sie stellte die Laterne beiseite und wischte sich die schweißfeuchten Handflächen an ihrer Kleidung ab. Dann biss sie die Zähne zusammen, holte tief Luft, starrte auf das dunkle wogende Wasser ... und berührte die verzauberte Kassette.

35. Kapitel

»Haltet Euch bereit!«, rief Aiko. »Gefahr nähert sich!«

Auf der einen Seite des Vorsprungs nahmen Burel und Delon die Halteleinen des Netzes aus Seilen, das vor der Spalte im Wasser trieb. Auf der anderen Seite der Unterwasseröffnung hielt Aiko das dritte Seil und das Netz damit an der richtigen Stelle in der Strömung. Zu Füßen der Ryodoterin lag ein zusammengerolltes Seil zum Wurf bereit, falls Dara Arin das Netz verfehlte.

Der Warnschrei ihrer roten Tigerin wurde immer lauter, da die Gefahr sich rasend schnell näherte.

Von einer gewaltigen Strömung vorwärts gepeitscht wie von einer Schleuder, schoss plötzlich die Dara durch die Öffnung und an die Wasseroberfläche. Etwas Großes, Dunkles und Tödliches war ihr dicht auf den Fersen. Sie hätte das im Wasser treibende Netz beinah verfehlt, doch im letzten Augenblick gelang es ihr, sich mit einer Hand daran festzuhalten.

»Jetzt!«, rief Aiko, die losließ, während Burel und Delon mit aller Kraft zogen. Wasser speiend und nach Luft schnappend, packte Arin auch mit der anderen Hand zu und wurde gleich darauf seitwärts aus dem Wasser und zu den beiden Männern hoch oben auf dem Felsvorsprung gezogen. Der Krake wurde von der gewaltigen Strömung weiter- und an der Dara vorbeigerissen, und seine Tentakel fanden nur Wasser an der

Stelle, wo Arin eben noch gewesen war. Dennoch konnte man erkennen, wie sich der große, dunkle Leib unter der Wasseroberfläche drehte, um noch einmal nach seiner Beute zu schlagen.

»Beeilt Euch!«, schrie Aiko, die jetzt mit ihren Schwertern in der Hand über das Gesims eilte, obwohl sie sich nicht erinnern konnte, sie gezogen zu haben.

Jetzt zogen Delon und Burel die Dara nach oben. Beide Männer gaben ihr Äußerstes, doch Burel, der sehr viel kräftiger als Delon war, hatte die Hauptlast zu tragen.

Immer höher wurde Arin aus dem Wasser gezogen, während eine riesige dunkle Gestalt unter ihr die Klippe entlangschoss.

Ein riesiger Fangarm zuckte aus dem Wasser und griff nach ihrem Bein, doch Arin zog es an, und dann war sie außer Reichweite des Ungeheuers.

Riesige Tentakel peitschten voller Wut das Wasser und hämmerten gegen die Wand, als der riesige Krake sich an der Klippe in die Höhe reckte, doch seine Fangarme waren nur um ein paar Fingerbreit zu kurz. Wieder peitschte das Ungeheuer erzürnt mit den Tentakeln und wühlte das Wasser so stark auf, dass es schäumte.

Schließlich zogen Burel und Delon Arin auf das Gesims, und Delon half ihr dabei, sich aufzurichten, während Burel das Netz beiseite warf.

»Adon«, rief Delon, dem die große Anspannung deutlich anzumerken war, obwohl die Gefahr vorüber war, »das war sehr knapp.«

Arin stand unkontrolliert zitternd da, obwohl man nicht erkennen konnte, ob vor Kälte oder vor Furcht oder wegen ihrer nur knapp überstandenen Begegnung mit dem Tod. Burel trat vor, nahm sie in seine starken Arme und murmelte: »Seid ganz ruhig, Dara Arin, denn Ilsitt hat Euch beschützt.«

Doch dann legte Aiko verwirrt den Kopf auf die Seite, warf einen Blick auf den tobenden Kraken unter ihnen und schaute sich dann um. »Was ist denn, mein Schatz?«, fragte Burel, der die Dylvana immer noch tröstend umarmte.

»Noch mehr Gefahr kommt«, sagte Aiko. »Woher, kann ich jedoch nicht sagen.«

Doch in diesem Augenblick schoss wieder eine Gestalt aus der Unterwasserspalte, und auch diese wurde von einem entsetzlichen Ungeheuer verfolgt.

Es waren Egil und der zweite Krake, aber diesmal wartete kein Netz aus Seilen.

Die beiden Gestalten wurden von der gewaltigen Strömung ins Freie gespült. Egil kämpfte sich an die Oberfläche und schnappte nach Luft, um gleich darauf von einem riesigen Fangarm am Bein gepackt und wieder in die Tiefe gezogen zu werden.

Er bemühte sich, wieder nach oben zu kommen, doch seine Anstrengungen waren vergeblich, da seine Kraft verglichen mit der des Kraken unbedeutend war. Seine Axt hatte er irgendwo unterwegs verloren, und so zog er seinen Dolch und stach verzweifelt auf das Seeungeheuer ein, doch ohne Erfolg, denn die Klinge glitt wirkungslos von der zähen Haut ab.

Und nun, da der Krake sein Opfer gepackt hatte, schwamm er wieder zur Felsspalte zurück. Egils überlastete Lunge brannte in seiner Brust, und sein Leib zuckte wie unter Krämpfen, da alles in ihm nach Luft schrie.

Doch da war nur Wasser, und in den letzten Momenten, als die Finsternis sich auf sein Bewusstsein legte, konnte der Fjordländer dem Drang zu atmen nicht mehr widerstehen und sog in tiefen Zügen Wasser in seine Lunge.

So ertrank Egil Einauge im Griff des Kraken.

36. Kapitel

»Egil!«, schrie Arin mit vor Entsetzen weit aufgerissenen Augen. *»Egil!«*

Sie versuchte sich aus Burels Umarmung zu befreien, doch er hielt sie fest und sagte: »Dara, Dara, wir können nichts tun.«

Delon streifte hastig seine Stiefel ab, band sich ein Seil um die Hüften und machte sich bereit zu tauchen, doch Aiko hielt ihn auf und sagte: »Burel hat Recht, wir können nichts tun.«

So sahen sie ohnmächtig zu, wie der riesige Krake mit Egil in einem Fangarm lautlos unter Wasser zum Höhleneingang schwamm, während der zweite Krake kehrt machte, um sich dem ersten anzuschließen. Die einzigen Geräusche um sie her waren das leise Weinen Arins und das weit entfernte Tosen des Großen Mahlstroms.

Doch plötzlich wurde die Stille gestört:

RRRAAAAWWW! Von hoch oben hallte ein gewaltiges Gebrüll herab, und Raudhrskal stürzte sich mit angelegten Schwingen im Sturzflug an der Felswand entlang ins Wasser. Im Flug riss er das Maul weit auf und spie Flammen, sodass sich ein Feuerstrom vor ihm ins Wasser ergoss.

Und die Kraken kehrten um und schossen der Stelle entgegen, wo der Feuerstrom niederging.

Mit einem lauten Klatschen tauchte Raudhrskal ins Wasser, und eine riesige Welle schoss in die Höhe wie ein Geysir.

Gischt brandete gegen die Felswand und durchnässte jene, die auf dem Gesims kauerten.

Immer noch rasten die Kraken dem Drachen entgegen, als seien sie Rivalen und als wolle jeder als Erster dort ankommen. Und in ihrem Kielwasser ...

»Egil!«, rief Arin und zeigte nach unten.

Unter ihnen im Wasser, in der Strömung, die ihn langsam in die äußerste Spirale des Großen Mahlstroms zog, trieb dicht unter der Oberfläche und von den Kraken vergessen, der leblose Egil.

»Sichert mich ab«, befahl Delon und reichte Aiko das andere Ende des Seils, das er sich um die Hüften gewickelt hatte. Dann sprang der Barde von dem hohen Felsvorsprung ins Wasser, während sich hinter ihm das Seil abwickelte. Er tauchte sauber ins Wasser ein, und ein Strom silberner Luftblasen trieb in seinem Kielwasser an die Oberfläche. Unter Wasser wendete er und schwamm zu dem reglos dahintreibenden Nordmann.

»Halte dich bereit, Burel«, rief Aiko, indem sie ihm das Ende des Seils gab. »Sobald er Egil festgebunden hat, ziehen wir ihn hoch.«

Augenblicke später hatte Delon Egil erreicht, ihn gepackt und an die Oberfläche gezogen. Der Barde löste das Seil um seine Hüften, band es dem Fjordländer um und rief: »Zieht ihn hoch!« Während Burel und Aiko den leblosen Mann auf das Gesims hievten, kletterte Delon an der Felswand empor und rief ihnen zu: »Kümmert Euch nicht um mich. Ich bin wohlauf ... Aber Egil ... er ist ...«

Arin keuchte, doch Aiko sagte: »Zieh ihn trotzdem hoch, Burel. Vielleicht ist es noch nicht zu spät.«

Burel hob den schlaffen Körper jetzt vor Anstrengung keuchend allein in die Höhe, während Aiko hinter ihm das überschüssige Seil aufwickelte.

Als Egil auf dem Gesims lag, biss Arin die Zähne zusammen. »Dreht ihn auf den Bauch«, sagte sie, dann kniete sie sich auf Egils Hüften und drückte mit aller Kraft auf seinen Rücken.

Wasser quoll aus Egils Lunge, und Arin drückte noch einmal. Mehr Wasser floss aus seinem halb geöffneten Mund. Und noch einmal drückte die Dylvana zu. Diesmal kam nur noch ein dünnes Rinnsal heraus, und Arin erhob sich, drehte Egil auf den Rücken und strich ihm die nassen Haare aus dem Gesicht, das totenbleich und reglos war. Dann hielt sie ihm die Nase zu, drückte ihren Mund auf seinen, blies ihren Atem in ihn, drehte den Kopf weg und lauschte, wie die Luft wieder entwich.

Wieder beatmete sie ihn und wieder und wieder.

Doch er reagiert nicht ...

Aber die Dylvana hörte nicht auf, blies gleichmäßig Luft in seine Lunge ...

Und immer noch lag er kalt und reglos da.

Verzweifelt schlug sie auf seine Brust und rief: »Ach, Egil, mein Egil, atme, mein Liebling, atme ...«

Und plötzlich hustete Egil einmal, zweimal und fing von allein an zu atmen – hustend, würgend und Wasser speiend, aber von sich aus atmend.

Arin schlug die Hände vor das Gesicht und brach in Tränen aus.

In den kalten Strömungen des Borealmeers, in der Umarmung zweier Kraken, wurde ein von Leidenschaft übermannter Raudhrskal unter Wasser und dem tosenden Strudel des weit entfernten Großen Mahlstroms entgegengezogen.

37. Kapitel

Es war spät am Tag, als Delon den Rand des hohen Gesimses erreichte und sich hochzog. Kaum angekommen, drehte er sich um und half Arin hinauf, die ihm folgte. Dann kletterte Aiko auf den Vorsprung, gefolgt vom schwer atmenden Egil. Der Fjordländer war vollkommen erschöpft, geschwächt durch die Tortur im Wasser und von den Strapazen der langen Kletterpartie. Er stand vornübergebeugt, die Hände auf den Knien, schnappte nach Luft und hustete ab und zu dabei, während Delon die unterwegs gelösten Seile hochzog. Zuletzt traf Burel ein.

Ihre Blicke streiften über das große Gesims. Von Raudhrskal war ebenso wenig etwas zu sehen wie von Ferai. Weiter hinten fanden sie Alos hinter einem Felsblock bewusstlos zwischen mehreren Lederflaschen liegen. Der alte Mann hatte seine Satteltaschen umarmt und schlief in seinem eigenen Erbrochenen.

Delon sah sich mit sorgenvoller Miene um und wandte sich dann an Egil. »Wo ist Ferai?«

Egil schüttelte den Kopf. »Es tut mir Leid, Delon, aber es könnte sein, dass sie es nicht überlebt hat. Die Schatulle war mit einem Zauber gesichert. Die kleinste Berührung lockte die Kraken hervor.«

Alles Blut wich aus Delons Gesicht.

»Es gibt noch eine andere Möglichkeit«, sagte Aiko.

Mit einem Funken aufflackernder Hoffnung im Blick sah Delon sie erwartungsvoll an.

Die Ryodoterin zuckte die Achseln. »Sie könnte längst von hier verschwunden sein. Mit dem Drachenstein.«

Delon schüttelte den Kopf. »O nein. Nicht meine Ferai. Das würde sie nie tun. Sie würde niemals den Stein stehlen und mit ihm fliehen.«

»Ich sage es nicht gern«, sagte Egil, »aber Aiko hat nicht ganz Unrecht. Ferai hat den Drachenstein immer als Schatz betrachtet, den man dem Meistbietenden verkaufen könnte.«

»Wie könnt Ihr das sagen?« Delon presste die Worte förmlich heraus. »Sie war bis zum Ende absolut loyal.«

»Es tut mir Leid, Delon«, erwiderte Egil, »und wenn ich falsch liege, bitte ich inständig um Entschuldigung. Aber in Pendwyr wurde sie, falls Ihr Euch noch daran erinnert, die Königin der Diebe genannt.«

»Aber sie war unschuldig«, protestierte Delon.

»Jedenfalls hat sie das behauptet«, verkündete Aiko.

»Vielleicht hat sie sich irgendwo dort unten verletzt und kann nicht mehr so gut klettern«, mutmaßte Arin, indem sie auf die Spalte in der Rückwand der Aushöhlung im Berg zeigte.

Delon packte seine Kletterausrüstung zusammen. »Ich werde hinuntergehen und nachschauen.«

»Ich begleite Euch«, sagte Burel.

Arin wandte sich an Egil. »Ich kenne den Weg und gehe mit, aber du solltest hier bleiben und dich erholen, *Chier.*«

»Wartet«, zischte Aiko und zog ihre Schwerter, »meine Tigerin flüstert etwas von Gefahr.«

»Wo?«, fragte Egil, die Hand am Dolch, da er seine Axt im tosenden Wasser unten verloren hatte.

»Irgendwo in der Nähe. Und sie kommt näher«, erwiderte Aiko und setzte sich zum hinteren Teil der Höhle in Bewegung.

Alle hatten jetzt ihre Waffen gezogen und folgten Aiko, die

zur Spalte ging, wo der Weg nach unten begann. Bei jedem Schritt wurden die Warnungen ihrer roten Tigerin lauter.

Dann konnten sie aus dem Berg ein Kratzen und das Keuchen schweren Atems hören, und aus der Dunkelheit der Höhle tauchte ein Schimmer von Laternenlicht auf. Kurz darauf hallte ein gequälter Ruf nach oben: »Will mir denn niemand bei diesem dreimal verfluchten schweren Ding helfen?«

»Ferai!«, rief Delon und rannte los, während sie die silberne Schatulle aus der Spalte schleppte. Der Barde hob sie hoch, schloss sie in die Arme und küsste sie inbrünstig, während die anderen grinsend und lachend zu ihr traten, alle bis auf Aiko und Burel.

»Die Gefahr, Liebste?«, sagte der große Mann mit hochgezogener Augenbraue.

»Stärker denn je«, erwiderte Aiko, die sich in den langen Schatten der untergehenden Sonne umsah.

»Vielleicht ist es der Drachenstein«, mutmaßte er.

Aiko holte tief Luft und ließ sie langsam entweichen, während sie auf die Schatulle starrte, dann sah sie Burel unsicher an.

»Adon, was bin ich froh, Euch alle zu sehen«, sagte Ferai. Dann wandte sie sich an Arin und Egil. »Vor allem Euch zwei. Ich hatte schon befürchtet, die Kraken hätten Euch erwischt.«

»Ich nehme an, auf Euch hat kein Krake mehr gewartet«, sagte Egil.

»Nein. Ordrune dachte wohl, zwei wären genug. Aber ich hatte ziemliche Angst, das kann ich Euch sagen, und hätte mich fast nicht überwinden können, dieses verzauberte Silberkästchen anzufassen. Und noch eins: Es war verdammt schwer, diesen Mühlstein nach oben zu schaffen ... vor allem über das Eis – ich hätte die Schatulle mindestens ein Dutzend Mal beinah fallen lassen. Je weiter ich kam, desto schwerer wurde sie, so kam es mir jedenfalls vor – am Anfang hat sie vielleicht siebzig Pfund gewogen, aber jetzt müssen es mindestens tausend sein.«

»Aber du hast sie trotzdem nach oben gebracht«, sagte Delon und warf Egil und Aiko dabei einen vielsagenden Blick zu.

»Wo ist der Drache?«, fragte Ferai, als sie sich umsah und den Lindwurm nirgendwo entdecken konnte.

»In den vielen Armen seiner zwei Geliebten, mein Schatz«, erwiderte Delon mit einer Geste aufs Meer.

»Dann lasst uns nachsehen, was darin ist«, sagte Ferai, deren Augen funkelten, als sie sich neben die Schatulle kniete und ihre Dietriche aus dem kleinen Beutel an ihrem Gürtel holte. Sie wandte sich an Arin. »Ist die Kassette immer noch verzaubert?«

Arin sah die Schatulle an und sagte dann: »Nein. Die leuchtende Aura ist verschwunden.«

»Hm, wahrscheinlich ist der Zauber erloschen, als ich das Schloss an der Kette geöffnet habe. Das war übrigens ziemlich heikel – ich musste es erst zweimal zuschließen, bevor ich es vollständig öffnen konnte.«

Ferai untersuchte eingehend die Schatulle, das Schlüsselloch und die Schließe. Schließlich führte sie einen Dietrich ein, und ihr Gesicht nahm einen Ausdruck tiefer Konzentration an.

Klick!

Sie glitt auf eine Seite, hob mit dem Dietrich vorsichtig die Schließe und wartete. Zufrieden hob sie den Deckel einen Fingerbreit an und wartete wiederum. Schließlich schlug sie den Deckel gänzlich zurück.

Aiko keuchte. »Meine Tigerin. Die Gefahr.«

Wieder sagte Burel: »Der Drachenstein?«

»Vielleicht.« Aiko sah sich um, sah aber nichts in der Nähe stehen außer Felsbrocken, Alos, der sich langsam regte, sowie die offene Schatulle.

Ferai schaute hinein und holte einen Lederbeutel heraus. Sie legte ihn auf den Boden und löste das Verschlussband, mit dem der Beutel gründlich und sorgfältig zugebunden war. Dann griff sie bedächtig hinein und holte einen melonengroßen, hellgrünen, durchscheinenden Stein heraus, der glänzte und von innen schwach zu leuchten schien. Sie hielt ihn in die Höhe, sodass alle ihn sehen konnten.

»Er sieht genauso aus wie in meiner Vision«, hauchte Arin, indem sie die Hände danach ausstreckte. Die Dylvana nahm den ovalen Stein in beide Hände und sah die anderen an. »Dies, meine Freunde, ist der Stein von Xian, der Drachenstein.«

Im blutroten Schein der untergehenden Sonne flog plötzlich etwas Glitzerndes durch die Luft, Glas splitterte vor ihren Füßen, und ein gelblich grüner Rauch wallte aufwärts, während hinter ihnen ein scharfes Kommando ertönte: *»Akoúsete me! Peísesthe moi!* Und bewegt Euch nicht!« Egil versuchte, sich umzudrehen, stellte aber fest, dass er sich nicht rühren konnte, da sein Körper nicht auf die Befehle seines Geistes reagierte.

»Ich danke Euch, dass Ihr mir mein Eigentum zurückgeholt habt«, zischte eine Stimme – gefolgt von leisem Gelächter.

Dann schritt der Zauberer Ordrune auf Arin zu und nahm ihr den Drachenstein ab.

38. Kapitel

Ordrune hielt den hellgrünen Stein in den Himmel und lachte, als die rote Sonne die durchsichtige Jade in ihrem Licht badete und in ein Glitzern hüllte, das wie ein funkelndes Netz erschien. »Endlich bist du wieder mein«, rief der Magier und vollführte einige Tanzschritte, wobei er das Artefakt in den Armen wiegte.

Plötzlich hielt er inne und sah die Gefährten hinter sich an, die sich ganz in seinem Bann befanden und sich nicht rühren konnten. Wut loderte in ihren Augen, doch sie konnten keinen Muskel bewegen. »Ach, meine kleinen Narren, ich danke Euch, dass Ihr mir gebracht habt, was ich mir nicht holen konnte. Wie ist das möglich, fragt Ihr Euch sicher? Wenn ich den Stein hier versteckt habe, warum konnte ich ihn mir dann nicht holen? Da Ihr ihn mir wiederbeschafft habt, würde ich meinen, ich schulde Euch eine Erklärung, bevor Ihr sterbt. Begleitet mich ein Stück, dann erzähle ich Euch auf dem Weg in Euer Verderben die ganze Geschichte.«

Ordrune mischte sich unter die sechs und schlenderte gemütlich zum Rand des Simses. Vollkommen in seinem Bann und nicht in der Lage, etwas daran zu ändern, folgten sie ihm mit hölzernen Schritten, obwohl ihre Gesichter wutverzerrt waren.

»Schon vor langer Zeit, als der Schwarze Kalgalath, Daagor und der unbedeutende Quirm vor mir und vor dem Portal des

Schwarzen Berges standen, wusste ich bereits, dass ich dieses gewaltige Artefakt der Macht besitzen musste.

Aber ich wusste auch, wenn ich es mir damals genommen hätte, wäre ich von den armseligen Narren in der Festung gejagt worden, von den Magiern nämlich, die letzten Endes den Eid geschworen haben.

Und Quirm, den schwachen Quirm, den schwächsten aller Drachen, habe ich mir noch dort vor dem Tor gefügig gemacht, als der Drachenstein enthüllt wurde. Tief in seinen Gedanken entdeckte ich das perfekte Versteck für den Stein – den Ort, von dem Ihr ihn nun heraufgeholt habt.«

Ordrune blieb stehen und blickte ins Innere des Steins. Seine Gefangenen blieben mit ihm stehen.

»Anders als jene, die des Schwarzen Berges verwiesen wurden, gab ich vor, den Eid zu schwören, und wartete ab. Schließlich ging ich auf eine lange Reise – um die Welt zu studieren, behauptete ich. Doch in Wahrheit baute ich mir meine Festung, die Ihr in Eurer Verblendung angegriffen habt.«

Ordrune setzte sich wieder in Bewegung, und die sechs konnten nicht anders, als ihm zu folgen, denn so lautete Ordrunes Befehl, und nicht einmal Aiko mit ihrer roten Tigerin konnte den Bann des Zaubers brechen, obwohl es tief in ihrer Brust grollte.

»Ich wartete, bis Quirm hier auf dem Drachenhorst Wache hielt, dann stahl ich mich in den Schwarzen Berg zurück und holte mir den grünen Stein aus den tiefen Gewölben darin. Ich wusste, wenn sie am Ende sein Verschwinden entdeckten, würden die Toren in der Feste die ganze Welt danach absuchen, und ich wollte nicht, dass sie in meinem Turm eine Spur des Steins finden würden, obwohl es extrem unwahrscheinlich war, dass dies einem dieser Trottel gelingen würde. Bei einem solchen Artefakt – wer kann mir meine Tat verdenken?

Ich brachte den Stein hierher in einer Truhe aus Zwergensilber, kam an Quirm vorbei und kettete sie unten in der Höhle an, dann beschwor ich Kraken als Wächter – zwei, damit immer mindestens einer wachsam war. Sehr viel Lebensenergie war dafür nötig ... doch ich verbrauchte sie bereitwillig, denn ich hatte genug Gefangene, denen ich ihr astrales Feuer entziehen konnte.«

Wieder blieb Ordrune stehen und hielt die Kugel in die rötlichen Strahlen der blutroten Sonne.

»Ist das nicht köstlich? Die Drachen und die, mit denen sie sich paaren, bewachten unwissentlich das, wovor sie sich so sehr fürchteten.« Ordrune wandte sich an die sechs. »Wer sonst hätte einen solchen Plan schmieden können? Die blinden Dummköpfe im Schwarzen Berg oder die in Rwn etwa? Ha!«

Er setzte sich wieder in Bewegung, und die Gefährten folgten zwei Schritte hinter ihm, wie Marionetten, an deren Fäden der Schwarzmagier zog.

»Doch dann verschwand Quirm – von einem Rivalen getötet oder von einem Kraken ertränkt, wer weiß? Und als er nicht mehr da war, hatte ich keinen Zugang mehr zu dem Stein. Meine eigene Falle hinderte mich daran, das zu erreichen, was ich so findig an mich gebracht und anschließend so raffiniert versteckt hatte.

Obwohl ich ganz genau wusste, wo der Stein war, hatte ich doch schon fast jede Hoffnung aufgegeben, ihn je wiederzusehen, ihn je wieder in den Händen zu halten ... bis Ihr Narren mir über den Weg gelaufen seid und ich herausfand, dass Euch eine Prophezeiung zu mir geführt hatte, ein Rätsel, das mir der alte Säufer, der da hinten liegt, ganz genau erklärte. Aufgrund dieses Rätsels bestand die Möglichkeit – wenn sie auch nur gering war –, dass Ihr tatsächlich Erfolg haben würdet, und so band ich den Trunkenbold an Eure Mission und gestattete Euch die Flucht. Meine kleine Bestie habe ich Euch hinterhergeschickt, um Euch zu beobachten und ganz sicherzugehen, dass Ihr meinen illustren, verblendeten Brüdern, diesen Schwachköpfen auf Rwn und im Schwarzen Berg, nichts von der Schriftrolle berichten würdet.«

Ordrune erreichte den Rand des Gesimses und blieb ebenso stehen wie die sechs. Er schaute auf den Großen Mahlstrom, der sich in der Ferne erstreckte.

»Die Kraft dieses Meereswirbels ist nichts im Vergleich zu der Macht, die ich beherrschen werde, denn ich werde diesen Stein nehmen und seine Geheimnisse enträtseln, lernen, wie man über die Drachen gebietet, lernen ... aber warum erzähle ich Euch das alles, wenn Ihr doch gleich in den Tod stürzen werdet? Außerdem erwartet mich bereits mein Hèlrösser-Streitwagen in Gron, und ich muss mich beeilen, ehe Modru sich fragt, was ich hier in seinem Reich zu suchen habe.«

Ordrune trat einen Schritt vom Rand zurück, hielt den Drachenstein in die Höhe und sagte: »Lebt wohl, meine unwissentlichen Verbündeten. Ich danke Euch, dass Ihr meinen Schatz für mich geborgen habt, und nun ist, glaube ich, der Zeitpunkt gekommen, an dem Ihr alle zur Hèl...«

»Yaaaahhhh!« Mit einem lauten Schrei stürmte Alos aus dem Schatten auf den Magier ein und rief: »Anders als bisher! Anders als bisher!« Dann prallte der alte Steuermann gegen Ordrune und schlug ihm den Drachenstein aus den Händen, der langsam zum Rand kullerte, während der Schwung des alten Mannes ihn mitsamt dem Magier über den Rand beförderte.

Die Augen vor Entsetzen geweitet, standen die sechs verzauberten Gefährten wie Statuen da, unfähig, sich zu bewegen, und lauschten Ordrunes Schreien, die sich mit Alos' Rufen, »Schiffskameraden ... Schiffskameraden!«, vermischten.

Egils Herz schlug rasend schnell ...

... wie um das Verstreichen der Zeit zu messen ...

... und langsam, ganz langsam, rollte der Stein von Xian zum Rand des Abgrunds, einem tausend Fuß tiefen Fall entgegen ...

... *t-tmp, t-tmp, t-tmp* ...

... die beiden Männer segelten mit wehenden Mänteln durch die Luft, und Alos brüllte ...

... *t-tmp, t-tmp* ...

... Ordrune versuchte, eine arkane Rune in die Luft zu zeichnen und Worte in der Sprache der Schwarzmagier zu sprechen ...

... *t-tmp* ...

... doch Alos' Fingernägel fuhren dem Zauberer durchs Gesicht und störten ihn in seinem Wirken ...

... *t-tmp, t-tmp, t-tmp* ...

... und der Stein kullerte ...

... *t-tmp, t-tmp, t-tmp, t-tmp* ...

... und die Gefährten konnten sich immer noch nicht bewegen ...

... *t-tmp, t-tmp* ...

... in der kurzen Zeitspanne von nur achtzehn rasenden Herzschlägen stürzten Alos und Ordrune vom Rand des Simses ins Meer, das vom Licht der untergehenden Sonne in blutiges Rot getaucht war, und drehten und wendeten sich dabei, während der alte Mann sich an dem Magier festkrallte und unablässig etwas von Schiffskameraden schrie und Ordrune vor Wut brüllte und hektisch versuchte, einen Zauber zu wirken ...

... *t-tmp, t-tmp* ...

... und dann schlugen sie aufs Wasser ...

... und die Gefährten konnten sich plötzlich bewegen ...

... und der grüne Stein näherte sich dem Abgrund ...

Ferai schrie auf, hechtete vorwärts, glitt auf dem Bauch über den glatten Fels und bekam die ovale Kugel in dem Augenblick zu fassen, als sie gerade über den Rand rollte, doch dann glitt die junge Frau weiter, über die Kante, vor Entsetzen aufschreiend ...

... um vom starken Burel, der dabei vor Anstrengung stöhnte, am Knöchel festgehalten zu werden.

Jetzt packte auch Delon zu, und auch Egil griff nach ihrem Fuß, und gemeinsam zogen sie die immer noch schreiende Ferai und den Drachenstein wieder zurück auf das Gesims.

39. Kapitel

Vor Entsetzen zitternd, weinte Ferai in Delons Armen, während ihr der Barde über die Haare strich, sie sanft hin und her wiegte und dabei leise summte. Arin und Egil standen weiter hinten, wo die Dylvana den Drachenstein in den Lederbeutel steckte, um ihn wieder in der silbernen Schatulle zu verstauen. Aiko und Burel schauten auf das Borealmeer. Von Alos und Ordrune war nichts zu sehen, auch nicht vom Drachen Raudhrskal. Plötzlich wandte Aiko sich ab, umarmte Burel und fing leise an zu weinen.

»Was ist denn, Liebste?«, fragte der große Mann, der sie ganz fest hielt.

Sie sah zu ihm auf. Tränen strömten über ihr Gesicht. »Alos – er war so, wie mein Vater in dem Jahr nach meiner Entlarvung wurde, in dem Jahr vor meiner Verbannung. In dem Jahr, als er alle Ehre verloren hatte, wurde mein Vater *yadonashi, yopparai.*«

Burel sah sie an. *»Yadonashi? Yopparai?«*

»Ein Ausgestoßener. Ein Trunkenbold«, erwiderte Aiko. »Ich habe so gehasst, was aus ihm geworden war. Trotzdem habe ich ihn noch geliebt.«

»Es tut mir Leid, Liebste. Es ist gut, dass du ihn geliebt hast, aber ich bedauere, dass er jemand geworden ist, den du nicht mehr achten konntest.«

Aiko rieb sich mit den Handballen die Augen trocken und

schaute wieder aufs Meer. »Alos war auch so jemand ... jemand, den ich nicht kannte. Und ich glaube, ich habe ihn auch geliebt, zumindest ein klein wenig. Er ist ehrenvoll gestorben.«

Sie verstummten beide und schauten auf das vom Mondlicht beschienene Wasser, doch schließlich drehte Aiko sich um und schaute zu Arin und Egil, die vor der silbernen Schatulle knieten. »Meine Tigerin schweigt im Moment, obwohl sie sich in Anwesenheit des *Ryuishi*, des Drachensteins, unbehaglich fühlt, als ... als traue sie ihm nicht.«

»In dem Stein lauert eine Gefahr?«

»Das ist schwer zu sagen, aber eine offensichtliche Gefahr ... nein.«

»Dann muss die Gefahr, die deine Tigerin zuvor gespürt hat, Ordrune gewesen sein, der sich uns in dem Augenblick genähert hat, als Ferai die Schatulle aus der Höhle getragen hat, oder nicht?«

Aiko sah ihn mit großen Augen an, da ihr die Erleuchtung kam.

»In der Tat, Liebster, du hast vollkommen Recht.«

Während die Dämmerung hereinbrach, sammelten sie ihre Ausrüstung ein und trafen Vorbereitungen, noch in der Nacht mit dem Abstieg zu beginnen. Schließlich versammelten sie sich noch ein letztes Mal am Rand des Gesimses unter einem abnehmenden Halbmond und betrachteten den Großen Mahlstrom, der in der Ferne toste.

Ferai schaute über den Rand in die Tiefe und sagte: »Ich kann nicht glauben, dass ich beinah das Leben verloren hätte, nur um ein Stück Jade zu retten.«

Delon drückte ihre Hände. »Das ist kein gewöhnlicher Stein, mein Schatz, sondern ein lange verschollenes Artefakt der Macht. Vielleicht werden sich die Schrecken aus Dara Arins Vision jetzt nicht ereignen.«

»Trotzdem …«, sagte Ferai.

»Ihr habt wahren Heldenmut bewiesen, Ferai, und niemand wird das je vergessen«, sagte Arin.

Egil schaute lange auf den Großen Mahlstrom und sagte dann: »Alos ist das Einauge In Dunklem Wasser, Liebste, also derjenige aus deiner Prophezeiung.«

»Nein, *Chier*«, erwiderte die Dylvana. »Er war nur eines der Einaugen In Dunklem Wasser. Du warst das andere.«

Ferai lachte. »Vergesst nicht das mit Honig bestrichene Ogruauge und die Pfauenfeder. Ohne sie hätten wir Raudhrskal vielleicht nicht überzeugen können.«

»Wo wir gerade von Raudhrskal reden«, sagte Delon. »Ich schlage vor, wir verschwinden von hier, bevor er zurückkehrt.«

Burel grunzte und streifte sich seinen Rucksack über die Schultern, auf den jetzt zusätzlich die silberne Schatulle geschnallt war. Er wandte sich nach Norden und ging über das Gesims zu dem Weg, der abwärts nach Jord führte. Und als Aiko am Ende des Gesimses angelangt war, drehte sie sich noch einmal um und flüsterte: *»Dochu heian no inori, Alos, sonkei subeki ningen toshi totta.«*

So stiegen sie vom Drachenhorst herab und folgten dabei dem Weg, auf dem sie gekommen waren, der ihnen nun leichter fiel, weil der alte Mann nicht mehr bei ihnen war, und der ihnen aus demselben Grund schwerer fiel.

Kurz vor Mitternacht erreichten sie die kleine abgesperrte Schlucht, wo Vieh, Pferde und Maultiere warteten. Die Tiere freuten sich, sie zu sehen, vor allem die Pferde.

Sie schlugen kein Lager auf, sondern ließen das Vieh frei, auf dass es selbst den Weg aus dem Hügelland zurück in die üppige Prärie finden möge. Sie beluden eines der ungebärdigen Maultiere mit der silbernen Kassette, sattelten die Pferde und machten sich sofort auf den Rückweg nach Haven.

Es war Sonnenuntergang, als sie in die Hafenstadt einritten. Sie erregten großes Aufsehen, denn schließlich waren die Fremden tatsächlich zurückgekehrt, alle bis auf einen – der alte Trunkenbold war nicht mehr dabei.

In jener Nacht war das Gasthaus *Zum Seepferd* gerammelt voll, aber die Fremden waren verschlossen und beantworteten keine Fragen dergestalt, wo sie gewesen seien und was sie getan hätten. Immerhin ließen sie verlauten, dass sie auf dem Drachenhorst gewesen seien. Sie erzählten, der alte Mann sei gestorben, um die Übrigen zu retten. Doch abgesehen davon enthüllten sie nur wenig. Allerdings bewachten sie eine kleine, in Segeltuch gehüllte Truhe, die sie mit zurückgebracht hatten. »... und ich würde mich nicht wundern, wenn ein Teil des Drachenschatzes darinnen ist«, sagte der Schankwirt, als sie nach oben auf ihre Zimmer gegangen waren.

Müde vom Schlafmangel legten sich die sechs gleich ins Bett. Und Wunder über Wunder, als der Morgen kam, schlief Egil tief, fest und traumlos durch.

»Keine bösen Träume, *Chier?*«, fragte Arin, während sie ihren Liebsten in den Armen hielt.

»Überhaupt keine«, erwiderte Egil.

»Vielleicht hören sie jetzt auf, wo Ordrune nun tot ist.«

»Vielleicht. Aber böse Träume oder nicht, die Erinnerungen bleiben.«

Drei Tage später, nachdem sie sich mit ausreichend Vorräten versorgt hatten, setzten sie die Segel ihrer Schaluppe. Viele Stadtbewohner kamen zum Pier, um sie zu verabschieden, denn schließlich waren sie auf dem Drachenhorst gewesen und hatten überlebt.

Die *Breeze* verließ Haven am zwanzigsten Maitag bei Flut und schlug einen westlichen Kurs ein, doch wohin ihre Reise gehen sollte, wusste keiner der Stadtbewohner.

Bei wechselhaftem Wetter segelten sie nach Westen durch das Borealmeer ins Nordmeer und schließlich in den Westonischen Ozean, wo ihr Ziel lag.

Schließlich, am zweiundzwanzigsten Junitag, dem Tag der Sommersonnenwende, liefen sie gegen Mittag in Kairn, der Stadt der Glocken, im westlichen Teil der Insel Rwn ein.

Wasser rauschte aus dem Fluss Kairn ins Meer, der mitten durch die Stadt floss und als Wasserfall über einen hundert Fuß tiefen Abgrund schoss, aber die Schaluppe erreichte den Katarakt nicht, weil sie sich den Hafenanlagen von Norden näherte.

Als die sechs die Klippe erklommen, auf der die Stadt lag, läuteten überall die Glocken zu Mittag.

Kurz darauf wurden sie zu der kleinen Insel im Fluss übergesetzt, auf der sich die Akademie der Magier befand, deren fünf Türme ein Pentagramm um einen sechsten Mittelturm bildeten.

Ein Lehrling führte sie in den Mittelturm und zu ihrer Audienz bei der Regentin – Magierin Doriane, die kürzlich aus Vadaria zurückgekehrt war, das sagte jedenfalls der Lehrling. Er führte sie zum Audienzsaal im Erdgeschoss, und nach kurzer Wartezeit wurden sie vorgelassen.

Die schwarzhaarige Doriane begrüßte sie, und ihre hellblauen Augen weiteten sich ein wenig beim Anblick der kriegerischen Ryodoterin und der Dylvana.

Burel stellte die Last, die er trug, auf einem Tisch in der Nähe ab, und nach der gegenseitigen Vorstellung, als Doriane fragte, was sie herführe, schlug er das Segeltuch beiseite und enthüllte die silberne Schatulle.

Obwohl sie es zu diesem Zeitpunkt noch nicht wusste, sollte Doriane an diesem Tag keine weiteren Besucher mehr empfangen.

»Meine Güte, welch eine Geschichte«, sagte Doriane. Sie betrachtete den Drachenstein, der auf ihrem Schreibtisch lag.

»Wir hielten das Artefakt für endgültig verloren, aber das ist tatsächlich der echte Drachenstein.«

»Woher wisst Ihr das?«, fragte Ferai.

»Nun, auch Dara Arin könnte die Echtheit des Drachensteins bestätigen.«

Arin sah die Regentin an. »Wie das?«

Doriane lächelte. »Betrachtet ihn einfach mit Eurer speziellen Sicht.«

Arin richtete den Blick auf den Stein und sagte dann verblüfft: »Er ist verschwunden! Ich kann überhaupt nichts wahrnehmen.«

Doriane lachte. »Ganz genau, Dara, denn es handelt sich um den geheimnisvollen Stein von Xian: Er entzieht sich allen magischen Versuchen der Wahrnehmung, und er scheint Macht über die Drachen zu haben. Dass Ihr überhaupt eine Vision von dem Stein hattet, widerspricht allem, was wir von ihm wissen. Ich kann es nur Eurer wilden Magie zuschreiben.«

Arin wandte sich an die Magierin. »Wilde Magie oder nicht, es ist tatsächlich der Stein aus meiner Vision. Aber eigentlich will ich wissen, ob sich meine Vision nun, da der Stein sich wieder in der sicheren Obhut der Magier befindet, immer noch bewahrheiten wird.«

Doriane runzelte die Stirn. »Das kann ich nicht sagen. Ich kann nur versprechen, dass wir den Stein in das tiefste Gewölbe sperren werden, und diesmal wird ihn niemand stehlen, denn wir werden ihn mit tödlichen Schutzvorrichtungen umgeben.«

Bei einem späten Abendessen sagte Doriane als Antwort auf Delons Frage: »Was das Schicksal des Drachen Raudhrskal angeht, so glaube ich, dass er nicht überlebt hat, denn zwei Kraken wären wohl für jeden Drachen zu viel – sogar für den Schwarzen Kalgalath und für Daagor.«

Delon grinste und wandte sich an Ferai. »Siehst du, mein

Schatz, aus diesem Grund sollte ein Mann nie mehr als eine Bettgefährtin haben, denn eine ist mehr als genug, um uns alle unsere Kräfte abzuverlangen.«

Aiko sah Burel an und errötete.

Um Mitternacht wurden in der Stadt erneut die Glocken geläutet. Nur viermal im Jahr erklangen die Mitternachtsglocken, nämlich an den Sonnenwenden und Tagundnachtgleichen. In dieser Nacht verkündeten sie die Sommersonnenwende.

Auf einer Waldlichtung auf Rwn feierten Arin und ihre Gefährten den Wechsel der Zeiten. Neumond fiel ebenfalls auf diesen Tag, doch ob dies ein böses Vorzeichen war oder einen neuen Anfang verhieß, konnte Arin nicht sagen.

Doch Neumond oder nicht, sie und die anderen vollzogen das Ritual, Frauen und Männer im Gegenrhythmus – Arin, Aiko und Ferai auf der einen und Egil, Burel und Delon auf der anderen Seite. Arin und Delon begannen den Gesang, und die anderen fielen in den Kanon ein. Gemeinsam vollzogen sie die Schritte des Rituals ...

... und der Tanz des Lebens ging weiter.

Epilog

Nachdem sie den Drachenstein in der Akademie der Magier auf der Insel Rwn abgeliefert hatten, trennten sich die Wege Arins und ihrer Gefährten:

Aiko und Burel kehrten nach Sarain zurück, um sich der Fäuste von Rakka anzunehmen, und die Ergebnisse ihres Feldzugs sind sehr eingehend dokumentiert und müssen an dieser Stelle nicht wiederholt werden.

Delon und Ferai machten sich auf Wanderschaft, er als Barde, sie als Entfesslungskünstlerin, und ihr Vermögen wuchs so rasch, dass sich dies nicht allein mit den Einnahmen aus ihren Vorführungen erklären ließ. Außerdem wurde Ferai zu ihrer großen Überraschung tatsächlich die Baronin vom Alnawald – wie Delon es Raudhrskal gesagt hatte –, denn Delon war Erbe dieser Baronie. Als sein Vater starb, kehrten Delon und Ferai dorthin zurück, um das ausgedehnte Anwesen zu verwalten. Ihr Sohn wurde ebenfalls Barde und außerdem ein ziemlicher Gauner und Schwindler, aber die Legenden von Fallon dem Fuchs werden im ganzen Land besungen und auch in diesem Fall sollen dem Leser diese wohlbekannten Geschichten erspart bleiben.

Was Egil und Arin betrifft, so stimmte es, dass nach Ordrunes Tod Egils Albträume endeten, denn der Fluch war beim Tode des Schwarzmagiers von dem Fjordländer genommen worden. Mit der Zeit kehrten außerdem Egils gestohlene Erinnerungen zurück, wenn auch nur langsam und Stück für Stück. Bei Egils und Arins Rückkehr nach Fjordland stellten sie fest, dass Fjordländer und Jüten in einen erbitterten Krieg gegeneinander verstrickt waren, der von Königin Gudrun der Schönen begonnen worden war, die erklärt hatte, der Verlust ihrer Hand sei eindeutig die Schuld der Fjordländer. Egil versuchte, Frieden zu stiften, um den Eid, den er Arin geleistet hatte, zu erfüllen. Doch der Krieg tobte trotz seiner Bemühungen weiter, obwohl er einige Fjordländer überzeugen konnte, Männer und Frauen, die fortan durch die Lande zogen und sich um Versöhnung bemühten. Den Rest seines Lebens folgte Egil unbeirrt seinem Kurs, obwohl er hin und wieder zur Axt griff, wie auch Arin zu ihrem Bogen, wenn es für sie keine andere Wahl gab. Egil lebte lange, doch schließlich wurde er vom Alter dahingerafft, müde, schwach und krank, doch immer noch geliebt von seiner kostbaren Arin, die jung, strahlend und fröhlich blieb. Die Dylvana weinte bitterlich am kalten Morgen seines Todes, und sie trauerte noch viele Jahre danach.

Was Alos' Opfer betrifft, so ist klar, dass der alte Mann gerade noch rechtzeitig aus seinem Rausch aufwachte, um die Gefahr zu sehen, in der seine Schiffskameraden schwebten, und da er durch Magie an sie gebunden war, konnte er sie nicht im Stich lassen und nicht weglaufen und sich verstecken … anders als bisher. Die Gelehrten diskutieren immer noch, was Alos wohl getan hätte, wenn Ordrune ihn nicht mit jenem Zauber belegt hätte, den der Magier nur gewirkt hatte, um Arins Gruppe zusammenzuhalten. Es mag durchaus sein, dass Ordrune sein Schicksal selbst besiegelte, als er den alten Mann verpflichtete, bei Arin zu bleiben. Unabhängig davon sind sich alle Gelehrten einig, dass Alos' letzte Tat wahrhaft heldenhaft war.

Was die anderen Beteiligten an dieser Geschichte betrifft, so ist das bemerkenswerteste Ereignis in diesen unruhigen Zeiten die Vergeltung für das Fällen der Neun. Perin, Biren, Vanidar, Rissa, Melor und Ruar brachten vielen Königreichen im Land die Nachricht über das drohende Verhängnis, doch niemand wusste, was man dagegen anders tun konnte, als wachsam zu sein. So kam es, dass sich schließlich jene sechs Elfen dem Heer Coron Aldors und Hochkönig Bleys' anschlossen. Sie suchten die Festungen der *Rûpt* im gesamten Grimmwall auf, schlugen einige Schlachten und stellten als Mahnung die Überreste jener zur Schau, welche die neun Greisenbäume gefällt hatten. Zwar prahlten die *Spaunen* oftmals mit ihrer Tat, zogen sich aber voller Furcht vor dem Heer zurück. Und niemals wieder sollte ein *Rûpt* einen der kostbaren Greisenbäume fällen.

Was den Drachenstein angeht, so spekulieren einige Gelehrte nun, dass der Stein selbst für Dara Arins Vision verantwortlich war. Schließlich war er ein Artefakt der Macht, und solchen Artefakten stehen Möglichkeiten zur Verfügung, dafür zu sorgen, dass ihre Bestimmung erfüllt wird. Nachdem Arin und ihre Gefährten Doriane den Stein überreicht hatten, wurde er jedenfalls tatsächlich in die tiefen Gewölbe unter Kairn gebracht, und ein Netz tödlicher Zauber wurde um ihn gewirkt. Als Rwn dreihundertzweiundzwanzig Jahre später zerstört wurde, hielt man den Stein auf ewig für verloren. Doch gut acht Millennien später und eine halbe Welt entfernt fing ein Fischer im Jingameer nach ganztägigem Ringen ganz allein einen riesigen Fisch. Als er seinen Fang schließlich ausnahm, fand er in dessen Bauch einen sonderbaren grünen Stein, eiförmig, jadeartig und von der Größe einer Melone. Am selben Tag gebar in Moku nach vierundzwanzigstündigen Wehen die jüngste Frau des dortigen *chuyohan* ein Kind mit einem merkwürdigen Drachenmal auf der Stirn. Die Hebammen fielen sofort voller Verehrung auf die Knie. Gut zwanzig Jahre vergingen, bis der grüne Stein seinen Weg in die Hände des Kindes fand ... und natürlich wissen wir alle, was dann geschah.

Und schließlich, was die Debatte um freien Willen und Vorbestimmung angeht: Ferai und Burel sind nie zu einer Lösung gelangt ... und das ist bisher auch sonst niemandem gelungen.

»Die erste Regel des Lebens ist die, zu leben.«

<u>**Lesen Sie weiter in:**</u>

Dennis L. McKiernan: Elfenschiffe

DANKSAGUNG

In dieser Geschichte werden diverse historische und lebendige Sprachen benutzt, um die verschiedenen Sprachen neben der Gemeinsprache darstellen zu können. Daher würde ich gern den folgenden Personen für ihre Hilfe bei den jeweiligen Adaptionen danken: Shoshana Green, Frühhebräisch; Daniel McKiernan, Altgriechisch; Hiroko Snare, Japanisch; Judith Tarr, Latein; Meredith Tarr, Deutsch; John Vizcarrondo, Spanisch. Die anderen benutzten Sprachen (darunter Französisch, Norwegisch, etwas Japanisch und die übrigen Sprachen) sind Beiträge von mir, und alle Fehler bei Übersetzungen und bei den Aufzeichnungen der Beiträge meiner Kollegen gehen auf meine Kappe.

ANMERKUNG DES ÜBERSETZERS

Die wenigen deutschen Beiträge wurden, da ihre Übernahme wenig Sinn macht und mir eine Übersetzung ins Englische wenig sinnvoll erschien, weggelassen. Deutsch wird übrigens in Jütland gesprochen, und alle Namen dort (auch Königinstadt) sind nicht übersetzt, sondern Originale.

Die Schaluppe heißt im Original *Brise* und wird dann von Ferai *Breeze* genannt. Ich habe mir die Freiheit genommen, diese beiden Begriffe zu vertauschen.